LA TRISTESSE A LE SOMMEIL LÉGER

DU MÊME AUTEUR

La Tentation d'être heureux, Belfond, 2016

Vous pouvez consulter le site de l'auteur à l'adresse suivante :
www.lorenzomarone.net

LORENZO MARONE

LA TRISTESSE A LE SOMMEIL LÉGER

Traduit de l'italien
par Renaud Temperini

belfond

Titre original :
A STOMACO VUOTO
publié sous le titre italien *LA TRISTEZZA HA IL SONNO LEGGERO*
par Longanesi, Milano, 2016.
Édition publiée et traduite en accord avec Meucci Agency, Milan.

Retrouvez-nous sur www.belfond.fr
ou www.facebook.com/belfond

Éditions Belfond,
12, avenue d'Italie, 75013 Paris.
Pour le Canada,
Interforum Canada, Inc.,
1055, bd René-Lévesque-Est,
Bureau 1100,
Montréal, Québec, H2L 4S5.

ISBN : 978-2-7144-8163-4
Dépôt légal : mai 2019

Belfond | un département **place des éditeurs**

place
des
éditeurs

À mon fils.
Je ne cesserai jamais de lui raconter mes histoires.
Et d'écouter les siennes.

Quelque chose de bon

IL PARAÎT QUE LE CARACTÈRE se forme pendant les premières années d'une vie. Qu'elles influencent toute la suite. Une belle arnaque. Parce qu'il suffit que, pour une raison ou pour une autre, cette période ne se passe pas bien, et on est définitivement foutu. Inutile de partir à la recherche de ce qui vous a fait devenir ce que vous êtes, de l'événement qui, à un moment donné, vous a fait dévier de votre trajectoire : avec le temps, l'instant fatidique se perd dans les méandres de la mémoire, et il devient presque impossible à retrouver.

Pour les autres, peut-être. Pas pour moi. J'étais à la maison, dans le couloir ; d'un côté, il y avait ma mère ; de l'autre, il y avait mon père. La crise que vivaient mes parents durait depuis toujours, mais ce soir-là, elle a explosé de toute sa force, et le tsunami a fait des ravages. Papa a dû dormir sur le divan et moi, j'ai dû choisir. Non pas lequel des deux me mettrait au lit, mais à qui des deux j'allais tourner le dos.

Comme je pleurais, ils me disaient de ne pas m'inquiéter, qu'il ne s'était rien passé de grave ; mais je savais que ce n'était pas vrai : si, à cinq ans, on se retrouve dans la situation de devoir prendre parti entre sa mère et son père, c'est que tout ne va pas bien.

À cet instant précis, j'étais censé prendre la décision la plus importante de ma vie. Au lieu de ça, je me suis blotti le dos contre le mur et j'ai fermé les yeux, en attendant qu'un de mes deux parents vienne me tirer de là. Et pendant ce temps, mon estomac gargouillait.

Depuis, trente-cinq ans se sont écoulés et mon pauvre organe n'a pas encore cessé de se faire entendre, de réclamer quelque chose de bon, de vraiment nourrissant.

Comme un opossum

IL Y A UN AN, en rentrant de son travail, Matilde, mon épouse, s'est plantée devant moi. J'étais à mon ordinateur et je me suis contenté de lui adresser un rapide signe de tête. D'une voix glaciale, elle a prononcé mon prénom une première fois : « Erri…

— Juste une seconde. » Aussitôt après cette réponse, mes yeux étaient de nouveau rivés sur l'écran. Le lendemain, j'avais un rendez-vous important au bureau.

« Erri… »

J'ai soulevé la main, l'index pointé vers le ciel comme pour lui demander encore un instant de patience, mais ce geste ne lui a pas plu du tout et elle a serré mon malheureux doigt très fort entre ses dents.

Ma femme était en train de me mordre ! Je me suis retourné et j'aurais poussé un hurlement de surprise et de douleur, si je n'avais pas rencontré son regard furieux. C'est à ce moment-là, le doigt encore dans sa bouche, que j'ai compris la terrible vérité : Matilde me haïssait.

Son regard plein de rage me poursuit encore, un an après, encore et toujours, et il m'évoque les yeux impitoyables de ma mère, quand elle me coinçait quelque part et que sa louche traçait des circonvolutions destinées à s'achever sur mon avant-bras tendu en avant pour essayer de me protéger. Oui, mais j'étais trop rapide ; et elle, trop lente : la plupart du temps, la louche cognait contre le mur derrière moi ou terminait son parcours dans le vide, avec pour effet un accroissement démesuré de la haine perceptible dans le regard de ma mère. Heureusement pour moi, j'ai fini par devenir adulte et elle par vieillir, et ce regard a disparu de ma vie et de mes souvenirs. Ou du moins jusqu'à l'année dernière, jusqu'à ce que Matilde serre mon index entre ses dents.

En tout cas, toutes ces années passées à fuir la colère inconsidérée de ma mère m'avaient habitué à réagir vite : après avoir libéré ma main d'un geste sec, j'ai reculé vers le mur en me protégeant derrière mon bras tendu. Contrairement à ma mère, Matilde ne s'est pas lancée à ma poursuite. Elle est restée immobile, à me fixer de loin. Quand j'ai levé les yeux, son visage était tout barbouillé par les larmes qui avaient défait son maquillage, et elle avait les cheveux ébouriffés.

J'aurais dû dire quelque chose, n'importe quoi, plutôt que de laisser se prolonger ce silence écœurant. J'ai préféré le silence. Comme toujours.

C'est elle qui a parlé : « Maintenant au moins, tu vas m'écouter. »

J'ai frotté la peau de mon index encore rougi par ses incisives et j'ai à nouveau regardé Matilde. Elle avait obtenu toute mon attention.

« Je baise avec Ghezzi. » Elle a prononcé ces mots d'une voix sans nuances.

Un instant de silence a suivi.

Tout ce que j'ai trouvé à rétorquer, c'est : « Ghezzi ? Ghezzi… le directeur du marketing ? Mais il a au moins soixante ans, non ? »

Il y avait une telle infinité d'autres choses à éclaircir que j'aurais pu rester là une semaine, comme un prédateur obligé de patienter pour débusquer sa proie de sa tanière. Mais avec ma rafale de questions stupides, j'avais réussi à garder pour moi les questions intelligentes qui me tordaient pourtant l'estomac, et du même coup à m'interdire d'entendre toutes les réponses possibles.

« Tu as compris ce que je viens de te dire ? Je baise avec un autre homme. »

Je n'avais ni assez de force pour parler ni assez de courage pour décider de savoir. Matilde a donc continué : « Je baise avec lui depuis deux mois. »

Elle avait répété « je baise » trois fois en une minute, elle qui, en quinze ans de relation, n'avait employé ce verbe qu'une fois, au moment culminant d'un de nos rapports « à but précis », pour parler comme les médecins.

Pendant de nombreuses années, lesdits rapports ont miné notre vie sexuelle et enseveli nos désirs à tous les deux. En substance, c'était son gynécologue qui décidait quand nous devions « baiser », qui s'amusait à choisir les horaires et les scénarios les plus hallucinants, comme la fois où j'ai dû obtenir une érection dans les toilettes du TGV, parce que Matilde était en pleine ovulation et qu'à notre arrivée à Naples il aurait été trop tard. Dans le meilleur des cas, elle m'appelait au bureau, je me précipitais à la maison, je dénouais ma cravate, je baissais mon pantalon et je m'approchais d'elle, la plupart du temps déjà prête sur la table de la cuisine. Et c'est précisément à une de ces occasions qu'elle s'était laissée aller à employer le verbe mentionné plus haut : dans un hurlement obstiné, inhumain, libérateur et animal, elle m'avait demandé de la baiser et de la baiser encore, comme un opossum.

Mais revenons à ce fameux soir. Nous avons d'abord continué à nous regarder, pendant un moment qui m'a semblé interminable. Ensuite, Matilde a retiré sa jupe, son slip, son t-shirt et son soutien-gorge, et elle est restée nue devant moi. Toutes ces années de rapports « à but précis » m'avaient abruti à tel point que je n'ai rien trouvé de mieux à lui dire que : « Tu ovules ? »

Elle a plissé les yeux et elle s'est abandonnée à une grimace de dégoût, puis elle m'a tourné le dos et elle s'est dirigée vers la salle de bains, sans ajouter un mot. Pendant que j'entendais sa douche couler et que l'eau, dans mon imagination, effaçait de sa peau les traces de la salive de Ghezzi, j'aurais pu faire tout un tas de choses. Me ruer dans la salle de bains pour lui cracher toute ma rancœur au visage. Ou bien attraper la valise au-dessus de l'armoire et la remplir des quelques affaires dont j'aurais eu besoin pour la nuit. Ou bien, mieux encore, préparer sa valise à elle et lui demander de s'en aller pour ne plus jamais revenir.

Tu parles. Je me suis blotti le dos contre le mur et j'ai attendu, une fois de plus, que quelqu'un d'autre décide à ma place.

L'arbre a donné un seul fruit

LA TRÈS LONGUE FRÉQUENTATION des femmes ne m'a rien appris. Par exemple, je suis incapable d'arriver en retard à une réunion de famille : à chaque fois, je me prépare, je regarde ma montre, je me dis qu'il est encore tôt, qu'il vaut mieux attendre encore un peu ; au bout du compte, je finis toujours par sortir quand même et par arriver, immanquablement, en avance. Rien n'y fait, je suis un incurable *anticipateur*. Lorsque ma mère, madame Ferrara, m'ouvre la porte de chez elle, un regard me suffit pour me rendre compte que personne n'est encore là, et une sensation de malaise me serre la poitrine.

Elle a l'air de s'en apercevoir, elle cesse de me sourire et elle me demande : « Erri, qu'est-ce qui t'est arrivé ? Je te trouve un peu pâle. »

C'est sa manière à elle de me souhaiter la bienvenue. Je devrais lui répondre : « Maman, je suis pâle depuis toujours ! Et merci de m'avoir légué cette espèce de carton-pâte mouillé qui me sert de peau. »

Au lieu de ça, je retire ma veste et je vais dans la cuisine ; une Asiatique que je ne connais pas y est occupée à prendre des assiettes dans un meuble mural. Dès qu'elle me voit, elle s'immobilise et me gratifie d'un sourire que je ne lui rends pas, je me contente d'un mouvement imperceptible de la tête et j'ouvre le réfrigérateur, rempli, comme à l'accoutumée, de toute sorte de bonnes choses. La comparaison avec le mien me donne un léger vertige, mais ne m'empêche pas d'attraper le premier jus de fruit qui me tombe sous la main. En regardant l'étiquette, je laisse échapper une grimace de désappointement, ou plutôt de déception. À quarante ans, mon cerveau n'a toujours pas perdu sa très pénible habitude des flash-backs inopinés et douloureux.

Je suis allergique à la pêche depuis mon enfance ; ce nonobstant, le réfrigérateur de la famille Ferrara a toujours regorgé du jus de ce fruit, puisque c'est le préféré de mon frère cadet Giovanni, celui qui a le droit de tout faire, celui à qui tout est permis. Et il a beau vivre désormais avec sa femme, notre chère mère continue, imperturbable, à acheter du jus à la pêche en prévision des visites de son « Giovannino » bien-aimé.

Je remets donc la bouteille au frigo et je me cherche une autre boisson : il ne reste qu'une bouteille ouverte de jus de mangue sans sucres ajoutés. D'ailleurs, comment pourrait-il en aller autrement ? Un jour prochain, on gravera cette phrase sur la tombe de ma mère : *Elle a consacré sa vie au combat contre les sucres*. Chez les Ferrara, ni le Coca-Cola, ni les goûters tout préparés, ni les gâteaux secs, ni le Nutella n'ont jamais eu droit de cité. Interdits, comme la télévision, que nous avions la permission de regarder tout au plus entre deux et trois heures de l'après-midi, avant de faire nos devoirs.

Je débouche la bouteille et une odeur de mangue envahit mes narines. Je n'aime pas les fruits tropicaux : ma mère m'a tellement gavé de bananes par le passé qu'aujourd'hui, rien qu'à les sentir, j'en ai la nausée. Au début de notre mariage, Matilde rentrait toujours du supermarché avec un beau régime de bananes à étiquette bleue, elle les déposait dans un panier au milieu de la table et elle les laissait pourrir. Et quand je lui demandais pourquoi elle en achetait, puisque personne n'en mangeait à la maison, elle me répondait que le jaune de leur peau s'accordait bien au rouge des pommes.

Ma femme ressemble un peu à ma mère. Valerio, mon autre frère, n'a jamais cessé de me répéter que je m'étais débrouillé pour me trouver un nouveau supérieur hiérarchique, comme si mes vingt-six premières années d'existence ne m'avaient pas suffi pour comprendre que j'avais besoin de tout, sauf d'un chef.

Je me verse du jus de mangue et je m'assieds à la table de la cuisine, les pieds sur une chaise, à regarder la domestique qui continue à empiler les assiettes pour le dîner. Nous sommes réunis ce soir à l'invitation de notre mère et de Mario, qui ont quelque chose d'important à nous dire. L'espace d'un instant, j'ai cru qu'ils devaient nous annoncer l'arrivée d'une nouvelle petite-fille en plus de Renata, la fille de Giovannino, qui porte le même prénom que notre grand-mère et notre mère. En général, ce genre d'hommage est réservé aux pères, mais dans ma famille, il faudrait au moins deux petits-fils pour ça.

Le soir dont je parlais au tout début de ce livre, et qui remonte à trente-sept ans, c'est ma mère qui m'a pris par la main pour me mettre au lit. Papa est resté un instant debout sur le seuil du salon, puis il s'est installé sur le canapé et il y a passé plus d'un mois avant de faire ses valises et de s'en aller. Cinq ans plus tard, le divorce de mes parents n'a certes pas été l'événement le plus traumatisant de mon enfance. Quelques années après leur séparation, mon frère Valerio, ma sœur Flor et le petit Giovannino sont arrivés assez vite, les uns après les autres. Aucun d'eux n'était né de mes deux parents.

L'arbre pourri n'avait donné qu'un seul fruit avant de se dessécher.

L'excommunication de Gargiulo Raffaele, *alias* mon père

Mario Ferrara, le mari de ma mère, le père de Valerio et de Giovanni, mon beau-père en somme, même si j'éprouve quelque réticence à le définir par ce mot, a soixante-seize ans ; il est plus grand que moi, il pèse cent vingt kilos et il a une longue barbe blanche très fournie, comme le père Noël. C'est l'icône du père parfait, et il faut reconnaître que l'image correspond bien à la réalité. Du moins en ce qui me concerne, et surtout si je le compare à mon vrai père, qui se prénomme Raffaele, qui a six ans de moins que Mario et qui est maigre comme un clou. Mario est aussi mon parrain, puisqu'il m'a accompagné sur les fonts baptismaux lorsque, à l'âge de douze ans, peu après la naissance de Giovanni, j'ai décidé de recevoir le baptême. Dans la famille, j'étais le seul à ne pas l'avoir fait : à l'époque, mon père avait liquidé la question au motif qu'un jour, je déciderais moi-même.

Il déteste l'Église et aujourd'hui encore, deux documents encadrés trônent dans sa chambre : le premier, c'est le décret d'excommunication des communistes promulgué par le Saint-Office en 1949 ; le second, c'est son excommunication personnelle, qui remonte à quelques années. Il en est particulièrement fier et je l'ai souvent entendu se demander à haute voix s'il n'allait pas l'installer dans le salon ; mais sa seconde femme lui a toujours opposé un refus catégorique.

Un beau jour, papa a pris un stylo et une feuille de papier pour envoyer une lettre manuscrite au pape en personne, qu'il priait (doux euphémisme) de le débaptiser séance tenante. Pendant quelques mois, la curie romaine est restée silencieuse, et à chaque fois que mon père me parlait de l'affaire, je hochais la tête comme en présence d'un vieil oncle radoteur. Mais au bout d'un certain temps, la réponse tant attendue est enfin arrivée sous la forme d'une radiation des registres paroissiaux et d'une excommunication officielle de monsieur Gargiulo Raffaele, *alias* mon père.

Grâce à lui, j'étais aussi le seul membre de la famille à ne pas m'appeler Ferrara. C'est ce qui me faisait souffrir le plus, non seulement parce que je devenais ainsi un étranger dans ma propre maison, mais encore parce que cela m'obligeait à me souvenir en permanence que ce n'était pas mon vrai père, l'être bedonnant et barbu qui me dorlotait, qui jouait avec moi et qui m'aidait à faire mes devoirs. Lui, il était le père de Valerio et de Giovanni. Et si je ne pouvais pas changer de nom de famille, je pouvais au moins me faire baptiser, comme mes frères.

C'est Mario qui a annoncé la nouvelle à papa, en dépit des jacasseries de ma mère et de son insistance à prétendre que c'était à moi de m'en charger, que j'étais grand, que mon père était un sale con et *tu penses comme ça l'intéresse, ton baptême*. Chez les Ferrara, un lien sémantique fort unit depuis toujours les expressions *sale con* et *ton père*.

En tout cas, quelques années de fréquentation avaient suffi à ma mère pour connaître à fond Raffaele Gargiulo, qui, de fait, n'a pas fait beaucoup d'histoires à propos de mon baptême. Je ne sais pas s'il s'en fichait pour de bon. Toujours est-il qu'il n'a eu aucune réaction disproportionnée, et qu'il a même esquissé une sorte de sourire dont j'ai compris le sens quelques années plus tard, quand ma sœur Flor s'est engagée en ma présence dans une guérilla personnelle contre lui pour obtenir d'être baptisée, comme tous ses camarades de classe.

Tout en cherchant mon aide des yeux, elle lui a dit : « Même Erri a été baptisé.

— Oui, mais lui, ce n'est pas pareil.

— Pourquoi ? »

Tiens, c'est vrai au fond, pourquoi ? J'aurais dû moi aussi lui poser la question, au lieu de garder le silence.

« Lui, il a voulu se faire baptiser pour être comme ses autres frères. »

Flor m'a regardé, je crois qu'elle espérait une intervention de ma part. Mais avec mon père, j'ai toujours pensé, au moins jusqu'à l'âge de trente ans, qu'exprimer mon opinion était un effort inutile.

Ma sœur a donc compris qu'il lui faudrait se tirer d'affaire par ses propres moyens et elle a rétorqué : « Eh bien, moi aussi je veux être comme mon frère. »

Aujourd'hui encore, cette phrase jetée là un peu par dépit est restée gravée dans ma mémoire et me donne des frissons. J'avais quinze ans, un visage couvert d'acné, des aisselles peu habituées à l'usage du déodorant, je pratiquais la masturbation avec assiduité, je n'avais jamais rencontré le regard d'une fille, je travaillais peu et mal au lycée, ma mère ne m'accordait plus qu'un minimum d'attention, je n'avais pas le courage d'ouvrir la bouche devant mon père et aux yeux de mes frères, j'étais « l'autre frère ». Alors je vous laisse imaginer ma stupéfaction et mon désarroi quand j'ai appris que ma sœur voulait suivre mon exemple, rivaliser en partie avec moi.

Et bien entendu, je n'ai pas surmonté ce désarroi. Je suis resté silencieux alors que j'aurais dû combattre aux côtés de Flor, la serrer dans mes bras, l'encourager, traiter notre père de crétin malgré l'aide qu'apportait Rosalinda, sa seconde femme, en disant à sa fille : « Ton frère est grand, maintenant… »

Cette phrase a beau ne rien signifier par elle-même, elle m'a donné la sensation d'être tout petit. D'ailleurs, à quinze ans, on n'est pas si grand que ça, bien au contraire, on a juste besoin d'un exemple à suivre. Et moi, j'en avais un sous les yeux, tous les jours. C'était l'homme bedonnant et barbu qui n'avait qu'un petit défaut énorme : ne pas être mon père.

Mario et ses superpouvoirs

REVENONS AU PRÉSENT. Je suis encore assis à la table de la cuisine, à siroter mon jus de mangue, lorsque ma mère fait son entrée, me jette un rapide coup d'œil lourd de reproches et me prend à partie : « Erri, combien de fois faudra-t-il te dire de ne pas poser tes pieds sur les chaises ? Je viens de les faire tapisser ! »

Je retire mes jambes sans répondre et j'écluse le reste de mon jus de fruit. Puis, un petit sourire amer imprimé sur le visage, je fixe ma mère du regard. À presque soixante-dix ans, elle est encore belle, en dépit de ses bras flasques qui sortent de sa robe couleur vanille et de l'ébauche de ventre qui en déforme le tissu moulant.

« On peut savoir ce qui t'amuse ?

— Non, rien de spécial, je me disais juste que tu es vraiment une belle femme. »

Elle sourit, s'approche de moi, me serre dans ses bras et s'exclame : « Merci, mon chéri ! Et toi aussi, tu es beau, comme tous les membres de notre famille, d'ailleurs ! »

Mario apparaît à la porte, les mains croisées derrière son dos bien droit et les yeux rayonnants. Il voudrait ajouter quelque chose, mais sa femme l'en empêche et se met à brailler contre cette pauvre domestique, coupable d'avoir sorti trop d'assiettes du meuble mural. Juste avant de quitter la pièce, maman m'adresse à nouveau la parole : « Si ça te tente, il y a aussi du jus de pêche dans le réfrigérateur. »

Je reste là à observer son dos nu couvert de taches, pendant qu'elle s'éloigne vers le salon d'un pas rapide ; je ne m'aperçois pas que Mario me pose une main sur l'épaule et, de l'autre, ouvre le frigo, prend du jus de pêche, attrape un verre et le remplit. Pour finir, il s'assied péniblement sur la petite chaise de la cuisine et porte le verre à sa bouche, tout en me gratifiant d'un petit sourire complice. Je détourne la tête, embarrassé et inquiet à l'idée que la personne qui incarne le mieux la notion de père puisse avoir deviné ma pensée indécente, à savoir qu'au bout du compte, je me suis juste trompé d'ovule. Il aurait suffi d'attendre celui que Valerio a eu en partage, de couper l'herbe sous le pied de mon frère, en somme. Aujourd'hui, tout serait différent, et j'aurais moi aussi un père affectueux et présent qui m'aiderait à supporter la sensation de solitude qui me prend à chaque fois que je mets les pieds dans cette maison.

Heureusement pour moi, Mario ne dispose pas de superpouvoirs et ne peut pas lire dans mes pensées ; il prononce malgré tout une phrase qui m'oblige à me retourner d'un geste brusque : « Maman est un peu distraite ce soir, mais elle le sait bien, que tu es allergique à la pêche, ne t'inquiète pas. »

Un instant avant que mon frère Giovanni, fidèle à ses habitudes, sonne trois fois à l'interphone, je me rends compte de mon erreur : Mario possède bien des superpouvoirs.

Dès que Giovanni et sa famille se montrent à la porte, maman lui crie, les mains jointes et les genoux quelque peu flageolants : « Ciao, mon amour ! »

J'essaie de me souvenir si elle a manifesté le même enthousiasme à mon arrivée, mais aussitôt après, me voilà déjà prêt à embrasser sur la joue ma belle-sœur Clara et ma nièce Renata. Giovanni préfère une poignée de main à l'américaine, accompagnée d'un grand sourire. Bien que nous soyons en plein hiver, il se balade habillé d'une chemise bleue brodée à ses initiales, dont les deux premiers boutons ouverts laissent entrevoir sa poitrine glabre et musclée.

Après m'avoir demandé comment je vais, il n'écoute pas ma réponse et se jette dans les bras de Mario, qui entre-temps nous a rejoints.

Je pince alors affectueusement le nez de Renata, convaincu qu'elle va se mettre à rire, mais voilà qu'elle plonge son visage dans les cheveux de sa mère, d'un air effrayé. Il faut reconnaître que je ne sais pas trop comment m'y prendre avec les enfants, quel genre de rapport instaurer avec eux, quoi faire et quoi leur dire. Pendant que je fais l'idiot, je prends conscience que je suis idiot et j'en suis embarrassé à leur place ; du coup, je donne l'impression de faire semblant, et ça, les enfants s'en aperçoivent. Quoi qu'il en soit, il faut relativiser le problème : dans ma vie, les enfants sont un peu comme les diplômes universitaires ; tout le monde en a un, sauf le soussigné.

Clara informe ma mère que « Renata doit dîner », et nous nous retrouvons tous aussitôt dans la cuisine : Clara parce qu'elle suit sa belle-maman, Giovanni parce qu'il suit son épouse, Mario parce qu'il suit son fils, et moi parce que je resterais certes volontiers sur le canapé à regarder la télé, mais je risquerais alors une apostrophe véhémente de notre cheftaine de la milice, qui me traiterait d'asocial ou, dans le meilleur des cas, de sale bourru.

Je rejoins donc le cortège et je me faufile à mon tour dans la cuisine, au moment précis où la domestique accomplit son énième trajet vers la salle à manger, une pile d'assiettes entre les mains. J'aimerais me tromper, mais il me semble percevoir sur son visage une grimace de désappointement. Et allez savoir si cette grimace est due aux allers et retours incessants que la pauvre fille est obligée de faire, à notre présence qui complique son travail ou, comme je le crois, à l'épuisement prématuré provoqué par l'exercice de sa tâche auprès de Renata Ferrara.

Dans notre famille, la question « domestique » est d'actualité depuis vingt ans. Un tel laps de temps n'a cependant pas suffi à notre mère pour trouver une digne remplaçante à notre première et unique nounou, l'inoxydable Luisa, qui, jusqu'au jour de sa mort, a pris soin des enfants de Renata par ordre décroissant, de moi à Giovannino. Depuis, maman est à la recherche d'une autre nounou capable de rivaliser avec elle. Une recherche infructueuse pour deux raisons : en premier lieu, parce que nous n'avons plus besoin d'une nounou ; en second lieu, parce que Luisa était unique. Elle était en effet la seule à répondre du tac au tac à ma mère, à supporter ses caprices, à l'aimer vraiment. D'ailleurs, comment donner tort à toutes celles qui lui ont succédé, si elles ne se sont pas prises d'affection pour la despotique madame Ferrara ? Valerio et moi, nous avons sans doute gardé quelque part un classement des seize dernières domestiques de la maison, établi il y a quelques années sur la base du temps passé chez nous. Sauf erreur de ma part, la première place y revenait à une Philippine qui a résisté longtemps, avant d'éclater en sanglots et de s'enfuir au beau milieu de la nuit. Juste derrière, sur ses talons, il devait y avoir la minuscule Albanaise souriante qui, un jour, a jeté une assiette par terre avant d'envoyer, dans sa langue natale, madame Ferrara au diable. Valerio et moi, nous avions essayé de la convaincre de revenir sur sa décision, nous lui avions expliqué qu'il ne lui manquait que quelques jours pour battre le record de la Philippine ; elle nous avait adressé un regard ahuri et elle avait refermé la porte derrière elle. Il faudra que je demande à mon frère où est cette liste, pour la mettre à jour.

Clara se met à donner la becquée à sa fille pendant que Giovanni, après s'être servi un peu du jus de pêche resté là, me demande : « Alors, frérot, quoi de neuf ? »

Par chance pour moi, Renata décide que sa bouillie ne lui plaît pas et elle recrache tout sur la table. Il s'ensuit un véritable tumulte auquel je dois mon salut. Sans lui, j'aurais été obligé d'annoncer à toute ma famille réunie que mon ex-femme attend un enfant.

Kant et l'espoir

Mario est le patron d'un des plus importants cabinets d'ingénierie de la ville, sur la via Toledo ; pourtant, Giovanni est le seul d'entre nous à avoir suivi ses traces. En ce qui me concerne, ma carrière universitaire s'est interrompue à peine commencée, quand j'ai passé mon cinquième examen. Malgré les pressions de notre cheftaine de la milice et sa volonté de faire de ses fils des militaires brutaux qui affrontent le monde un couteau entre les dents et qui profitent de la vie, de fait, mes deux frères et moi sommes devenus tout ce qu'on voudra, mais certes pas de braves petits soldats prêts pour la guerre.

Je viens d'ouvrir une petite librairie de bandes dessinées dans une rue peu fréquentée ; Giovanni, j'en ai bien peur, est devenu ingénieur plutôt pour faire plaisir à la cheftaine de la milice que par goût personnel ; quant à Valerio... Qu'est-ce qu'il fait, Valerio, en ce moment ? Il faudra que je pense à le lui demander.

Pendant l'âge d'or de la Démocratie Chrétienne – celui de Gava, De Mita, Pomicino et compagnie –, notre mère a été une femme politique assez célèbre en Campanie. En quelques années, elle a réussi à se frayer un chemin et à devenir une personnalité en vue de son parti, jusqu'au jour où son ascension a été interrompue par les magistrats de l'opération Mains Propres. Et c'est ainsi qu'a pris fin la glorieuse carrière de Renata Ferrara, dont la réaction face à l'adversité s'est limitée à une courte période de dépression.

En ce temps-là, je venais juste de devenir majeur, et j'avais d'autres sujets de préoccupation : en premier lieu, mon baccalauréat, où une scène muette m'a malgré tout valu une note très honorable ; et puis, la gestion psychophysique de la trahison de ma petite amie du moment, Giulia. Je venais de découvrir qu'elle avait du plaisir à aimer plusieurs garçons à la fois et, surtout, à en faire souffrir le plus grand nombre possible. Plus de vingt ans se sont écoulés depuis, et je me demande encore après qui elle en avait vraiment, qui était la véritable cible de sa vengeance. Je serais prêt à parier une assez grosse somme sur son père, presque toujours absent à l'époque, et dont j'ai appris plus tard qu'il avait fini par quitter le foyer conjugal.

C'est quand même bizarre, ce besoin de faire payer aux autres les fautes de nos parents. On se promène avec sa petite dose de douleur mise en capsule depuis l'enfance, à la recherche de la personne à qui on va rendre une partie des torts subis. Certains parviennent à briser la chaîne de la haine grâce à une pincée d'amour rencontrée par hasard, mais la plupart des gens, hélas, continuent d'entretenir l'engrenage sans en être conscients. Giulia était tombée sur moi, mais je n'ai pas le droit de me plaindre : j'en ai fait subir autant à plusieurs femmes innocentes.

Voilà que je me suis perdu dans mes divagations, une fois de plus. Je parlais donc de la dépression de ma mère et, avant cela, de la vie professionnelle des membres de la famille Ferrara. Et avant cela encore, de la nouvelle sensationnelle de la grossesse de mon ex-épouse. Mais permettez-moi d'abord de terminer l'histoire de Renata Ferrara.

La conjoncture astrale formée par l'opération Mains Propres, l'inculpation de ma mère et la scène muette de son fils à l'oral du baccalauréat a tout de même réussi, pendant quelques semaines, à érafler sa robuste cuirasse. Si j'avais su, à l'époque, qu'elle faisait l'objet d'une procédure judiciaire, j'aurais au moins essayé de lui offrir un « succès scolaire digne d'un fils aîné » ; mais à dix-huit ans, j'étais à peine au courant de l'existence du juge Di Pietro et de ses compères ; alors, quand on m'a posé une question sur Kant, j'ai froncé les sourcils et tendu le cou d'un air hébété. Derrière moi, maman a quitté la salle d'un pas feutré, les mains sur le visage pour cacher la honte que lui causait ce fils indigne. La veille, elle m'avait imposé une interrogation surprise, en prévision de celle du lendemain. Elle se plaisait à répéter, pendant ces années-là, qu'il faut être paré contre toute éventualité. Je crois que malgré tout, la vie lui a quand même appris quelque chose : maintenant, elle prétend qu'il est inutile de se préparer à quoi que ce soit, que de toute façon, quand les ennuis arrivent, ils vous prennent toujours par surprise.

En tout cas, cet après-midi-là, l'interrogation surprise s'était justement terminée par une question sur Kant. Après avoir entendu le bredouillis qui m'avait tenu lieu de réponse, elle s'était gratté le nez avec ses deux index, elle avait retiré ses lunettes et elle avait dit en soupirant : « Bon, eh bien… il ne reste plus qu'à espérer qu'on ne t'interroge pas sur Kant. »

Je crois que la suite des événements l'a aussi amenée à réviser sa conception de l'espoir.

Courte réflexion sur l'espoir

« JE M'APPELLE ERRI GARGIULO, et je me shoote à l'espoir depuis quarante ans. »

S'il existait une thérapie de groupe pour drogués de l'espoir, c'est à peu près en ces termes que je devrais me présenter aux autres patients.

J'ai commencé à espérer à l'âge de cinq ans, quand je me suis fait l'illusion que mes parents allaient arrêter de se disputer. Ensuite, j'ai espéré que mon père reviendrait à la maison et que ma mère ne tomberait pas amoureuse d'un autre homme. Puis, que maman tomberait amoureuse de Mario et qu'il ne s'en irait pas comme papa. J'ai espéré que mes frères seraient enlevés par des terroristes, qu'Arianna (dont je ne tarderai pas à parler) deviendrait ma petite amie, que Giulia ne pourrait plus se passer de moi, que Matilde m'accueillerait dans son lit, que l'équipe de Naples gagnerait le championnat, que, tôt ou tard, je deviendrais dessinateur de BD.

En fin de compte, j'ai compris qu'il est faux de dire que l'espoir ne devient jamais réalité. C'est une pure et simple question de probabilités : plus on a de désirs, plus il y a de chances qu'ils se réalisent.

Ta-dan !

QUOI QU'IL EN SOIT, j'étais donc dans ma librairie, par un jour quelconque, quand Flor s'est présentée avec une bouteille de mousseux, un bouquet de marguerites et un gros livre sous le bras.

Elle a plus de trente ans mais elle fait beaucoup moins que son âge. Elle porte tout le temps des tissus fleuris aux couleurs vives, de grandes écharpes qui recouvrent la moitié de son visage, des chaussures basses et des jupes larges ; elle a un piercing à la lèvre, des cheveux frisés, et elle dessine des bandes dessinées ou, pour être plus précis, des *graphic novels*.

Tout en déposant la bouteille et le livre sur le comptoir, elle m'a demandé : « Alors, grand frère, comment ça va ? » Puis elle m'a tendu le bouquet avec un sourire enivrant.

Deux précisions indispensables. La première : tous mes frères et sœurs m'appellent « grand frère » et me remettent du même coup en mémoire que je suis le plus vieux. La seconde : Flor est toujours si joyeuse, si amoureuse de la vie, que j'en viens à douter qu'elle soit vraiment ma sœur et, surtout, la fille de mon père.

Je me suis contenté de lui répondre : « Je suis encore là. » Ce qui, par les temps qui courent, ne va pas autant de soi qu'on pourrait le croire. Je lui ai ensuite demandé, en prenant le bouquet : « C'est pour moi ?

— À ton avis ?

— C'est bien la première fois qu'une femme m'offre des fleurs.

— Alors ça veut dire que tu n'as jamais fréquenté celles qui te convenaient. » Elle a prononcé cette phrase sans se départir de son merveilleux sourire.

Flor a été le premier être vivant que j'ai informé de la trahison de ma femme, aussitôt après avoir refermé la porte de mon appartement derrière moi. Elle et Arianna sont les seules personnes avec qui j'arrive à exprimer mes émotions.

J'ai avoué que c'était vrai, et dans l'échange de regards qui a suivi, l'image de Matilde s'est en quelque sorte matérialisée, l'espace d'un instant.

Mais aussitôt après, j'ai demandé à Flor : « Et la bouteille, c'est en quel honneur ?

— Nous avons quelque chose à fêter.

— Un nouveau roman ? »

Flor s'est alors exclamée, en me montrant la couverture de son dernier travail littéraire : « Ta-dan ! »

Quand je vous ai dit que ma sœur dessine des *graphic novels*, j'ai oublié d'ajouter un petit détail : elle n'a pas encore trouvé d'éditeur. Elle les imprime elle-même (avec ma collaboration) et les case de force dans ma librairie, le plus souvent en vitrine ou sur l'étagère la plus en vue.

Après avoir regardé la couverture où deux garçons blonds s'embrassaient sous une tempête de neige, je lui ai dit que je la trouvais très réussie.

« Tu me le mets en vitrine ? »

J'ai accompagné mon hochement de tête d'un sourire, et ses yeux sont devenus encore plus lumineux.

Puis elle a ajouté : « Mais nous n'avons pas que ça à fêter.

— Ah bon ? Et quoi d'autre ? »

Pour toute réponse, elle a ouvert son sac d'étoffe verte à fleurs roses et bleues, elle en a retiré un stick et elle est restée là à me fixer du regard, avec un sourire espiègle.

« Qu'est-ce que c'est ? »

Elle a hurlé une deuxième fois « Ta-dan ! » et elle m'a mis l'objet en question sous les yeux.

Il m'a fallu quelques secondes avant de bien voir de quoi il s'agissait, d'ouvrir grand la bouche et de tendre le cou en arrière, à la manière d'un paon.

Déçue par ma réaction, elle m'a demandé : « Eh ben, tu ne dis rien ?

— Tu es enceinte ? »

Elle a acquiescé et retrouvé son sourire.

« De qui ? »

Elle m'a répondu « Bof ! » en haussant les épaules.

« Comment ça, *bof* ?

— Allez, Erri ! Tu ne vas quand même pas tout gâcher ? Je croyais que tu serais content d'avoir une petite nièce.

— Eh bien... je suis content, mais je ne comprends... »

Elle a cessé de sourire et elle a enfoncé le clou : « Il n'y a rien à comprendre ! Je voulais un enfant, et il est là ! Le reste n'a pas d'importance. De la part de papa, encore, je comprendrais, mais venant de toi !

— Tiens, justement, tu fais bien d'en parler. Qu'est-ce qu'il en dit, papa ?

— Qu'est-ce que tu veux qu'il en dise ? Je te répète que tu es le seul à être au courant.

— Et tu n'as vraiment pas la moindre idée, pour le père ? »

Flor a attrapé la bouteille de mousseux par le goulot et elle m'a répondu, d'un ton de plus en plus agacé : « J'aurais bien un vague soupçon, mais bon, tu sais... Je voulais surtout un enfant avant de devenir vieille, alors... voilà, disons que je me suis activée.

— Devenir vieille ? Tu as trente-trois ans !

— C'est déjà pas mal. Tu voudrais que je mette une fille au monde quand je n'aurai plus la force de l'élever ? Et toi, tu voudrais t'occuper de ta nièce quand tu feras pipi dans une couche-culotte et que tu n'auras plus de dents ? »

Sans m'appesantir sur cette idée selon laquelle ce serait à moi de m'en occuper, je lui ai rétorqué : « OK, fais comme tu veux, de toute façon, tu seras toujours aussi folle, toi ! »

À ce moment-là, Flor s'est jetée dans mes bras. « Allez, ne fais pas cette tête, tu vas enfin pouvoir donner libre cours à ton désir de paternité refoulé, parce que bon, Renata, on te permet à peine de la toucher. Heureusement pour toi, Soledad va entrer dans ta vie !

— Au fait, qu'est-ce qui te rend si sûre que ce sera une fille ?

— Ce sera forcément une fille, puisque je *veux* une fille. »

Flor a une conception très particulière de l'existence ; elle se l'imagine comme un conte de fées où elle joue le rôle de la princesse devant qui on déroule le tapis rouge.

« Tu te rends compte ? Dans quinze ans, j'aurai une copine et on ira se promener ensemble, faire du shopping...

— Eh oui... » Ma réponse lui ayant paru un peu courte, elle a pris mes joues entre ses mains et elle a ajouté : « Mon pauvre Erri qui est déjà entouré de tous ces mâles alpha de la famille Ferrara... Là au moins, du côté Gargiulo, tu trouveras une femme pour prendre soin de toi dans tes vieux jours.

— Pourquoi, tu ne penses pas que je pourrais me trouver une compagne ? »

Flor a fait une grimace et m'a répondu : « À ta place, je n'y compterais pas trop, tu n'es pas du tout facile à vivre. Je me demande même comment tu t'étais débrouillé pour en trouver une...

— Oh, la peau de vache ! »

Dans un grand éclat de rire, elle a débouché la bouteille et frotté son index mouillé contre mon oreille ; puis elle s'est mise à boire.

Je lui ai arraché la bouteille des mains et je me suis écrié : « Non mais ça va pas la tête ? Tu n'as plus droit à l'alcool maintenant.

— Ah oui. » Son acquiescement perplexe ne l'a pourtant pas empêchée de prendre un paquet de cigarettes dans son sac.

« Et tu n'as pas le droit de fumer non plus.

— Erri, lâche-moi un peu les baskets. Tu te rends compte à quel point tu es lourd ? Pas étonnant qu'aucune femme ne veuille de toi ! Tu ferais mieux de te remuer, il ne te reste plus beaucoup de temps pour devenir papa. Dans quelques années, ta prostate va prendre sa retraite.

— Toi, au moins, tu sais remonter le moral des gens », lui ai-je répondu tout en déposant son nouveau roman en vitrine.

Après avoir soufflé une bouffée de cigarette, elle a repris : « Tu devrais faire comme moi.

— C'est-à-dire ?

— Avoir le plus de relations possible, pour mettre toutes les chances de ton côté. Tu devrais coucher avec plus de femmes, quoi.

— Et toi, tu devrais consulter un bon psy.

— Dommage que tu sois mon frère. Sans ça, j'aurais pu te donner un coup de main, même s'il faut bien reconnaître que tu n'es pas vraiment mon genre.

— Flor, enfin !

— OK, je te laisse à tes occupations. Bisous, grand frère. » Sur ces mots, elle m'a donné un gros baiser sur une joue.

Je suis resté sur le pas de la porte à la regarder sautiller au milieu des gens et je me suis demandé comment elle fait pour être toujours d'aussi bonne humeur, aussi déjantée. Un même père a donné naissance à une fille heureuse et à un fils qui ne l'est pas.

Tôt ou tard, je serai bien obligé d'admettre que la thèse de la responsabilité subjective n'est pas sans fondement.

Comme au bon vieux temps

ALORS QUE JE RÉFLÉCHISSAIS ENCORE à la nouvelle sensationnelle que ma sœur venait de m'annoncer, mon portable a sonné. C'était Matilde.

« Erri, il faut que je te parle.

— Je t'écoute, lui ai-je répondu d'une voix glaciale.

— Pas au téléphone.

— Pourquoi ?

— C'est important.

— Si c'est important, tu n'as qu'à en parler à Machin Chose. »

Depuis le jour où j'ai été contraint et forcé de quitter le toit conjugal et ma vie d'avant, j'ai toujours pris le plus grand soin de ne pas prononcer le nom de l'amant de ma femme. Et d'ailleurs, quelle définition adopter, dans une conversation ? Lui ? L'autre ? Ton amant ? Ghezzi ? Non, ce serait ridicule, il vaut mieux employer des diminutifs affectueux.

Ma femme a haussé le ton : « Tu veux bien arrêter de jouer les imbéciles, une bonne fois pour toutes ? »

Je lui ai répliqué par une réponse cinglante : « Non.

— S'il te plaît, j'ai vraiment besoin de te parler. »

Silence obstiné de ma part.

« Il est arrivé quelque chose… »

À ce moment-là, M. Bracale est entré dans ma librairie. Cet ancien employé de la RAI est aussi, par bonheur pour moi, un mordu de bandes dessinées. Tous les deux jours, il vient m'acheter quelques albums qui vont rejoindre sa riche collection, et si je n'ai pas encore mis la clef sous la porte, c'est en grande partie grâce à lui. Mais comme il s'agit de mon meilleur client, il estime avoir droit à un traitement digne de son statut : quand il fait son apparition chez moi, je suis censé me transformer en carpette.

Mais cette fois-là, mission impossible. J'étais trop occupé à m'opposer à mon ex-épouse et à sa nouvelle tentative de raccommodement.

Inutile de tourner autour du pot, je ne suis pas quelqu'un de très aimable, c'est un fait. Je suis maladroit, j'ai un visage assez inexpressif, de petits yeux noyés derrière des lunettes épaisses, une bouche qui ressemble à un trait de soustraction et une touffe chétive de cheveux perdue sur mon crâne pelé. Mon incarnat me donne l'aspect d'un personnage des dessins animés de Tim Burton et j'ai par ailleurs les pieds plats, des pectoraux très sensibles à la loi de la pesanteur et un petit ventre typique des quadragénaires frustrés. Si vous ajoutez à cela que j'ai presque tout le temps l'air de mauvaise humeur, les jeux sont faits rien ne va plus, mes chances de plaire à une femme sont proches de zéro. Un vrai cercle vicieux : plus je reste célibataire, plus je ressemble à Charlie Brown. En somme, il n'y a pas trop de quoi rire. Alors que petit, ça m'arrivait souvent, paraît-il ; mais c'était avant que les malheurs de la vie s'abattent sur moi comme la grosse vague qui vous prend par surprise, dans le dos, juste avant que vous posiez le pied sur le rivage.

Avec tout ça, comment faire comme si de rien n'était, quand votre ex-femme vous laisse entendre qu'elle serait prête à vous accorder une seconde chance ? Au cours des trois derniers mois, c'est arrivé au moins deux fois. La première, à une fête donnée par un couple de vieux amis qui m'avaient invité aussi, en dépit de mon inscription, depuis le jour de notre séparation, dans la catégorie des « maris d'amies dont on perd les traces quand ils ne sont plus ensemble ».

Pendant cette soirée, à chaque fois que je me retournais, je constatais que Matilde avait les yeux rivés sur moi. À un moment donné, elle m'a suivi aux toilettes, elle a refermé la porte derrière elle et elle m'a murmuré : « Tu me manques. » Elle portait une robe bleue moulante qui mettait bien en valeur ses hanches, ses jambes et sa poitrine généreuse.

Puis elle a ajouté, avec un petit sourire : « Tu as une paupière qui tremble. »

Difficile de jouer les indifférents en présence d'une femme qui a été votre compagne pendant quinze ans. Matilde sait très bien que dans certaines circonstances bien précises, ma paupière se met à battre. Nous avions même consulté un spécialiste ; il nous avait dit que c'était dû à l'anxiété, qu'à la perspective d'un rapport sexuel, mon corps commençait à s'agiter et mes muscles à se contracter. Et il avait fini par s'exclamer, dans un grand éclat de rire sonore : « L'important, c'est que *le* muscle le plus directement concerné ne se contracte pas ! »

Depuis, je vais voir un autre spécialiste.

Toujours est-il que dans la salle de bains de nos amis, j'ai essayé de résister, je vous le jure. Seulement, Matilde m'a passé une main derrière l'oreille, elle m'a retenu le lobe de l'oreille entre ses dents et elle a collé une cuisse contre ma jambe. J'étais prisonnier de l'étreinte d'un gigantesque python et je lui ai demandé :

« Qu'est-ce que tu me veux ?

— Rien, j'avais besoin de sentir ton odeur… »

J'aurais pu sortir vainqueur de l'épreuve. Il aurait suffi d'ouvrir la porte, de retourner à la soirée, et elle aurait été de nouveau à moi, éconduite et amoureuse. Au lieu de ça, je l'ai embrassée et plaquée contre la porte. Nous avons fait l'amour avec une passion réciproque que nous n'étions plus conscients d'éprouver l'un pour l'autre, comme jamais au cours des dernières années. Après cette longue minute de désir ardent, Matilde était déjà de retour au salon, au milieu de cette fête anonyme, à distribuer des sourires à des invités dont je me fichais complètement.

La seconde fois, c'est arrivé dans ma librairie. Matilde y est venue un après-midi, sous prétexte d'acheter un cadeau pour son neveu. Après avoir regardé autour d'elle, elle a eu ce commentaire : « Je suis contente que tu aies enfin réalisé ton rêve !

— Eh oui. Quand je pense que c'est toi qui m'as fait comprendre que le moment de changer de vie était arrivé.

— Tu l'aurais compris tout seul, tôt ou tard, ce n'était pas pour toi, ce boulot. »

Un jour, peu de temps avant notre séparation, nous étions en voiture, coincés dans les embouteillages et enveloppés dans une grisaille peu fréquente à Naples, et elle avait prononcé cette phrase : « Si tu n'aimes pas ton travail, trouves-en un autre. »

J'avais sursauté mais Matilde ne me regardait pas, et je suis donc resté là à fixer sa silhouette qui se détachait sur un arrière-plan d'un blanc sale.

« Qu'est-ce que tu veux dire par là ?

— Je veux dire que je te préférerais heureux avec un travail précaire plutôt que malheureux avec un travail assuré.

— Arrête tes bêtises. »

À l'époque, je bossais pour l'entreprise d'installations photovoltaïques de mon beau-père, Natura Srl, un colosse installé dans la région de Salerne qui exportait ses solutions écologiques dans toute l'Europe. Crispino Del Gaudio est un ami intime de Mario, mon beau-père, qui avait beaucoup insisté pour obtenir mon embauche. C'est là que j'avais fait la connaissance de Matilde, jeune diplômée dynamique promise à un brillant avenir dans la société de son père, et aussi Ghezzi, déjà quadragénaire et déjà responsable du marketing de la boîte.

Ce jour-là, en voiture, Matilde n'avait plus rien dit et j'avais recommencé à la regarder. Il faisait toujours aussi mauvais, de l'autre côté de la vitre.

Alors je lui ai demandé, à brûle-pourpoint : « Tu m'aimes encore ?

— Et toi ?

— Tu ne m'as pas répondu.

— Toi non plus. »

Pendant tout le reste du trajet, ni elle ni moi n'avons plus ouvert la bouche : deux questions étaient restées en suspens, je fixais la route du regard et Matilde gardait la tête appuyée contre le protège-nuque, les yeux fermés. Pendant que la musique de la radio remplissait le silence qui aurait dû être occupé par notre conversation, je ruminais sa question. Nous ne nous aimions vraiment plus ? Nous venions vraiment de nous en apercevoir ? Nous venions vraiment de nous l'avouer, là, en voiture, pris dans la circulation d'une journée ordinaire ? Alors que la grisaille qui nous enveloppait se transformait en pluie et que la musique faisait place aux informations ?

C'était un jour comme il y en aurait eu tant d'autres pour nous dire ce que nous avions à nous dire, un moment banal, un intervalle d'ennui. Plus tard, j'ai eu l'occasion de découvrir que c'est justement dans les instants de monotonie que les vérités nous échappent, quand la fatigue née d'une journée ordinaire et banale nous apparaît comme le pire des maux.

Nous voilà donc dans ma librairie, à parler de nous, et je n'ai pas pu me retenir : « Qu'est-ce que tu fiches avec ce vieux ?

— Ce n'est pas un vieux.

— Il doit avoir au moins soixante ans…

— Cinquante-sept. »

Matilde s'est mise à feuilleter un album d'un geste embarrassé.

J'ai insisté : « Et puis, je croyais que tu voulais un enfant à tout prix. Tu comptes l'avoir avec un sexagénaire ? »

D'un regard à la fois vexé et déçu, elle m'a répondu : « Je n'aurai jamais d'enfant, tu le sais très bien. »

Un soir, après un énième essai infructueux, je lui avais dit : « Tu sais, je crois que le moment est venu de nous faire une raison. »

Pourtant, malgré ma question déplacée, au bout d'un moment, nous nous sommes retrouvés dans les toilettes de ma librairie, elle avec les fesses sur le lavabo et moi avec mon pantalon baissé, comme au bon vieux temps.

Tout en éloignant mon portable de ma bouche, j'ai murmuré à M. Bracale : « J'en ai pour une seconde. » Il m'a souri, mais sans rajouter la moindre distance aux cinquante centimètres qui le séparaient de moi, de l'autre côté du comptoir.

J'ai donc chuchoté à Matilde : « Je ne peux pas te parler.

— C'est urgent.

— Je te rappelle.

— Tu ne le feras pas.

— Mais si. »

J'étais encore occupé à montrer à mon client un gros volume de six cents pages d'un dessinateur iranien mort depuis peu, quand j'ai reçu un SMS. Depuis, je n'ai plus cessé de le lire et de le relire, dans l'espoir qu'il me donnera la force de prendre une décision. Au moins une fois dans ma vie.

J'étais sûre que tu ne me rappellerais pas. Mais je suppose que là, quand même. Je suis enceinte.

Prison et probabilités

JE NE L'AI PAS RAPPELÉE. En tout cas, pas encore. Quand je m'apprête à le faire, il suffit que je relise son message pour me sentir paralysé. J'ai bien analysé la situation et j'en suis arrivé à la conclusion que cet enfant ne peut pas être de moi. Ce serait une ironie du sort trop cruelle. Pendant des années, le ventre de Matilde a été le théâtre d'atroces tragédies, un véritable carnage pour plusieurs milliards de mes spermatozoïdes, partis la fleur au fusil comme de braves petits soldats et massacrés au front sans pitié. Nos rapports « à but précis » n'ont pas tardé à se transformer en débarquements miniatures sur les plages de Normandie, où mes troupes étaient fauchées dès qu'elles posaient le pied au sol. À l'intérieur du corps de mon ex-femme, toute une série de bunkers regorgent de tireurs d'élite qui protègent le territoire, il est à peu près impossible de pénétrer dans l'arrière-pays.

On pourrait donc être tenté de se demander comment Machin Chose aurait réussi à résoudre le problème. Il a peut-être engagé des pourparlers. Il a pris conscience qu'il ne pouvait plus compter que sur une armée pas très fraîche et fatiguée de combattre, il s'est assis à la table des négociations et il a obtenu gain de cause. Oui, ça a dû se passer de cette façon-là. D'ailleurs, et je m'excuse de m'abaisser à des détails aussi peu ragoûtants, le *coïtus* qui a eu lieu dans les toilettes de ma librairie entre de plein droit dans la catégorie *interruptus*. En tout cas, c'est l'impression que j'ai eue. Mais il faut bien reconnaître que je ne dispose d'aucune certitude scientifique, ni dans un sens ni dans l'autre. Et c'est là tout le problème.

Bref, même si je n'ai toujours pas passé ce fameux coup de fil, je sais bien que tôt ou tard, je n'y échapperai pas.

« Au fait, j'ai vu Matilde, l'autre jour. » Clara vient de s'asseoir à côté de moi sur le canapé pour me le dire.

« Va appeler ton frère, le dîner est presque prêt. » Ça, ce sont les ordres de ma mère adressés à Giovanni.

« Vraiment ? » Mais Clara n'a plus le temps de répondre à ma question, elle est en arrêt, à la manière d'un chien de chasse, le nez contre la couche de sa fille, et elle s'exclame d'une voix infantile : « Elle a fait son petit caca, ma princesse ? »

« Mais pas Erri, Valerio ! » Ma mère a poussé ce cri de la cuisine, toujours à l'intention de Giovanni, qui se tient maintenant debout devant moi.

« Pourquoi, il est là, Valerio ?

— Pourquoi, il est là, Valerio ? » Ma voix a fait écho à celle de mon frère.

« Oui, il est dans sa chambre, il dort. En tout cas, je crois. » Mario a prononcé ces mots avec un petit sourire indéchiffrable.

« À une heure pareille ? » demande Giovanni.

Moi, je demande à Clara : « Et tu l'as rencontrée où, Matilde ? »

Elle se lève et me répond : « Viens m'aider à changer Renata, je vais tout te raconter. »

Et pendant qu'il se dirige vers ce qui fut, jadis, la chambre de Valerio, j'entends Giovanni s'exclamer : « Toujours aussi tête de nœud, notre cher frère ! »

Clara dépose sa fille sur le bord du lavabo et se met à la nettoyer.

« J'ai rencontré Matilde l'autre jour dans un bar, j'étais avec une amie... »

Bien que je sois tout ouïe, Clara est plus occupée par l'opération « changement de couche » que par son récit.

« Elle a été très gentille…

— Qu'est-ce que vous vous êtes dit ?

— Tu veux bien me la tenir un petit moment ? » Elle me confie Renata, qui a toujours les fesses à l'air, et sort une couche neuve de son sac.

« Et… ? »

Clara récupère sa fille, me regarde droit dans les yeux et reprend : « À mon avis, vous devriez vous parler et peut-être réessayer d'une autre manière.

— Ce qui signifie ?

— Je ne sais pas, d'une manière plus…

— Plus… ?

— Plus.

— Plus, plus ?

— Voilà. » Elle accompagne sa réponse d'un clin d'œil, éteint la salle de bains et se dirige vers le salon.

Clara qui parle de *plus* ! Un sacré paradoxe, venant d'elle qui, depuis qu'elle est mère à temps plein, a accumulé une série infinie de *moins*.

Depuis son accouchement, elle est moins sympathique, moins disponible, moins gaie, moins maquillée, moins tolérante, moins femme. J'en suis navré pour Giovanni, qui est obligé de subir un tel auto-déclassement. Mais aussi parce que c'est moi qui ai été l'artisan de leur rencontre. Enfin non, ce serait plutôt Matilde.

Aussitôt après avoir obtenu son master en économie, Clara a postulé pour un stage dans notre entreprise (eh oui, il fut un temps où je l'appelais comme ça). La chose était loin de me déplaire, et je n'étais d'ailleurs pas le seul : l'arrivée de cette jeune pouliche avait fait frémir plus d'un naseau, chez Natura ; et elle avait aussi, hélas, mis ma femme sur le qui-vive. Il n'a en effet pas fallu longtemps à Matilde pour comprendre que la belle stagiaire me tournait un peu trop autour. Un après-midi, alors que Clara venait de sortir de mon bureau, elle a tâté le terrain : « Elle est mignonne, hein ? » J'ai fait comme si de rien n'était et j'ai gardé les yeux fixés sur mon écran d'ordinateur, mais Matilde n'a pas lâché prise : « Tu ne trouves pas ?

— Comment ? » Cette fois-ci, j'étais bien obligé de lui accorder mon attention.

« Je disais qu'elle est vraiment jolie, cette jeune fille.

— Tu trouves ?

— Oui. »

Je me suis de nouveau tourné vers mon écran d'ordinateur, tout en continuant à scruter du coin de l'œil la réaction de ma femme.

« Je me demandais... Et si on la présentait à Giovannino ?

— À Giovannino ?

— Oui, ça l'aiderait peut-être à oublier son ex. »

La semaine suivante, Matilde a donc organisé la rencontre. Au bout d'un mois, nos deux pigeons s'aimaient d'amour tendre ; en moins d'un an, ils se sont fiancés et mariés, ils ont acheté une maison, ils ont mis une fille au monde et ils ont même trouvé le temps de la baptiser.

Alors que d'autres sillonnent l'océan de l'existence à une vitesse folle, je suis à l'ancre depuis des temps immémoriaux. Allez savoir pourquoi certains individus ressemblent à des pions de Monopoly qui avancent à toute allure de plusieurs cases tandis que d'autres essaient en vain d'éviter celle de la prison.

Pendant les cinq ans où j'ai tenté de mettre ma femme enceinte, la plupart de nos amis ont catapulté au moins deux nouveaux petits monstres parlants sur notre drôle de planète.

Soit celui qui tire les ficelles est d'une profonde injustice, soit je suis voué à un éternel « Passez votre tour ».

Du Gaviscon dans la poche

DE TOUTE MON EXISTENCE, un de mes choix les plus difficiles a été celui de mes études universitaires. Comme j'étais beaucoup trop immature pour prendre une décision autonome, ma mère et Mario se sont chargés de m'inscrire en ingénierie, de régler tous les frais nécessaires et de m'acheter mes livres. De mon côté, je passais mes après-midi à jouer sur ma PlayStation avec Valerio, qui était certes, à l'époque, un adolescent aux lunettes rondes couvert d'acné et à l'haleine fétide, mais aussi un champion hors pair à au moins trois jeux : Battle Arena Toshinden, Worms et Doom, un des premiers où on tirait dans tous les sens.

Impossible de réviser, en présence de ce petit diable qui, dans la pièce d'à côté, s'amusait tout le temps à massacrer des monstres ! Dès que Renata sortait, ce qui arrivait souvent en ce temps-là, je virais Giovannino de sa console et je me lançais dans ma campagne fratricide personnelle. En cinq ans (il n'en a pas fallu moins à ma mère pour comprendre que je n'étais pas adapté à l'université), j'ai dû accumuler des milliers de défaites aux jeux de combat, à peu près autant à Worms, celui où des petits vers se lançaient des bombes, et sacrifié un nombre incalculable de vies à Doom.

Et puis un beau soir, je devais avoir autour de vingt-six ans, maman s'est approchée de moi et elle m'a dit : « J'ai parlé avec ton père.

— Avec mon père ?

— Oui. »

Je l'ai fixée d'un air incrédule. Personne n'arrivait à parler avec mon père, même pas ses enfants, alors comment est-ce qu'elle avait bien pu faire ?

« Il a dit qu'il veut te parler.

— Me parler ? »

— Oui, de ton avenir.

— De mon avenir ? » J'avais de plus en plus l'impression d'être un perroquet.

« Il faudra bien que tu fasses quelque chose. »

Alors, appuyons d'abord sur le bouton PAUSE. Mon joystick à la main, et tandis que mon avatar sur Doom gisait mort, entouré de ses ennemis qui s'acharnaient sur lui, voici ce que j'aurais dû répondre à ma mère : « Tu sais, maman, je n'en ai absolument rien à battre, de devenir quelqu'un. Je n'ai envie d'être ni ingénieur, ni médecin, ni avocat, et je serais même assez attiré par l'idée d'avoir un niveau de vie très inférieur à vos expectatives. Je suis convaincu que j'en tirerais un immense profit et que je ne serais pas obligé, dans dix ans, de me balader avec du Gaviscon dans ma poche et d'avoir l'estomac dérangé cinq jours sur sept. »

Je ne l'ai pas dit et je suis allé voir mon père.

Un *je ne sais pas* à peine murmuré

DÈS QUE VALERIO ME VOIT, il s'exclame : « Eh, salut, grand frère ! »

Il a les yeux gonflés de sommeil et la même haleine qu'au temps où il jouait à Battle Arena. À cette différence près que maintenant, ce n'est plus Giovannino qui le suit, mais une jeune Asiatique au visage d'une beauté céleste et aux cuisses fabuleuses. J'écarquille les yeux de surprise, avant qu'il me présente Tomoko.

J'ânonne presque : « Enchanté, Erri.

— Ma mère est japonaise mais je suis italienne », me répond Tomoko en me tendant la main.

Valerio me tape fort sur l'épaule. Nous sommes en hiver, mais il arbore un simple t-shirt et son éternel sourire.

Mes deux frères respirent un bien-être psychophysique digne d'envie. Ce terme définit bien la sensation que j'éprouve en observant Valerio et son incroyable copine s'asseoir à table. J'envie mon frère d'avoir une petite amie si belle, d'affronter la vie en t-shirt et de faire ce qu'il veut de ses journées. Je l'envie et j'ai du mal à croire qu'il y a vingt ans, c'était lui qui m'enviait. Il me fixait d'un regard stupéfait à chaque fois que je ramenais une fille à la maison, que j'allumais une cigarette ou que je sortais en boîte. J'étais son frère aîné, il avait onze ans et j'en avais vingt : son admiration et son envie étaient donc tout à fait compréhensibles. Ce qui l'est moins, c'est cette inversion des rôles. Ou peut-être que si, après tout, puisque même à trente ans, je n'ai jamais eu de compagne aussi époustouflante que la sienne.

À propos de Valerio aussi, il faut que je vous parle d'un non-choix. Pendant toute une période, il a eu l'habitude de débarquer dans ma chambre en pleine nuit pour me demander de dormir avec moi. Parfois, si je rentrais tard, il était déjà sous les draps. Je le poussais dans un coin, je m'allongeais et je me mettais à fumer ; de toute façon, il ne s'apercevait de rien.

La première fois que je l'avais retrouvé au pied de mon lit, j'avais sursauté de peur ; mais quand il m'avait dit qu'il avait fait un mauvais rêve, j'avais souri et je lui avais laissé un peu de place. Quelques nuits plus tard, il était revenu. Je lui avais demandé ce qui lui était arrivé et il m'avait répondu : « Rien.

— Alors comment se fait-il que tu n'ailles pas dormir dans ta chambre ?

— Je ne sais pas... » Il avait accompagné sa réponse d'un haussement d'épaules.

Ses visites avaient continué, à intervalles réguliers, pendant tout un hiver, et même si je n'ai jamais cessé de m'interroger sur leur signification, je ne lui ai jamais demandé le motif de ce comportement étrange, je me contentais de ses silences et de son *je ne sais pas* à peine murmuré. Ou plus exactement, je ne m'en contentais pas, mais pas moyen de prendre la situation en main.

Et puis un soir, quand il est entré, j'étais au lit avec Giulia (celle-là même dont je devais découvrir plus tard qu'elle fréquentait aussi d'autres lits). Nous avions attendu minuit, pour être certains que ma mère et Mario seraient endormis, avant de nous faufiler chez moi. Dès qu'elle a vu mon frère, Giulia a poussé un cri. Valerio s'est enfui, je me suis levé, je lui ai couru après, je l'ai attrapé par le bras et je lui ai hurlé dessus : « Si tu dis un mot de tout ça à maman, je ne te laisserai plus jamais dormir avec moi ! »

Il a écarquillé les yeux et il a hoché négativement la tête. Mais il n'a plus jamais remis les pieds dans ma chambre pendant la nuit, à ma grande satisfaction. C'est seulement des années plus tard – nous participions à une cérémonie où mes frères et moi étions tous réunis autour d'une table – que Valerio s'est décidé à me révéler pourquoi il se réfugiait dans ma chambre.

« Ils faisaient un tel boucan, les deux autres, là, dans la pièce d'à côté, que je n'arrivais pas à dormir. Je passais des nuits entières les mains sur les oreilles, à espérer qu'ils allaient en finir avec leurs grognements d'animaux. »

Il l'a dit en riant et en savourant un verre de vin. Tout le monde lui a emboîté le pas, à commencer par Giovannino, qui a tenu à préciser que lui, il ne se souvenait de rien.

Je n'en étais pas à mon premier verre, mais je n'avais vraiment pas le cœur à rire. Je venais d'apprendre que parfois, de même que les choix qu'on refuse de faire, les questions qu'on ne pose pas peuvent faire du mal à ceux qui nous sont chers.

Une des meilleures expressions linguistiques de la famille

IL Y A QUINZE ANS, je me suis donc présenté chez mon père, prêt à faire valoir mes arguments : j'allais enfin lui révéler mes désirs, le rêve que je nourrissais en cachette et que je n'avais le courage d'avouer à personne. Nous étions encore tous les quatre à table, juste après dîner, quand il a déclaré : « J'ai parlé avec ta mère. »

Ma réponse ne s'est pas fait attendre : « Je sais. » Je m'étais préparé depuis plusieurs jours à cette discussion d'homme à homme, même si, jusque-là, nous n'avions jamais eu de conversation sérieuse.

« Elle a enfin compris que l'université, ce n'est pas ton truc. »

J'ai poussé un soupir de soulagement et fait semblant de ne pas saisir l'allusion à son scepticisme à lui quant à ma capacité à suivre des études d'Ingénierie.

« Nous ne sommes pas tous faits pour la fac, mais l'important, c'est d'avoir un objectif, un but, un rêve à poursuivre. »

Quand il a prononcé le mot *rêve*, mes yeux ont étincelé : j'en avais un, moi. J'ai pris une respiration profonde et j'ai marmonné : « Je me disais que je pourrais me lancer dans une carrière de dessinateur de BD. » Aussitôt après, j'ai frotté très fort mes mains moites contre mon jean.

« De dessinateur de BD ? » Sa question était aussi une réponse.

« Oui. »

Au point où j'en étais, je me sentais prêt à affronter une réaction hostile, un reproche, voire une humiliation. Pourtant, en vingt-six ans, il m'était très peu souvent arrivé de subir des réprimandes : du point de vue de Raffaele Gargiulo, gronder ses enfants était un gros effort très dispendieux en énergie, dont il fallait user avec parcimonie. Mais ce soir-là, son froncement de sourcils ne m'a pas laissé le moindre doute sur sa disposition à ne pas regarder à la dépense... Et c'est alors que l'imprévu s'est produit. Rosalinda, qui était assise à côté de mon père, a eu mot pour mot ce commentaire : « Waouh, dessinateur de BD, génial ! »

Je suis certain que sans son intervention, la discussion aurait pris une autre direction. Mon père s'est en effet tourné vers sa femme pour lui jeter un regard perplexe.

Avec un enthousiasme tout à fait injustifié, elle a même insisté : « Quelle bonne idée ! »

Flor a abondé dans son sens : « Grandiose ! » À l'époque, c'était encore une adolescente en pleine puberté, et elle ne ratait pas une occasion de parler à qui voulait l'entendre des magnifiques bandes dessinées de son « grand frère ».

Quand papa s'est frotté la barbe et m'a dévisagé d'un air sérieux, j'ai sorti de ma poche, d'un geste instinctif, un petit papier tout froissé où j'avais noté pendant la nuit précédente, non sans peine, les quatre métiers susceptibles de me servir de solution de repli, par ordre décroissant de préférence.

Heureusement pour moi, je n'ai pas eu besoin de le montrer à mon père, qui a déclaré au bout de quelques secondes : « Il y a un certain temps, j'avais projeté d'ouvrir une librairie...

— Je sais.

— Ah bon ?

— Oui.

— C'est moi qui t'en ai parlé ?

— Non, c'est maman.

— Ah... Je n'ose pas imaginer ce qu'elle a pu te raconter. »

J'ai préféré garder un silence prudent : à chaque fois qu'on évoquait ma mère, mes conversations avec mon père risquaient de dégénérer. L'inverse était d'ailleurs tout aussi vrai, quand il était question de lui dans mes conversations avec elle. Mon enfance a été un effort permanent pour éviter de prononcer le nom de mes parents.

Mais revenons à nos moutons.

Au bout du compte, j'étais convaincu que j'allais devoir descendre d'au moins deux crans, sur ma fameuse liste. Et voilà que mon père a proféré une phrase qui, quinze ans après, est restée dans les annales de la famille Ferrara/Gargiulo :

« En tout cas, ce sera toujours mieux que de devenir ingénieur ! » Le rire gras qui a suivi s'est vite transformé en toux convulsive : à l'époque, il fumait déjà un paquet de petits cigares toscans par jour.

Le guichetier du Château de Lord Sheidon

ICI, JE ME SENS dans l'obligation de décrire plus en détail la personnalité de Raffaele Gargiulo, que plusieurs de mes lecteurs pourraient juger décidément ambiguë. Et cela me donnera par la même occasion la possibilité d'expliquer le choix de mon prénom, aussi insolite que le personnage qui me l'a attribué.

Diplômé en droit, Raffaele Gargiulo a fréquenté l'université au milieu des turbulences des années 1970, et il n'a pas tardé à céder aux sirènes du mouvement étudiant et d'un groupuscule anarchiste très en vue à Naples. Outre son caractère rebelle, c'était aussi un jeune homme comme il faut, cultivé, grand coureur de jupons et adepte d'une vie menée dans le plus grand désordre. Ce n'est d'ailleurs pas un hasard si, pendant cette période, il s'est occupé non seulement de droit et de lutte politique, mais encore de son mariage, de ma naissance, de l'abandon de sa carrière d'avocat, de celui de sa femme et, pour finir, de celui du territoire italien, en raison d'ennuis entourés pour moi d'un certain flou. Tout ce que je sais, c'est que quelqu'un l'avait informé que son nom était apparu dans une enquête de la magistrature et que la police cherchait à le coincer. À la fin des années 1970, il a donc décidé de s'expatrier chez un ami à Ibiza, où il a ouvert un petit bar et fait la connaissance de Rosalinda.

Quelque temps plus tard, l'information qui avait provoqué son départ s'est révélée être un bobard : le nom de mon père n'avait jamais figuré sur la liste des anarchistes à tenir sous surveillance. Raffaele Gargiulo ne s'était en effet rendu coupable d'aucun délit impardonnable.

À part quitter sa femme et son fils et refaire sa vie à l'étranger.

Mon père anarchiste était aussi un grand lecteur. Il adorait la littérature et se serait volontiers inscrit en fac de lettres, si ses parents n'avaient pas décidé de lui faire expier les fautes de son frère aîné, l'oncle Vittorio, et de le forcer à entreprendre une carrière d'avocat. Une carrière dont on vient de voir qu'elle s'est très vite interrompue lorsque Raffaele, désormais plus si jeune, divorcé et géniteur d'un fils au prénom impossible, a compris que son avenir, ce n'était pas le droit. Il a alors choisi d'arrêter de souffrir sous les ordres de son chef, un vieux ténor du barreau ami de mon grand-père, pour se consacrer exclusivement à ses deux passions, l'engagement politique et la littérature. J'ai déjà parlé du premier et il reste peu à dire de la seconde : jusqu'au tout dernier moment, papa a tenté de réaliser son rêve d'ouvrir une librairie ; son départ précipité pour l'Espagne l'a cependant contraint à renoncer à son projet.

À son retour, il avait avec lui une compagne déjà enceinte et il n'a pas pu refuser le poste de guichetier du Château de Lord Sheidon que lui proposait un ancien compagnon de lutte. Pour ceux qui ne le connaîtraient pas, je précise que ce Château était l'attraction principale d'Edenlandia, le plus grand parc d'attractions de toute l'Italie du Sud.

À mes yeux et à ceux de mes amis de l'époque, le métier de mon père était donc le plus beau du monde, puisqu'il nous garantissait un accès illimité à la forteresse. Et il a par ailleurs beaucoup contribué à mon succès sur les bancs de l'école primaire : chaque samedi après-midi, c'était moi qui choisissais les quelques privilégiés admis à participer à l'expédition. Et c'est ainsi que mes camarades de classe se sont bien vite mis à m'idolâtrer et à rivaliser pour m'aider à faire mes devoirs. Le travail de papa m'a valu les meilleures années de mon parcours scolaire et même un baiser sur les lèvres de Celeste, la plus jolie petite fille de l'établissement ; plusieurs samedis de suite, elle s'est retrouvée au premier rang devant la demeure aristocratique.

Mais hélas, cette période riche en satisfactions a pris fin, elle aussi. Avec l'arrivée des vacances, Celeste n'a plus daigné m'adresser la parole. Et au collège, mes copains n'en avaient rien à faire que mon père soit le guichetier du Château de Lord Sheidon. Peu à peu, j'ai compris que son métier n'était pas si prestigieux que ça, et certes pas autant que celui de Mario, dont l'entreprise s'enrichissait sans cesse de nouveaux collaborateurs. J'ai donc commencé à mentir quand quelqu'un me demandait ce que mon père faisait dans la vie.

Au gré de mes réponses et au fil du temps, Raffaele Gargiulo a donc été tour à tour proviseur de lycée, enseignant, ingénieur (en l'occurrence, si besoin, je pouvais toujours prétendre que j'avais confondu avec Mario), pilote d'avion, biologiste marin, professeur d'arts martiaux et même mécanicien chez Ferrari. Ce dernier mensonge m'a souvent mis dans des situations embarrassantes quand deux camarades à moi, passionnés de Formule Un, se collaient devant l'écran de la télé pour essayer d'identifier mon père parmi tous ces gens qui s'agitaient autour du bolide de Nigel Mansell.

En réalité, papa a passé huit ans à déchirer des billets et à fumer des cigares toscans à l'extérieur du Château.

Sa vie a eu pour moi valeur d'exemple : grâce à lui, j'ai compris qu'on peut très bien assister à l'effondrement de ses rêves sans pour autant devenir fou ou sombrer dans la dépression ; il suffit d'avoir un paquet de cigares à portée de main et une compagne séduisante qui vous attend le soir à la maison. Et séduisante, Rosalinda l'était, oh que oui.

Pour conclure de propos de la passion juvénile de papa pour la littérature, ajoutons que parmi tous les auteurs qu'il aimait, il y en avait un auquel il vouait une véritable passion : Henry Charles Bukowski.

Juste avant ma naissance, un long débat familial a opposé ma mère, qui aurait voulu m'appeler Valerio, et mon père, qui désirait quant à lui me donner le prénom de son unique idole. Pour finir, Renata a été obligée de céder et Raffaele est allé tout joyeux à l'état civil. L'employé de service – dont la description a d'ailleurs évolué au fil des ans et donné naissance à plusieurs légendes, pour passer d'un bonhomme chauve affublé d'un gros bouton sur le nez à une très belle femme – a transformé *Henry* en *Erri*, sans le moindre *n*.

Même avec mon prénom, je n'ai pas su donner satisfaction à mon père.

Une dernière précision. Sur le bout de papier froissé que j'ai laissé sur la table, en ce soir lointain de la discussion à propos de mon avenir, il y avait, à la deuxième place de la liste, « ouvrir une librairie de bandes dessinées ».

Quand on ne réussit pas à devenir dessinateur, c'est la bonne solution de repli. Et à y regarder de près, on se rend compte que j'avais déjà compris une chose, cette fois-là : on peut toujours se relever d'une chute, tant qu'on a encore un rêve en réserve.

Les Chevaliers de la Table Ronde

VISIBLEMENT TRÈS AGITÉE, ma mère prend la parole : « Bien, nous sommes tous là. »

Quand elle m'a appelé, il y a quelques jours, pour me demander si j'étais libre ce soir, je n'ai pas accordé beaucoup d'importance à l'affirmation selon laquelle Mario et elle avaient « quelque chose d'important » à nous annoncer. Ces derniers temps, elle use et abuse de cette formule, même si je dois bien reconnaître que la dernière fois qu'elle l'a employée, il s'agissait de la grossesse de Clara. Ce soir-là, Matilde était hélas des nôtres, et elle avait très mal pris la nouvelle.

Aussitôt après avoir esquissé un sourire, mon ex-femme avait posé sa serviette sur la table d'un geste très élégant, elle s'était levée de sa chaise en silence et elle s'était réfugiée dans la salle de bains pendant dix bonnes minutes assez embarrassantes. Lorsque j'étais allé la chercher, elle était devant le miroir à essayer de reconstituer son maquillage défait par ses larmes. Je l'avais prise dans mes bras et je lui avais demandé de revenir avec nous, je n'arrivais plus à supporter les regards médusés des membres de ma famille.

Dès que nous nous étions rassis, ma mère lui avait pris la main et lui avait dit, avec un rapide sourire : « La prochaine fois, ce sera votre tour. »

Mario avait fait un rapide tour de table pour remplir nos verres de mousseux, Giovannino et Clara nous gratifiaient de regards compatissants du haut de leur vie qui coulait comme un long fleuve tranquille et Valerio... Valerio envoyait des SMS.

« Valerio ! » Ma mère l'avait rappelé à l'ordre quand nous nous étions tous mis debout, nos verres à la main, prêts à trinquer à la santé du premier héritier de la maison Ferrara.

Après s'être dépêché de remettre son portable dans sa poche, Valerio avait à son tour levé son verre et il avait demandé : « Alors, on fête quoi ? »

De retour à la maison, Matilde m'avait rejoint à la cuisine au moment où je me préparais à affronter la nuit en ingurgitant une énième dose de Gaviscon.

Giovannino allait devenir père et moi, j'allais continuer à me masturber dans tous les laboratoires de Naples, avec l'espoir que tôt ou tard, mes spermatozoïdes accompliraient l'exploit de féconder ma femme.

Matilde m'a dit : « Tout ça a peut-être un sens, nous avons peut-être commis des erreurs. »

Je me suis retourné et j'ai gardé les yeux rivés sur elle. En quoi avions-nous bien pu nous tromper ?

Après avoir avalé le liquide visqueux du médicament, je lui ai répondu sur un ton agacé : « Sauf erreur de ma part, Giovannino n'en sait pas plus que moi en matière de sexe. »

J'en avais assez de ces discussions avec Matilde, de ce sempiternel sentiment de culpabilité dont elle se servait pour expliquer nos échecs. Pour elle, si nous n'arrivions pas à avoir un enfant, c'est qu'il devait y avoir une raison, une défaillance de notre part.

Elle a repris : « Ce n'est pas ce que je voulais dire. Mais peut-être qu'ils le font d'une autre manière, qu'ils y mettent plus de passion, plus d'ardeur. »

Pas étonnant ! Ils sont ensemble depuis peu de temps, ils peuvent faire l'amour sans demander la permission à une blouse blanche et ils n'ont pas installé une application sur leurs smartphones pour connaître les jours d'ovulation. Mais j'ai préféré répondre : « Arrête de chercher des causes tout le temps, il n'y a pas forcément un *parce que*, ou en tout cas personne ne le connaît, personne n'y comprend rien. Et ce qui est sûr, c'est que ce n'est pas notre faute.

— En attendant, Clara est déjà enceinte après quelques mois de mariage, et nous, nous en sommes toujours au même point.

— Clara a vingt-quatre ans et Giovannino n'en a même pas encore trente. »

Matilde m'a regardé et elle a soupiré.

En réalité, nous avions trop attendu avant de commencer à essayer d'avoir un enfant, et maintenant nous nous étonnions que la nature n'obtempère pas à notre décision lucide et judicieuse. La nature s'en moque bien, qu'on soit judicieux ou pas, et la sagesse ne sert à rien pour mettre un enfant au monde, il suffit d'un spermatozoïde en pleine forme, qui n'a pas peur de répondre à l'appel séduisant d'un jeune utérus métamorphosé pour l'occasion en magicienne Circé.

La main appuyée au dossier du siège qui le soutiendra toute la soirée, Mario s'exclame : « Nous ne sommes pas au complet, il manque encore Arianna ! »

Giovannino demande : « Arianna vient aussi ? »

Ma voix lui fait écho : « Arianna vient aussi ? »

Arianna. Je lui consacrerai plusieurs chapitres, mais plus tard, puisque, comme par un fait exprès, on sonne à l'interphone.

De plus en plus agitée, ma mère s'écrie : « La voilà ! » avant de s'asseoir.

Si ç'avait été sa fille, elle se serait précipitée à la porte. Seulement voilà, ce n'est pas sa fille, et Renata Ferrara n'a pas d'énergie et d'amour à gaspiller pour les gens qui ne sont pas la chair de sa chair. Le comité d'accueil se compose donc de moi-même, de Mario et de la domestique (qui, entre-temps, a été baptisée du prénom de Pari et obtenu la nationalité indienne). Arianna franchit la porte, embrasse son père sur la joue et me prend dans ses bras sans rien dire. Je hume une fois de plus son odeur de cannelle, qui m'a accompagné pendant toute mon enfance et que je sentais sur moi le soir, après avoir joué avec elle tout l'après-midi.

Arianna est en quelque sorte ma demi-sœur, et aussi la première femme dont je sois tombé amoureux, à l'âge de sept ans. En toute rigueur, elle n'a aucun lien de parenté avec moi, puisqu'elle est née du premier mariage de Mario. Mais si j'adoptais cette façon de penser, je serais presque seul au monde, moi dont la vie est remplie de liens avec des personnes qui ne sont pas de ma famille biologique. Je serre donc à mon tour Arianna dans mes bras et je lui souris. Elle se contente de me dévisager et de me dire : « Erri. » Juste après, le reste de la troupe arrive et c'est un tourbillon de baisers, d'accolades et de questions rituelles. Quand nous arrivons dans la salle à manger, ma mère tend la joue à Arianna sans se lever et elle profère une exclamation peu convaincue : « Comme tu es belle ! »

Enfin, nous nous asseyons tous autour de la table ronde que Renata Ferrara a achetée il y a deux ans sous prétexte de « profiter des fois où nous sommes tous réunis et vous avoir tout près de moi ». La sordide vérité, c'est que nous avions passé notre dernier Noël autour de notre vieille table rectangulaire en duramen, dont la forme empêchait à la cheftaine de la milice de contrôler la conversation. Une table ronde lui a permis de résoudre le problème, et la voilà donc, entourée de ses fidèles chevaliers, prête à interpréter en toute liberté le rôle du roi Arthur.

Inutile de préciser lequel de ses fils joue celui de Lancelot.

Je la déteste, ta maman

MON PREMIER SOUVENIR d'Arianna remonte au début des années 1980. C'était un dimanche, j'avais un peu plus de sept ans et ma vie, certes bouleversée par la séparation de mes parents, s'écoulait malgré tout dans une certaine tranquillité. Papa était parti, c'est vrai, mais en réalité, il n'avait jamais été là pour de bon. Et puis, en son absence, maman était aux petits soins pour moi. Ce n'était pas rien.

Autre avantage de la séparation de mes parents : ma famille m'avait inondé de cadeaux. Pendant toute une période, courte mais intense, j'avais donc été un enfant traumatisé par l'abandon de son père, mais très envié de ses cousins et de ses copains d'école. Quand on leur achetait tout au plus cinq paquets de vignettes Panini, maman m'en achetait un carton entier. J'ai été le premier à terminer mon album de footballeurs, et j'avais un nombre incalculable de doublons à échanger avec mes camarades. Et j'ai aussi été le premier à avoir le fameux bateau des pirates Playmobil. Bref, grâce au sentiment de culpabilité de ma mère, j'étais gâté pourri.

Ce dimanche d'automne, je me tenais donc bien tranquille sur le siège avant droit de notre vieille 2CV, occupé à coller des vignettes sur mon album objet de toutes les convoitises. Dès que maman s'est garée, j'ai levé la tête et j'ai aperçu, de l'autre côté de la vitre, la bonne bouille souriante de Mario, qui s'est présenté et qui m'a serré la main. Puis il s'est écarté, et Arianna est apparue derrière lui. Elle avait le même petit visage qu'aujourd'hui, une peau couleur de lait couverte de taches de rousseur, des pommettes hautes, des yeux clairs légèrement creux et des cheveux roux coupés au carré. Elle ne souriait pas, son regard exprimait la tristesse et elle gardait les bras le long du corps, mais elle a fini par me tendre la main et par se présenter. J'ai eu le coup de foudre et mon cœur s'est mis à battre la chamade.

Quand maman m'a demandé de passer derrière à côté d'Arianna, pour que Mario puisse prendre ma place, je me suis faufilé sur le siège arrière et je n'ai plus dit un mot, pendant que ma voisine regardait par la vitre et que maman et le monsieur barbu avaient l'air de bien s'amuser. À un moment donné, Arianna a posé ses yeux tristes sur l'album de footballeurs et elle m'a demandé : « Il est à toi ? »

J'ai fait signe que oui de la tête.

Aussitôt après avoir vu le paquet que je tenais à la main comme un trésor, elle a repris : « Et toutes ces vignettes aussi ? »

J'ai de nouveau acquiescé, je n'avais pas la force de parler. Elle n'a toutefois pas semblé s'en apercevoir et elle m'a dit, avec un naturel parfait : « Tu m'en fais cadeau ? »

J'ai écarquillé les yeux, j'ai regardé mon beau petit paquet de doublons et j'ai dévisagé Arianna, qui fixait sur moi un regard inexpressif.

« Alors ? »

J'étais sur le point de récupérer l'usage de la parole pour lui répondre que non, que pour rien au monde je ne me séparerais de ma collection de doublons, mais elle a ajouté : « Je serais tellement heureuse. »

Je n'avais jamais connu de petite fille comme elle. Son regard mélancolique et le sérieux de ses propos me mettaient mal à l'aise mais en même temps, ils m'attiraient et me donnaient la sensation d'être plus grand que mon âge.

Je lui ai donc tendu le paquet, elle l'a serré dans ses mains et elle m'a souri juste avant de me dire : « Merci, je ne l'oublierai jamais. »

Sur le moment, je ne pouvais pas le savoir, mais mon geste venait de m'ouvrir le chemin de son cœur inaccessible.

Nous avons passé la journée dans un restaurant sur le lac d'Averne. La saison était déjà très avancée mais le soleil réchauffait encore l'atmosphère et Mario a demandé au maître d'hôtel de nous préparer une table en terrasse. Je n'avais jamais vu Renata Ferrara aussi sereine et souriante, même avant le déménagement de papa sur le canapé, et je savourais ma côtelette en regardant alternativement ma mère, fascinée par les récits de Mario, et Arianna, qui se tenait comme une petite fille bien sage sans lever les yeux de son assiette. Au bout d'un moment, elle a demandé à son père : « On peut aller jouer, Erri et moi ? »

Bien que nous n'ayons pas fini de manger, il lui a répondu : « Oui, bien sûr, mais ne vous éloignez pas trop. »

J'ai adressé un regard inquiet à maman, mais elle ne semblait avoir d'yeux que pour cet imposant monsieur ; j'en ai profité pour sortir de table en silence, j'ai attrapé la main que me tendait ma nouvelle amie et je lui ai demandé :

« Quel âge tu as ?

— Presque sept ans. Et toi ? »

Je lui ai répondu, tout fier de moi : « Sept et demi. »

Quand nous nous sommes assis à califourchon sur le petit mur qui délimitait le parking du restaurant, elle m'a dit : « C'est bizarre comme prénom, Erri.

— C'est un prénom comme un autre. » Mon agacement venait de ce que tout le monde me demandait des explications à ce sujet, et que pour le moment je n'en avais aucune.

Mais à ma grande surprise, Arianna a ajouté : « Il me plaît beaucoup.

— C'est vrai ? »

Tout en jouant avec une fourmi qui s'était aventurée sur le bout d'un de ses doigts, elle a répliqué : « Oui, il est original, et il t'appartient rien qu'à toi ! »

À cet instant précis, j'ai commencé à aimer ce prénom étrange que j'avais jusque-là porté comme un boulet.

J'ai observé Arianna : elle regardait ses mains et les cheveux qui tombaient devant ses yeux la rendaient encore plus mystérieuse ; deux jambes très blanches et très minces, aux genoux égratignés, sortaient de sa petite robe, et elle avait au cou un pendentif en forme de F.

« Tu ne t'appelles pas Arianna ?

— Bien sûr que si.

— Alors pourquoi est-ce que tu as un F sur ton collier ? »

Elle m'a regardé droit dans les yeux et elle m'a répondu, sans se troubler : « C'est l'initiale du prénom de ma maman.

— J'ai compris. » Pendant que je murmurais ma réponse, elle était déjà descendue du mur pour cueillir une fleur jaune qui avait poussé dans un creux de la pierre. Comme je ne savais plus trop quoi dire, je lui ai demandé : « Et elle est où, ta maman ? »

Elle m'a répondu d'une voix glaciale, tout en retournant la fleur entre ses doigts : « Elle est morte. »

J'en suis resté bouche bée et j'ai plissé les yeux. Je n'avais jamais rencontré d'orpheline et je me serais mis à pleurer, si Arianna n'avait pas repris la conversation comme si de rien n'était.

« Ton père aussi, il est mort ? »

Épouvanté à la seule idée de ce qu'elle venait d'évoquer, j'ai crié : « Non ! »

Elle m'a dit à voix basse : « Excuse-moi », avant d'ajouter aussitôt : « Mais alors, il est où ?

— Chez lui.

— C'est où, ça ? »

Après un instant de réflexion, je lui ai répondu : « Bof.

— Ils se sont quittés, lui et ta maman ? »

J'ai hoché la tête affirmativement. À ce moment-là, Arianna a décidé qu'elle en avait assez de parler et nous avons passé le reste de l'après-midi à jouer, pendant que ma mère et Mario nous lançaient, de loin, des regards amusés et satisfaits.

Avant de remonter en voiture, Arianna m'a chuchoté à l'oreille : « J'ai quelque chose à te dire. »

Enivré par l'odeur de cannelle que ses lèvres exhalaient, je l'ai regardée d'un air impatient d'entendre la révélation de son secret.

Les mains autour de la bouche, elle a murmuré : « Je la déteste, ta maman. » Puis elle s'est faufilée dans la 2CV et elle n'a plus daigné m'accorder le moindre regard.

À la maison, ma mère m'a pris dans ses bras et elle m'a demandé si j'avais trouvé Mario sympathique, si je m'étais bien amusé en jouant avec sa fille. J'ai répondu oui aux deux questions et avant de me lâcher et d'aller à la cuisine, elle a eu ce commentaire : « Ah, tant mieux, je suis vraiment contente que vous vous entendiez bien, avec Arianna. Tu sais, bientôt, elle va peut-être devenir ta petite sœur. »

Je n'ai pas tout de suite compris qu'avec cette phrase jetée comme ça presque par hasard, ma mère venait de m'informer que, dorénavant, il y aurait un père en plus dans ma vie.

Ma seule préoccupation, ce soir-là, c'était que si Arianna devenait ma sœur, elle ne pourrait jamais être ma fiancée.

Les pères reviennent toujours

PENDANT PLUSIEURS JOURS, la phrase d'Arianna a continué de résonner dans ma tête. Je me demandais pourquoi elle détestait ma mère, et s'il fallait en déduire qu'elle me détestait aussi. Et puis, comment faisait-on pour détester quelqu'un ? Je n'avais pas encore tout à fait compris ce que c'était exactement, la haine. Bien entendu, je ressentais une vague antipathie pour certains camarades de classe, et aussi pour certains soupirants de maman qui apparaissaient de temps à autre dans ma vie, mais rien à voir avec un sentiment aussi fort que la haine.

Si Arianna haïssait ma mère, cela signifiait que ma mère avait fait quelque chose de très grave pour ça, mais je n'arrivais pas à dépasser le stade des hypothèses. Et ce en grande partie parce qu'à cette époque-là maman avait la cote avec moi. Elle était affectueuse comme jamais, elle n'élevait la voix sous aucun prétexte et elle m'emmenait tout le temps à la découverte de tout un tas de nouveautés.

Un dimanche après-midi, nous sommes allés ensemble aux Astroni, un parc naturel du côté d'Agnano où il y avait plein de chemins plantés d'arbres et de buissons de mûriers, plein d'écureuils, de renards, de glands de chêne, de boue et de marécages. Et c'est justement sur un petit lac d'eau stagnante que j'ai remarqué trois grenouilles qui coassaient d'un air placide sur des nymphéas. Pris par une sorte d'euphorie, je me suis immobilisé et je les ai désignées à ma mère. Elle s'est alors assise sur un tronc d'arbre brisé, elle m'a installé sur ses genoux et elle s'est mise à imaginer la vie de la maman grenouille, du papa grenouille et de l'enfant grenouille que notre présence n'empêchait pas, pendant ce temps-là, de continuer à bavarder en toute tranquillité.

« Qu'est-ce qu'elles peuvent bien se dire ?

— Je crois que la maman voudrait savoir ce que ces messieurs désirent pour leur dîner.

— C'est un garçon, l'enfant ?

— Oui. » Maman n'avait pas hésité une seconde.

« Et qu'est-ce qu'ils mangent ?

— Des insectes.

— Beurk ! » J'étais horrifié.

« Eh bien, eux, ils aiment beaucoup ça. »

Après un court instant de silence, j'ai demandé : « C'est qui, le père ? »

Maman a examiné les trois grenouilles, qui se ressemblaient beaucoup, et elle m'a indiqué celle qui était un peu plus sombre que les autres : « Lui. »

Je ne l'ai pas quitté des yeux jusqu'à ce qu'il plonge dans l'eau avec un dernier coassement.

Son départ m'a inquiété et j'ai demandé où il allait.

« Peut-être qu'il est parti à la chasse aux insectes pour le dîner, m'a aussitôt répondu maman avec un sourire.

— Et il va revenir, après ?

— Bien sûr. Qu'est-ce qui te fait penser qu'il ne va pas revenir ?

— Je ne sais pas... »

Ma mère m'a redéposé au sol et dévisagé longuement. Puis elle m'a dit, d'une voix douce : « Erri, tu sais, les pères reviennent toujours, tôt ou tard. »

Je lui ai attrapé une mèche de cheveux et je me suis mis à la lisser. Renata m'a embrassé sur les lèvres, elle s'est levée, elle m'a pris par la main et elle a ajouté : « Il est temps de nous en aller. Nous aussi, nous devons dîner. »

Cette scène a détourné mon attention de la haine inexplicable qu'Arianna éprouvait pour maman. Je n'arrivais pas à m'enlever cette phrase de la tête : « Les pères reviennent toujours. »

En effet.

Le problème, c'est que souvent, ils reviennent trop tard.

Giovannino et ses frères

NOUS EN SOMMES AU DESSERT, quand mon portable vibre dans ma poche. C'est un message de Flor.

Tu as parlé avec papa ?

Oui.

Et ?

Je te rappelle plus tard.

Erri, ne me tiens pas sur le gril. Comment ça s'est passé ?

Il m'a fallu plusieurs minutes avant de taper ma réponse.

Je croyais que tu n'en avais rien à faire, de l'opinion de notre père !

Quel rapport ?... Je suis juste curieuse.

Mario s'exclame : « Maintenant que nous avons bien gâché ce dîner, le moment est venu de parler !
— Erri, range ton téléphone, me dit ma mère.
— J'en ai pour une seconde. »

Là je ne peux vraiment pas, je te rappelle plus tard.

Va te faire voir, grand frère !

« Erri, enfin, Mario a quelque chose d'important à nous annoncer. Après, tu auras tout le temps de bavarder avec ta petite copine ! »

Je lui réponds, tout en posant mon téléphone sur la table : « Maman, je n'ai pas de petite copine.

— C'est pour ça que tu es toujours si triste, grand frère ! » Valerio a ressenti le besoin d'intervenir dans la conversation et il éclate de rire en regardant Tomoko, qui n'a pourtant pas l'air de s'amuser.

Giovanni, visiblement inquiet, intervient à son tour : « J'ai raté quelque chose ? »

Avant de se servir un peu de vin, Mario s'empresse de le rassurer : « Non, non. »

Giovanni reprend alors, avec un sourire embarrassé : « Eh bien, si tu n'y vois pas d'inconvénient… Clara et moi… nous voudrions… »

À ces mots, tout le monde se retourne vers lui. Maman porte ses mains à sa poitrine et murmure : « Ne me dis pas que… »

Mes yeux devraient rester fixés sur mon frère cadet, en attendant qu'il nous informe de la seconde bonne nouvelle, mais allez savoir pourquoi, ils demeurent braqués sur Arianna : assise à côté de moi, elle vient de baisser la tête et elle serre la mâchoire. L'espace d'un instant, je plisse les yeux pour me débarrasser de la sensation de *déjà-vu*[1] que m'inspire cette scène. Giovannino et son épouse se lèvent, main dans la main, et il déclare : « Enfin… bref… j'imagine que vous avez deviné… Clara est de nouveau enceinte ! »

Entre le dernier mot prononcé par Giovanni et le cri de joie poussé par ma mère, il ne s'écoule pas plus de quelques

1. En français dans le texte. *(Toutes les notes sont du traducteur.)*

millièmes de seconde. À un grand prix de Formule 1, Renata Ferrara viendrait de gagner la *pole position*.

« Quelle nouvelle splendide ! s'exclame Mario.

— Touché coulé ! dit Valerio.

— Tous mes vœux, ajoute Tomoko.

— Tous mes v... » J'ai essayé de lui faire écho, mais maman me coupe la parole pour hurler que « cette fois ce sera un garçon, et il s'appellera Mario », que « Giovanni et Clara, vous êtes les seuls, dans cette famille, à m'apporter des satisfactions », que « c'est vraiment une très belle soirée, il faut fêter ça ! » et que « je suis heureuse parce que tous mes enfants sont heureux ».

Que Valerio soit un homme heureux, je n'ai aucun doute là-dessus, il suffit de regarder la petite Japonaise qui l'accompagne pour avoir de quoi se réjouir. Que Giovanni et Clara le soient autant, ça en revanche, ça reste à voir. Quoi qu'en pense ma mère, il ne suffit pas de faire un enfant chaque fois que votre série préférée ne passe pas à la télé pour être satisfait de sa vie. En ce qui me concerne, le bien-être psychophysique et moi-même, nous habitons des univers parallèles depuis au moins trente-cinq ans.

Et puis, il y a Arianna. Et de son point de vue aussi, tous ces poncifs sur le bonheur sont pour le moins déplacés, il n'y a qu'à regarder la tête qu'elle fait.

Mais de toute façon, aux yeux de Renata Ferrara, Arianna n'est jamais que le sous-paragraphe « Belle-fille » du chapitre principal « Giovannino et ses frères ».

Toucan

LE MOT *enfance* vient du verbe latin *fari* (parler), précédé du suffixe privatif *in*. Dans l'Antiquité, il servait donc à désigner cette période de la vie où l'être humain n'a pas encore l'usage de la parole. À l'époque moderne, il a pris de nouvelles connotations, et son acception contemporaine correspond à un laps de temps beaucoup plus long. Mais si je voulais m'en tenir à son sens étymologique, je serais forcé d'admettre que je sors à peine de l'enfance. J'ai en effet passé les trente premières années de mon existence à utiliser le langage à titre tout à fait accessoire, et je n'ai appris que très récemment à donner mon opinion, en de très rares occasions et jamais de façon catégorique, bien au contraire : je m'en tiens le plus souvent à balbutier quelques mots et je suis toujours incapable d'affirmer ma présence dans le monde. À quarante ans, j'en suis encore à ânonner les mots dont j'ai besoin, comme un gamin d'à peine deux ans.

J'ignore ce que j'ai dit, quand j'ai parlé pour la première fois, mais je me souviens très bien du jour où Giovanni, que maman tenait dans ses bras et qu'une foule de parents entourait, a commencé à montrer Mario du doigt et à tordre la bouche pour essayer d'articuler quelque chose. Je me rappelle que son papa lui a souri, prêt à recevoir la première des nombreuses satisfactions que son dernier-né n'allait pas tarder à lui donner. Mais mon filou de frère a dit :

« Toucan », et il a indiqué la bonne bouille sympathique d'un gros oiseau au bec jaune, sur l'écran de télé où passait un dessin animé.

Inutile de préciser que son geste m'a laissé pantois. Giovanni venait à peine d'avoir un an, et il avait déjà le courage d'ouvrir la bouche pour dire autre chose que ce qu'on attendait de lui.

Pour obtenir le même résultat, il m'a fallu quelques dizaines d'années supplémentaires.

L'accident

VIVRE UNE VIE ENTIÈRE en compagnie d'un ressentiment refoulé exige un certain talent. Je ne saurais toutefois m'en attribuer tout le mérite, dans la mesure où ma capacité à inhiber mes affects me vient en grande partie de mon père, le roi des émotions piétinées au nom d'une paix intérieure supposée.

Et je lui dois donc aussi, du moins en partie, mon petit air renfrogné et mes aigreurs d'estomac. Mais comme je n'ai pas non plus envie de jouer le rôle du loser qui, à quarante ans, accuse son père de lui avoir légué tous ses défauts, je tiens à ajouter que ma mère aussi a une large part de responsabilité dans cette affaire. En matière d'émotions abandonnées à la dérive, elle ne manque certes pas de compétences.

C'est amusant de se dire que deux personnes aussi différentes l'une de l'autre ont eu malgré tout assez de constance pour se chercher un point commun. En l'occurrence, moi. Je leur ai en effet permis d'exhiber dans toute son étendue leur inaptitude absolue au rôle de parents, de mettre en pratique le système doctrinal de contrôle émotionnel qui leur est si cher, à tous les deux. Et je suis bien conscient que nous sommes ici à la limite du grotesque.

Quant au reste, je ne sais pas comment ils ont fait pour se marier et mettre un enfant au monde. Mais ces deux faits apportent par eux-mêmes un argument en faveur de la théorie que je me suis évertué pendant des mois à expliquer à Matilde : derrière la naissance d'un enfant, il n'y a pas de secrets particuliers, de formules algébriques ou de fautes à expier, mais tout simplement des coïncidences. Comme des millions d'autres gens, je suis le fruit d'un événement fortuit, d'un accident, pour ainsi dire.

Oui, à bien y réfléchir, ce mot s'applique à merveille à mon cas personnel.

Pour autant que je sache, mes parents se sont connus à une manif. Mon père venait d'obtenir son diplôme, et ma mère fréquentait la fac de sciences politiques. Un soir où elle était en veine de confidences, elle m'a expliqué le pourquoi de ce choix « aberrant » qu'elle avait fait jadis.

À l'en croire, papa était plutôt moche en ce temps-là : à vingt-cinq ans, il était déjà presque chauve, il avait une barbe épaisse, de grosses lunettes et le front ridé. Ce n'était certes pas un jeune homme insouciant et joyeux, il ne la faisait pas rire et il ne lui offrait jamais de glaces, contrairement aux petits copains de ses amies. Non, lui, c'était un ours, il détestait tous les divertissements et ses propos étaient toujours farcis de citations de philosophes, d'écrivains et d'hommes politiques. Très cultivé, il était à la fois fascinant et antipathique, avec ses yeux sombres souvent fixés dans le vide, sa bouche crispée et sa barbe qui sentait le tabac. Il fumait le cigare et portait un béret à la Che Guevara, le héros révolutionnaire auquel, toujours à en croire ma mère, il aurait peut-être voulu ressembler.

Ici, je tiens à insister sur un détail important qui a été la cause de la naissance et de la mort subite de l'amour de mes parents, mais aussi de la direction qu'ont prise ensuite la vie de Renata Ferrara et, par voie de conséquence, celle de ses enfants, à commencer par moi.

Maman était d'origine modeste et elle avait grandi dans un quartier populaire de la banlieue de Naples. Elle qui aujourd'hui, quand elle est arrêtée à un feu rouge, se montre volontiers très désagréable avec les gens de couleur qui lui demandent une petite pièce, elle a connu la pauvreté, pendant les vingt premières années de son existence. Et elle a passé les cinquante autres à essayer d'oublier et d'effacer ce passé honteux. Si elle avait mis autant de zèle à assurer la qualité de ses rapports humains, elle serait dès sa mort une candidate sérieuse à la béatification.

Il est donc facile de comprendre pourquoi le jeune homme cultivé qui parlait comme un philosophe et qui récitait des poèmes de Neruda a fini par conquérir son cœur. Des cohortes de garçons lui tournaient autour, prêts à lui proposer un nombre incalculable de glaces et de balades en scooter, mais elle a choisi Raffaele Gargiulo et le combat politique. Pour rester à ses côtés, elle a même fini par rivaliser avec lui et par mener les mêmes luttes.

Si elle avait été plus mûre et moins aveuglée par son désir de promotion sociale, elle aurait compris que les batailles de son bien-aimé ne seraient jamais les siennes : ses parents étaient très ignorants et ils n'avaient pas grand-chose à offrir à leurs enfants, c'est vrai, mais ils lui avaient donné tout ce qu'ils pouvaient, sans rien demander en échange. En somme, malgré son passé à oublier, maman pouvait construire son présent comme elle l'entendait. À l'inverse, le jeune homme qui parlait de Kant et d'engagement politique était issu d'une famille cultivée, dont il devait cependant se défendre tous les jours. Son identité était en jeu, puisque ses parents envahissants comptaient sur lui pour les dédommager des déceptions que leur avait infligées leur fils aîné (le fameux oncle Valerio, dont j'aurai tôt ou tard l'occasion de parler).

En définitive, mon père et ma mère ont passé leur vie à nourrir des illusions sur leur capacité à se délivrer de leur enfance. Et afin d'obtenir ce résultat, elle a tout fait pour monter toujours plus haut, et lui pour descendre toujours plus bas : elle, elle s'est construit un monde enchanté agrémenté de divans art nouveau, de tapisseries et d'amis puissants ; lui, il s'est dit qu'après tout, ce n'était pas grave de détruire son propre avenir, si ses parents payaient aussi les pots cassés.

Un grand merci au rodéo

MAINTENANT, JE TIENS À vous raconter ce qui s'est passé, quand je suis rentré à la maison porteur de la formidable nouvelle que papa avait approuvé mon projet révolutionnaire de devenir dessinateur de BD.

J'étais heureux et fier de moi, j'avais affronté ce vieux bougon qui prétendait être mon père, je lui avais avoué mon rêve et je l'avais convaincu. Bref, j'avais enfin réussi là où j'avais toujours échoué depuis vingt-six ans : faire un choix et en assumer les conséquences.

Je me trompais lourdement.

Maman m'a demandé : « Alors, qu'est-ce qu'il a dit, ton père ? »

Mario était dans la chambre de Giovannino, pour lui expliquer les arcanes du dessin industriel.

Dans mon adolescence, il m'arrivait souvent de recevoir l'aide ou les conseils de Mario, par exemple en maths ou en dessin. Dans ces moments-là, je prenais beaucoup de goût à mes études et j'avais même l'impression que je pourrais devenir ingénieur, comme le grand bonhomme gentil que j'avais à côté de moi. Je me souviens qu'en l'observant de près, je me suis plus d'une fois demandé comment quelqu'un d'aussi serein faisait pour supporter la vie au quotidien avec ma mère, qui était déjà, à l'époque, l'antithèse de la sérénité. Et je me demandais aussi ce qu'elles pouvaient bien avoir en commun, ces deux personnes qui n'avaient jamais échangé une caresse ou un baiser en ma présence.

Mes idées à ce sujet se sont précisées le jour où, plusieurs années après, alors que j'étais déjà séparé de Matilde et enfermé dans mon silence, Mario s'est assis près de moi sur le divan, a posé sa grosse paluche sur ma cuisse et m'a murmuré : « Il ne faudrait surtout pas que ta mère nous entende, mais il y a aussi des aspects positifs, dans l'échec d'un mariage. » Puis il a ajouté, avec un sourire complice : « Moi par exemple, si je n'avais pas divorcé, je n'aurais jamais rencontré Renata. »

Eh oui. Ce fameux dimanche après-midi, sur le petit mur du parking, Arianna m'avait raconté un énorme mensonge. Comme je devais l'apprendre un peu plus tard, sa mère n'était pas du tout morte, et elle menait même une vie plutôt agréable. Elle était tombée follement amoureuse d'un photographe américain dont elle avait fait la connaissance en voyage, à un rodéo, et elle n'avait vu aucun inconvénient à ce que Mario cherche du réconfort dans les bras de ma mère. Rien d'étonnant si Arianna se mentait à elle-même, plus encore qu'aux petits garçons naïfs comme moi.

Si sa maman n'était pas allée à ce rodéo, je n'aurais jamais eu ce second père qui comblait en partie mes carences affectives. Surtout, je n'aurais jamais connu Arianna, et ç'aurait été bien pire que de ne jamais connaître Mario.

Toujours est-il que lui aussi avait ressenti la douleur de la perte, de la rupture et de l'abandon. Il savait ce que j'éprouvais, ce qui m'attendait.

J'aurais pu lui demander comment surmonter ce moment difficile, à quoi me raccrocher, en quoi espérer, comment retrouver ma dignité et un minimum de charme. Pourtant, une seule question m'est venue spontanément à l'esprit :

« C'est quoi ton secret, pour avoir supporté maman pendant toutes ces années ? »

Il a éclaté de rire et il m'a répondu : « Une mère peut faire beaucoup plus de dégâts qu'une épouse. » Puis il m'a offert une cigarette et il s'en est allumé une.

Au bout d'un certain temps, une seconde question m'est venue à l'esprit :

« Comment on fait pour rester ensemble aussi longtemps ? »

Cette fois-ci, il ne m'a même pas regardé et il m'a répondu, en soufflant de la fumée par le nez : « Tu sais, Erri, il y a des gens qui disent qu'ils croient en l'amour, mais qui ne cèdent pas le moindre centimètre carré de leur bout de lit, qui parlent de partage et qui ne supportent pas que la salle de bains soit occupée, qui se gargarisent de slogans comme *secouer ses habitudes* et qui protestent si la télé n'est pas sur leur chaîne préférée. Grâce à eux, j'ai appris à faire une distinction. D'un côté, il existe des personnes qui aiment les autres ; avec elles, on peut défaire les cartons d'un déménagement. D'un autre côté, il y a des personnes qui aiment seulement l'idée d'aimer les autres ; avec elles, on ne peut pas aller au-delà d'un dîner agréable. »

Je crois que tôt ou tard, il faudra que je remercie maman d'avoir choisi mon second père avec un si grand soin.

Autres doutes

« ALORS, QU'EST-CE QU'IL A DIT, TON PÈRE ? »

Avant de répondre à la question de maman, je dois à nouveau appuyer sur le bouton PAUSE. La vie me mettait à l'épreuve, elle testait ma volonté et ma capacité de me battre pour réaliser mon rêve. Une fois de plus, je pouvais choisir ou laisser quelqu'un d'autre le faire à ma place.

« Que j'ai raison de faire ce en quoi je crois.

— Ah parce que tu crois en quelque chose ?

— Je veux devenir dessinateur de BD.

— Dessinateur de BD ?

— Oui.

— Faire des dessins, quoi !

— Oui.

— Qu'est-ce que c'est que cette histoire ?

— C'est ce que je veux faire.

— Autant dire rien. On en vit, de dessiner des bandes dessinées ?

— Il y a beaucoup de gens qui y arrivent.

— Et ton père a dit qu'il était d'accord ? »

J'ai acquiescé de la tête.

« Cet inadapté ! Cet irresponsable ! » Renata Ferrara n'arrêtait pas de criailler en arpentant le salon, les mains sur les hanches. « Et moi qui l'ai même appelé, qui t'ai poussé à parler avec lui. Je pensais qu'il t'encouragerait à faire des études sérieuses. »

D'un air très calme, je lui ai rétorqué que je n'étais pas fait pour les études.

Elle s'est immobilisée et elle m'a dit d'une voix aussi croassante que celle d'un corbeau : « Qu'est-ce que c'est que ces bêtises ? Tout n'est qu'une question de volonté. Quand on veut, on peut, Erri, ne l'oublie jamais ! »

« Quand on veut, on peut. » C'est la phrase préférée de ma mère. Et de tous ceux qui s'imaginent que le monde tourne en fonction de leur bon plaisir.

« Ma décision est prise, tu te fatigues pour rien. »

Je l'avais dit sans sourciller et j'étais fier de mon audace, de l'insolence dont je faisais preuve dans cette discussion. En réalité, le mérite ne m'en revenait pas entièrement : avant de rentrer chez moi, j'étais passé chez un copain fumer un joint. Grâce à ses effets, même ma mère me semblait affable.

Elle était pourtant en proie à une véritable crise d'hystérie : « Ah oui ? Eh bien, je vais appeler ton père et je vais lui demander de me dire la vérité. On verra si tu continues à jouer les fanfarons ! »

« Je vais appeler ton père. » Cette phrase pourrait servir d'incipit à plusieurs chapitres de l'histoire de mon enfance. En dépit de sa simplicité, elle a toujours eu la faculté de me causer une sorte de fièvre anxiogène. À chaque fois que mes parents se téléphonaient, c'était une litanie de hurlements, de reproches, d'échanges de propos peu amènes, de longues périphrases qui avaient toutes pour but de suggérer que l'autre était l'unique responsable de mes inaptitudes. À chaque coup de fil, je replongeais dans ce passé où mes parents se disaient les mêmes méchancetés en face, pendant que j'essayais de me concentrer sur les mots que les Barbapapa prononçaient à la télé, pour ne pas entendre les mots de mes parents que j'absorbais malgré tout sans m'en rendre compte, comme des radiations.

Mais ce soir-là, Renata m'a pris par surprise et elle a fait beaucoup mieux qu'appeler mon père : elle a envoyé Mario dans ma chambre.

Sa longue expérience politique avait en effet appris à ma mère qu'il existe plusieurs moyens d'atteindre un objectif. Et elle avait interprété le comportement de Raffaele Gargiulo comme celui de quelqu'un prêt à sacrifier l'avenir de son fils pour blesser son ex-femme. Dans son esprit, l'hypothèse que papa m'ait autorisé à décider, pour une fois, n'était même pas envisageable. Maman ne laisse jamais les décisions importantes aux autres, et surtout pas aux personnes directement intéressées.

Et me voilà donc obligé d'affronter Mario, un ennemi bien plus redoutable que mes parents. Je lui faisais confiance, je savais qu'il ne s'inquiétait que de mon bien et qu'il ne m'aurait à aucun prix obligé à me lancer dans une voie qui ne m'intéressait pas. J'ai donc fait exactement ce que ma mère espérait : je me suis assis comme un petit garçon bien sage, j'ai passé toute la soirée à écouter Mario et je lui ai du même coup permis de me suggérer à mots couverts que mon projet était une immense bêtise. Semer le doute. Il n'existe aucune technique plus efficace pour s'opposer à une personne prête à tout sacrifier sur l'autel de ses rêves. Si Mario m'avait obligé, ce soir-là, à continuer mes études d'ingénierie, je l'aurais rembarré ; et aujourd'hui, je dessinerais peut-être des bandes dessinées, comme ma sœur Flor.

Mario ne m'a imposé aucune interdiction, il ne s'est pas permis de proclamer des vérités ou de me donner des conseils. Il s'est contenté de m'inviter à bien réfléchir, de souligner que la carrière de dessinateur de BD est semée d'embûches, que très peu de gens réussissent à en faire leur seul métier, qu'à partir d'un certain âge, les femmes sont sensibles à la profession de leur compagnon et à la sécurité financière, que je n'étais pas habitué à mener une vie de privations, que de toute façon, rien ne m'empêcherait de continuer à dessiner pour mon plaisir, le soir ou le week-end. Et il a conclu par ces mots : « D'ailleurs, maintenant que j'y pense, un très bon ami à moi est à la recherche de collaborateurs pour son entreprise d'équipements photovoltaïques. C'est un métier d'avenir, en progression constante. Tu pourrais y faire ton trou. Qu'est-ce que tu dirais d'essayer, juste pour voir ? Au pire, si ça ne te plaît pas, tu pourras toujours t'en aller. »

J'étais à tel point étourdi par son interminable bavardage, et par le cannabis qui circulait encore dans mes veines, que j'ai acquiescé, je l'ai remercié de m'avoir dit ce qu'il venait de me dire, de s'être efforcé de trouver une solution de rechange sans hausser le ton, contrairement à ma mère.

Une dizaine d'années plus tard, j'ai appris que l'idée de demander un service à son « très bon ami » ne venait pas de lui, mais de Renata.

Si j'avais un enfant, la première chose que je lui dirais, quand il atteindrait l'âge adulte, ce serait : « Fais tout ton possible pour que ta passion ne devienne pas un simple passe-temps réservé aux soirées et aux week-ends. Il n'y a pas de meilleur moyen pour être malheureux. »

Voilà ce que Mario aurait dû me dire.

Parfois, les gens qui s'inquiètent pour vous peuvent vous faire beaucoup plus de mal que ceux qui s'aperçoivent à peine de votre présence.

Petite réflexion sur le doute

IL PARAÎT QUE le doute serait l'apanage des gens intelligents, que les gens superficiels ne le connaissent pas, qu'ils se satisfont de leur mariage, de leur emploi et du dieu qu'il faut remercier de les leur avoir donnés. Moi, je n'ai pas fait un bon mariage, j'ai exercé pendant longtemps un métier qui ne me plaisait pas et mon dieu personnel ne m'empêche pas de douter de tout. Bref, je suis un homme intelligent très enclin au doute. Je devrais donc être content. Pourtant, la nuit, pas moyen de rester tranquille une minute dans mon lit : j'ai parfois l'impression d'étouffer, je souffre de cauchemars récurrents et je me réveille en sursaut.

Quand je dis que j'ai le sommeil léger, on me conseille de boire de la camomille.

Tu parles ! Pour me mettre à ronfler dès que je pose la tête sur mon oreiller, j'aurais plutôt besoin d'une dose massive de superficialité.

Une statue de cire

« NON, MAMAN, s'exclame Giovannino d'une voix ferme, cette fois-ci, c'est à Clara de choisir le prénom ! »

Renata Ferrara serre la mâchoire pendant un millionième de seconde, serre ensuite les poings et les pose sur la table, et c'est seulement après qu'elle réussit à ébaucher un sourire et à dire à Clara : « Mais bien sûr, ça va de soi, ce n'est que justice. Tu as pensé à quel prénom, ma chérie ? »

À ce stade, la scène devient identique à celle qui s'est répétée devant nos yeux, au fil des ans, quand nos différentes petites amies ont essayé de tenir tête à la cheftaine de la milice. Clara, qui ne brille certes pas par son courage et sa détermination, rougit et toussote avant de marmonner : « Si c'est une fille, comme nous l'espérons, j'avais pensé à Luisa, le prénom de ma grand-mère. »

Un lourd silence s'abat sur la table. Comme tout le monde la regarde, Clara se sent obligée de baisser les yeux. Tout le monde sauf Valerio, occupé à tremper un morceau de pain dans l'assaisonnement de ce qui reste de salade. D'instinct, notre mère se tourne vers lui.

« Valerio, en voilà des manières ! Nous ne t'avons pas élevé comme ça. Et en plus, tu as déjà mangé du dessert. »

Sans lever la tête du saladier, il rétorque : « Ne t'inquiète pas, maman, l'éducation que vous m'avez donnée n'y est pour rien, c'est moi qui suis irrécupérable. »

Maman regarde son mari l'espace d'une seconde avant de répliquer : « Oui, tu es irrécupérable, et je ne sais pas comment font les gens qui partagent ta vie pour supporter un tel manque de politesse. »

Le nouveau record établi par madame Ferrara m'arrache un sourire : deux heures à peine après avoir fait la connaissance de la compagne de son fils, elle a déjà réussi à lui envoyer une pique. Mais Tomoko ne relève pas l'allusion, ou en tout cas ne semble pas se vexer. La mentalité petite-bourgeoise de l'Italien moyen est sans doute étrangère à sa double culture, qui lui permet peut-être, justement, de prendre une distance salutaire. Cela étant, Valerio donne l'impression de s'en moquer pas mal, du bagage culturel de sa compagne. Il se tourne vers elle et s'exclame, avec un demi-sourire : « Mon amour, la remarque de ma mère était pour toi, c'est une sorte de rite initiatique. »

Tomoko sourit pour éviter de pleurer, et Mario intervient :

« Tomoko, tu es sûre et certaine d'avoir pris ta décision en pleine connaissance de cause ? Tu t'es vraiment mise avec Valerio de ton plein gré ? »

Elle répond par un nouveau sourire et notre mère peut enfin revenir à sa belle-fille préférée : « Excuse-moi, ma chérie, je ne voudrais pas me mêler de ce qui ne me regarde pas, c'est à vous de choisir. Mais si je peux me permettre, je ne pense pas que Luisa soit le bon prénom. Un tantinet populaire, tu ne trouves pas ? »

La tête encore penchée sur le saladier, Valerio lui fait remarquer que notre nounou s'appelait comme ça.

« Justement », réplique Renata d'un air angélique.

Interrompant son propre silence, Arianna intervient : « Moi, je l'aime bien, ce prénom, il occupe une place importante dans notre ville et notre culture. »

Maman dilate les narines, on a l'impression que de la fumée va lui sortir du nez. Par chance, la réponse de Clara arrive enfin :

« Eh bien… je ne sais pas… c'est que ça me ferait plaisir pour ma grand-mère, elle compte beaucoup pour moi. »

Giovannino intervient à son tour : « Maman, dis-toi bien que notre choix n'est pas encore fait, ce serait prématuré. Le moment venu, on verra bien. Ça ne sert à rien d'en parler maintenant. »

À ces mots, Renata se laisse aller sur le dossier de son siège, elle arbore le plus beau sourire de circonstance dont elle est capable et elle s'exclame : « Très bien, je capitule. Vos décisions ne me regardent pas. Seulement, si un jour votre fille vous reproche votre choix, ne venez pas vous en plaindre auprès de moi. Et d'ailleurs, je n'ai pas bien compris pourquoi vous espérez que ce sera une fille. Moi au contraire, j'espère que ce sera un beau petit garçon ! »

Pour finir, elle appuie les poignets sur la table et elle reste là, engoncée dans l'épais fond de teint qui lui recouvre le visage, les bracelets d'or jaune qui entourent ses bras bronzés toute l'année et la robe moulante qui, ô miracle, dissimule la gaine dont je suis certain qu'elle la porte même ce soir.

Giulia et le nu

APRÈS LA COURTE DÉPRESSION consécutive à l'effondrement de la Démocratie Chrétienne et à sa mise en examen, maman avait décidé de ne pas se laisser aller et de réagir à sa manière, avec véhémence. Après avoir d'abord refusé, elle a fini par accepter les invitations de différentes chaînes de télévision locales qui l'engageaient à donner son opinion sur la naissance de la « Seconde République ». En très peu de temps, ces mêmes chaînes sont devenues son salon, et aucun talk-show politique n'a plus pu se passer de sa présence. Puis, il y a eu le 26 janvier 1994. Je n'oublierai jamais cette date, la pire de ma vie après celle où Matilde m'a informé de sa liaison avec Ghezzi.

1994, donc. Ce jour-là, quand j'ai introduit ma clef dans la serrure de ma porte, je venais de fumer deux joints en compagnie de mon ami Orlando. Ou plus exactement, c'était moins un ami qu'un compagnon de consommation de cannabis : sa situation familiale ne devait pas être plus brillante que la mienne, et à chaque fois qu'on le rencontrait, on était à peu près certain de pouvoir lui extorquer un peu d'herbe. À l'époque, Orlando était le seul rayon de soleil de ma vie. Car cette triste époque, c'était celle de Giulia, la traîtresse, et de l'amère découverte de mes vingt ans : si l'enfance vous a fait cadeau d'un vide à remplir, vous pouvez être certain que les gens ne prendront aucun soin de le remplir, qu'ils y barboteront au contraire comme des gamins dans une piscine gonflable.

Et Dieu sait que Giulia ne s'en était pas privée.

Voici comment ça s'était passé. Fin novembre 1993, elle était en terminale et ses condisciples, comme chaque automne, avaient occupé son lycée pour protester contre je ne sais plus quoi. Un matin de décembre, j'avais donc eu la brillante idée de lui faire une surprise : je m'étais glissé dans la foule et j'avais erré dans les couloirs de l'établissement, à la recherche de ma petite amie. Comme je ne la trouvais nulle part, j'avais fini par entrer dans une salle et par assister à une assemblée aussi bruyante qu'ennuyeuse où un garçon et une fille, debout sur le bureau du prof, parlaient à tort et à travers, entre autres, de réformes, de culture, de ministres, de tracts, de révolte, de sit-in, de salauds de flics... Plusieurs participants les ovationnaient, pendant que d'autres vaquaient à leurs petites occupations.

Une fois encore, mon instinct l'a emporté sans difficulté sur mon sens moral peu développé, et je me suis uni au trio qui, au fond de la pièce, s'affairait à la préparation d'un joint. Le plus jeune ne devait pas avoir seize ans et le plus âgé, à savoir moi, en avait dix-neuf et il était censé assister, à l'heure qu'il était, à un cours de physique générale. Mais je crois ne plus avoir besoin d'insister sur mon peu de goût pour les études.

J'étais donc en train de fumer et de bavarder avec ces sympathiques jeunes gens quand Giulia a fait son entrée.

Il m'est resté à peine le temps d'esquisser un sourire, avant de m'apercevoir qu'elle était main dans la main avec un garçon coiffé de dreadlocks et vêtu d'un simple t-shirt vert, malgré la température hivernale.

Bien entendu, j'aurais dû me lever, me diriger droit sur elle, l'insulter, gifler le sosie de Bob Marley qui l'accompagnait et sortir de la salle. Mais pour la énième fois, j'ai choisi de ne pas choisir, je me suis effacé et je me suis rongé les sangs à regarder ma bien-aimée flirter avec le rasta insensible au froid. C'est qu'à l'époque, personne n'avait pris la peine de m'expliquer que ce bas monde est une jungle : si on n'y joue pas le rôle du lion, il ne reste plus que celui de la gazelle, qui mène vraiment une existence de m…

J'ai suivi l'assemblée jusqu'au bout et j'ai même levé la main quand on est passé au vote. Par ce geste, j'ai contribué à la décision de poursuivre l'occupation, parce que « nous, les lycéens, nous n'avons pas peur de lutter pour la défense de nos droits ».

Pourtant, je n'étais déjà plus un lycéen. Quant à la lutte pour la défense de mes droits… eh bien… en dix-neuf ans… elle ne m'avait jamais enivré.

J'ai attendu que la salle se vide pour m'échapper en catimini de l'établissement, puis j'ai erré dans les rues en faisant tout mon possible pour ne pas me laisser gagner par les larmes, à l'idée que je venais de perdre la femme de ma vie. Et la vie, toujours elle, n'a pas tardé à m'expliquer que les amours ne remplissent pas les vides, elles en ajoutent à ceux qui existent déjà. Compte tenu de ma naïveté de l'époque, cette vérité aurait pu se révéler fatale.

Heureusement pour moi, au terme de cette promenade fatidique, je suis tombé sur Orlando. Lui, il savait très bien comment supprimer l'arrière-goût amer qui vous reste dans la bouche, *à l'apparition de la vérité toute nue*, quand vous découvrez que vous êtes encore un enfant incapable d'encaisser le choc dévastateur de l'existence.

Mon ami fidèle m'a proposé un joint et il a acheté six bouteilles de bière.

Vivre, aimer, coucher, rire, manger danser… Rien de tout ça n'était au programme. Ce soir-là, j'ai acquis la conviction qu'il faut une autre arme secrète pour être heureux : la boisson.

Descendre dans l'arène

LE 26 JANVIER 1994, à l'instant fatidique où j'ai ouvert la porte de chez moi, à peine plus d'un mois s'était écoulé depuis ma découverte de la trahison de Giulia. Pendant ce court laps de temps, le rasta n'avait pas eu trop de mal à me détrôner et j'avais cessé d'être le petit ami officiel de Giulia pour devenir son amant. Le hic, c'est qu'à l'époque, je souffrais déjà d'un petit problème qui, aujourd'hui encore, m'empêche de profiter pleinement de ma vie sexuelle : j'étais laid, et je ne pouvais certes pas me comparer à l'épigone du roi du reggae, qui irradiait autour de lui. Nonobstant ce handicap, j'arrivais de temps à autre à extorquer à Giulia quelques ersatz d'érotisme, quelques papouilles au coin d'un ou sur un banc, en attendant qu'elle parte retrouver son copain et que j'aille chercher une consolation dans les joints d'Orlando.

Bref, j'étais l'esclave de mes défauts. Si j'avais été un chouia plus mignon, si j'avais eu une pincée d'estime de moi, si les carences affectives liées à ma famille ne m'avaient pas obligé à une poursuite sans fin de l'amour et de l'attention qu'elle me déniait, j'aurais refusé de jouer un rôle aussi dégradant : j'aurais quitté Giulia et je me serais lancé à la conquête d'une autre jeune fille. Au lieu de ça, je me suis contenté d'être l'amant de mon ex-petite amie, en partie à cause des raisons que je viens d'évoquer et en partie aussi parce que moi, je l'aimais.

Je l'aimais comme on pouvait aimer une fille à vingt ans, il y a vingt ans : avec des battements de cœur parce que, après plusieurs jours, je réussissais enfin à la retrouver sur sa place préférée, où j'adorais la regarder rire avec ses copines à quelques mètres de moi, dans l'espoir de recommencer à faire partie de sa vie. Je l'aimais en cultivant l'illusion que ce serait elle qui me demanderait pardon. En somme, j'en étais raide dingue, et je me fichais pas mal de toutes ces histoires sur l'amour et l'estime de soi.

D'ailleurs, la vie n'est qu'une suite de rencontres avec les mauvaises personnes. Y compris parce que si nous tombions toujours sur les bonnes, nous commencerions peut-être à avoir des doutes sur cette fameuse idée selon laquelle on ne tombe vraiment amoureux qu'une fois. Il me semble plus exact de dire qu'on a déjà de la chance si on rencontre, le long de notre parcours, une personne qui nous corresponde, et qu'il ne nous est hélas pas donné de dénicher les milliers d'autres qui nous correspondraient tout autant.

En cet après-midi fatal, j'avais accepté de retrouver Giulia à notre endroit habituel, un petit mur dans une allée isolée de notre quartier, à l'abri des regards indiscrets. Elle m'avait laissé lui caresser les seins, mais avec une certaine réticence, comme si elle m'avait fait une faveur. Je n'avais droit qu'à des miettes d'érotisme sans amour, et je lui en étais reconnaissant !

De son côté, elle donnait l'impression de m'accorder ces infimes galanteries d'abord et avant tout pour remplir la vacuité de ses après-midi. Et plus elle remplissait le vide de son emploi du temps, plus mon vide intérieur s'élargissait.

Il y en aurait eu plus qu'assez pour l'éloigner de moi et retrouver un minimum de dignité, mais alors que je me serrais très fort contre elle, elle a passé une main dans ma chevelure, elle l'a regardée et elle a eu ce commentaire : « Erri, tu perds tes cheveux ! Tu seras très laid, quand tu n'en auras plus du tout ! »

Sans même attendre ma réponse, elle a aussitôt ajouté qu'il était tard et qu'elle devait aller retrouver le rasta. J'avais le moral dans les chaussettes. Aussitôt rentré chez moi, je me suis précipité dans la salle de bains, j'ai allumé la lumière et je me suis regardé dans le miroir : j'avais les tempes un peu dégarnies, certes, mais rien ne prouvait que j'allais devenir aussi chauve que papa. D'ailleurs, ma mère avait une magnifique chevelure, et la mienne finirait peut-être par lui ressembler.

Et puis, je les ai vus : trois cheveux morts pris entre mes doigts. C'était le début de la fin. J'allais éclater en sanglots lorsque Renata Ferrara est entrée sans frapper et m'a dit, mot pour mot : « Erri, viens avec nous, il faut fêter ça, ta mère a décidé de redescendre dans l'arène ! »

Ce jour-là, un autre personnage autrement plus puissant qu'elle avait pris la même décision. Maman avait suivi la déclaration que Silvio Berlusconi venait de faire en direct et en simultané sur toutes ses chaînes de télé, et elle avait alors déclaré : « Ça y est, on commence à voir le bout du tunnel. Quelqu'un va enfin libérer l'Italie des griffes des magistrats communistes. »

Deux minutes plus tard, elle avait décidé d'opérer son retour en politique dans les rangs de Forza Italia. Elle allait remercier Berlusconi, « un héros qui sacrifie ses entreprises pour le bien du pays », et lui adresser une lettre manuscrite.

Face à la joie irrépressible de son épouse, Mario s'est retrouvé dans l'obligation de trinquer à grand renfort de mousseux. Pourtant, il nourrissait déjà quelques perplexités quant aux réelles intentions du Cavaliere.

Ce soir-là, la famille Ferrara s'est réunie presque au grand complet pour fêter la renaissance de sa maîtresse femme. (Il ne manquait qu'Arianna, dont la présence n'était d'ores et déjà pas jugée indispensable à nos réjouissances). Au fond, en cette lointaine soirée de l'année 1994, nous étions tous contents pour une raison ou pour une autre : à presque cinquante ans, maman avait désormais un nouvel objectif à poursuivre et un travail passionnant qui allait servir d'exutoire aux frustrations qui continuaient à se développer derrière la façade de sa respectabilité bourgeoise ; de son côté, Mario se réjouissait à l'idée de ne plus être le seul et unique bouc émissaire desdites frustrations ; enfin, mes frères et moi, nous étions reconnaissants au type chauve et bronzé qui avait parlé à la télé de nous libérer en partie de la présence à la maison de notre cheftaine de la milice.

Deux cent mille bonnes raisons

« JE CROIS QUE le moment est venu de vous révéler le pourquoi de notre réunion de ce soir », dit Mario.

Assise à côté de moi, Arianna lève les yeux vers son père l'espace d'un court instant et les redirige aussitôt sur son assiette. Giovanni s'installe mieux sur son siège, Valerio avale une gorgée de vin supplémentaire et Tomoko joue avec la bague qu'elle porte à l'index.

« Comme vous le savez, ces derniers temps, les affaires de mon entreprise ne marchent pas très bien. J'ai eu quelques soucis liés à des motifs qui seraient trop longs à expliquer, mais que Giovannino connaît bien. »

Nous nous tournons tous vers notre frère cadet, qui acquiesce aux propos de son père.

« En revanche, il ne connaît pas plus que vous la raison qui nous rassemble aujourd'hui… »

Maman lui coupe la parole : « Personne ne sait rien, c'est un choix que nous avons fait, votre père et moi, pour votre bien à tous. »

Mario reprend : « Enfin bref, depuis un certain temps, j'ai beaucoup réfléchi. Je ne suis plus tout jeune, et l'idée de ce que je vous laisserai en partant n'arrête pas de me trotter dans la tête…

— P'pa, s'il te plaît ! » L'exclamation de Giovanni a pour but d'effacer jusqu'à la simple hypothèse du trépas de Mario, qui réplique :

« Quoi, *papa, s'il te plaît* ? Il faudra bien que ça arrive, un jour ou l'autre. De toute façon, la question n'est pas là, j'ai pris ma décision pour au moins deux raisons. La première concerne la famille Ferrara, une grande et belle famille unie par des affections réciproques, affirme-t-il tout en jetant un regard sur chacun d'entre nous, mais qui a aussi ses particularités, inutile de se voiler la face... »

Valerio intervient à son tour : « P'pa, s'il ne s'est rien passé de grave, je te demanderais d'abréger. Il faut que je sois de retour chez moi pour la demie, il y a un tournoi en ligne... »

Il suffit de connaître un tout petit peu Valerio pour savoir que le mieux est de ne surtout pas relever la provocation. Mais maman tressaille comme si elle venait d'être mordue par un serpent et elle crie : « Ça m'aurait étonnée, aussi, que tu perdes une occasion de jouer les imbéciles ! Ton père est en train de nous annoncer quelque chose d'important et toi, tu penses à tes petits jeux débiles ! »

Au fil des ans, Valerio a accumulé une telle expérience de ces crises utérines qu'il ne se laisse pas démonter et réplique : « Quels jeux débiles ? Je parle de mon travail.

— Ton travail ! s'écrie Giovanni.

— Absolument. »

Habitué à ne perdre son calme en aucune circonstance, Mario rétorque : « Et en quoi consiste-t-il, ton travail ? Si tu daignais nous mettre au courant...

— Ah oui, c'est vrai, je ne vous l'ai pas encore dit ! Je suis devenu joueur de poker professionnel. »

Maman recule sur son siège, au risque de tomber par terre ; Mario murmure un juron qui se perd dans les méandres de sa barbe ; Giovanni éclate de rire.

« On peut savoir ce qui t'amuse ? lui demande Valerio d'un air contrarié.

— Tu es génial, toi ! Faire passer le poker pour un boulot...

— Et toi qui parles de travail, c'est assez hilarant aussi.

— Tu insinues quoi, là ? » Giovanni a prononcé ces derniers mots en bombant le torse.

Et Mario, comme toujours, essaie d'éteindre l'incendie. Il doit apaiser les esprits, s'il veut éviter que sa femme se lance dans une algarade générale qui, j'en suis certain, finirait aussi par atteindre l'auteur de ces lignes, lequel n'a pourtant pas ouvert la bouche.

« Allons, allons, mes enfants, nous aurons d'autres occasions de parler du travail de Valerio. Pour le moment, j'aimerais que nous revenions à notre famille. Elle a beau être très unie… »

Clara essaie de retenir Giovannino par le bras, mais il interrompt Mario pour s'en prendre à Valerio : « Non, toi, tu vas m'expliquer ce que tu voulais dire, avec ta phrase de tout à l'heure.

— Tu le sais aussi bien que moi : tu ne voulais pas devenir ingénieur, et tu as quand même fini par faire ce métier. »

Les larmes aux yeux, notre mère demande avec un filet de voix : « Tu ne voulais pas devenir ingénieur ? »

Giovannino baisse les yeux un très court instant, rougit et repart à l'attaque : « Tu ferais mieux de te taire, toi, l'adolescent attardé qui joue au poker et qui drague les gamines ! »

Tomoko s'apprête à réagir, mais Valerio ne lui en laisse pas le temps : « Je suis peut-être un adolescent attardé, mais tu sais combien j'ai gagné l'an dernier, grâce au poker ? »

À ce moment-là, maman intervient : « Ça suffit maintenant ! » Puis elle se lève et elle tape du poing sur la table. Son geste a pour effet immédiat de réveiller la petite Renata, qui dormait jusque-là bien tranquillement dans sa poussette et qui se met à pleurer. Pari, sous le coup de la terreur, referme la porte de la cuisine.

Comme si sa mère n'avait rien dit et que sa femme ne s'était pas levée pour tranquilliser leur fille, Giovanni ne lâche pas Valerio : « Vas-y, je t'écoute, tu as gagné combien ?

— Deux cent mille. »

Un lourd silence s'abat sur la pièce.

« Deux cent mille quoi ? s'enquiert Valerio.

— Deux cent mille bonnes raisons de jouer au poker, répond Valerio d'un ton amusé.

— Deux cent mille euros ? » demande alors Mario.

Son fils acquiesce de la tête.

« Deux cent mille ? répète notre mère, très calme tout d'un coup.

— Deux cent mille ? » Ma voix lui fait écho, et ma pensée va au chiffre d'affaires annuel de ma librairie, qui a juste un zéro de moins.

« Deux cent mille ? » Cette prolongation de l'écho, c'est la voix d'Arianna, qui ajoute : « Si je disposais de tout cet argent, je m'enfuirais à l'autre bout du monde rien que pour ne plus voir vos sales têtes ! »

Avec une impassibilité parfaite, Valerio reprend : « Enfin bref, papa avait quelque chose à nous dire, alors laissons-le parler, et après je vous parlerai de mon boulot. Eh bien, papa, nous sommes tout ouïe... »

Mario avale une gorgée de vin avant de déclarer : « Je ne sais plus où j'en étais.

— À l'unité de la famille Ferrara... » La remarque ironique d'Arianna m'arrache un sourire.

Mario semble réfléchir un instant, puis il repousse son siège vers l'arrière en s'écriant : « Allez donc vous faire voir, à la fin !

— Mario... » Notre mère, désappointée et au bord de la crise de larmes, court après son mari.

Clara jette un regard impatienté à Giovanni et se réfugie dans la pièce qui leur est réservée en cas de visite impromptue. Tomoko murmure : « Excusez-moi » avant de s'enfuir dans la salle de bains.

Et c'est seulement alors que Valerio s'adresse à Giovanni d'un air débonnaire : « Alors, petit frère, venons-en à nous. Nous disions donc que le poker... »

Je me retourne pour essayer de voir où est passée Arianna, mais elle a disparu, elle aussi.

Les combats de Raffaele Gargiulo

UNE DES CAUSES de la profonde différence qui me sépare de mes frères tient sans aucun doute à mon parcours scolaire. Mes parents n'avaient même pas réussi à se mettre d'accord sur le choix entre public et privé. Pour la maternelle, papa avait laissé maman décider, y compris parce que les horaires les arrangeaient bien (ils pouvaient me laisser là jusque tard dans l'après-midi) ; mais dès que je suis entré dans le primaire, il a accusé Renata d'avoir tout fait sans son accord.

Au collège, le problème est réapparu, mais ce n'était plus, à ce stade, qu'un prétexte pour jeter de l'huile sur le feu de polémiques qui n'avaient rien à voir avec mes études. Elles portaient, d'un côté, sur le régime de vie que je suivais chez les Gargiulo et que ma mère jugeait malsain, et, de l'autre, sur les jeux que maman et Mario n'arrêtaient pas de m'offrir et que mon père jugeait stupides et abêtissants.

Quand j'ai été admis au lycée, maman s'est promis de ne plus jamais rien céder à Raffaele Gargiulo. Selon elle, ma fréquentation du collège public avait eu des conséquences catastrophiques : j'étais devenu ami des pires éléments de la classe, les plus paresseux, les plus mal élevés et, même si elle n'a jamais osé le dire, les plus défavorisés socialement.

Mon meilleur copain était en effet un type grassouillet qui me faisait bien rigoler en disant plein de gros mots, qui avait un comportement insolent avec les professeurs et qui savait déjà conduire un scooter. Il s'appelait Peppino, et il était le fils du marchand de fruits d'en bas de chez nous. Et puis, il y avait Angelo, un autre personnage en vue du charmant groupe que je rejoignais le samedi après-midi pour partir à la recherche de nouvelles conquêtes. Il avait les cheveux couverts de gel, il portait une boucle d'oreille et il ne parlait qu'en dialecte napolitain. Le père d'Angelo étant aussi le coiffeur de maman, elle était souvent obligée de le recevoir à déjeuner et de lui adresser des sourires crispés. Enfin, il y avait Pasquale, le plus grossier de tous. À douze ans, il se vantait d'avoir déjà couché avec trois filles (dont une lycéenne) ; il avait un trou à chaque oreille, un vrai tatouage sur l'épaule (une rareté, à l'époque), une cicatrice sur le menton qu'il essayait de faire passer pour une balafre due à un coup de couteau, et enfin un œil dont il avait du mal à soulever la paupière. Il n'avait plus son père (mort dans des circonstances qui avaient donné lieu aux légendes les plus disparates) et, en trois ans, sa mère ne s'est pas montrée une seule fois au lycée. Il a été le seul de la bande à ne jamais nous inviter chez lui, et j'ai donc toujours ignoré son adresse. Parfois, il prétendait habiter avec sa mère et un frère aîné du côté du Vomero ; mais comme il manquait de mémoire, il lui arrivait aussi de nous dire qu'il était de Chiaia ou de l'Arenella. Un jour, il a poussé le mensonge jusqu'à nous raconter qu'il habitait en bord de mer et que de sa chambre, on voyait Capri.

Quoi qu'il en soit, Angelo, Pasquale et Peppino ont joué un rôle déterminant dans ma formation d'adolescent. Sans eux, au premier coup de poing que la vie m'a donné, je me serais effondré comme une chiffe molle. Mais puisque je commençais à parler comme eux, à gesticuler comme eux et à rire comme eux, maman a décidé de m'inscrire dans un lycée privé.

Seulement voilà, elle avait fait ses calculs sans tenir compte de papa, qui lui a répliqué que jamais de la vie il ne me permettrait de grandir sous une cloche de verre, en compagnie de fils de bourgeois enrichis et blasés. Je devais fréquenter la bonne vieille école publique, comme tout le monde, pour élargir mon horizon mental et recevoir une instruction convenable. Il penchait pour le lycée Genovesi, maman avait une préférence pour le lycée Nazareth, et Mario a fini par leur imposer une solution de compromis, le lycée Sannazaro, qui avait au moins l'avantage de se situer dans le quartier du Vomero.

Plusieurs années après, Renata Ferrara a pris sa revanche avec mes frères, qui ont fréquenté l'école privée sans moufter.

Eux, ils ont grandi dans du coton, à l'abri d'un milieu protégé et avec deux parents très présents, aux petits soins pour eux ; moi, j'ai appris à conquérir de haute lutte l'attention la plus difficile à obtenir, celle qui ne vous est pas due. Si un jour je me retrouve à boutonner le blouson de mon fils, je lui caresserai la tête et je lui dirai, mot pour mot : « Vas-y maintenant, et apprends à te faire accepter par ceux qui ne sont pas obligés de le faire. »

Non content d'être le seul de ma famille à avoir hanté l'école publique, j'ai aussi été le seul à éprouver l'ivresse de devenir un louveteau scout. Maman était convaincue que cela m'aiderait à grandir, que je me lierais d'amitié avec d'autres garçons que mes camarades de classe, que ce serait une expérience utile à me faire comprendre les dynamiques de groupe, que j'apprendrais à toujours m'en tirer par mes propres moyens et à aimer la nature et les animaux. Mais une fois encore, c'était sans compter sur Raffaele Gargiulo, qui a aussitôt engagé la lutte. Cela étant, lui non plus n'avait pas assez tenu compte de la ténacité de ma mère, qui a fini par l'emporter. Je suis donc devenu louveteau et j'ai participé à un camp d'été au fin fond de l'Irpinie. Les trois jours les plus horribles de ma vie, pires encore que les bien plus célèbres « trois jours » qui précédaient alors le service militaire. Et de fait, on avait moins l'impression d'être dans un camp de scouts que dans une base de l'armée. On nous obligeait à dormir dans une chambrée glacée, sur des matelas posés à même le sol, et glissés dans des sacs de couchage pour éviter les effets de l'humidité du plancher. On nous réveillait à six heures du matin, on allumait les lumières, on nous hurlait de nous dépêcher (je n'ai pourtant jamais compris ce qu'il y avait de si urgent à faire) ; puis on nous forçait à faire le tour de la paroisse en maillot de corps. Si nous voulions manger, nous devions allumer du feu et réchauffer de la lavasse. Enfin, le soir, nous participions à des « épreuves », une forme de torture infligée à un louveteau choisi au hasard qui devait montrer sa robustesse de caractère, par exemple en avalant un tube entier de dentifrice ou en restant attaché à un tronc d'arbre pendant une heure.

Dès le deuxième jour, j'ai téléphoné à mon père et je l'ai supplié en sanglotant de venir me chercher. Sur le chemin du retour, pendant que j'essuyais encore mes larmes, assis sur le siège arrière, papa n'arrêtait pas de grommeler : « Un camp d'été… je t'en ficherais, moi ! Un camp de concentration, oui. Apprendre à respecter les règles… et puis quoi encore ? À dix ans, on est fait pour jouer au foot, point final. »

Et c'est ainsi que s'est achevé mon bref passage chez les boy-scouts. Avec les années, j'ai fini par me rendre compte qu'il n'avait pas été entièrement inutile, que leurs « règles » si critiquées sont en partie justes et partageables, que souvent, les souvenirs des enfants déforment la réalité (je crois par exemple que les redoutables épreuves décrites plus haut étaient de simples jeux de groupe), et enfin que le scoutisme m'a appris deux choses. La première, c'est que manger du dentifrice ne rend pas plus fort. La seconde, c'est qu'il est inutile d'endurcir le caractère des enfants avec des « épreuves », de toute façon, la vie s'en chargera. Il vaut mieux jouer au foot aussi longtemps qu'on peut.

Les simples soldats contre tous les autres

L'ÉCOLE N'A PAS ÉTÉ le seul motif des différences qui me séparent de mes frères, nos dates de naissance ont aussi leur importance : ils ont grandi à une autre époque, ils se sont amusés avec d'autres jeux. Par exemple, quand ils étaient adolescents, on n'utilisait presque plus le Subbuteo, relégué au rang de souvenir d'un temps lointain pour parents nostalgiques. Même chose pour les dessins animés : dans les années 1970 et 1980, on avait encore de la chance si on arrivait à en trouver sur des chaînes de télé régionales. Valerio et Giovanni n'ont pas joué avec le Commodore, les Playmobil et les Lego. Et surtout, ils n'ont lu ni *Mickey* ni *Astérix*.

De leur temps aussi, il y avait de quoi lire, bien sûr ; mais maman ne les y a jamais beaucoup encouragés. En revanche, avec moi, elle allumait tous les soirs ma lampe de chevet et elle me lisait des bandes dessinées qui avaient pour héros Donald ou Obélix. Parfois, si elle n'avait pas envie de lire, elle me racontait les contes des frères Grimm, ou bien elle inventait des histoires fantastiques dont les personnages principaux étaient mes jouets, qui s'animaient pendant la nuit et vivaient leur vie en attendant que je les utilise à nouveau le lendemain.

Un de ses récits les plus farfelus concernait mes soldats de plomb, simples fantassins, cow-boys et Indiens, tous rangés les uns à côté des autres sur une très longue étagère. Dans l'imagination de ma mère, ils se battaient la nuit, les cowboys contre les Indiens et les simples soldats contre tous les autres. Ils se cachaient dans les plis du tapis, au milieu de mes livres, au pied de mon lit ou sur le rebord de la fenêtre, et ils s'affrontaient dans une guerre des nerfs interminable sans vainqueurs ni vaincus. Puis, aux premières lueurs de l'aube, ils se retiraient sur l'étagère et reprenaient leurs positions, dans l'attente de l'obscurité et d'une nouvelle bataille.

Pour autant que je me souvienne, Valerio et Giovanni n'ont jamais eu droit à ce genre de privilège. En partie parce que c'était souvent leur père qui les mettait au lit, et en partie parce que, au fil des ans, maman a perdu son imagination pour devenir la femme pragmatique et résolue qui a fait tant de dégâts.

Mais à la fin des années 1970, Renata Ferrara était encore une jeune rêveuse et l'imagination, un refuge autant pour elle que pour son fils. Un moyen d'oublier l'étrangeté de notre vie solitaire. À elle, à moi et à personne d'autre.

C'est de là que m'est venue ma passion pour les bandes dessinées, les dessins animés, la littérature et le cinéma, de ces soirées où ma mère me racontait des histoires en me caressant les cheveux.

Depuis, je me sers de mon imagination pour essayer de retrouver cette femme qui n'existe plus.

Les gens qui souffrent sont des imbéciles

J'ENTRE DANS MON ANCIENNE CHAMBRE ; Arianna, le dos tourné, regarde par la fenêtre. Je referme la porte et je m'approche d'elle, mais elle ne bouge pas. Pendant quelques secondes, nous ne disons rien, et il règne dans l'air le silence des après-midi d'été où Ari, comme je l'appelais alors, venait jouer avec moi ; j'arrive presque à sentir l'odeur des Big Babol qu'elle mâchait d'un air vorace avant que nous nous lancions dans un concours à qui ferait les plus grosses bulles. Déjà à l'époque, elle ne riait presque jamais, sauf quand ma bulle éclatait et me barbouillait le visage. Alors, moi aussi je riais, de mes lèvres toutes collantes. Mais parfois, son rire était si fort qu'il se transformait en sanglots, et elle se détournait pour me cacher ses larmes. Je me nettoyais la bouche et je ne prononçais plus un mot, exactement comme ce soir, je me demandais ce qui s'était passé, en quoi je m'étais trompé, pourquoi la petite fille qui aurait pu avoir tout l'amour qu'elle désirait préférait maintenir une distance entre elle et les autres.

Tout en continuant à regarder la rue, elle me dit : « Quand j'étais petite et que je m'enfermais ici avec toi, j'avais l'impression d'être heureuse, ne serait-ce qu'un après-midi. »

Je pose une main sur son épaule et j'attends de voir si elle accepte ce contact physique. J'ai la chance de constater qu'elle ne se dérobe pas, qu'elle ne se retourne pas et qu'elle reprend : « Cette chambre, c'était mon refuge, mon parc d'attractions, comme je l'appelais. Ici, je me disais que tout serait possible, y compris passer la totalité de ma vie à côté de toi, à jouer et à dessiner.

— Un monde parfait, en somme.

— Oui. » Sa réponse a quelque chose d'amer.

À dix ans, j'aimais déjà dessiner ; j'allais dans la bibliothèque de Mario et je prenais un *Peanuts* au hasard. Il en avait une collection immense, qui occupe aujourd'hui encore une place d'honneur au salon. Je retournais dans ma chambre et je tentais de copier ces magnifiques personnages irréels, de Snoopy à Linus et à Charlie Brown. Mes yeux se perdaient dans les contours des visages que je traçais d'un geste minutieux, ils suivaient la ligne d'une paupière, la courbe d'un sourire, la rondeur d'une pupille. Et puis ils descendaient vers le sol pavé, où ma main avait appris à faire fleurir un buisson d'un mouvement rapide du poignet, ou bien ils montaient au contraire jusqu'à un ciel agrémenté de plusieurs petits nuages blancs moelleux, gonflés de sourires. Dessiner m'ouvrait les portes de ce monde extravagant et j'oubliais un peu le mien, de monde, qui n'était pas aussi extravagant mais assez étrange quand même : pour voir mon père, le week-end, j'étais obligé de faire ma valise et d'aller m'installer chez lui, où il n'y avait ni une chambre à moi, ni mes jeux, ni mes albums, ni mes crayons, ni mes pastels. Où il n'y avait ni ma mère ni Mario. Où il n'y avait pas Arianna. Dans les bandes dessinées, tout cela n'arrivait pas. Dans le monde des bandes dessinées, en réalité, les parents n'existaient pas du tout, et d'une certaine manière, je trouvais ça mieux.

Tout en regardant autour d'elle, Arianna fait cette remarque : « Il ne reste plus rien de la chambre telle qu'elle était à l'époque. » Elle a raison, il n'y a plus rien qui m'appartienne ici, même pas un dessin, un poster, une bande dessinée, un livre. Comme si mon existence avait été effacée pour toujours.

« Si, le pot en verre avec les squelettes d'oursins est toujours là. » Je l'ai dit avec un demi-sourire.

Arianna me répond : « Ah oui. Lui, au moins, il a résisté au temps. »

Quelquefois, Arianna entrait dans ma chambre et, sans me demander la permission, elle se mettait à colorier mes vignettes encore inachevées. En la laissant faire, j'espérais lui arracher au moins un sourire, mais elle ne riait jamais.

Elle reprend : « Je me disais... que toi et moi, nous sommes reliés par un fil invisible. »

Je souris et je lui serre l'épaule. Elle se retourne enfin et elle me dit : « Tu te souviens du jour où je t'ai montré mes seins ? »

Et comment aurais-je pu l'oublier ? Nous étions affalés sur le lit à bouquiner. Elle s'était retournée d'un geste brusque et elle m'avait demandé, sans se départir de son éternelle grimace, si je voulais voir sa poitrine.

Elle avait onze ans, et il n'y avait qu'une minuscule protubérance sous son débardeur sale. Ça ne m'avait pas empêché d'écarquiller les yeux et de hocher la tête, pendant que mon cœur battait à toute vitesse. Elle avait alors soulevé son débardeur en se cachant le visage et en me demandant si ce que je voyais me plaisait.

J'avais réussi à bafouiller un oui, mais peut-être qu'elle s'attendait à une réponse plus développée. En tout cas, elle avait aussitôt abaissé son débardeur et elle s'était remise à lire comme si de rien n'était. La nuit suivante, je n'avais pas arrêté de me tourner et de me retourner dans mon lit, pas moyen de fermer l'œil.

Je lui réponds : « Bien sûr que je m'en souviens.

— Je n'étais qu'une petite imbécile.

— Qu'est-ce que tu racontes ? Pas du tout !

— Tous les gens qui souffrent sont des imbéciles. On ne devrait pas perdre son enfance à souffrir.

— On ne peut pas décider de souffrir ou de ne pas souffrir !

— Bien sûr que si. »

Comme je ne sais pas quoi répliquer, elle reprend, en m'effleurant la pointe du nez avec son index : « Toi aussi, tu es un imbécile. Toi aussi, tu gaspilles tes journées à souffrir.

— Qu'est-ce que tu en sais ? Tu le connais, mon emploi du temps ?

— Il suffit de te regarder. Tu gâches trop de temps et trop d'énergie à t'occuper de tes souffrances, alors que tu devrais penser à vivre. »

Mon expression lui montre que je n'ai pas bien compris ce qu'elle vient de me dire. Alors elle esquisse un sourire et elle me fixe de ses yeux tristes : « Regarde Valerio et Giovanni. Ils mènent des vies relativement tranquilles. Ils ont l'air contents d'eux, en tout cas en apparence. Alors que les gens comme nous ne sont jamais contents de rien. »

J'essaie de nous justifier : « Nous n'avons pas eu une enfance très joyeuse.

— Personne n'a une enfance joyeuse. »

Je ne sais jamais quoi répondre à Arianna, quelle phrase trouver, quel adjectif choisir. Elle vous déstabilise en permanence, et c'était déjà comme ça quand elle était petite. Je ne pense pas qu'elle soit tout à fait normale, mais elle me plaît comme elle est.

Tout à coup, elle me prend dans ses bras et elle me dit : « Quoi qu'il en soit, quand on a ta beauté intérieure, on n'a pas le droit de ne pas être content. Ce serait un tel gâchis. »

Eh oui, c'est bien tout le problème.

Un jour, pendant que nous construisions un château Lego, elle s'était immobilisée et elle avait déclaré : « Il faut que je te dise un secret, mais tu ne dois le répéter à personne. »

J'avais acquiescé de la tête et j'étais resté sans bouger, une petite brique colorée entre les doigts. Elle avait approché les mains de sa bouche et sa bouche de mon oreille, puis elle m'avait murmuré : « Je crois que j'ai un plan pour me débarrasser de Barry. »

Barry, c'était l'Américain amateur de rodéos et amant de sa mère. Les mots d'Arianna m'avaient provoqué un léger frisson derrière la nuque, je savais qu'elle ne plaisantait jamais et qu'elle tenait toujours sa parole. Je n'avais donc rien répliqué et j'avais attendu qu'elle continue.

« Je pourrais l'accuser de m'avoir touchée en cachette. »

Après m'être retourné, je l'avais regardée d'un air déconcerté, je ne comprenais pas. Je lui avais demandé : « Comment ça ?

— Je dirai qu'il a posé les mains sur mon petit papillon et sur mes seins, qu'il a déboutonné son pantalon et qu'il m'a montré son zizi. »

J'en étais resté bouche bée et j'avais voulu savoir : « Il te l'a vraiment montré, son zizi ?

— Non, mais une fois, je l'ai vu, quand il sortait de la douche. Il est gros et noir.

— Gros et noir ?

— Oui. »

Ensuite, elle était retournée à ses Lego et nous avions oublié son plan. Barry n'a jamais été accusé de pédophilie mais au bout de quelques années, il a quitté la mère d'Arianna pour repartir vivre en Amérique.

Au bout d'un moment, je demande à Arianna : « On retourne avec les autres ?

— Ils sont pathétiques, dans cette famille. Et leurs dîners aussi sont pathétiques.

— Peut-être, oui, mais c'est notre famille. »

Elle rit. « Alors tu n'as toujours pas compris ?

— Quoi donc ?

— Si tu avais raison, ici ce serait ma chambre, ce serait chez moi. Et l'autre folle, là, ce serait ma mère. »

Je la regarde et, comme toujours, je ne sais pas quoi répondre. Je voudrais pouvoir lui dire que parfois elle exagère, qu'elle devrait se libérer de son rôle de victime, qu'elle prétend ne pas être sensible à la souffrance mais qu'elle s'y complaît. Je reste néanmoins silencieux, je sais que parler serait inutile, que je n'obtiendrais rien d'autre que de la faire partir en courant. Arianna est en fuite depuis toujours, ça, je l'ai bien compris.

Elle ajoute : « Il n'y a aucun lien de parenté entre nous, et pourtant, tu es pour moi ce qui se rapproche le plus de l'idée que je me fais d'une famille. »

Je la prends dans mes bras et elle se laisse faire, alors j'essaie de la faire rire en m'exclamant, avec un clin d'œil : « Bref, je suis ton frère préféré ! »

Elle se libère de mon étreinte et me jette un regard sérieux avant de répliquer : « Non, ce n'est pas ce que je voulais dire. »

Puis elle sort de la chambre et me laisse seul avec mes souvenirs.

Petite réflexion sur la souffrance

Il paraît que la souffrance rend les gens meilleurs.

Moi, je suis une personne sensible grâce à toute la douleur que j'ai ingurgitée.

Et ce serait quand même bien si je savais quoi en faire, de toute cette sensibilité.

Admettons que les gens qui ont beaucoup souffert soient plus délicats et plus profonds que les autres. N'empêche que les gens heureux sont ceux qui vous sourient sans savoir pourquoi.

Des demi-enfants

VALERIO ET FLOR ont deux mois de différence : il est né en mai et elle, en juillet. Un jour, quelques mois avant l'arrivée de Valerio, Arianna m'a pris à part sur le balcon et elle m'a dit, avec son petit air farouche : « Tout va changer maintenant. Lui, ce ne sera pas un demi-enfant.

— Qu'est-ce que tu veux dire ?

— Toi et moi, nous sommes des demi-enfants, un peu ici, un peu là. Lui, il sera complet, il ne devra pas se partager entre un côté et un autre, sa seule maison, ce sera celle-ci. »

À neuf ans, Arianna parlait déjà comme une adulte, et j'avais parfois du mal à la comprendre. Ça me faisait peur, et en même temps ça me fascinait, ça la rendait encore plus belle à mes yeux.

En tout cas, même si je n'avais pas bien pris la nouvelle de la grossesse de maman, je n'avais jamais pensé à la naissance de Valerio dans ces termes-là. Sur le moment, je me suis donc contenté de hausser les épaules, pour faire comprendre à Arianna que certaines choses étaient trop compliquées pour moi et que je préférais retourner à nos jeux.

Mais elle m'a attrapé par le bras et elle a repris : « Tu ne comprends vraiment pas ? Il va nous prendre l'affection de nos parents, notre maison, et peut-être même notre chambre. Nous devons mettre au point un plan pour nous opposer à lui. Nous devons nous unir et être plus forts que lui.

— Qu'est-ce que tu racontes ? »

Elle a poussé un soupir avant d'ajouter : « Erri, tu es vraiment un petit garçon stupide. Ou plutôt, un demi-petit garçon stupide ! »

J'ai libéré mon bras et je lui ai répondu, d'un air vexé : « Et toi, une demi-petite fille méchante ! »

Quelques mois plus tard, juste après la naissance de Flor, Arianna m'a demandé comment elle était.

« Comme tous les bébés.

— Elle est plus jolie que moi ?

— Non. » C'était vrai, aucun bébé ne pouvait être plus joli qu'Arianna, qui embellissait de jour en jour.

Ensuite, elle s'est exclamée : « Tu dois me promettre quelque chose !

— Quoi ?

— Que tu m'aimeras toujours plus qu'elle. Que je serai ta seule et unique sœur. Pour toujours ! »

J'ai souri, mais elle n'était pas du tout d'humeur à plaisanter et au bout d'un moment, une larme a coulé sur sa joue. Alors j'ai pris un air sérieux et j'ai menti :

« Ne pleure pas. Je n'aurai jamais d'autre sœur que toi. »

En réalité, je commençais à éprouver de la sympathie pour la petite créature qui riait déjà tout le temps dans son berceau. Flor était la fille d'un père que je craignais, au fond, avec qui je parlais peu, et d'une Espagnole qui m'adressait des sourires gentils et qui jouait de temps en temps avec moi, mais dont je savais très bien qu'elle ne m'aimerait jamais comme son propre enfant. Et surtout, Flor n'était pas la fille de ma mère. Pourtant, j'avais l'impression de ressentir de l'affection pour elle.

« Je n'aurai jamais d'autre sœur que toi. » J'ai dû le répéter pour qu'Arianna cesse de pleurer.

Au bout du compte, je ne mentais qu'à moitié. Arianna ne devait pas être ma seule et unique sœur, mais notre façon d'être si particulière, le superpouvoir qui nous distinguait des autres, nous unirait toute notre vie.

Nous serions les seuls à rester pour toujours des demi-enfants.

Le fauteuil en similicuir du docteur Iazeolla

LES PREMIERS TEMPS qui ont suivi ma séparation d'avec Matilde ont été très difficiles à surmonter, entre autres parce que Orlando, qui m'avait été si utile au moment de ma première peine de cœur, était sorti de ma vie depuis longtemps. Dans l'impossibilité où j'étais de m'en remettre à lui, j'ai donc décidé de m'adresser à quelqu'un qui serait disposé à écouter mes récriminations contre Matilde.

Avant de m'asseoir dans le fauteuil en similicuir du célèbre docteur Iazeolla, je ne pouvais pas me douter qu'en définitive, je lui parlerais bien peu de mon ex-femme.

Le premier contact n'a pas été facile. Je savais qu'Arianna avait entrepris une longue thérapie après son avortement (eh oui...), et elle était la seule à qui je pouvais demander conseil.

Elle m'a donc adressé à son ancien thérapeute, tout en me recommandant de me préparer à souffrir et à remettre en cause mes certitudes. J'avais beau souffrir déjà et disposer d'un nombre très limité de certitudes, je me suis fait donner son numéro et j'ai pris rendez-vous. C'est drôle, quand on y pense : on passe sa vie à essayer d'oublier son passé (ou en tout cas tous ses aspects déplaisants), de lui tourner le dos, et à quarante ans passés, on se retrouve à devoir parcourir le chemin inverse, récupérer l'irrécupérable.

J'ai été accueilli par un monsieur plutôt petit, ni jeune ni vieux ; il avait les yeux bleus et des cheveux courts poivre et sel, un beau sourire, une barbichette bien drue et une voix posée qui m'a demandé, à la deuxième séance, à quoi je passais mes journées.

« Je ne les passe pas.

— Vous ne les passez pas ?

— Non, je les subis. »

Iazeolla s'est passé une main sur le visage et il m'a dévisagé ; il venait de comprendre qu'il avait affaire à un dur à cuire. Depuis mon enfance, je lutte contre une partie de moi-même qui n'accepte aucune aide, qui estime ne pas la mériter. Ou peut-être que la vérité est encore plus sournoise : mon insolence avait pour but de faire comprendre à mon thérapeute ou à ma mère, les fois où elle essayait de me « donner un coup de main », que personne ne connaît mieux que moi le chemin que je m'évertue à tracer, et qui est le seul, malgré tous ses trous et sa boue, susceptible de m'éviter de me perdre.

Mon psy a rétorqué : « Vous devriez remettre sur pied un semblant de vie sociale, retrouver du goût à sortir, à vous distraire. Plus on se replie sur soi, plus la souffrance a tendance à venir nous dénicher dans notre refuge. Alors que si on se jette dans la mêlée, on a plus de chances de lui échapper. »

Eh oui, on a beau faire tout son possible pour se cacher, la vie vous débusque jusqu'au fin fond de votre tanière.

Iazeolla a repris : « Nous pouvons faire beaucoup de choses ici, mais la thérapie doit aller de pair avec un changement de votre vie quotidienne. Sinon, elle ne servira à rien. »

Nous étions donc déjà au cœur du problème, à ce que je savais et que je faisais semblant de ne pas savoir : il fallait recommencer à vivre.

« Vous comprenez ce que je veux dire ?

— Vous êtes en train de m'expliquer que je dois changer mon présent ? Pourtant, je croyais que, du point de vue de la psychanalyse, tout dépend du passé, que nous sommes le résultat de ce que nous avons été dans notre enfance, de ce qu'ont été nos parents. Toujours les mêmes histoires, quoi. »

Il n'a pas relevé la provocation et il m'a répondu d'un air placide : « Je pense que vous avez de sérieux problèmes avec votre propre sphère affective... que vous avez peur de vous laisser aller, de vivre pleinement vos émotions, positives ou négatives. Vous avez sans doute vu votre mère adopter ce type de comportement et vous avez cru que c'était normal d'avoir peur des émotions. Et vous avez si bien assimilé la leçon que vous n'avez plus besoin de réviser, comme on dit à l'école. Ce n'est pas votre faute, l'enfant que vous étiez ne pouvait pas avoir d'émotions. En revanche, l'adulte que j'ai devant moi, et qui ne fait rien pour sortir de ce cercle vicieux, il en a beaucoup, des responsabilités. »

J'ai essayé d'ébaucher une réponse, mais il m'a pris de court : « La vérité, c'est que si on passe sa vie à essayer de ne ressentir ni souffrance ni peur, on finit par ne plus rien ressentir du tout. »

Pendant des semaines, nous avons continué à parler de Matilde, de sa trahison, de Ghezzi, de mon mariage qui, en l'absence d'enfants, s'était recroquevillé sur lui-même. Et puis, un jour où mon psy avait l'air moins disposé à écouter mes épanchements, il m'a dit : « Si vous voulez, nous pouvons parler encore de votre mariage pendant des années, mais je crois qu'il serait plus utile d'aborder le problème central. »

Je lui ai alors demandé, d'un air perplexe : « Quel problème ? »

Il a souri et il m'a répondu, avec son calme imperturbable : « Le plus gros de tous : votre mère. »

Un énorme bluff

AU MOMENT OÙ je m'apprête à rejoindre les autres, quelqu'un pousse la porte de mon ancienne chambre. Clara entre avec Renata, endormie dans sa poussette.

Elle me chuchote : « Excuse-moi, je peux la laisser là ? Notre chambre est trop proche de la salle à manger et je ne voudrais pas que ta mère la réveille à nouveau.

— Aucun problème, mais je te préviens qu'avec Renata, on ne peut jamais être sûr de rien. Si tu savais le nombre de fois où ses hurlements m'ont réveillé. »

Clara me dévisage et elle réplique : « Désolée, je ne devrais pas te dire ça, je sais bien que c'est ta mère, mais parfois elle est vraiment insupportable. »

Je lui adresse un sourire spontané, mais elle a l'air surprise. Alors je précise : « Qu'est-ce qu'il y a ? Ça te paraît bizarre que je trouve ça amusant ?

— Non, c'est qu'avec Giovanni, on ne peut jamais parler de votre mère : si je me permets la moindre remarque, il le prend tout de suite très mal et il se met à critiquer la mienne. Je suis bien consciente que toutes les familles ont leurs problèmes... seulement... c'est juste que... Renata n'est pas toujours facile.

— Oh que non. »

Clara me regarde encore et je ne comprends pas ce qu'elle attend de moi. « J'aimerais pouvoir en parler librement avec Giovanni aussi, mais il a des certitudes inébranlables.

— Il n'a jamais consulté le docteur Iazeolla, lui.

— C'est qui, le docteur Iazeolla ?

— Peu importe. Je voulais simplement dire que la vie m'a obligé à développer un certain sens critique, par la force des choses. »

Elle me fixe des yeux et je sens qu'elle ne demanderait pas mieux que de se dévoiler un peu plus, qu'elle lutte pour ne pas se laisser aller. Elle prend malgré tout son courage à deux mains et elle déclare : « Cette fois-ci, c'est moi qui choisirai le prénom de ma fille.

— Et tu auras bien raison ! »

Clara sourit et je me dis que, malgré sa grossesse et sa collection de *moins*, c'est quand même une fille très bien. Et pendant que je réfléchis à l'injustice de la chance, qui sourit toujours à ceux qui n'ont pas besoin d'elle, l'homme qui est au centre de mes pensées, Giovanni, entre dans la pièce et s'exclame :

« Clara, qu'est-ce que tu fiches ici ? Allez, viens, tout le monde nous attend. Papa ne nous a pas encore révélé le motif de la réunion de ce soir. » Puis il s'aperçoit de ma présence et il me demande : « Erri, tu ne saurais pas où est passée Arianna ?

— Aucune idée. Ailleurs qu'ici, en tout cas.

— Informe-la que nous nous sommes installés au salon. »

J'aimerais bien que mon frère m'explique pourquoi ce devrait être à moi de partir à la recherche d'Arianna, mais je connais déjà sa réponse, quelque chose du genre : « Tu es le seul à savoir comment la prendre. » Ce qui signifie en réalité : « Entre fous, vous vous comprenez. » J'acquiesce et je quitte la pièce. De toute façon, quand il s'agit de laisser tomber, je reste le numéro 1 : de l'échec de mon mariage à mon premier dessin (Woodstock, le petit oiseau jaune de Snoopy), ma vie est remplie de millions de projets abandonnés en cours de route. Alors, un de plus ou un de moins, quelle différence ?

Sans l'arrivée inopinée de mon frère dans cette chambre, j'aurais en effet demandé à Clara si c'était vrai, ce que

Valerio a dit tout à l'heure à propos du métier de Giovanni, si elle aussi savait que son mari n'aime pas son travail, si les deux Renata (la grand-mère et la petite-fille) sont pour quelque chose dans le choix de Giovanni de se contenter de rapporter au foyer le salaire qui lui permet d'entretenir sa famille. Et si, étant donné l'influence de la première Renata sur la vie de son fils adoré, leur mariage ne serait pas lui aussi davantage imputable à la volonté de notre mère qu'à celle de Giovannino. Mais pour une fois, il valait peut-être mieux que je ne puisse pas donner suite à mon intention : il aurait été délicat d'expliquer à Clara qu'en général, plus les vies semblent parfaites, plus elles reposent sur un énorme bluff.

La beauté des gestes humains

LE JOUR DE LA NAISSANCE DE GIOVANNINO, j'étais en voyage avec mon père, Rosalinda et Flor. En ce début de mois d'août, je séjournais avec ma seconde famille dans une Andalousie inondée de soleil. Rosalinda était originaire d'un petit village de la région de Malaga, où nous devions séjourner, chez ses parents. Pour l'occasion, papa avait loué à un ami un mini-van un peu vieillot et il ne quittait pas le volant, un grand sourire aux lèvres. Je ne l'avais pas souvent vu aussi content et il parlait plus qu'à son habitude, même avec moi.

À bord de notre mini-van qui sillonnait la péninsule ibérique, il nous racontait que dans l'Antiquité, les Romains avaient été les premiers à conquérir l'Andalousie ; il nous expliquait qu'à en croire certains historiens, cette région devait son nom à l'invasion des Vandales, que selon toute apparence, les Arabes l'appelaient en effet Vandalicia, la « Terre des Vandales ».

Et pendant que je l'écoutais se perdre dans les méandres de l'Histoire, je me demandais comment il faisait pour savoir toutes ces choses.

Au début, je n'avais pas eu envie de partir : ça ne me disait rien de m'éloigner de ma mère et de Mario, de quitter mon chez-moi pour passer mes journées en compagnie d'un monsieur qui m'adressait à peine la parole. Quand j'en avais parlé à maman, elle était devenue rouge de colère, elle s'était mise à hurler qu'elle en avait assez, qu'elle ne pouvait pas penser à tout, que j'étais grand maintenant, que je devais y mettre du mien, qu'elle allait accoucher, qu'il lui était impossible de s'occuper de moi, qu'à Naples il faisait chaud et qu'il n'était pas question que je reste enfermé à la maison tout l'été. Moi, je n'en avais rien à faire de la chaleur, mes jeux vidéo me suffisaient et j'aurais été prêt à vendre mon âme au diable pour rester dans ma chambre un mois entier à jouer avec. Une fois de plus, c'est Mario qui a pris la situation en main. Il est venu me trouver et il m'a demandé : « Pourquoi est-ce que tu ne veux pas partir en vacances avec ton père ? »

Au contraire de ma mère, il commençait toujours ses discussions avec moi par une question. Et à cette période-là, j'avais en effet grand besoin que quelqu'un m'interroge sur les raisons de mon comportement et se préoccupe, avant de me dire le cas échéant ce que je devais faire, de comprendre ce qui me passait par la tête.

J'ai d'abord rétorqué à Mario : « Parce que ça m'embête. »

Il a répliqué : « Ce n'est pas une réponse. »

Après un long soupir, j'ai fait une deuxième tentative : « Je ne veux pas être éloigné de vous.

— Ce sera juste pour quinze jours.

— C'est long, quinze jours.

— Tu n'as vraiment pas envie de passer un peu de temps avec ton père ?

— Non.

— Et avec ta sœur Flor ? Avec elle non plus ?

— Elle est trop petite. »

Il a passé une main dans sa barbe touffue, puis il a changé d'approche. Il m'a demandé de l'attendre, il a disparu dans le salon, il est revenu et il m'a dit, sur le ton de la confidence : « Tu sais quoi ? J'ai toujours rêvé de découvrir l'Espagne. C'est un pays magnifique, avec des traditions très riches, et l'Andalousie est une région pleine de parfums, de couleurs… » Vu que je l'écoutais à peine, il m'a tendu un appareil photo en me disant : « Tu aurais la gentillesse de prendre quelques photos pour moi ? Comme ça, à ton retour, on pourra les regarder ensemble et j'aurai l'impression d'être allé là-bas avec toi. »

J'ai écarquillé les yeux et je les ai rivés sur cet appareil photo professionnel dont j'avais si souvent admiré bouche bée l'objectif gigantesque quand Mario le tournait pour la mise au point.

Depuis la naissance de Valerio, il avait immortalisé son fils pendant des jours et des jours ; il gardait tout le temps l'appareil à portée de main et il n'arrêtait pas de le mitrailler, à tel point que maman avait fini par s'écrier : « Mario, tu ferais aussi bien de lâcher ton appareil et d'emmener Valerio avec toi ! » À vrai dire, il nous photographiait souvent aussi, moi et le reste de la famille, et plusieurs photos de nous sont encore accrochées aux murs de la maison.

Mario m'a donc encouragé : « Allez, prends-le ! »

J'ai tendu le bras, attrapé ce trésor inattendu et j'ai demandé : « Alors tu me le donnes ? »

Il s'est empressé de préciser : « Non, je te le prête. Mais tu sais à quel point il est important pour moi, à quel point j'y tiens. Surtout, prends-en bien soin, comme s'il était à toi. Et photographie tout ce que tu peux ! »

J'ai souri de bonheur avant de me rendre compte que je n'avais pas la moindre idée de la façon dont il fallait se servir de cet engin.

Mario m'a dit : « Ce soir, je te donnerai une première leçon. »

J'étais tout content et je l'ai embrassé sur sa longue barbe. Il a ri, il m'a passé une main dans les cheveux puis il a ajouté : « Et quand tu reviendras, tu auras aussi un autre petit frère pour t'accueillir. »

Je me suis immobilisé et je lui ai demandé, d'un air inquiet : « Mais alors, comment tu vas faire pour le prendre en photo ?

— J'attendrai que tu sois revenu. »

La sérénité de sa réponse était d'autant plus justifiée qu'en réalité, il avait un autre appareil photo ; mais je ne l'ai découvert que plus tard.

Pendant tout mon voyage en Andalousie, j'ai gardé l'appareil de Mario autour du cou. Je prenais tellement de photos que papa a fini par s'agacer : « Erri, tu ne crois pas que tu ferais mieux de regarder le paysage, plutôt que d'avoir tout le temps ce machin à la main ? »

Rosalinda a pris ma défense : « Laisse-le donc tranquille. Tu verras, il va devenir un grand photographe. » Et elle m'a fait un clin d'œil.

Un après-midi, la veille de notre arrivée à destination, nous nous sommes arrêtés dans une clairière, à l'ombre d'un grand arbre. Je me souviens que la chaleur était insupportable, que Rosalinda portait un maillot de bain deux pièces et un short et qu'elle n'arrêtait pas d'essuyer les gouttelettes de sueur qui scintillaient sur sa poitrine. J'essayais de détourner les yeux, mais j'étais en pleine puberté et ce spectacle ne me laissait pas indifférent. Papa, en revanche, ne semblait pas souffrir de la chaleur étouffante ; assis sur un caillou, il fumait un cigare, le regard perdu vers l'horizon.

À un moment donné, Rosalinda a pris sa fille dans ses bras et elle s'est mise à lui chatouiller le cou avec le nez et la bouche. Flor riait comme une folle et plus elle riait, plus sa mère insistait. Même papa s'est pris au jeu, et il s'est approché. C'est à cet instant-là que j'ai pris ma première photo d'êtres humains. Dans cette garrigue déserte, mes yeux ont pour la première fois été sensibles à la beauté d'un sourire, d'un regard, d'une étreinte. J'ai donc attrapé mon appareil à toute vitesse et j'ai aussitôt appuyé sur le bouton.

Il en est résulté la plus belle photo de tout le voyage : son cigare entre les dents et le menton baissé, papa regarde Rosalinda qui rit et regarde Flor, posée sur ses genoux, la tête en arrière et le visage traversé par une grimace de bonheur et de terreur à la fois.

Sur le moment, je ne pouvais pas savoir que cette photo resterait pendant des années sur la table de chevet de Rosalinda. Je ne pouvais pas savoir que, pendant des années, je passerais des heures à la fixer d'un air hébété en me disant que oui, elle était très réussie. Je ne pouvais pas savoir à quel point je regretterais de ne pas y être aussi, sur cette image, et de n'avoir retrouvé nulle part au monde, posé sur moi, le regard caressant que Rosalinda posait sur sa fille.

Un drôle de regret

APRÈS NOTRE ARRIVÉE À DESTINATION, j'ai presque oublié maman, Mario et Valerio, et même le second petit frère qui devait arriver d'un jour à l'autre. Le mérite n'en revient pas uniquement à la maison des parents de Rosalinda, une espèce de vieille ferme remplie d'animaux qui, à elle seule, aurait suffi à rendre notre voyage inoubliable. Le mérite en revient aussi à Inés, la sœur aînée de Rosalinda, qui avait décidé de passer ses vacances chez ses parents et qui avait amené avec elle sa fille de douze ans.

Quand je l'ai vue pour la première fois, j'ai écarquillé les yeux et j'ai eu du mal à avaler la salive restée bloquée dans ma gorge. C'était la plus jolie petite fille que j'aie jamais connue (après Arianna, bien entendu) : elle avait de longs cheveux châtains, une peau couleur d'ébène, des yeux noirs en amande et une voix chantante qui m'a tout de suite conquis.

Les dix jours suivants ont passé à une rapidité folle. Clarinda et moi, nous passions notre temps à jouer, à parler (même si nous ne nous comprenions pas toujours), à dessiner ou à inspecter les alentours de la ferme. Dès qu'elle a compris que je ne m'en sortais pas mal, un crayon à la main, elle m'a demandé de faire son portrait. C'était une première pour moi, et bien que le résultat n'ait pas été des plus satisfaisant, elle a quand même paru contente.

J'ai vite oublié la tâche que Mario m'avait confiée et j'ai laissé son appareil photo prendre la poussière sur la table de nuit de ma chambre, jusqu'au jour où Clarinda m'a aussi demandé de lui apprendre à s'en servir. En à peine deux ou trois jours, j'ai pris une vingtaine de photos d'elle ; à la fin des vacances, j'étais amoureux fou. Je n'avais d'yeux que pour elle et je m'apercevais à peine de la présence des autres, à commencer par celle de mon père, qui passait l'essentiel de ses journées allongé sur un hamac, à enchaîner les lectures, et ses après-dîners à fumer en compagnie de son beau-père, un homme entre deux âges, sympathique, aux joues toujours rouges. Deux jours après notre arrivée, un Mario euphorique avait hurlé si fort au téléphone que j'avais été obligé d'éloigner le combiné de mon oreille : « Ça y est, Giovannino est né ! Maman va bien et elle t'embrasse très fort. »

Je n'avais pas marmonné le moindre mot, mais il était trop heureux pour s'en apercevoir. Après lui avoir dit au revoir, j'avais passé l'appareil à papa et j'étais allé retrouver Clarinda.

L'expérience n'avait rien de nouveau pour moi, je l'avais déjà vécue, d'abord à la naissance de Valerio et ensuite à celle de Flor. Je savais que pendant les jours qui suivent l'accouchement, les adultes n'en ont que pour le nouveau-né. Et je savais aussi que l'excitation finirait par retomber. Pourtant, cette fois encore, je me suis tourné et retourné dans mon lit toute la nuit : j'avais un poids sur l'estomac, je ressentais à la fois un sentiment de culpabilité, de ne pas me réjouir de l'arrivée de ce nouveau frère, et un certain trouble à l'idée qu'à une époque lointaine, ma venue en ce bas monde avait peut-être provoqué la même joie chez mes parents. Mais comment en être certain ?

La veille du départ, j'étais si triste que je n'avais aucune envie d'aller me coucher. Comme je voulais profiter jusqu'au bout des sensations que cet endroit m'offrait, je suis resté sous un portique à contempler les champs où les tournesols se reposaient, avachis au clair de lune, et à écouter le bruit des insectes autour de moi, dans l'espoir que Clarinda finirait bien par me rejoindre.

En dix jours, je n'avais pas trouvé moyen de lui déclarer mes sentiments, il y avait quelque chose en moi qui m'en empêchait. Ce n'était pas un manque de courage, c'était plutôt comme si, d'instinct, je m'étais contenté de passer tout mon temps avec elle, comme si j'avais su que je ne pouvais pas obtenir davantage.

Ma condition d'enfant partagé entre deux familles, deux maisons, deux pères, une mère et une demi-mère et je ne sais plus combien de frères et sœurs, m'avait privé de mon rôle de fils, des sensations que les enfants éprouvent viscéralement sans même en être conscients, un mélange de courage et de force qui apparaît quand on a l'impression d'être important, au centre de l'attention des membres de la famille. Eh bien moi, cette force, je ne l'avais tout simplement pas.

À la place de Clarinda, c'est Rosalinda qui est venue me voir. Elle a allumé une cigarette, elle m'a souri, elle s'est assise à côté de moi et elle m'a demandé, dans son italien encore approximatif : « Tu es triste qu'on part ? »

J'ai fait signe que oui de la tête.

« Moi aussi. »

Comme je la regardais sans rien dire, elle a repris : « On est bien ici. C'est là que j'ai grandi, c'est là que j'ai mes racines. Tu comprends ? »

Bien que la notion de racines m'ait été encore assez étrangère, j'ai à nouveau acquiescé.

Toujours enveloppée dans la fumée de sa cigarette, elle m'a demandé : « Tu t'es bien amusé ?

— Beaucoup.

— J'en étais sûre. » Après un court silence, elle m'a posé une autre question : « Et maintenant que tu rentres chez toi, tu vas trouver un nouveau petit frère. Tu es content ?

— Oui. »

Rosalinda a fini sa cigarette et elle a passé une main sur sa jupe, d'où dépassaient deux jambes bronzées et musclées.

« Tu sais, peut-être qu'à Noël ma sœur viendra nous trouver en Italie. »

Je me suis retourné et j'ai ouvert grand la bouche.

« Avec son mari et Clarinda, bien sûr.

— C'est vrai ?

— Ils essaient de s'organiser. Espérons.

— Espérons. »

Au bout d'une longue pause, elle a ajouté : « Des gens restent à côté de toi une vie entière, et tu ne t'en rends même pas compte. D'autres t'effleurent à peine, et tu t'en souviens pour toujours. »

Elle s'est tournée vers moi et elle m'a dit en souriant : « C'est comme ça, non ? »

Quand elle s'est aperçue que je ne savais pas quoi répondre, elle m'a collé un baiser sonore sur la joue et elle a conclu : « On va se coucher ?

— OK. »

Le simple espoir de revoir Clarinda un jour a suffi à me calmer. J'ai suivi Rosalinda et je me suis faufilé dans mon lit, où j'ai été pris d'un drôle de regret. Pendant des années, je m'étais plaint que Mario ne soit pas mon père et que la famille Ferrara ne soit pas tout à fait la mienne ; et maintenant, je me disais au contraire que si Rosalinda avait été ma vraie mère, les choses auraient pu s'améliorer : par exemple, je n'aurais même pas eu besoin d'attendre ma majorité pour changer de patronyme (un de mes nombreux projets abandonnés en cours de route).

En somme, j'avais beau tourner et retourner mes pensées dans tous les sens, il restait toujours une condition irréalisable entre moi et la sérénité.

Le lendemain matin, pendant que papa chargeait notre mini-van, j'ai retrouvé un peu de courage et j'ai filé en douce dans la chambre de Clarinda. On aurait presque cru qu'elle m'attendait ; en tout cas, elle n'a pas eu l'air trop surprise. Mon cœur battait à tout rompre mais j'ai quand même essayé de marcher droit et de ne pas fuir son regard, pendant que je franchissais les quelques pas qui me séparaient d'elle. Puis j'ai compté jusqu'à trois, j'ai fermé les yeux et, dans un élan de folie exaltante, j'ai approché mes lèvres des siennes. Nos bouches ne se sont touchées qu'un très court instant : quand j'ai eu l'audace d'essayer de glisser un petit bout de langue, Clarinda a reculé, elle est devenue toute rouge, elle m'a dévisagé avec une expression stupéfaite, elle a marmonné un mot d'excuse et elle est partie en courant.

Je n'ai pas bougé et j'ai continué à fixer le mur devant moi jusqu'au moment où j'ai entendu que Rosalinda m'appelait. Pendant tout le voyage, je suis resté recroquevillé au fond du mini-van, à essayer de dissimuler aux autres et à moi-même la déception qui devait se lire sur mon visage.

Par la suite, la vie m'a appris deux ou trois choses : on n'est pas toujours obligé d'embrasser avec la langue ; souvent, les excuses n'effacent pas les blessures ; qu'il soit partagé ou non, l'amour sert de toute façon à vous rappeler que vous êtes vivant, au milieu d'une kyrielle de morts.

Bien entendu, Clarinda et sa famille ne sont pas venues à Naples pour Noël, ni cette année-là ni les suivantes. J'ai dû attendre vingt ans avant de la revoir.

Et il aurait mieux valu que ça n'arrive pas.

Comme les oies des Aristochats

LORSQUE JE RETOURNE AU SALON, Arianna est déjà assise sur le fauteuil en face du divan. Tout le monde est là, bien installé, tout le monde fait comme si de rien n'était : Mario feuillette son journal ; maman vient de demander à Clara, d'un air faussement coupable, des nouvelles de Renata ; Valerio se roule une cigarette et Tomoko joue avec son portable, indifférente à l'enchevêtrement d'incompréhensions, de frustrations, de non-dits et d'émotions anesthésiées qui complique nos relations.

Puis Mario décide que le moment de parler est arrivé.

Il referme son journal et déclare : « Trêve de bavardages, sinon, je risque de changer d'avis. Et le premier qui m'interrompt, je le fiche à la porte. »

Du coin de l'œil, je remarque que Valerio et Tomoko viennent de diriger leur regard vers le chef de famille, et je comprends qu'ils sont faits l'un pour l'autre. Ou, plus exactement, que nous sommes trois à être faits les uns pour les autres : moi aussi, j'ai eu la tentation d'intervenir, pour qu'on me chasse d'ici une bonne fois pour toutes. Il faudra que je me souvienne de demander à Valerio s'il serait partant pour du triolisme, avec Tomoko et moi.

« J'ai bien examiné la situation, j'ai eu de longues discussions avec votre mère et avec notre fiscaliste et j'en suis arrivé à la conclusion que la meilleure solution, c'est une donation. »

Nous échangeons tous une série de regards, personne ne semble avoir compris ce qui se passe.

Heureusement, le discours de Mario ne faisait que commencer : « Oui, voilà mon idée. Plutôt que de rédiger un testament, je vous donne dès aujourd'hui ce que je vous dois ; comme ça, quand je ne serai plus là, il n'y aura pas de problèmes. J'aimerais autant éviter les litiges, les mécontentements ou les incompréhensions. Et j'aimerais aussi que chacun de vous fasse preuve de maturité, ça me permettrait de vivre le temps qui me reste en toute sérénité. »

Au point où nous en sommes, je me sens dans l'obligation d'intervenir : « Il est arrivé quelque chose que nous devrions savoir ? Tu es malade ? »

Mario me répond, sans me regarder : « Non, Erri, j'ai juste besoin de mettre de l'ordre dans mes affaires. »

La pièce retombe dans le silence. Notre mère toussote en remuant sur son bout de canapé.

« D'ailleurs, d'un point de vue fiscal, la donation est un mécanisme tout à fait avantageux. Mais avant de la mettre noir sur blanc, il m'a semblé préférable d'en parler avec vous. Pas pour vous demander votre autorisation, mais pour vous permettre d'exprimer vos perplexités ou remarques éventuelles. »

Il prend une pause pour fixer sur nous un regard souriant, puis il reprend : « Ah, j'oubliais. Votre mère et moi, nous conserverions l'usufruit de toutes les propriétés ; ce qui signifie que le bénéficiaire ne pourra en profiter qu'après notre mort. Dans les faits, pour vous, ça ne change rien ; à ceci près que vous pouvez aborder le problème. »

Giovannino est le premier à parler. Il retire son bras des épaules de sa femme, appuie les coudes sur ses genoux et déclare : « Je ne vois vraiment pas quelles remarques ou quelles perplexités nous pourrions exprimer à propos d'un choix qui ne regarde que toi ! »

Le visage renfrogné et les bras croisés, Arianna l'apostrophe : « Attends au moins de connaître les détails du partage ! » Elle a les jambes croisées et celle du dessus, dans son agitation, frôle dangereusement le bord de la petite table en cristal installée au pied du canapé.

Concentrée depuis plusieurs minutes sur la trajectoire de son gros godillot, ma mère lui dit de faire attention.

Erri, tu vas te décider à m'appeler, oui ?

Encore un SMS de Flor.

Je te rappelle plus tard.

J'ai un problème.

D'un ton assez peu aimable, Arianna répond à maman : « Ne t'inquiète pas, je fais bien attention. »

Quel problème ?

Un problème grave, grand frère.

Je quitte la petite place que je m'étais ménagée en m'accroupissant sur le tapis, le dos appuyé contre le bord du divan, et je m'éloigne. Si je ne connaissais pas Flor, je pourrais m'inquiéter. Mais malgré la curiosité que suscitent ses messages, je garde mon calme.

Sur ces entrefaites, Mario a sorti un papier rédigé à la main et il reprend : « J'ai fait un petit récapitulatif de nos propriétés, avec leur valeur hypothétique et une première ébauche de partage. »

Giovannino tend le cou pour essayer de lorgner la feuille, mais Mario le prend de vitesse et la colle contre sa poitrine. Puis notre mère ajoute : « Avant de vous le lire, nous voulons votre promesse que vous ne vous disputerez jamais pour des questions d'argent. » *Chère maman, on serait pourtant tenté de croire que tout ton petit jeu n'a pas d'autre objectif.* Je l'ai pensé mais je ne l'ai pas dit, et j'annonce à la cantonade que je dois aller aux toilettes.

« Tu ne pouvais pas choisir un autre moment ? me demande ma mère.

— J'en ai pour une minute. »

Je me dirige vers les cabinets mais je reviens aussitôt sur mes pas, je regarde mes frères et je leur dis : « Oh, je vous préviens, la collection de *Peanuts*, elle est pour moi ! » Puis je sors de la pièce. Dans le couloir, j'entends de loin l'exclamation de Valerio : « Alors moi, je veux la maison en bord de mer ! »

« Ah, tu t'es enfin décidé à m'appeler !

— Je t'écoute, Flor, qu'est-ce qu'il y a de si urgent ?

— Tu as parlé à papa ?

— Je t'ai déjà dit que oui. Mais il faudra qu'on se voie calmement, je t'expliquerai.

— Ce que tu peux être têtu ! Allez, dis-moi ce qu'il t'a répondu.

— Alors, on peut savoir ce qu'il y a de si urgent ?

— Rien, c'est juste que si je n'avais pas insisté, tu ne m'aurais jamais rappelée.

— Flor, écoute-moi bien, je suis en pleine discussion avec ma famille au grand complet, je te rappelle plus tard. Et quand je dis *tard*, je veux dire *très tard*.

— Ah oui ? Eh bien moi, je vais avaler une bouteille entière de vodka, et après, j'espère bien faire une fausse couche.

— Flor, arrête de jouer les imbéciles, ça ne te réussit pas trop.

— Et toi, arrête de jouer les têtes de mule. Il y a toujours cette sale famille Ferrara entre nous. Ils passent toujours avant les Gargiulo, toujours avant moi. »

Puis elle raccroche et je reste là, les yeux rivés sur mon téléphone. L'écran montre encore l'image de ma sœur tenant dans ses bras Ernesto, le petit chien de la famille Gargiulo qui a passé trois mois avec Matilde et moi, il y a une éternité. J'essaie de rappeler Flor, mais son portable est éteint. Elle n'est sans doute pas assez folle pour mettre en danger la vie de son fœtus dans le seul but de me contrarier, mais on ne saurait exclure l'hypothèse a priori.

« Erri, Erri. » La voix de ma mère, collée à la porte des toilettes, m'oblige à sortir.

« Qu'est-ce qu'il y a ?

— Dépêche-toi, c'est un moment important, nous allons vous expliquer le partage.

— Voilà, voilà, une minute... »

Je fronce les sourcils et je la suis dans le couloir. Sa façon de se dandiner me fait penser aux insupportables Amélie et Amélia Jacasse, dans *Les Aristochats*.

Beaucoup trop d'avance

AVANT DE REVENIR à la réunion plénière de la famille Ferrara, je tiens à vous en dire un peu plus sur Ernesto, le chien de Flor. N'y voyez pas de ma part un enthousiasme quelconque pour la cause animale, il s'agit en réalité d'un simple prétexte pour vous parler de Matilde, ou plutôt des premiers temps de notre couple, quand tout avait l'air de marcher du feu de Dieu.

Nous venions de louer un deux-pièces, en plein cœur du quartier du Vomero, et nous prenions plaisir à le meubler et à le décorer : nous pouvions passer des journées entières à choisir un rideau ou une housse de canapé, un miroir de salle de bains ou une étagère à installer dans le séjour. À l'époque, M. Ikea n'avait pas encore garanti l'avenir de ses héritiers pour plusieurs générations, et son magasin le plus proche de chez nous se situait à Rome. Tous les quinze jours, Matilde et moi, nous parcourions donc deux cents kilomètres en voiture, moi au volant et elle avec le catalogue posé sur les genoux ; nous discutions des achats à faire, nous calculions le budget disponible, nous débattions de la couleur d'un tabouret pour le salon (qui était d'ailleurs la seule pièce en plus de la chambre à coucher). Arrivés à destination, nous passions la journée à traînasser au milieu des tables et des tapis : pendant que Matilde laissait son regard se perdre à l'horizon de cet océan de meubles, je m'amusais à observer les autres clients. Dans certains endroits, les plus intéressants, ce sont les couples, de tous âges et de tous milieux. On peut en distinguer plusieurs sortes. Les *couples à leurs premières armes*, qui ont décidé de convoler en justes noces ou de vivre ensemble, passent en souriant d'un divan à l'autre, échangent des commentaires, débattent aimablement du type de tapis dont ils ont besoin pour leur salle de bains, s'interpellent quand l'un des deux s'est trop éloigné et a fait l'impasse sur un objet d'une importance fondamentale. Les *vieux couples*, en revanche, seraient restés devant la télé sans échanger un mot s'ils n'étaient pas venus chez Ikea, ça se voit tout de suite. En général, le monsieur marche quelques pas derrière la dame, de façon à pouvoir admirer en toute tranquillité la kyrielle de jolis derrières qui se présentent à ses yeux ; sa compagne n'est d'ailleurs pas dupe, mais elle aime mieux faire comme si de rien n'était, elle préfère ne pas prendre le risque d'une énième dispute sans issue. Elle s'arrange tout de même pour tendre des traquenards à son partenaire, pour susciter en lui un minimum de sentiment de culpabilité : de temps en temps, elle l'interroge donc sur tel ou tel tissu, telle lampe qui irait bien dans leur chambre, et elle fait mine de s'étonner s'il ne voit pas tout de suite de quoi elle veut parler ; le malheureux ne trouve pas grand-chose à dire, sur ces lampes et ces tissus, il pourrait tout au plus disserter sur le pantalon fuseau de la femme qui le précède. Et puis, il y a les couples comme moi et Matilde, à mi-chemin entre ces deux catégories, ni trop heureux ni trop aigris par la vie en commun et le mariage, formés d'individus qui essaient chaque jour de mettre un peu d'eux-mêmes dans leur relation et qui avancent bras dessus bras dessous. Parce que c'est comme ça que les choses partent à vau-l'eau sans qu'on s'en rende compte, quand l'un des deux se met à marcher quelques pas derrière l'autre.

En tout cas, c'était une période riche en nouveautés, et surtout en expectatives. Nous espérions que notre foyer embellirait de jour en jour, qu'il s'épanouirait en même temps que notre amour, que notre situation professionnelle s'améliorerait (si mon beau-père y consentait), que la vie nous offrirait, tôt ou tard, l'enfant qui viendrait sceller et achever, en lui donnant un sens, tout ce que nous étions en train de construire.

Nous étions heureux, et les gens heureux se sentent toujours un peu coupables envers les autres, comme s'ils leur volaient quelque chose à la table commune, comme si leur sérénité conquise était soustraite à quelqu'un qui en aurait plus besoin qu'eux. Et puis, quand on proclame à la face du monde qu'on est heureux, on peut être certain qu'en moins de deux minutes, le monde va vous ensevelir sous tous ses malheurs. Matilde et moi, nous devions donc expier en partie nos fautes : nous ferions du bénévolat, ou une donation à une association caritative.

Mais Flor a pensé avant les autres à nous aider à solder notre dette envers la vie.

Elle s'est présentée chez nous un soir où nous étions à moitié nus sur le canapé, après avoir fait l'amour comme nous savions le faire en ce temps-là, sans inhibitions dues à la recherche de la position la plus favorable à l'avancée de mes braves petits soldats de spermatozoïdes. Quand on a sonné, nous étions en train de regarder je ne sais plus quel film et de grignoter des chips. J'ai à peine eu le temps de me précipiter à la porte. Flor était déjà là, toute souriante, et elle n'était pas seule.

« Ernesto, je te présente tonton Erri. Dis bonsoir ! »

Flor avait trouvé Ernesto errant sur une départementale, près de Villa Literno, et elle n'avait pas résisté à la tentation de l'emmener avec elle. Comment lui donner tort ?

Sur le moment, je ne me suis pas demandé ce que ma sœur faisait à Villa Literno, et j'ai appris seulement quelques semaines plus tard qu'elle n'avait pas rencontré ce chiot par hasard, qu'elle était allée le chercher. Depuis un certain temps, elle était en effet membre d'une association de bénévoles qui se consacrait au sauvetage des chiens abandonnés. Rien de plus louable, certes, à ceci près que ladite association (en réalité une simple bande d'amis quelque peu crâneurs) ne disposait ni de liens avec des organismes officiels ni d'équipements pour accueillir les chiens perdus sans collier.

Ce soir-là (mais ça aussi, je ne l'ai appris que plus tard), le pauvre Ernesto avait déjà été refusé, dans l'ordre, par le père de Matteo, par la sœur d'Alice et enfin par papa en personne, qui, après avoir accepté un mois plus tôt l'arrivée de Giacomo, issu d'un magnifique croisement entre un setter et un labrador, avait coupé court à toute discussion en déclarant : « S'il entre ici, c'est moi qui m'en vais. »

Matilde et moi, nous étions donc l'ultime recours de Flor et d'Ernesto. Ils ont aussitôt investi notre appartement avec toute la grâce possible, le chien en sautillant sur le faux parquet Ikea et en fourrant son nez partout, ma sœur en touchant tous les objets qui lui tombaient sous la main, en s'exclamant à chaque fois : « Très joli ! »

L'entente parfaite n'a jamais régné entre Matilde et Flor. Mon ex-femme est trop psychorigide et ma sœur trop folle pour qu'elles puissent s'entendre. Mais au moins elles se respectaient, et peut-être même qu'elles s'enviaient un peu. Matilde aurait bien aimé avoir une pincée de l'extravagance de Flor, qui de son côté n'aurait pas dédaigné la possession d'une partie de la détermination de Matilde.

Quoi qu'il en soit, j'étais déjà prêt à dire que notre appartement était trop petit, que nous n'étions jamais là et qu'Ernesto ne pouvait donc pas rester chez nous, quand son regard a croisé celui de Matilde. Un vrai coup de foudre.

Ma future épouse m'a arraché une expression de stupéfaction quand elle a déclaré : « On va te le garder le temps que tu trouves une solution définitive. »

Flor a crié : « Youpi ! » avant de se jeter au cou de Matilde, qui en retour n'a pas manifesté un sentiment aussi chaleureux.

Depuis qu'elle s'occupait de chiens, ma sœur avait toujours sur elle de la pâtée pour eux, et surtout une odeur qui n'avait rien d'agréable, sans compter ses innombrables tatouages, ses dreadlocks et ses multiples piercings. Quand je me promenais avec elle dans la rue, les gens s'écartaient sur son passage. Je trouvais ça plutôt amusant, et elle-même n'y faisait même plus attention.

Flor m'a toujours plu, aussi bien dans sa période rasta que dans sa période punk, sa période hippie et même sa période actuelle plus espiègle, voire libertine. Toutes ces façons d'être successives ont toujours reflété sa vivacité d'esprit et son manque total de filtres intérieurs. Un tatouage ou un piercing ne suffisent certes pas à émanciper quelqu'un, mais la liberté de Flor coule dans ses veines. Elle fait partie de ces gens qui n'ont pas besoin de conquérir une place dans le monde à la force du poignet, de lutter pour préserver leur espace vital ou défendre leurs choix. En réalité, choisir ne l'intéresse pas, elle est libre précisément parce qu'elle est affranchie de tout lien. Sa liberté consiste à se soustraire aux décisions.

Par rapport à quelqu'un comme moi, elle a beaucoup trop d'avance.

Anesthésies

ERNESTO EST RESTÉ AVEC NOUS. Au bout de deux jours, nous l'aimions déjà ; au bout d'une semaine, nous ne pouvions plus nous passer de lui. Le soir, il nous accueillait à grand renfort d'aboiements et de frétillements de la queue, il courait prendre son jouet préféré (un petit crocodile acheté chez Ikea) et il voulait que nous le lui retirions de la bouche. Puis il se blottissait sur le divan à côté de nous et il s'endormait d'un sommeil serein pendant que nous regardions un film.

Les premiers jours, il restait tout le temps couché à nos pieds et il nous adressait des regards mélancoliques. C'est moi qui avais cédé le premier et qui avais demandé à Matilde : « Et si on lui nettoyait les pattes, il pourrait peut-être monter près de nous sur le canapé ? Qu'est-ce que tu en dis ? »

Matilde m'avait répondu par une de ces moues amusées dont elle avait le secret, elle avait procédé à une évaluation attentive du pour et du contre, et elle avait fini par donner son accord.

Après le dîner, c'est moi qui sortais Ernesto. Nous faisions tout le tour du quartier, lui la tête baissée sur le pavé pour renifler les différents degrés de l'ammoniaque présente dans les urines, et moi les yeux levés vers les étoiles ou les appartements des voisins. Pendant qu'il se vidait la vessie, je me perdais dans la contemplation de la variété infinie des vies autour de nous, toutes renfermées dans de petites boîtes éclairées qu'on appelle des maisons. Ces soirs-là comme aujourd'hui, je me demandais si tous leurs occupants avaient choisi d'y être à ce moment-là, devant la télé ou derrière une table, toujours à côté de la même personne. Je me demandais s'il y avait, quelque part, quelqu'un qui se battait pour changer sa vie et être vraiment heureux.

Ces soirs-là comme aujourd'hui, je me disais que le plus malheureux de tous, c'était peut-être celui qui tentait de se rebeller pour éviter un chemin tout tracé mais pas fait pour lui. Tous les autres, ceux qui se contentaient de regarder tranquillement la télé à côté d'un ou d'une inconnue, eux au moins, ils étaient anesthésiés.

Et l'anesthésie reste à ce jour le seul moyen connu de ne pas sentir la douleur.

Il est bizarre, Samuele

PUIS, UN SOIR, Flor s'est à nouveau présentée chez nous ; elle avait les cheveux rasés à l'arrière et sur les côtés, et longs sur le devant. Je l'ai regardée et je me suis mis à rire. Matilde, en revanche, est restée bouche bée.

« Salut, comment ça va ? » nous a demandé ma sœur avant de nous présenter Samuele, le jeune homme qui l'accompagnait et qui a marmonné un vague « Ciao » en levant la main.

D'une maigreur à faire peur, il portait un jean noir moulant, de grosses chaussures noires, des piercings tout le long de chaque pavillon auriculaire et un t-shirt noir trop court d'où son ventre velu dépassait ; ses longs cheveux gras lui retombaient sur les épaules.

Comme j'étais en train de cuisiner et que nos deux hôtes inattendus restaient debout à nous regarder, je me suis senti obligé de leur proposer de se joindre à nous.

Flor m'a répondu : « Avec plaisir ! Qu'est-ce qu'on mange ?

— Des spaghetti à la sauce tomate.

— Génial ! » Après cette exclamation enthousiaste, elle s'est jetée sur le divan et elle s'est mise à gratter Ernesto dans tous les sens.

Matilde a ajouté deux couverts et j'ai rempli les assiettes. Samuele n'a pas prononcé un mot de tout le dîner. Par compensation, Flor n'est pas restée silencieuse une minute ; elle enroulait ses pâtes de la main droite, caressait Ernesto de la main gauche, et il lui a fallu une bonne demi-heure pour finir son assiette ; il ne nous est plus resté qu'à attendre qu'elle cesse de parler ou de manger.

Elle ne nous a avoué qu'après le dîner la véritable raison de sa visite :

« Je me suis disputée avec papa.

— Pourquoi ?

— Il se vante tout le temps d'être quelqu'un de très ouvert, mais il s'est mis en colère quand je lui ai annoncé que je quittais la maison.

— Tu t'en vas ?

— Oui.

— Où donc ? »

Après avoir posé la main sur la cuisse de son compagnon muet, elle m'a répondu : « Samuele et moi, nous avons trouvé un bel appartement avec jardin à Licola. Nous pourrons y recueillir tous les chiens que nous voudrons. Et nous sommes venus récupérer Ernesto. »

Je me suis aussitôt figé et Matilde a dégainé un *non* instinctif.

« Comment ça, *non* ? a demandé Flor.

— Comment ça, *non* ? » Ma voix a fait écho à la sienne.

Matilde s'est alors adossée à son siège et elle a repris : « Non, je me suis trop attachée à lui.

— Tu pourras venir le voir quand tu voudras, a aussitôt rétorqué Flor.

— Nous pourrons aller le voir quand nous voudrons. » Ma reprise de ses propos, avec une légère variation, avait ici pour but de rendre le moment moins amer.

Matilde a marmonné : « Tu aurais au moins pu nous prévenir.

— Nous n'avons pas trop eu le temps. J'ai fait la connaissance de Samuele lundi, hier il m'a parlé de l'appartement de Licola et aujourd'hui nous avons décidé de venir reprendre Ernesto.

— Vous ne vous connaissez que depuis trois jours ? »

Mon exclamation effrayée n'a pas entamé la sérénité de Flor, qui a répété : « Depuis lundi.

— Depuis trois jours, donc. À moins que tu parles d'un lundi d'il y a quelques mois ou quelques années.

— Oui, bon, d'accord, trois jours. Et alors ? Erri, s'il te plaît, ne sois pas aussi lourd que papa. »

En posant mes mains sur mon visage, j'ai rencontré le regard découragé de Matilde. J'ai poussé un soupir et tenté de retrouver ma lucidité.

« Papa le sait, que vous vous connaissez depuis trois jours.

— Oui, et je t'ai déjà dit qu'il ne l'a pas bien pris... »

Matilde, qui avait jusque-là imité le mutisme de notre invité surprise, l'a interrompue : « Tous les torts ne sont peut-être pas de son côté et... »

Flor l'a interrompue à son tour : « Bon, écoutez, les enfants. Je vous aime bien, je vous suis reconnaissante de vous être occupés d'Ernesto, mais je n'ai pas du tout besoin que vous vous y mettiez aussi, à me faire la morale. »

Puisque Samuele s'obstinait dans son silence, je me suis adressé à lui : « Et toi, qu'est-ce que tu en penses ?

— Je suis supposé répondre quoi, là ?

— Mais enfin, de quoi est-ce que vous allez vivre ? »

Flor s'est levée, elle a pris son compagnon par le bras et elle s'est exclamée : « OK, il est l'heure de nous en aller. Encore merci pour tout. Si vous voulez venir voir le chien, appelez-moi, je vous indiquerai la route à suivre. D'ailleurs, ce n'est pas trop compliqué. »

Elle a ensuite mis son collier à Ernesto et elle a rejoint la porte en compagnie de Samuele, qui s'est contenté d'un signe de la main en guise de salutation. Ernesto s'est immobilisé sur le seuil et il s'est retourné un instant : on aurait cru qu'il voulait nous demander s'il était bien raisonnable de suivre cette jeune fille tout de noir vêtue qui parlait sans arrêt. Mais elle a tout de suite tiré sur sa laisse et il est sorti de notre champ de vision.

Matilde était encore assise à table, et moi appuyé contre le plan de cuisine. J'ai commencé à remplir le lave-vaisselle et elle a rompu le silence : « Ta sœur est complètement folle !

— Eh oui.

— Le problème, c'est qu'elle fait du mal aux autres, avec sa folie. En l'occurrence, à nous, à votre père et à ce pauvre Ernesto. »

J'ai baissé la tête, je ne savais pas quoi faire.

« Et puis, c'est qui, ce type ? D'où il sort ? Je le trouve même bizarre, il n'a pas ouvert la bouche de toute la soirée. Imagine qu'il soit violent avec elle.

— Tu crois que c'est possible ?

— Je crois que tu devrais appeler ton père.

— Flor est majeure, elle peut faire ce qu'elle veut.

— Flor est folle, tu devrais en tenir un peu plus compte. » Sur ces mots, Matilde s'est levée et elle s'est réfugiée dans notre chambre.

À moi de choisir, une fois de plus. J'aurais pu téléphoner à notre père, ou bien imposer ma volonté et obliger ma sœur à revenir à la maison, à ne pas faire de bêtises. J'avais toute la nuit pour y réfléchir.

Quand je me suis glissé dans notre lit, Matilde me tournait le dos. Juste avant d'éteindre, elle a déclaré : « En tout cas, demain, j'irai récupérer Ernesto. Avec ou sans toi. »

Heureusement, le lendemain, c'est Flor qui nous a appelés. Il était six heures un quart du matin.

« Erri ?

— Qu'est-ce qu'il y a ?

— Rien », m'a répondu Flor comme si de rien n'était. Après une pause, elle a repris : « Dis-moi... est-ce que... tu pourrais venir nous chercher ?

— Qui ça ?

— Ernesto et moi.

— Vous êtes où ?

— À Licola.

— Qu'est-ce qui s'est passé ?

— Rien de grave, je t'expliquerai. Alors, qu'est-ce que tu fais, tu viens ? »

Dix minutes plus tard, Matilde et moi, nous étions déjà en voiture. Flor nous attendait dehors, au-delà d'un passage souterrain sombre, à l'extrémité d'une rue jonchée d'immondices, bordée d'automobiles où des drogués s'étaient réfugiés et couverte de carcasses d'animaux morts.

Flor souriait et elle avait du mal à retenir Ernesto qui aboyait, tout agité.

Quand elle est montée à bord, je lui ai demandé : « Mais enfin, où est-ce que tu es encore allée te fourrer ?

— C'est plutôt moche ici, hein ? »

Pendant ce temps, le chien n'arrêtait pas de lécher les mains de Matilde et mes oreilles.

J'ai reposé la même question qu'au téléphone : « Qu'est-ce qui s'est passé ? »

Flor a donné l'impression d'hésiter, mais elle a fini par se décider à parler : « Rien, c'est juste qu'il est bizarre, Samuele.

— Non, pas possible ! On ne s'en était pas aperçus ! »

Après ce cri du cœur de Matilde, ma sœur a repris : « Hier soir, on a fumé quelques joints, on a bu quelques bières et on s'est mis à baiser. »

J'aurais voulu pouvoir me boucher les oreilles pour ne pas entendre les détails de la suite. Rien à faire, j'étais piégé dans la voiture.

« Seulement, il avait un peu trop bu. Il s'est vite endormi et je me suis retrouvée toute seule dans cet appart sale qui sentait l'humidité. Dès que le soleil s'est levé, j'ai essayé de réveiller Samuele, mais il n'a pas repris connaissance. Alors je t'ai appelé.

— Il n'est tout de même pas mort ? a demandé Matilde d'une voix inquiète.

— Mais non...

— Flor, tu es folle.

— Non, tu crois ? » Et ma sœur est partie d'un grand éclat de rire.

Nous l'avons accompagnée à la maison et Rosalinda, en larmes, est venue à notre rencontre dans l'escalier. Raffaele

Gargiulo a ensuite été bien obligé de revenir sur sa parole et de reprendre chez lui cette drôle de fille qui, contrairement à moi, avait appris à ruer dans les brancards pour lui rappeler son existence.

Ce brave Ernesto a vécu le reste de son existence aux côtés de Giacomo (l'autre chien de la famille Gargiulo), de mon père et de Rosalinda. Flor, en revanche, est partie pour de bon l'année suivante.

Le jour de la mort d'Ernesto, papa a pleuré. En tout cas, c'est ce qu'on raconte chez nous. Bien qu'il ait passé l'essentiel de sa vie dans la rue, ce cher animal avait tout de suite respecté les règles de la maison et il n'avait pas fait pipi une seule fois sur le plancher. Peut-être que dans le monde des chiens aussi, la souffrance façonne des âmes plus méritantes que les autres.

Tu n'as tout de même pas l'intention de voter Berlusconi ?

DE RETOUR AU SALON, je m'affale sur le canapé. Maman reste debout pour diriger les débats. Une mimique faciale savante bien maîtrisée lui permet de passer la parole en alternance aux uns et aux autres ; elle y est d'ailleurs habituée depuis plus de dix ans, depuis que sa lamentable carrière politique s'est transformée en carrière journalistique à succès.

Mais au fait... Nous en étions restés, à ce sujet, à la fameuse soirée de février 1994 où elle avait décidé de descendre dans l'arène aux côtés du Cavaliere.

Les jours suivants avaient été assez traumatisants pour moi. Mon père avait appris la nouvelle, je ne sais pas trop comment, et il ne l'avait pas très bien prise. Un soir, il m'a invité à dîner pour en parler.

« Erri, mais qu'est-ce qu'elle s'est mis dans la tête, ta mère ?

— Comment ça ? »

Il m'a regardé d'un air agacé et il a précisé : « Il semblerait qu'elle veuille être candidate sur les listes de Forza Italia.

— Ah, tu veux parler de ça ? » Et je suis retourné sans tarder au meilleur plat qu'il soit donné de savourer chez les Gargiulo, à savoir la tortilla de Rosalinda. En réalité, la vraie spécialiste en la matière, c'est sa mère, qui nous en avait préparé de toutes sortes quand nous avions séjourné en Andalousie, des années plus tôt, et que j'en avais fait mes délices.

De retour en Italie, j'avais demandé à Rosalinda de prendre le relais : ses tortillas avaient donc le double mérite de charmer mon palais et de me ramener en pensée à mes vacances en Andalousie et à Clarinda, l'amour d'un seul été qui occupait pourtant toutes mes saisons.

« Erri, tout ça n'a rien de drôle. Ta mère a un comportement immoral ! »

Rosalinda est alors intervenue : « Raffale, arrête ! Et laisse ton fils manger tranquille.

— Ah parce que tu crois qu'il ne sera pas concerné, si sa mère jette la honte sur toute la famille ?

— Rien que ça ?

— Oui, rien que ça. Erri, écoute, il faut que tu lui parles, il faut que tu la convainques qu'elle est en train de faire une grosse erreur, que ce type est une canaille qui mènera le pays à sa ruine.

— Quel type ? »

Ma réponse a fait monter le sang au visage de mon père, qui m'a répliqué : « Nom de Dieu, mais tu as quel âge ? Vingt ans ? Ce n'est quand même pas possible que tu ne t'intéresses qu'aux filles et aux bandes dessinées ! Et la politique alors ? »

J'aurais dû être sincère et lui avouer que je ne trouvais pas la politique aussi intéressante que les deux autres sujets. Mais il devait s'écouler encore beaucoup de temps avant le moment où j'oserais hausser un tantinet le ton devant mon père. Et puis, moi aussi, je trouvais la décision de maman stupide. Pour toutes ces raisons, j'ai donc balbutié : « Non, la politique ne m'intéresse pas, mais tu connais maman, elle n'est pas du genre à écouter les conseils. »

Le regard de mon père s'est perdu dans le vide et il a allumé son cigare ; pourtant, Rosalinda l'avait prié des milliers de fois de ne pas fumer en présence de Flor. Quand elle a commencé à débarrasser la table, il est revenu à la charge : « Je me demande pourquoi je l'ai épousée. Elle a dû me jeter un sort, cette femme est une sorcière. »

À ma place, n'importe qui l'aurait interrompu pour lui rappeler qu'il parlait de ma mère. Mais je suis resté là à l'écouter, comme si de rien n'était.

« Et Mario, qu'est-ce qu'il en pense ?

— Aucune idée. »

Papa m'a regardé comme une bête curieuse, il s'est approché de moi et il a planté ses yeux dans les miens : « Dis-moi la vérité, tu n'as tout de même pas l'intention de voter Berlusconi ? »

L'espace d'un instant, sa question m'a ramené un an en arrière, aux élections municipales de Naples. Je votais pour la première fois, et mon père avait pris un peu de temps pour m'expliquer sa façon de voir les choses... sans oublier de m'indiquer à quel candidat je devais accorder ma préférence. En ce dimanche électoral, j'étais donc fin prêt à accomplir mon devoir civique et à suivre le « conseil » de Raffaele Gargiulo. Seulement, quand j'ai ouvert mon tiroir pour y prendre ma carte d'électeur, je n'ai trouvé qu'un morceau de cannabis que m'avait offert Orlando.

Pendant toute la matinée, j'ai mis ma chambre sens dessus dessous. Puis je me suis souvenu que la veille au soir, j'avais glissé la fameuse carte dans une poche de mon jean, pour être sûr de ne pas l'oublier, et que j'étais ensuite allé faire une partie de football à cinq avec des copains. Après le match, alors que nous étions encore tout en sueur, nous avions fumé quelques joints ; j'étais ensuite rentré à la maison en short, en maillot et en chaussures à crampons. Dès que j'ai retrouvé ma lucidité, je me suis précipité dans les vestiaires du stade, où mes vêtements avaient hélas disparu.

Après le déjeuner, comme prévu, papa m'a appelé :

« Erri, tu as fait ton devoir ?

— Oui. »

J'ai menti sans la moindre hésitation et j'aurais été prêt à le refaire des centaines de fois, pour conquérir son estime et son attention. Quand on se soucie d'être aimé, on comprend vite qu'on a besoin d'une riche provision de mensonges à utiliser au moment opportun.

Une tentative inconsciente

« DIS-MOI LA VÉRITÉ, tu n'as tout de même pas l'intention de voter Berlusconi ? »

En réalité, je n'avais aucune intention précise. À l'époque, j'avais des préoccupations autrement plus graves que le Cavaliere.

J'ai donc répondu : « Penses-tu !

— Non, parce que si c'était le cas, je te déshérite », a déclaré mon père sans se soucier des reproches pour sa sévérité que sa femme lui adressait depuis la cuisine.

De toute façon, concernant l'héritage, j'étais et je suis toujours resté serein : à la mort de mon père, Flor et moi n'aurons à nous partager que les millions de livres disséminés un peu partout dans le petit appartement dont il est locataire. Et en 1994, c'est-à-dire il y a vingt-deux ans, sa collection était aussi peu fournie que sa chevelure, déjà décimée sans gloire.

Quoi qu'il en soit, mon père s'attendait à une prise de position de ma part sur les choix de ma mère, passée d'une jeunesse anarchiste et procommuniste, quand elle était à ses côtés, à un engagement adulte d'abord sous la bannière de la Démocratie Chrétienne, puis dans les rangs de Forza Italia. Mais j'ai dû décevoir ses attentes et je lui ai posé une question équivalant à une première et inconsciente tentative de me rebeller contre lui : « P'pa, tu les as perdus à quel âge toi, tes cheveux ? »

Pour toute réponse, il a tapé du poing sur la table et il est parti se réfugier dans ses livres. Il ne restait plus à table que moi et Flor, alors âgée de onze ans. Et c'est par conséquent à elle que j'ai posé la question qui, plus que toute autre, me tourmentait pendant mes nuits agitées : « Flor, tu crois que je vais devenir chauve ? »

Heureusement pour moi, le destin a décidé de me donner un coup de main. Pour des raisons que j'ignore, Berlusconi a refusé d'inscrire Renata Ferrara sur ses listes, alors que, selon maman, « l'enquête judiciaire n'avait abouti à rien du tout, ce qui prouve bien qu'il y avait eu un complot pour m'écarter, parce que je commençais à faire peur en très haut lieu ».

En réalité, personne, pas même Mario, n'a jamais cru à la thèse du complot ; mais personne non plus, pas même Mario, n'a osé contredire ma mère. Toujours est-il que c'est à ce moment-là que Renata Ferrara a déclaré à Silvio Berlusconi une guerre sans merci qui dure toujours.

Quand le parti du Cavaliere, qui venait d'être fondé à Milan, a opposé un refus poli à son auto-candidature, maman est devenue folle de rage. Elle a passé des journées entières au téléphone à vociférer contre un tel et un tel, à rappeler à tout le monde ses mérites acquis au sein « du plus grand parti européen des cinquante dernières années », son expérience de plus de dix ans, ses relations, sa connaissance des problématiques de la région de Naples et son réseau serré d'amitiés influentes, construit au fil du temps avec une patience d'ange. Alors elle n'allait sûrement pas permettre à un « bouffon tout bronzé » de ruiner sa carrière politique, de ruiner l'Italie tout entière. Elle a donc profité de l'invitation d'une chaîne de télé locale, Canale 21, pour inaugurer ses invectives contre Berlusconi, un « homme venu d'on ne sait où, sans autre passé connu que ses liens très étroits avec Bettino Craxi, à qui il doit sa fortune. »

La *verve*[1] de Renata Ferrara et la fougue qu'elle mettait dans l'expression de ses opinions ont séduit aussi bien les producteurs que les spectateurs de la chaîne, à tel point qu'au bout de trois semaines, maman était devenue présentatrice d'un talk-show politique diffusé en prime time. L'émission a continué pendant plus de dix ans et elle n'a pas tardé à devenir, pour les Napolitains, un rendez-vous obligé.

À en croire la plupart d'entre eux, la principale raison de ce succès, c'était que « la Ferrara, elle en a ! ».

Quelques années plus tard, le docteur Iazeolla devait d'ailleurs affiner le diagnostic en parlant de « mère phallique », et répondre à mon grand éclat de rire par un avertissement accompagné d'un regard sévère : « À votre place, je ne trouverais pas ça drôle. »

---

1. En français dans le texte.

Les gens comme nous se satisfont du doute

« ERRI, PAPA A VOULU nous lier de force, me dit Arianna.

— Comment ça ? »

Elle me tend la feuille sur laquelle Mario a esquissé à la bille bleue un schéma de partage de ses biens. Je l'examine un instant, je l'éloigne de mes yeux et je regarde les autres, qui attendent en silence une explication.

« Comme vous le voyez, je me suis efforcé de prendre la décision qui me semblait la plus équitable. Je m'explique. L'entreprise et cette maison reviennent, à parts égales, à Valerio et Giovanni : l'entreprise, parce que Giovannino est le seul à pouvoir mener à bien la poursuite de son activité ; la maison, parce que, à l'avenir, ils pourront se la partager et y cohabiter avec leurs familles respectives. Quant à Erri et Arianna, ils se partageront la maison de Gaète et celle de Pescasseroli ; ils ont grandi ensemble, ils s'entendent bien et ils ont de l'affection l'un pour l'autre ; ils n'auront donc aucun mal à trouver un accord.

— Autrement dit, vous avez eu peur que je m'oppose à Valerio ou à Giovanni ! » s'exclame Arianna.

Maman s'empresse d'intervenir : « Pas du tout. C'est juste qu'entre toi et Erri, il existe indéniablement une relation... plus étroite.

— Tu aurais peut-être pu nous exposer tes intentions dans d'autres circonstances, lui rétorque Giovanni. Pas à un dîner de famille en présence de Tomoko, que nous connaissons à peine. »

Valerio s'insurge : « Qu'est-ce que Tomoko a à voir là-dedans ?

— Rien, justement, et je n'ai aucune envie de m'expliquer davantage, pour l'instant.

— Ça m'aurait étonné, aussi, que tu n'aies pas d'objections. Qu'est-ce qu'il y a, tu as peur qu'on te vole ton os ?

— Je préfère ne pas répondre. »

Tomoko intervient à son tour : « Si vous voulez, je peux vous laisser entre vous. »

Je hausse alors le ton : « Mario, je ne sais pas ce qui t'a poussé à faire tout ça, mais je n'ai pas la moindre intention de rester là à discuter de la façon dont nous nous répartirons tes propriétés quand tu seras sous terre. Je ne veux même pas y penser. En revanche, j'aurais aimé savourer encore un peu de vin et vous parler de ce qui m'est arrivé de bien récemment, pour changer. »

Quand je comprends que je suis allé un peu loin, il est trop tard. Tout le monde se retourne vers moi, me dévisage et Valerio formule la question qu'ils ont tous sur le bout de la langue : « Et on peut savoir ce qui t'est arrivé de bien ? Personne n'est au courant, ici. »

Est-ce parce que j'ai trop bu ? Est-ce parce que j'ai trouvé le moyen de dissiper l'aura mortifère qui a envahi la pièce ? En tout cas, je m'entends prononcer une phrase que je n'aurais jamais cru entendre de la bouche de mon *Moi*, qui n'attendait pas mieux pour éloigner ses fantômes et se jeter dans le tourbillon de la vie.

« Matilde attend un enfant. » Je viens à peine de le murmurer et je me demande déjà pourquoi je l'ai dit.

Et comme j'ai parlé de « ce qui m'est arrivé de bien », il ne vient à l'esprit de personne de me demander si cet enfant est de moi.

Maman se cache derrière ses mains, Mario a un beau sourire et Clara rompt le silence :

« Mais comment est-ce possible ? Je croyais que vous étiez séparés depuis un an ?

— Eh bien, de toute évidence, cette chère Matilde n'a pas gardé les deux pieds dans le même sabot ! s'exclame Valerio avant de se lever et de me prendre dans ses bras. Tous mes vœux, grand frère, c'est une sacrée bonne nouvelle, il faut fêter ça ! »

Mario intervient : « Oui, il a raison, je vais chercher une autre bouteille de mousseux ! »

Maman vient vers moi, les larmes aux yeux, et me pose une main sur la joue : « Je suis vraiment heureuse. Mais si c'est un garçon, ne va pas lui donner le prénom de ton père ! »

Très vite, ils se lèvent tous pour me prendre dans leurs bras.

Giovanni me fait un clin d'œil et il s'écrie : « Je vais enfin pouvoir m'amuser avec un enfant sans être obligé de penser à son éducation ! »

Tomoko me tend la joue et me présente ses félicitations, mais il est clair qu'elle n'en a rien à faire et qu'elle serait ravie de quitter les lieux.

Arianna est la dernière à s'approcher de moi. Elle me dévisage un instant puis elle me serre tout doucement dans ses bras, comme à son habitude, et elle me chuchote à l'oreille : « Tu es sûr qu'il est de toi ? »

Je souris et je murmure entre mes dents : « Non, mais les gens comme nous se satisfont du doute. »

Le Moleskine

UN AUTRE CHOIX que j'aurais été bien inspiré de faire concerne mon travail. Le matin qui a suivi les révélations de ma femme, je suis arrivé au bureau très à l'heure, alors que j'avais dormi peu et mal sur le divan de mon frère Giovanni et que je devais, l'après-midi même, commencer à me chercher un logement.

Matilde n'a pas daigné m'adresser le moindre regard de toute la journée, et l'ardeur avec laquelle j'avais franchi le seuil des locaux s'est évanouie dès que je me suis rendu compte que Ghezzi ne viendrait pas ce jour-là, que sa maîtresse l'avait peut-être prévenu. Je m'étais préparé à défendre mon territoire au prix de comportements dignes d'un animal et de regards féroces chargés de haine, et je me suis retrouvé à distiller ma rage goutte à goutte. Après huit heures de travail, il ne me restait plus que ma nausée pour me tenir compagnie.

Le soir, quand je suis rentré à la maison, Matilde n'était pas là. Elle m'avait laissé un petit mot : « Je me suis dit que tu avais peut-être besoin d'un peu de temps pour t'organiser. Appelle-moi quand tu auras un endroit où aller. »

J'ai froissé le papier et je l'ai jeté à la poubelle. Puis j'ai entassé quelques affaires dans ma valise, pêle-mêle. Et c'est en ouvrant un tiroir de la commode que j'ai retrouvé le vieux Moleskine de Matilde, étouffé sous une pile de lainages qu'elle ne portait plus depuis une éternité. Je l'ai ouvert à la page où l'écriture s'interrompait. Mais il m'a suffi de lire quelques phrases pour le refermer aussitôt, les larmes me montaient déjà aux yeux. J'avais offert ce carnet à Matilde pour Noël, quelques années plus tôt ; le lendemain matin, elle m'avait enlacé pendant que je me rasais et elle m'avait dit : « Je vais m'en servir pour noter nos pensées, pour faire comprendre à notre enfant, le jour où il sera là, à quel point nous l'attendions. »

J'ai mis aussi ce Moleskine dans ma valise, j'ai refermé la porte derrière moi et je suis retourné chez ma mère.

Extrait du carnet inachevé de Matilde

J'AI PENSÉ au jour où tu tomberas amoureux. À la personne que tu ramèneras à la maison. Au fond, nous sommes tous des étrangers, avant de nous connaître. Erri et moi aussi, nous l'avons été. Tomber amoureux, c'est le plus formidable acte de confiance qui puisse exister entre deux inconnus. Souviens-t'en à chaque fois que tu auras du mal à entrer dans une pièce remplie de gens qui ne sont encore rien pour toi, ou bien au cinéma, si tu te retrouves à côté d'un anonyme. Dis-toi bien que la vie t'offre tout simplement une nouvelle possibilité de découvrir quelqu'un de spécial.

Je ne te conseillerai pas, contrairement à d'autres, de rester sur ta réserve, de ne pas trop te livrer. Non, je te conseillerai d'avoir confiance et d'apprendre à accueillir les autres. Plus tu construiras des murs, moins il y aura de lumière dans ton existence.

Le premier non à Matilde

PENDANT PLUSIEURS JOURS, Matilde et Ghezzi ne sont pas venus au boulot. Pendant plusieurs jours, je suis resté assis derrière mon bureau sans échanger le moindre mot avec personne, les yeux la plupart du temps rivés sur mon écran d'ordinateur, jusqu'au moment où venait l'heure de rentrer à mon ancienne maison, chez ma mère et Mario.

J'avais cru que la trahison de Matilde pourrait demeurer d'ordre privé, mais je m'étais fait des illusions : une liaison illégitime entre deux collaborateurs ne passe inaperçue dans aucune entreprise au monde.

Pendant plusieurs jours, je me suis retenu pour éviter d'en venir aux mains avec Gambino, un jeune collègue ambitieux âgé de trente-cinq ans, aux cheveux toujours gominés, toujours habillé d'un costume rayé et toujours chaussé de mocassins pointus, style Aladin. Lui et moi, nous n'avions jamais pu nous supporter, en partie parce que je l'avais systématiquement tenu à distance (parfois même au prix d'une impolitesse injustifiée), et en partie aussi parce qu'il ne voyait en moi que le gendre du patron. Ces jours-là, il se baladait dans les couloirs de la boîte avec un grand sourire aux lèvres, et quand il me croisait, il m'adressait des saluts pleins d'emphase tout en riant dans sa barbe de ma mésaventure conjugale.

Un après-midi, j'ai profité de la présence de deux employés seulement sur tout l'étage pour me faufiler dans le bureau de Matilde et m'asseoir derrière sa table de travail. Puis je me suis mis à fouiller dans ses tiroirs, sans trop savoir ce que je cherchais. Au bout de dix minutes, mes piteuses investigations étaient déjà terminées. Je suis resté les yeux collés sur l'écran de l'ordinateur, non sans réfléchir aux excuses que je pourrais invoquer si quelqu'un ouvrait la porte. Et puis bon, c'était le bureau de ma femme, il n'y avait rien de mal dans ce que je faisais. Du moins, aux yeux d'autrui.

Sur ces entrefaites, l'ordinateur s'était mis en route. Je l'ai exploré à la recherche du moindre fichier au nom suspect, j'ai ouvert sa boîte mail et j'ai lu une centaine de courriers remontant aux derniers mois. Aucune trace de Ghezzi. J'allais éteindre la machine d'un geste désespéré, quand je me suis souvenu d'aller contrôler le programme de tchat interne qui met en communication tous les ordinateurs de l'entreprise. Et là, j'ai enfin trouvé ce que je cherchais : des dizaines et des dizaines de conversations entre Matilde et Ghezzi. Le message qui m'est tombé en premier sous les yeux a suffi à me faire quitter en toute hâte le programme et fermer la session. Ghezzi l'avait envoyé deux jours avant les aveux de Matilde :

« Je ne peux plus me passer de toi. »

J'ai couru aux toilettes et je me suis lavé plusieurs fois le visage à l'eau froide. Puis je me suis perdu dans la contemplation de mes yeux fatigués, de ma bouche tordue, des poils blancs de ma barbe et des ridules de mon front. Elles naissent d'une douleur sourde, qui ne fait aucun vacarme et qui n'arrive pas tout d'un coup, qui vous tient compagnie en silence, chaque jour et chaque nuit, et qui s'infiltre dans votre peau comme de l'eau dans de l'enduit, avant de la fissurer.

Quand je suis retourné à mon bureau, mon beau-père m'y attendait. Il avait l'air penaud, manifestement embarrassé. J'ai aussitôt compris qu'il était là pour me parler. À la suite des aveux de Matilde, j'aurais dû me précipiter au bureau, prendre mes affaires et dire au revoir à tout le monde, plutôt que de rester à mon poste pendant presque une semaine, à attendre, pour la énième fois, que quelqu'un me dise ce que je devais faire.

Après avoir longtemps tourné autour du pot, Crispino Del Gaudio m'a invité à prendre une pause pour voir comment les choses évoluaient, s'il y avait une possibilité de récupérer la situation. Il m'a dit qu'il était tout à fait navré, mais qu'il ne pouvait certes pas obliger sa fille à ne pas se présenter au travail, qu'il était donc au regret de me demander de m'éloigner quelque temps. Je l'ai écouté sans broncher, comme toujours, et comme toujours, je n'ai posé aucune question ni avancé aucune exigence. C'est lui qui a précisé, juste avant de refermer la porte en sortant : « Erri, je ne sais pas ce qui s'est passé entre vous, mais je vais te dire la même chose qu'à elle : réfléchissez bien, avant de tout gâcher. Tout le monde peut traverser un moment de crise. »

Je n'ai rien répliqué, je n'ai pas eu la force d'expliquer la vérité à mon beau-père, à savoir que la crise de notre couple durait depuis un an. Depuis le soir fatidique où, pour la première fois de ma vie, j'avais dit non à ma femme.

Cette fois-ci, c'est la bonne

AU BOUT DE CINQ ANS de tentatives infructueuses, Matilde et moi, nous avions opté pour l'adoption.

Je me souviens encore de l'instant précis où nous avions pris notre décision, juste après avoir fait l'amour. C'était un des « bons jours » et, comme chaque mois, nous avions planifié notre journée en prévision de ce rapport sexuel, au point de refuser une invitation à dîner et une autre au cinéma.

À notre retour à la maison, nous étions attendus par un repas frugal et une courte séance d'érotisme torride. Au bout de cinq minutes, nous étions déjà étendus sur notre lit, au repos, et presque certains d'avoir raté une soirée entre amis pour un « rapport à but précis » aussi répétitif qu'inutile. Nous ne parlions pas et nos corps enlacés s'étaient déjà refroidis, quand Matilde m'a fait une proposition : « Cette fois-ci, on ne va même pas attendre de connaître le résultat. Dès demain matin, on ira déposer une demande. » À vrai dire, l'hypothèse de l'adoption avait déjà fait de timides apparitions dans nos conversations, mais surtout à titre de lénitif de nos échecs mensuels, comme si le simple fait de l'envisager nous avait aidés à mieux supporter le coup de massue qui nous tombait sur la tête, avec une régularité de métronome, tous les vingt-huit jours.

Ce soir-là, Matilde avait donc décidé de prendre le taureau par les cornes, de ne pas renvoyer la décision à la fin du cycle, de renoncer d'emblée à l'espoir de la « bonne fois ». Parce qu'on peut passer des mois et des années à se dire que cette fois-ci, c'est la bonne, que tôt ou tard, on finira par gagner, comme s'il s'agissait d'une interminable partie de cartes avec la nature.

Plusieurs des médecins que nous avions consultés au fil des ans nous avaient répété : « Contentez-vous de vous enivrer et de faire l'amour. » Et nous avions pris leur conseil à la lettre. Un soir, convaincus que le secret des femmes enceintes qui se multipliaient comme des champignons autour de nous tenait uniquement au choix du vin à associer aux parties de jambes en l'air, nous nous étions claquemurés à la maison avec cinq bouteilles de Barbera d'Asti, un vin réputé « robuste ».

Nous en étions à peine au milieu de la deuxième quand Matilde s'est précipitée aux toilettes pour vomir tandis que j'étais en proie à une alternance de rires et de larmes. Résultat final : aucune fécondation et un effroyable mal de tête. Le lendemain matin, au réveil, j'avais eu l'amère conscience que si l'alcool était la potion magique de la grossesse, Matilde et moi étions condamnés à ne jamais devenir père et mère.

Mais revenons à l'adoption. J'ai accueilli la proposition de Matilde avec enthousiasme et dès la semaine suivante, après avoir réuni toutes les pièces du dossier, nous sommes allés présenter notre requête au tribunal pour enfants. En sortant, nous nous sentions heureux, comme s'il s'était passé Dieu sait quoi. C'est que, pour la première fois depuis des années, nous avions l'impression d'avoir fait quelque chose de concret plutôt que de rester tout le temps là à attendre, pour reprendre les termes de la plupart des gens. Je me rappelle que nous nous étions assis à la terrasse d'un café, que nous avions dégusté un cornet de glace et que nous avions commencé à fantasmer sur le pays d'origine de notre futur enfant.

Le dépôt de notre requête a été suivi de plusieurs mois d'entretiens avec un psychologue et une assistante sociale. Leur mission consistait à déterminer si notre couple était assez solide pour faire face à une tâche aussi astreignante et, surtout, si nous avions vraiment renoncé à avoir un enfant « biologique », si nous étions prêts à devenir les parents d'un enfant né d'autres parents qui, selon toute probabilité, ne nous ressemblerait en rien et porterait déjà le poids d'une histoire faite de refus et d'abandons.

Il nous a fallu un an pour obtenir le certificat si convoité d'aptitude à l'adoption qui nous permettait enfin de charger un organisme dûment agréé d'engager des démarches auprès de divers États étrangers.

Nous avions fêté la bonne nouvelle et choisi assez vite une association au nom prometteur : La cigogne. Après versement d'une somme de trois mille cinq cents euros, nous avions entamé une nouvelle série d'entretiens, cette fois-ci avec l'équipe de l'association. La psychologue s'étant déclarée peu convaincue de notre capacité à être de bons parents, elle nous a proposé des rendez-vous d'approfondissement et toute sorte de tests psychologiques, des taches de Rorschach aux presque six cents questions du Minnesota Multiphasic Personality Inventory.

Un soir, après en être arrivé à la conclusion que nous avions choisi la mauvaise association, que nous avions gaspillé notre argent, nos rêves et notre énergie, j'ai dit que ça suffisait. J'ai prononcé un non définitif.

Matilde me dévisageait sans comprendre, elle n'en croyait peut-être pas ses oreilles : cet homme qui lui opposait un refus aussi inflexible, ce ne pouvait pas être son Erri, le placide et tranquille Erri.

Je n'irais plus à aucun entretien, je ne m'enivrerais plus avant de faire l'amour, je n'écouterais plus les conseils des gynécologues sur le meilleur moyen d'atteindre l'orgasme et je n'irais plus répandre mon sperme aux quatre coins des laboratoires d'analyse biologique de la ville. Point final.

Matilde a d'abord eu une réaction impétueuse : elle m'a dit que je ne pouvais pas reculer, que la décision ne dépendait pas que de moi et que j'étais un lâche. Puis elle s'est mise à pleurer et elle m'a supplié de bien y réfléchir, d'essayer encore, de ne pas capituler.

Quand je lui ai hurlé : « Je ne peux pas continuer à me pourrir la vie à attendre, je finirai par le détester, cet enfant ! », elle m'a giflé et elle est allée se coucher.

Le lendemain matin, elle m'a donné raison : « On ne peut pas continuer comme ça. »

Tiens donc ! Une fois n'est pas coutume, c'est moi qui avais pris une décision concernant l'avenir de notre couple et qui avais assumé la responsabilité de rompre un cercle vicieux. Je me sentais fier de moi, étrangement libre, comme si je m'étais débarrassé d'un poids sur l'estomac. Nous allions enfin recommencer à penser un peu plus à nous, à faire l'amour quand nous en avions envie, à tenir par la bride une vie qui, à quarante ans, nous glissait entre les doigts.

Je croyais que mes arguments avaient convaincu Matilde, que sa reddition était dictée par la conscience que j'avais raison. Je croyais que nous redeviendrions ce que nous avions été autrefois, un couple. Je me trompais. Pendant l'année qui a suivi, j'ai fait tout mon possible pour construire, et elle pour démolir.

Elle a fini par y arriver.

La régression

JE SUIS DONC REVENU dans mon ancienne maison, dans ma chambre d'autrefois. À ce détail près qu'il n'y restait rien de moi (hormis le pot en verre rempli de squelettes d'oursins), et que rien ne justifiait cette régression, ce retour chez ma mère.

Et comme, aux yeux de Renata, les régressions ne sont admissibles sous aucun prétexte, elle s'est présentée un beau soir dans ma chambre, elle s'est assise au bord du lit et elle a commencé par me dire : « Mon chéri, pour ce qui me concerne, cette situation n'est pas supportable. Tu refuses de me raconter ce qui s'est passé avec Matilde ? Libre à toi. Mais tu ne peux pas continuer comme ça ! »

De fait, depuis que mon très aimable beau-père m'avait licencié de sa société sous une série de prétextes plus ou moins courtois, je m'étais contenté d'employer mes journées à traîner les pieds de la cuisine à mon ancienne chambre, mon téléphone portable à la main, dans l'espoir que Matilde reviendrait sur sa décision et me supplierait de rentrer à la maison.

Ma mère a donc repris : « Il faut réagir, je me tue à te le dire ! Tu ne peux pas et tu ne dois pas t'avouer vaincu devant les difficultés et les échecs, même s'ils te semblent très douloureux. Et puis, je t'ai toujours appris à te passer des autres, la force pour t'en sortir, tu l'as en toi… »

J'aurais dû répondre : « Pourquoi, qu'est-ce qu'il y a de mal à avoir besoin des autres ? Nous avons tous besoin de quelqu'un. Les surhommes, ça n'existe pas. Nietzsche a dit une connerie, ce qui peut d'ailleurs arriver même aux plus grands penseurs. » Mais je suis resté paralysé devant la bouche botoxée de ma mère, à me demander où elle trouvait l'énergie nécessaire pour alimenter chaque jour sa conviction que rien ne pouvait nous atteindre, à me demander si sa recherche permanente et exacerbée de la force intérieure n'avait pas fini par la consumer et n'était pas en partie responsable de sa maladie, dont je vous parlerai plus tard. Pour le moment, ce qui m'importe, c'est d'essayer de comprendre pourquoi, aujourd'hui encore, Renata Ferrara éprouve le besoin de réaffirmer son culte de la performance et de la nécessité de « toujours regarder en avant ».

D'ailleurs, cette expression lui est venue à la bouche juste après : « Quoi qu'il te soit arrivé, il faut toujours regarder en avant. »

Pendant qu'elle parlait, je m'interrogeais sur le nombre exact de possibilités concrètes que ma mère, du jour au lendemain, sombre dans le gouffre d'une dépression sévère, accompagnée de délire, et décide de se dépouiller de tous ses biens pour s'enfermer dans un couvent. Et tandis qu'elle continuait à enchaîner les phrases toutes faites – « tu peux donner beaucoup plus que ce que tu as donné jusqu'à maintenant », « je crois en toi, montre-moi que je ne me suis pas trompée » –, j'en suis arrivé à la conclusion qu'en réalité, elle était déjà déprimée, et que sa recherche désespérée de la force intérieure servait uniquement à refouler un peu plus le magma qui bouillonnait en elle.

Elle parlait encore, quand je lui ai posé une main sur la joue et que je lui ai souri. Déstabilisée par l'intimité de mon geste, elle s'est figée d'un seul coup, et elle est restée là à me regarder sans plus savoir quoi dire. Puis elle s'est levée et elle s'est enfuie.

Une simple caresse avait suffi à ébranler un culte de la performance entretenu depuis des années et des années.

Petite réflexion sur la perfection

RENATA FERRARA S'EST BATTUE toute sa vie pour atteindre la perfection. Au vu des résultats obtenus, il ne me restait plus qu'à entreprendre le parcours inverse, à tout miser sur l'imperfection. Je crois que j'ai touché au but avant elle.

Les secrets trop secrets

DEUX JOURS PLUS TARD, j'étais allongé sur le divan de Iazeolla. Alors que je lui expliquais brièvement la situation, il m'a interrompu (il a en effet cette sale habitude) : « Avec votre air boudeur dont vous vous obstinez à ne jamais vous départir, vous pouvez convaincre votre femme, mais pas moi. »

Je lui ai adressé un regard interrogatif.

« Il me semble que si on gratte un peu sous l'écorce, on découvre quelqu'un de plutôt spirituel et léger, et que vous y trouvez votre compte, à jouer les victimes. »

J'ai écarquillé les yeux et j'avais la ferme intention de l'envoyer balader, monsieur Je-sais-tout, mais une fois de plus, il m'a coupé l'herbe sous le pied : « Vous ne vous êtes jamais demandé ce que vous aviez à y gagner, dans le rôle du raté ? »

Le regard fixé sur son petit sourire content de lui, j'ai ressenti l'envie passagère de me lever, d'attraper sa barbichette entre mon pouce et mon index et de tirer de toutes mes forces. En lieu et place de quoi je me suis entendu prononcer cette phrase : « Je détourne mon attention. »

Il s'est penché en avant, le dos courbé, les yeux aux aguets et les oreilles tendues, comme une hyène qui vient de repérer une carcasse à dévorer, et il m'a dit : « Oui, tout à fait, bien vu. Mais de quoi ?

— Quoi, de quoi ?

— De quoi détournez-vous votre attention ? »

J'étais sous le coup d'une sorte d'hébétude, et il ne m'est sorti de la bouche qu'un balbutiement informe.

« Quelle est la vérité, monsieur Gargiulo ? Allez, dites-le, vous le savez très bien ! »

Il me traitait comme un enfant de dix ans ; pour un peu, je me serais attendu à ce qu'il prenne une cuiller et qu'il l'approche de ma bouche en imitant le vol d'un avion.

« J'ai peur de recommencer à vivre. »

Un sourire a surgi au-dessus de sa barbichette.

« Bravo, Erri. Vous devez recommencer à vivre… avant d'oublier comment on fait. »

Je devais donc recommencer à vivre. Matilde ne m'avait pas rappelé et une seule et même image me revenait sans cesse à l'esprit : elle et Ghezzi qui faisaient l'amour sur notre ancien lit commun.

À cause de cette vision obsédante, et aussi pour chasser de ma tête la phrase que j'avais lue sur son ordinateur, je me suis dit qu'il fallait à tout prix tourner la page, sans quoi je risquais de devenir fou.

Je devais reprendre les choses à zéro. Le problème, c'est que ça ne m'a jamais trop réussi. Commencer quoi que ce soit, c'est déjà une dépense considérable d'énergie ; mais repartir depuis le début, *da capo*, ce n'est pas dans mes compétences. Avec Giulia, j'avais mis des mois pour revenir à un semblant de normalité, et chaque pas en avant était suivi d'un pas en arrière.

Avec Matilde, ça n'arriverait pas : j'étais adulte, maintenant, et les adultes savent se relever après une chute. En tout cas, je me plaisais à me le répéter.

J'avais juste besoin d'un nouveau travail et d'un autre logement.

J'ai passé une nuit entière à tenter d'établir une liste de mes amis et connaissances susceptibles de me venir en aide.

Au bout du compte, il n'est resté qu'un seul nom : Raffaele Gargiulo.

Mon père.

Le lendemain, je me suis présenté à son restaurant en fin d'après-midi. Papa était avec un fournisseur qui déchargeait des caisses de vin ; dès qu'il m'a vu, il m'a crié : « Tiens, Erri. Quelle bonne surprise ! »

De fait, j'étais rarement venu le voir là, et jamais à cette heure insolite.

« Il faut que je te parle. »

Mon père s'est aussitôt mis sur la défensive : « Tu as des problèmes ?

— Eh bien, oui, en effet, j'ai quelques petits problèmes. »

Il m'a répondu, sans me regarder : « Attends-moi là-bas. »

C'était la première fois que je m'adressais à lui pour résoudre une difficulté, et cette situation me rendait excessivement nerveux. J'allais devoir lui expliquer ce qui s'était passé, lui demander un coup de main, et je ne savais pas comment il réagirait. Mon idée consistait à l'aider au restaurant le temps de trouver une solution plus viable. En réalité, au cours de mes dernières nuits passées à regarder le plafond, il m'était déjà venu à l'esprit que je pourrais profiter du cataclysme qui s'était abattu sur mes frêles épaules pour changer un peu les choses et réaliser enfin mes rêves de toujours. D'ailleurs, si on ne réagit pas après un tremblement de terre et qu'on ne se met pas à construire des fondations plus solides, alors on mérite de rester enseveli sous les gravats à la secousse suivante. J'avais donc décidé de me remuer, quitte à être employé comme serveur chez mon père pendant quelques mois. Et mon projet d'ouvrir une librairie spécialisée dans la bande dessinée me permettrait de résister aux intempéries et de repartir de zéro.

Quand je me suis faufilé dans la cuisine, Rosalinda a écarquillé les yeux et elle s'est jetée à mon cou. La seule caractéristique commune que j'aie héritée de mes deux parents étant le peu de familiarité avec les aspects émotionnels de l'existence et des relations avec autrui, j'ai répondu sans trop d'enthousiasme à son élan spontané. Mais comme, de son côté, Rosalinda était peu habituée à faire l'objet de gestes affectueux, elle a dû voir la plus haute manifestation possible d'amour dans la façon dont j'ai tout simplement écarté les bras pour la serrer contre moi.

Le Sonrisa est la plus grande structure hôtelière de la province de Naples ; il est devenu célèbre, au fil des ans, pour avoir servi de décor à de nombreuses émissions de la RAI et à de nombreux mariages qui ont battu des records européens de mauvais goût « bling bling ».

Mais en 1991, quand mon père a décidé d'appeler comme ça son petit restaurant de cuisine espagnole, l'hôtel n'existait pas encore. Quelques années plus tard, lorsque je lui ai demandé pourquoi il ne changeait pas le nom de son établissement, il n'a rien voulu savoir : il l'avait choisi en hommage au sourire hispanisant de Rosalinda et de Flor, et au pays d'origine de sa femme. Les journées passées à délivrer les billets d'entrée au Château de Lord Sheidon et à se serrer la ceinture lui avaient permis de mettre de côté un joli magot qui, ajouté au petit héritage reçu à la mort de ses parents, avait suffi à transformer son rêve en réalité. Je me plais à croire que j'ai moi aussi contribué en partie à la naissance et au succès de son restaurant, à travers ma passion indéfectible pour les tortillas de Rosalinda.

Un jour où je déjeunais chez eux, papa m'en avait mis trois différentes sous les yeux : une, traditionnelle, aux pommes de terre ; une au chorizo, au poivre rouge et aux petits pois ; et enfin une remplie de toutes sortes de délices, légumes, salade russe, jambon, pancetta, fromage.

Avec un demi-sourire, il m'avait dit : « Goûte-les toutes.

— Toutes ?

— Toutes. Et après, donne-moi ton avis. »

Mon statut familial de goûteur officiel de tortillas m'a donc obligé à leur faire honneur, et je n'en ai pas laissé une miette. Verdict final : elles étaient toutes les trois excellentes, mais ma préférée, c'était malgré tout la traditionnelle.

C'est seulement après que papa m'a expliqué l'idée qui lui trottait dans la tête depuis longtemps : arrêter de vendre des billets et ouvrir une trattoria de cuisine espagnole. Comme j'avais seize ans et que le Château de Lord Sheidon ne me donnait plus les mêmes frissons que par le passé, j'avais donné libre cours à mon enthousiasme et proposé de contribuer au projet en payant de ma personne. Mais papa avait été inflexible : « Pas question. Toi, tu as des études à finir.

— Je pourrais venir vous aider le soir…

— Non, je te répète que tu as des études à finir. »

J'avais encaissé le coup sans broncher, mais je sentais déjà grandir en moi une envie de rébellion contre un avenir qui ne me correspondait pas. Mon instinct me suggérait de suivre mes passions ; aux yeux de mes parents, en revanche, il n'existait rien en dehors des diplômes.

Je sais maintenant que mon père me souhaitait surtout un destin différent du sien : lui qui aurait pu devenir un lettré, un enseignant, un homme politique, un intellectuel, il en avait été réduit à distribuer des billets et à nourrir l'ambition de vendre des omelettes aux pommes de terre.

Je sais maintenant que j'ai dû expier l'échec de sa vie.

Je m'étais donc consacré à mes études, alors que je savais très bien qu'elles ne me mèneraient nulle part et que je caressais le rêve caché de devenir, un jour, dessinateur de BD.

Le problème – mais je ne l'ai compris que plus tard –, c'est qu'avec le passage du temps, nos désirs les plus secrets deviennent secrets même pour nous.

Recouvrement de créances

DÈS QU'IL S'EST RETROUVÉ DEVANT MOI, mon père m'a demandé : « Alors, on peut savoir ce qui s'est passé ? »

J'avais décidé d'aller droit au but.

« Ma femme m'a quitté et j'ai perdu mon boulot. »

Il m'a dévisagé un long moment, avant de sortir un paquet de cigares de la poche de sa chemise et de me dire : « Eh bien, le moment est venu de te payer mes dettes. Viens. »

Je l'ai suivi, bouche bée. Je venais de découvrir que j'étais créditeur envers mon père.

Nous nous sommes assis à une table au fond de la salle et il m'a demandé si j'avais faim. Il était six heures de l'après-midi, mais la bonne odeur provenant des cuisines m'avait ouvert l'appétit, et j'ai donc répondu oui. Papa s'est éclipsé et il est réapparu au bout de cinq minutes avec deux tortillas fumantes, une corbeille de pain et une carafe de vin rouge ; il s'est assis et il a fait un sort à son omelette pendant que la voix de Rosalinda, qui discutait avec un serveur, parvenait très atténuée à nos oreilles. Aujourd'hui encore, Raffaele Gargiulo dîne à dix-huit heures, avant l'arrivée des premiers clients. Si on essaie de lui faire comprendre que sa présence n'est plus indispensable vingt-quatre heures sur vingt-quatre, il marmonne quelque chose entre ses dents et continue à n'en faire qu'à sa tête. Mais je crois qu'il a raison : si les gens continuent à fréquenter le Sonrisa après tant d'années, c'est parce qu'il est là, lui qui n'a jamais inspiré la sympathie mais qui sait amuser son public en lui parlant de livres, de voyages, de films, de rencontres. De ce point de vue, les années ne l'ont pas changé, il a gardé l'esprit du jeune homme qui avait conquis Renata Ferrara.

Donna Rosalinda, pour l'appeler comme les clients, a désormais cinquante-sept ans, de larges hanches, une poitrine légèrement tombante, des cheveux crêpés et des mains grassouillettes, mais elle dégage le même charme qu'autrefois. Elle a conservé le sourire de la photographie posée sur sa table de nuit, et ses yeux verts n'ont pas perdu l'intensité qu'ils avaient quand j'ai fait sa connaissance.

La première fois que je l'ai vue, quelques mois après le retour de papa en Italie, j'en ai été médusé. Cette jeune femme aux yeux clairs et à la peau plus mate que la mienne m'a plu tout de suite, mais je me suis tout de même demandé s'il n'y avait pas quelque chose d'anormal à cela, si, d'une manière ou d'une autre, je ne trahissais pas ma mère. En dépit de mes doutes, notre relation n'a fait que se renforcer et notre entente parfaite est vite devenue inconciliable avec mon rôle de fils abandonné par son père et avec le sien, celui de la femme qui me l'avait enlevé. Rosalinda était drôle, elle aimait rire, écouter de la musique à plein volume, danser, dessiner et peindre. Je n'ai pas tardé à tomber amoureux d'elle, et quand maman se mettait à pérorer sur la prétendue nullité de mon père et le manque de morale de sa compagne, je montais le son de la télé et j'essayais de penser à autre chose. D'ailleurs, je faisais de même à chaque fois que Raffaele envoyait des piques contre les nombreuses obsessions de Renata. Le seul à être toujours demeuré à l'abri de ces échanges d'amabilités, c'est Mario : papa et lui n'ont jamais dit aucun mal l'un de l'autre.

C'est seulement après la naissance de Flor que je n'ai plus eu besoin de m'échiner à cacher à ma mère la qualité des relations qui s'étaient instaurées entre Rosalinda et moi, afin d'échapper à ses accès de colère et à ses crises de jalousie. À partir de ce moment-là, Rosalinda a changé : elle a détourné sur sa fille, dont elle voulait faire, selon ses propres termes, une *niña* heureuse, toute l'énergie qu'elle avait dépensée à s'attirer ma sympathie.

Si ma mère en avait fait autant avec la moitié de l'énergie qu'elle employait à démolir dans mon esprit le prestige de la figure paternelle, et qu'elle s'en était servie pour rendre son *niño* heureux, je ne serais pas là à vous parler de mon estomac qui réclame à cor et à cri quelque chose de bon à manger.

Les rêves, ça coûte cher

NOUS AVONS TERMINÉ nos tortillas en silence, papa a rempli mon verre, il m'a proposé un cigare et il s'est lancé à l'attaque : « Erri, je peux enfin te dire le fond de ma pensée : toi et Matilde, vous ne formiez pas un beau couple ! »

Puis il est resté là à me toiser, il s'attendait peut-être à une réaction virulente de ma part. À vrai dire, dans un premier temps, sa sortie m'avait en effet beaucoup agacé. De quel droit est-ce qu'il se permettait de critiquer mes choix ? Et d'abord il était qui, lui, pour porter un jugement sur ma vie, alors qu'il avait gâché la sienne sans même s'en rendre compte ?

Mais ensuite, je l'ai mieux observé, et j'ai vu quelque chose que je n'avais jamais remarqué dans son regard : de la fragilité. Malgré l'immense effort que cela représentait pour lui, il essayait de me donner son opinion.

Après avoir porté son cigare à sa bouche, il a soufflé un petit nuage de fumée. L'homme que j'avais devant moi n'était plus celui qui m'avait obligé à continuer mes études et qui m'avait reproché de ne pas saisir les occasions que la vie m'offrait. C'était un vieillard qui avait vécu une existence différente de celle qu'il avait imaginée. J'ai donc gardé le silence, puis mon père est revenu à la charge : « Ne le prends pas mal, mais je me suis toujours demandé pourquoi tu as ressenti le besoin de choisir une femme au caractère aussi fort, tu as déjà eu ta mère… »

Là, je n'ai plus pu me retenir : « Papa, ne recommence pas avec ça !

— Ne t'inquiète pas, je n'ai aucune intention de te parler d'elle. Je veux te parler de toi. »

Après une nouvelle bouffée de cigare, il a repris : « Tu aurais eu besoin de quelqu'un de plus malléable, de moins strict. Ne va pas te méprendre sur ce que je te dis, Matilde est une jeune femme formidable, seulement, elle ne sait avancer que sur des chemins tout tracés. Et puis, elle a une famille lourde à porter et un travail qui avait fini par t'engloutir aussi. Tu étais trop dépendant d'elle. »

J'en avais assez entendu et j'ai tenté de l'interrompre : « OK, message bien reçu. Mais je suis ici pour te demander de l'aide, et rien d'autre. »

Il a avalé une gorgée de vin et il n'a pas résisté à la tentation d'ajouter un de ces bons mots dont il ne s'était toujours pas lassé : « Je suis désolé de t'avoir laissé combattre seul contre ta mère. »

Je me suis alors retrouvé dans l'obligation de la défendre : « Malgré toutes ses limites, elle a été une bonne mère.

— Une bonne mère, en effet, en dépit de ses nombreuses limites. Et sans doute une meilleure mère que je n'ai été un bon père. »

Comme je n'ai rien répondu, il a continué : « Tu sais, quand tu étais encore tout petit, les choses n'allaient déjà pas bien entre elle et moi, et j'avais envisagé de la quitter. Mais tout le monde n'arrêtait pas de me répéter qu'il ne fallait pas tout gâcher, que nous avions un enfant à élever, que ton bonheur devait passer avant tout le reste et que nous ne pouvions plus nous permettre de faire des bêtises. Alors, j'essayais à longueur de journée de me convaincre que mes amis, les membres de ma famille et mes connaissances avaient raison, qu'après tout, ils étaient plus âgés et plus expérimentés que moi ; et j'allais de l'avant. Sauf que les choses ne fonctionnaient plus, il n'y avait rien à y faire, nous passions nos soirées à échanger des reproches et des méchancetés. Et en fin de compte, nous nous sommes séparés. Si nous ne l'avions pas fait, si nous étions restés ensemble, nous aurions continué à nous disputer pour le restant de nos jours, et toi, tu aurais eu une enfance encore pire que celle que tu as vécue, à supposer que ce soit possible. Je ne pouvais pas protéger ton bonheur, j'étais le premier à être malheureux et... »

Je restais là à l'écouter, tout en frottant mes mains moites. Mais j'ai fini par l'interrompre : « P'pa, je ne suis pas venu pour parler de mon enfance. Tout ça, c'est du passé.

— Pour une fois que j'arrive à te dire les choses, laisse-moi terminer, s'il te plaît. Je ne veux pas parler de ton passé, mais de ton avenir. Je suis en train de t'expliquer qu'entre deux solutions, il faut toujours choisir celle qui, au début, te semble la plus difficile.

— En l'occurrence ?

— Essayer de reconquérir Matilde ou la laisser partir. Et, plus important encore : te retrouver à t'occuper d'un restaurant avec ton père ou écouter enfin tes désirs. »

J'ai fixé sur lui un regard interrogatif et il a repris son discours de plus loin : « Je ne sais pas pourquoi ta femme en a eu assez de toi, mais je suis content que tu aies été licencié. Quand tu m'as parlé de ton rêve de devenir dessinateur de BD, il y a plusieurs années, je savais que c'était une idée à peu près irréalisable ; pourtant, j'ai été quelque peu déçu lorsque j'ai appris que tu avais été engagé dans l'entreprise de Matilde. Je me disais que tu suivais un chemin qui n'était pas fait pour toi.

— Et alors, pourquoi est-ce que tu ne m'as rien dit ?

— Parce que je me serais attiré une avalanche de problèmes avec ta mère. »

Au lieu de l'envoyer balader, avec son petit sourire moqueur, je suis resté presque admiratif devant une telle franchise.

« Et cette idée que tu avais eue il y a quelque temps...

— Quelle idée ?

— La librairie spécialisée en bandes dessinées.

— Qu'est-ce que tu en sais, toi ? »

Il a souri, il a soulevé une fesse de sa chaise et il a pris son portefeuille. Pendant qu'il farfouillait dedans, j'ai observé ses mains tremblantes, couvertes de taches, et je me suis demandé ce qu'aurait été mon enfance si quelqu'un m'avait révélé que cet homme qui me terrifiait tant n'était qu'un pauvre adulte désillusionné par la vie. Il a sorti de son portefeuille un petit papier usé et déteint, il l'a déplié soigneusement et il l'a posé sur la table. L'espace d'un instant, j'ai eu la respiration coupée : c'était la liste des métiers envisageables, classés par ordre de préférence, que j'avais établie quinze ans plus tôt.

Sans cesser de sourire, mon père a dit : « Je me suis permis de barrer la première ligne. Tu es trop vieux et tu n'as pas assez d'expérience pour devenir dessinateur de BD. »

Tout en déchiffrant d'un regard stupéfait mon écriture de l'époque et cette trace ténue des rêves que j'avais ensuite perdus en route, j'ai demandé à papa : « Où est-ce que tu as trouvé ce papier ?

— Tu l'avais oublié sur la table, ce fameux soir. Heureusement, Rosalinda l'a trouvé en débarrassant le couvert et elle a pris soin de le conserver.

— Et tu l'as gardé pendant tout ce temps ?

— Oui, pour le jour où tu viendrais me demander de l'aide. Et sur la deuxième ligne, sauf erreur de ma part, il y a écrit *librairie de bandes dessinées*. Pour en ouvrir une, l'âge n'a aucune importance.

— À vrai dire, j'étais venu te demander de m'engager comme serveur. »

Papa a poussé un soupir. « Erri, tu as quarante ans. Tu ne crois pas qu'il serait temps de renoncer à ton éternel personnage d'enfant de divorcés qui a eu une enfance malheureuse ? Arrête de jouer tout le temps les victimes. »

J'ai levé mes yeux encore prisonniers du papier et j'ai répondu sans y penser : « Et qu'est-ce qui t'autorise à affirmer que je joue les victimes ? Je n'ai pas du tout l'impression de t'avoir jamais accablé sous le poids de mes jérémiades !

— Crois-moi, je sais de quoi je parle. J'ai été le premier à me pourrir l'existence juste pour contrarier mes parents. Mais toi, tu as la possibilité de modifier le scénario. »

Les paroles de mon père, le fait qu'il ait conservé mon papier, qu'il me parle à cœur ouvert et, surtout, qu'il ait tellement de choses à me dire en une seule fois... j'étais tellement abasourdi que la respiration me manquait. Il m'a donc fallu quelques secondes avant de répondre : « Les rêves, ça coûte cher, et je n'ai pas assez d'argent. »

Il m'a soufflé la fumée de son cigare au visage et il m'a répondu : « Je t'ai déjà dit que j'avais une dette envers toi. Eh bien, le moment est venu de la payer. »

Un premier bilan

ET VOICI DONC qu'à l'âge de quarante ans, deux grandes nouveautés sont intervenues dans ma vie : un travail qui me plaît et une relation différente avec mon père.

Si je devais dresser un bilan de l'importance respective de mes parents dans mon processus de maturation psychologique, je serais bien forcé de reconnaître que c'est ma mère qui m'a tendu la main, il y a trente-cinq ans, qu'elle s'est occupée de moi sans discontinuer, quand papa était parti en Espagne et même après, qu'elle m'attendait à la sortie de l'école et qu'elle était encore là, le fameux jour où on m'a interrogé sur Kant.

Malgré ses innombrables défauts, Renata Ferrara m'a donné deux choses fondamentales : sa présence et son attention.

Mais mon père m'a tiré d'un sacré guêpier.

Les blessures cicatrisent pendant que nous vivons

EH OUI ! Non content de me fournir l'argent nécessaire à l'ouverture de ma librairie, papa m'a aussi donné les clés d'un minuscule studio situé dans les Quartiers Espagnols, un investissement qu'il avait fait dans sa jeunesse juste après sa séparation et avant sa fuite en Espagne.

« D'habitude, c'est Flor qui l'utilise. Mais en ce moment, elle est à Paris, et elle ne donne pas l'impression d'avoir envie de revenir. »

Du jour au lendemain, ma vie a semblé prendre une bonne tournure : j'avais un logement rien qu'à moi et un projet à transformer en réalité. Un bon début, pour commencer à oublier Matilde.

Le lendemain soir, j'ai communiqué la nouvelle à ma mère et à son mari. Mario s'est déclaré très content, il a dit que c'était une bonne chose, que la vie était en perpétuelle évolution, qu'il fallait en suivre le flux et que j'avais raison d'écouter mes rêves et mes envies. Et il a même ajouté que son ami Crispino s'était révélé n'être qu'un sale con.

Maman a attendu que son mari ait fini de parler pour exprimer sa propre opinion.

« Je ne voudrais pas me mêler de tes décisions, tu es grand maintenant, et si c'est ça ton projet de vie, il est tout à fait normal que tu le mettes en œuvre. Pendant des années, j'ai espéré que tu profiterais d'un avenir meilleur, mais j'ai fini par comprendre que tu n'es pas comme tout le monde, que tu as une façon très personnelle de voir les choses. Je ne sais pas quelle est ma part de responsabilité dans tout ça, mais je suis certaine que celle de ton père est plus importante. Quoi qu'il en soit, encore une fois, je ne veux pas interférer dans tes choix ; le principal, c'est que tu repartes de l'avant, avec ou sans Matilde.

— Bien. » La concision de ma réponse a suscité un léger rire chez Mario, parti entre-temps regarder la télé.

Mais ma mère a aussitôt repris : « Seulement...

— Seulement ?

— Je ne comprends pas que tu aies éprouvé le besoin de demander de l'aide à ton père. Pour une fois qu'il s'occupe de toi, on ne va certes pas jouer les difficiles. Mais bon, tu n'as vraiment rien trouvé de mieux que d'aller habiter dans ce trou à rats qui sent le moisi ? Dans un endroit aussi mal famé, et c'est un doux euphémisme, que les Quartiers Espagnols ? Tu n'aurais pas pu rester ici et chercher en toute tranquillité un logement plus correct ?

— Qui t'a raconté que le studio de papa sent le moisi ?

— J'imagine mal comment une propriété de ton père pourrait être bien propre et agréablement parfumée.

— Ce n'est peut-être pas d'une propreté irréprochable, mais au moins, c'est gratuit.

— Comme tu voudras. En tout cas, ici, il restera toujours une chambre à ta disposition... »

Telle a donc été la contribution de Renata Ferrara à mon nouveau projet.

Deux jours plus tard, je me suis installé dans mon studio, au troisième étage, sans ascenseur, d'un vieil immeuble d'une des nombreuses ruelles adjacentes à la Via Toledo. Je m'attendais à une sorte de cagibi rempli de vieilleries et j'ai été surpris, en ouvrant la porte : la décoration était spartiate, mais de bon goût ; les vieux meubles mal en point, de même que les montants des portes, toutes les poignées et la cuisine, avaient été repeints dans des couleurs vives, une véritable explosion de bleu, de jaune, de violet et de vert. Les murs étaient couverts d'affiches de films, de couvertures d'albums de BD et de pochettes de disques. Plusieurs poufs étaient posés sur un grand tapis et un petit divan occupait un coin de la pièce ; sur la table de travail de Flor, un dessin inachevé voisinait avec un crayon et un bout de papier. Les cendriers débordaient de mégots et de joints, deux tasses de café et deux verres de vin gisaient abandonnés dans l'évier et une boîte de préservatifs trônait sur la télévision.

Lorsque j'ai ouvert les volets, un grand courant d'air a envahi les lieux. Malgré la hauteur de l'étage, le studio ne recevait pas beaucoup la lumière du soleil ; je suis quand même resté presque une heure sur le minuscule balcon, à profiter du vacarme de la ruelle qui, dix mètres plus bas, semblait se frayer péniblement un chemin comme un ruisseau entre des cailloux.

Ça n'allait certes pas être facile, de passer de la demeure ancestrale du Vomero, noble et silencieuse, à cet espace riquiqui donnant sur un autre immeuble qui se dressait à moins de cinq mètres du mien ; pourtant, je me sentais euphorique. Le petit monde qui m'accueillait me semblait, à sa manière, splendide.

C'était une sensation différente de celle que j'avais éprouvée quand nous nous étions installés dans notre appartement, avec Matilde. En l'occurrence, ç'avait été du bonheur à l'état pur, la première pierre d'un édifice entièrement à édifier. Maintenant, l'édifice s'était effondré et j'allais devoir le reconstruire tout seul. Mais l'émotion se faisait entendre, malgré tout, même si c'était moins du bonheur que de l'excitation.

Puis on a sonné à la porte. Quand j'ai ouvert, il y avait en face de moi une jeune fille de couleur à la chevelure tressée et au joli sourire. Derrière elle, la porte de son appartement était grande ouverte.

« Salut.

— Flor n'est pas là ?

— Non, désolé. Je suis son frère, Erri. Enchanté.

— Tu as un drôle de prénom ! »

Peu désireux de me lancer dans l'explication que vous connaissez déjà, j'ai préféré répondre par une autre question : « Et toi, tu t'appelles comment ?

— Malaika. » Après m'avoir dévisagé un long moment, elle m'a demandé : « Tu n'aurais pas un peu de tomates, par hasard ?

— Je viens tout juste d'arriver, je n'ai pas encore eu le temps de faire les courses. »

Elle a penché la tête sur le côté et elle a repris : « Quand est-ce qu'elle rentre, Flor ?

— Aucune idée. Dans l'immédiat, c'est moi qui vais habiter un peu ici et...

— Alors je te souhaite la bienvenue. Si tu as besoin de quoi que ce soit, n'hésite pas. »

Elle a accompagné sa phrase d'un clin d'œil, puis elle est retournée chez elle. Au bout de quelques minutes, on a de nouveau sonné. Cette fois-ci, c'était un jeune homme de couleur au visage sympathique, et la porte ouverte était celle de l'appartement d'en face.

« Salut, mon frère. Elle ne vit plus ici, Flor ?

— Si, mais en ce moment, elle n'est pas là. Je m'appelle Erri, enchanté.

— Tu as un drôle de prénom !

— Et toi, tu t'appelles comment ?

— Obi.

— En quoi est-ce que je peux t'être utile, Obi ?

— Tu as besoin d'herbe, mon frère ? Ça fait un certain temps qu'on ne voit plus Flor.

— Non, merci, tout va bien, il faut que j'arrange un peu le studio.

— OK. » Il avait l'air quelque peu déçu, il a réfléchi un instant et il a ajouté : « Si tu as besoin d'un coup de main... »

Et c'est donc ainsi que j'ai fait la connaissance d'Obi, qui m'a aidé à nettoyer mon nouveau logement en me racontant sa vie. Il était originaire du Sénégal et il était passé par plusieurs petits boulots avant d'exercer celui qui lui avait permis de mettre un peu d'argent de côté : il avait trouvé les bons contacts et maintenant, il écoulait de l'herbe.

« Ici, ils nous confient la vente à nous, comme ça, ils n'ont pas de problèmes et c'est nous qui allons en prison. Dans vos prisons, mon ami, il n'y a que des frères noirs.

— Et Malaika, qu'est-ce qu'elle fait ? Elle est mariée ?

— Malaika, mariée ? Nooon, elle, elle fait la pute. Elle est très sympa. »

Aussitôt après, on a sonné pour la troisième fois. J'étais là depuis quelques heures, et le chaos frappait déjà à ma porte.

« Tu as des pâtes ?

— Euh... je crois que oui.

— Alors laisse-moi entrer. » Puis elle s'est faufilée dans la cuisine, malgré l'heure tardive.

Aussi incroyable que cela puisse paraître, j'ai passé la première soirée de ma nouvelle vie, dans mon nouveau chez-moi, à manger des pâtes aux tomates fraîches en compagnie de deux Africains tout à fait sympathiques, sans doute en situation quelque peu irrégulière.

Tout en savourant mon dîner et en discutant avec mes jeunes amis, je me disais que si Matilde n'avait pas laissé Ghezzi lui faire la cour, ma vie n'aurait pas changé : je serais resté pour toujours un employé rongé par l'ennui et un mari paresseux, je n'aurais jamais recouvré ma créance auprès de mon père, je n'aurais pas ouvert ma librairie et je ne me serais sûrement pas retrouvé à table avec un dealer et une prostituée. Une fois de plus, Matilde avait décidé à ma place ; son coup de tête avait bouleversé mon existence et marqué le début d'un véritable changement d'époque.

Toutes ces nouveautés me faisaient un peu peur, mais ce soir-là, pour la première fois, je me suis surpris à penser que les blessures servent peut-être à tester notre capacité de guérison. Et que si nous voulons qu'elles cicatrisent vite, il est inutile de les gratter ; mieux vaut détourner les yeux et continuer à vivre.

Extrait du carnet inachevé de Matilde

AUJOURD'HUI, JE ME SUIS SURPRISE *à prononcer une phrase que ma mère répétait tout le temps. Plus le temps passe, plus je lui ressemble. C'est tellement bizarre, de se dire qu'il y aura en toi une partie de moi. C'est même assez effrayant, parce que je voudrais ne te transmettre que des bonnes choses. Pourtant, tu auras peut-être l'estomac fragile, tu seras peut-être allergique aux moisissures ou au lait. Des trucs dans ce genre-là, des petits inconvénients qu'il faut bien supporter, mais qui ne sont rien comparés aux angoisses que je te transmettrai à travers mon comportement de tous les jours.*

L'exemple que nous donnons à un enfant est bien plus fort que la génétique. Et je me console en me disant que contre les mauvais exemples, au moins, on peut lutter. On n'est pas impuissant. Si, au bout de quelques années, tu commences à manifester le même manque d'assurance que moi, les mêmes phobies, les mêmes paranoïas inutiles, tu sauras d'où elles te viennent ; avec une forte dose de bonne volonté et de courage, tu pourras les affronter et les vaincre. Tu t'apercevras que tout ça, ce n'est qu'une partie imparfaite de moi, quelque chose dont tu peux te passer. Au début, tu ne la verras même pas ; et puis, tout à coup, tu me reprocheras de te l'avoir léguée, tu me jugeras, tu me haïras ; enfin, au bout d'un long parcours, tu me pardonneras peut-être.

Certaines personnes y arrivent.

Une nouvelle femme pour une nouvelle dépendance

DEUX JOURS PLUS TARD, ma mère est venue chez moi à l'improviste. Elle m'a fait penser à ces gros nuages noirs de certaines journées d'été : on a l'impression qu'ils sont loin à l'horizon, mais dès qu'on se retourne pour chercher le soleil, ils sont déjà au-dessus de votre tête.

J'étais encore très pris par la recherche d'un local à louer pour ma librairie et par la découverte de mes nouveaux voisins, Malaika et Obi. Je n'aurais jamais cru que Renata Ferrara viendrait me trouver en plein centre de Naples, accompagnée de sa domestique de l'époque (une Cinghalaise qui n'avait pas résisté très longtemps), pour nettoyer de fond en comble ce qui, dans son imagination, se présentait sous l'aspect d'un taudis crasseux et sordide, couvert de poussière et infesté de blattes. Tandis que maman inspectait l'appartement, la bonne obéissait au moindre de ses ordres, et c'est pendant le lavage des carreaux (dont mes amis africains et moi n'avions pas vu la nécessité) que l'interrogatoire a commencé.

« Tu te plais bien ici ?

— Oui.

— Tu arrives à dormir ?

— Plutôt bien, oui.

— Et tes voisins, ils sont comment, bruyants ?

— Pas trop, non.

— Tu as fait les courses ? »

Je me suis vu dans l'obligation de mettre tout de suite les points sur les i : « Maman, je ne vis plus chez toi depuis des années. Et ce n'est pas parce que je viens d'y passer quelques nuits que je dépends à nouveau de ta juridiction.

— Pauvre idiot. Avant, il y avait Matilde pour s'occuper de toi, mais maintenant, tu es tout seul.

— Je m'en sortirai très bien. »

Elle a hoché la tête, fixé le meuble bleu qu'elle avait sous les yeux et changé de sujet : « Elle est vraiment folle, ta sœur Flor. Cela étant, comment pourrait-on le lui reprocher ? Avec un père pareil… »

J'aurais voulu préciser que le père de Flor était aussi le mien, et que s'il suffisait d'un parent défaillant pour perdre la raison, je n'aurais plus eu la mienne depuis belle lurette. Mais j'ai préféré ne pas insister et offrir à ma mère un café, qu'elle a exigé de boire dans un verre en plastique.

Quand elle est enfin repartie avec sa domestique (qui, il faut bien l'avouer, m'avait rendu un fier service), j'ai compris que mon départ n'avait servi à rien, que ma mère continuerait à me traiter comme son pauvre fils incapable de se prendre en main.

Quarante ans ne m'avaient pas suffi pour m'émanciper. Il fallait que je trouve dès que possible une nouvelle femme dont je puisse dépendre, mais qui ne soit ni ma mère ni Matilde.

La quadrature du cercle.

Quelques jours plus tard, un soir, je lisais au lit *Les Corrections*, un roman d'un certain Jonathan Franzen que ma sœur avait laissé ouvert sur sa table de nuit réalisée à partir d'une vieille chaise d'école en plastique repeinte en rose, quand j'ai entendu un bruit de clefs dans la serrure. Pris d'inquiétude, je me suis assis sur le lit et je n'ai plus quitté des yeux la porte d'entrée, qui s'est ouverte lentement. J'ai reconnu la voix joyeuse de Flor avant même de voir son visage et j'ai été rassuré. Elle bavardait et elle riait avec quelqu'un dont la voix ne m'était pas non plus inconnue, et qui se cachait derrière son dos.

Quand Flor est entrée, elle a poussé un hurlement de frayeur avant de se rendre compte que c'était moi.

Pour la tranquilliser, je lui ai souri et je me suis exclamé : « Ciao, petite sœur ! »

Aussitôt après, la personne dont la voix ne m'était pas inconnue a franchi la porte à son tour.

Mon sourire a disparu de mon visage.

Au moins une fois dans ta vie

CETTE RENCONTRE FORTUITE et la découverte d'une liaison clandestine dont je n'aurais jamais dû connaître l'existence ont fatalement fait l'objet d'une de mes séances chez le docteur Iazeolla, qui a tenté de me convaincre que je pourrais en tirer un enseignement et y voir des aspects positifs. Le verre à moitié plein, en somme.

A posteriori, je ne suis pas certain d'avoir réussi à mettre ses conseils en pratique. Si j'ai tiré une leçon de l'événement, c'est que même les petits traumatismes, même les coups qui semblent légers, finissent à la longue par laisser de beaux bleus.

Pour m'en débarrasser, de ces bleus, j'ai eu besoin de huit séances de psychothérapie à quatre-vingts euros. Je crois que lorsque le docteur Iazeolla parlait du verre à moitié plein, il se référait au sien.

L'individu de sexe masculin que ma douce petite sœur tirait derrière elle, c'était Valerio. Oui, mon frangin à moitié fou, sans travail et sans compagne fixe. Dès qu'il m'a vu, il a pâli et il est devenu muet, lui qui trouve toujours une plaisanterie stupide pour se tirer des situations embarrassantes. Pendant quelques secondes interminables, nous sommes restés là à nous regarder, tous les trois, avant que Flor me demande : « Qu'est-ce que tu fais là ?

— J'y habite. C'est papa qui m'a donné les clefs. »

Elle a avalé sa salive. « Erri, tout ça doit rester entre nous, hein, je compte sur toi ?

— Qu'est-ce que tu entends par *tout ça* ? »

J'avais une certaine habitude des extravagances sexuelles de Flor et je ne me serais même pas étonné qu'elle se présente avec un nain déguisé en Hitler, mais là, cette liaison avec un de mes deux frères, non, c'était trop. Je n'ai jamais regretté autant qu'à ce moment-là l'absence de mon vieux compagnon d'armes, le brave Orlando. Le souvenir d'Obi m'a sauvé la mise.

« Flor, j'ai besoin de fumer un joint, va chercher un peu d'herbe chez Obi.

— Excellente idée ! » s'est exclamée ma sœur avant de disparaître sur le palier.

Je me suis ensuite tourné vers Valerio, j'ai essayé de donner à mon visage une expression aussi effrayante que possible, celle que j'avais préparée en vain pour Ghezzi, et je l'ai apostrophé : « On peut savoir ce qui s'est passé dans ton cerveau malade ?

— Je ne voulais pas et...

— À d'autres !

— Non, je t'assure, tu sais ce que c'est : une bière, du bla-bla, un joint, des trucs dans ce genre-là, quoi...

— C'est ma sœur.

— Je sais.

— Et toi, tu es mon frère.

— Eh oui.

— Il y a quelque chose de pervers dans cette histoire. »

Valerio a fait un pas vers moi et il a répliqué : « À y regarder de près, il n'y a aucun lien de parenté entre moi et Flor.

— Je sais.

— Un peu comme entre toi et Arianna.

— À cette différence près que je ne couche pas avec Arianna, moi.

— Pourtant, tu aimerais bien, hein, grand frère ? » m'a demandé Flor, revenue sur ces entrefaites avec un sachet d'herbe.

Je me suis levé d'un mouvement brusque et je lui ai répliqué : « Tu me dégoûtes.

— Parce que je dis la vérité ?

— Prépare-moi ce foutu joint et boucle-la. »

Elle s'est assise, elle a enroulé le papier à cigarettes, elle a regardé autour d'elle et elle a déclaré : « Il n'a jamais été aussi propre, cet appart ! »

Aussitôt après, elle m'a demandé des nouvelles de Matilde.

« Nous nous sommes séparés. »

Elle m'a passé le joint et elle a eu ce commentaire : « Il était grand temps. Et tu vis ici, maintenant ?

— Oui, en tout cas pour quelque temps, si ça ne te dérange pas.

— Penses-tu ! De toute façon, je n'y suis pas souvent. Ce soir, par exemple, je pourrais dormir chez Valerio. »

Il s'est écrié, d'un air inquiet : « Chez moi ? »

J'ai répondu à la place de ma sœur : « Qu'est-ce qu'il y a ? Tu ne le savais pas, que Flor est faite comme ça ?

— *Comme ça* comment ? Tu veux dire *folle* ? a demandé l'intéressée.

— Oui. »

Flor a ri. De mon côté, malgré une certaine légèreté provoquée par les premiers effets du cannabis, j'avais encore du mal à bien réaliser la situation.

« Vous vous connaissez depuis une éternité. Qu'est-ce qui vous a pris de coucher ensemble ?

— Erri, ce que tu peux être lourd. C'est pas parce qu'on a baisé une fois qu'on va se marier... », m'a répondu Flor avant de retirer ses chaussures et de se jeter sur le lit.

Puis elle a repris : « Dis-moi plutôt pourquoi vous vous êtes séparés, toi et Matilde.

— Je n'ai pas envie d'en parler. En revanche... je vais ouvrir une librairie de bandes dessinées.

— Une librairie de bandes dessinées ?

— Exactement.

— Waouh ! En voilà une bonne nouvelle ! Il faut fêter ça ! »

Valerio est intervenu dans la conversation : « J'ai l'impression que c'est déjà fait. »

Flor n'arrêtait pas de répéter, d'un air incrédule : « Une librairie de bandes dessinées… génial. » Puis elle s'est levée et elle est allée dans la salle de bains.

J'en ai profité pour chuchoter à Valerio : « Cette histoire ne doit pas durer une minute de plus.

— En ce qui me concerne, elle s'est terminée quand Flor a dit qu'elle allait dormir chez moi.

— Voilà, justement. Vous n'avez qu'à vous comporter comme s'il n'était jamais rien arrivé. Et fais-moi le plaisir de disparaître avant que Flor revienne, je lui expliquerai. »

Valerio m'a répondu, apparemment très soulagé : « C'est vrai ? Tu ne peux pas imaginer à quel point tu me rendrais service. » Il a serré mon visage entre ses mains, il m'a embrassé sur le front et il s'est exclamé, juste avant de s'en aller : « En tout cas, maintenant que tu es célibataire, appelle-moi, on ira boire une bière ! »

À son retour dans la pièce, Flor ne s'est même pas aperçue de l'absence de Valerio. Elle s'est allongée sur le lit à côté de moi et elle m'a pris dans ses bras. Quand je lui ai dit que mon frère était parti et que son histoire avec lui n'irait pas plus loin, elle a haussé les épaules, elle a posé la tête sur mon ventre et elle m'a murmuré : « Je suis vraiment contente que tu sois là. Tu m'as manqué, tu sais ?

— C'est vrai ?

— Oui. Et je suis aussi très contente que tu te sois séparé de Matilde. La vie est trop courte pour ne tomber amoureux qu'une fois. »

Nous sommes restés silencieux un moment, les bruits de la rue grimpaient le long des murs de l'immeuble et se faufilaient sous le bois pourri des fenêtres.

« Tu te souviens du jour où tu m'as promis, il y a très longtemps, que nous habiterions ensemble ?

— Je ne t'ai jamais promis qu'on habiterait ensemble.

— Ah non ? Et qu'est-ce que tu m'as promis alors ? Vas-y, je t'écoute !

— Que tu dormirais chez moi le samedi soir.

— Et tu n'as jamais tenu ta promesse.

— C'est parce que je ne suis pas parti vivre seul.

— Eh oui, encore une de tes brillantes idées, ne même pas essayer de t'en sortir par tes propres moyens. C'est fou, tout ce temps que tu as pu gâcher, dans ta vie !

— Flor, lâche-moi un peu, tu veux ? »

Après un nouveau moment de silence, elle a repris : « Je pensais repartir tout de suite, un ami m'a invitée à Barcelone. Mais maintenant que tu es là, je veux rester avec toi, et peut-être même t'aider à ouvrir ta librairie de bandes dessinées. Au fait, tu pourras vendre mes romans ? »

J'ai acquiescé et elle m'a serré encore plus fort.

« Et comment tu vas l'appeler ? La librairie, je veux dire.

— Je n'y ai pas encore pensé, Comics quelque chose.

— Tu n'as rien trouvé de plus original ?

— Pourquoi, tu as une meilleure idée ?

— Et si tu l'appelais, tout simplement, Librairie de bandes dessinées ?

— Pas mal, en effet… »

Quelques minutes plus tard, Flor a dirigé son regard sur mon caleçon et elle a observé : « Eh, mais on dirait que tu as une érection !

— Mais qu'est-ce que tu racontes ?

— Alors tu as un beau joujou là-dessous !

— Flor, arrête s'il te plaît, tu me gênes.

— Erri, je suis ta sœur, tu n'as pas à te sentir gêné avec moi. »

Je n'ai rien répondu.

« À propos de sœur… Tu sais que tu peux me dire la vérité, n'est-ce pas ? Que ça fait trente ans que tu meurs d'envie de te mettre avec Arianna.

— Flor, ça suffit maintenant !

— Tu es trop moraliste, Erri. Ta mère t'a mal éduqué.

— Et toi, c'est notre père qui t'a mal élevée.

— Mais puisque tu es célibataire et Arianna aussi ! Tu ne crois pas que le moment est venu de résoudre enfin cette question qui se pose depuis trente ans ?

— Arianna est célibataire ?
— Pourquoi, tu ne le savais pas ?
— Non.
— Je l'ai rencontrée il y a quelques semaines, elle m'a dit qu'elle en avait assez des compromis et des mensonges. Que le type qu'elle fréquentait n'était pas la bonne personne.
— Arianna ne trouvera jamais la bonne personne.
— C'est probable. Mais au moins, tant qu'elle la cherche, elle vit. »

La fumée du joint s'enroulait encore autour de la seule petite lampe allumée, à la manière d'une mini-galaxie. Dans le reste de la pièce, l'air paraissait immobile et nos respirations s'entrelaçaient à un rythme régulier. Le sommeil n'allait pas tarder à s'emparer de nous.

Au bout d'un moment, Flor a marmonné d'une voix pâteuse : « Tu veux bien me faire une promesse ?
— Quoi donc ?
— Si tu couches avec Arianna, je serai la première informée.
— Toujours aussi folle, toi. Allez, dors.
— Tu me traites de folle parce que tu ne vas pas coucher avec elle ou parce que tu ne me le diras pas ?
— Dors maintenant. »

Le silence est revenu.

« Erri !
— Quoi encore ?
— Fais une connerie. Au moins une fois dans ta vie. »

Je ne suis pas du genre à faire des conneries

ET JE L'AI FAITE, la connerie. Non, rassurez-vous, je n'ai pas couché avec Arianna. J'ai eu une aventure avec une certaine Rebecca, une copine de ma sœur qui dessinait des BD d'horreur dans le style du magazine *Splatter*.

Sous une épaisse couche de folie – cheveux rasés d'un côté et longs de l'autre, deux piercings au nez, un à la langue et plusieurs aux oreilles, sans compter une espèce de dragon tatoué sur la poitrine –, elle dissimulait une jeune fille aux traits assez purs et réguliers. Mais ce n'est pas elle qui m'avait tapé dans l'œil, ce serait plutôt le contraire. Le mérite en revenait certes moins à mon aspect physique qu'aux éloges de Flor, qui n'avait pas arrêté de vanter mes qualités de dessinateur et, surtout, de futur libraire.

En apprenant cette nouvelle, Rebecca avait décidé que je serais à elle pour la nuit et elle s'était mise à me lancer de drôles de regards, qui m'avaient mis d'autant plus mal à l'aise que ma paupière, sensible à l'approche d'une partie de jambes en l'air, avait été prise du battement rapide dont j'ai déjà eu l'occasion de parler.

Ce jour-là, j'avais rendez-vous avec Flor, qui m'avait exprimé tout son enthousiasme à l'idée de m'aider à embellir les murs des locaux que je venais de louer. Mon rêve consistait en effet à transformer ces murs blancs et froids en un lieu de culte pour les passionnés de BD. Flor s'était présentée en compagnie de Rebecca : ma sœur m'avait expliqué que son amie dessinait depuis toujours et qu'elle avait obtenu je ne sais quelles récompenses prestigieuses.

Mon aspect physique peu flatteur m'ayant toujours appris à ne pas juger autrui sur une première impression, je n'ai pas été étonné outre mesure que Rebecca, après avoir jeté par terre son blouson de cuir clouté, se mette à érafler avec ses gros godillots les soixante-dix mètres carrés de parquet pas encore vitrifié de mon nouvel établissement. Ce qui m'avait bouleversé, c'étaient ses dessins, que Flor avait pris soin de m'expliquer en détail : massacres de femmes nues, corps martyrisés dévorés par des vers, scènes sado-maso, du sang et des éclaboussures partout, des cadavres et des ossements dans chaque vignette. J'en avais vu plus qu'assez pour comprendre que Rebecca était une fille dont il valait mieux se méfier. Seulement, il y avait un mais. Je n'avais pas eu de rapports avec une femme depuis une éternité et Rebecca, malgré son look, était bien une représentante du genre féminin : deux jolis seins pointaient sous son débardeur, et le dragon tatoué qui crachait du feu donnait justement l'impression de viser ses tétons.

Elle ne m'a plus lâché d'une semelle et quand Flor nous a quittés, elle est restée là. Je lui ai adressé un regard quelque peu embarrassé et je lui ai dit : « Bon… eh bien… Je crois que je vais y aller moi aussi. »

Elle s'est aussitôt écriée : « Je viens avec toi !

— Tu… viens avec moi ? OK. »

Comme il était huit heures du soir, il aurait été tout à fait normal que je l'invite à dîner. À ce détail près qu'elle n'avait pas trop l'air du style à manger au restaurant, et encore moins ceux que j'avais fréquentés avec Matilde pendant quinze ans. Je me suis donc rabattu sur la seule autre solution possible, à savoir un dîner chez moi, et elle a accepté avec enthousiasme. De toute façon, Flor ne revenait jamais avant l'aube.

Au studio, je n'ai même pas eu le temps d'ouvrir le frigidaire avant qu'elle me saute dessus. Elle m'a attrapé par-derrière, elle m'a mordu le cou, elle m'a jeté sur le canapé comme une vraie judoka, elle m'a arraché ma chemise (dont les boutons ont volé aux quatre coins de la pièce comme des éclats d'obus) et elle a commencé à me titiller les tétons avec son piercing sublingual. J'aurais dû me sentir heureux de me retrouver entre les mains de cette bombe possédée par le démon, mais pendant qu'elle me léchait un peu partout, je n'arrivais pas à m'enlever de la tête les images de ses dessins. Je fixais un regard hébété sur le dragon dont les flammes ardentes enveloppaient ses seins roses, bien entendu agrémentés de piercings, et je ne pouvais pas m'empêcher de penser à la scène où une femme empalait son compagnon avec une espèce de brochette.

Sauf que je ne pouvais plus revenir en arrière : si je m'étais défilé, je crois que j'aurais risqué une punition encore plus effroyable. La seule note positive de l'histoire, c'est que dans la mesure où j'ai vécu la totalité de notre copulation sur des charbons ardents et prêté la plus grande attention aux moindres mouvements de Rebecca, en qui je voyais une sorte de veuve noire prête à couper la tête du mâle à la fin du coït, j'ai amélioré à un degré considérable ma capacité d'endurance.

Mon record avec une nouvelle partenaire restait en effet invaincu depuis la fin des années 1990, lorsque, avec une fille dont j'ai oublié le nom, j'avais réussi à tenir plus de quatre minutes. Quatre minutes et quarante-deux secondes, pour être précis. Dès que j'ai dépassé les quatre minutes avec Rebecca, je me suis troublé et j'ai cru que je n'allais pas résister encore plus de quarante secondes. J'ai donc fermé les yeux, j'ai repensé à ses vignettes et j'ai battu mon record ; un carillon de cloches sonnant à toute volée, des cris de joie et un tonnerre d'applaudissements aussi factices que ceux des sitcoms résonnaient dans ma tête.

Bref, j'étais plutôt content de ma performance. Mais hélas pour moi, Rebecca avait un appétit insatiable. Il m'a fallu deux heures et demie pour la satisfaire, au prix de griffures sur le dos et la poitrine, de morsures sur les mamelons, de gifles en plein visage et de la perte de plusieurs cheveux sur les tempes.

Après, la folle a remis ses croquenots, elle a allumé une cigarette et elle m'a dit : « J'ai pensé à un dessin pour le mur en face de l'entrée. Si tu veux, demain je passerai jeter un coup d'œil. Je pourrais te donner un coup de main. »

Sur le seuil de la porte, elle m'a effleuré les lèvres et elle m'a tiré un lobe d'oreille avec le peu de méchanceté qui lui restait. Puis elle a souri et elle a ajouté, avant de dévaler l'escalier : « Je ne t'aurais jamais imaginé aussi sauvage. Tu as une bonne bouille de gentil. » J'ai fermé la porte à double tour et j'ai tout de suite appelé Flor.

« Qu'est-ce qu'il y a ?

— C'est une folle, ta copine !

— Qui ?

— Comment ça, *qui* ? Rebecca !

— Oui, c'est vrai, elle est un peu jetée. Qu'est-ce qu'elle t'a fait ?

— Elle m'a torturé.

— Alors ne te plains pas, tu t'en es plutôt bien sorti. Son ex s'est retrouvé à l'hôpital, avec je ne sais trop quoi enfoncé dans le derrière.

— Et tu m'as abandonné entre les mains de cette psychopathe ?

— Erri, tu es grand maintenant, tu peux te débrouiller tout seul. Et puis, tu devrais être content, tu viens enfin de faire une bêtise. Bienvenue dans le monde des vivants ! »

La nuit passée avec Rebecca m'a aidé à comprendre que je ne suis pas du genre à faire des conneries. Et que les gens qui vivent n'y tiennent pas tant que ça, à leur vie !

Ton frère ne peut pas se passer de toi

AUSSI INCROYABLE QUE CELA PUISSE PARAÎTRE, et pour autant que je me souvienne, je n'ai vu Flor pleurer qu'une seule fois. Elle avait treize ans et elle était adepte du maquillage *dark*, des shorts très courts, des chaussures Dr. Martens, du vernis à ongles noir, des t-shirts résille et des cheveux coupés en brosse. Un jour, en début d'après-midi, elle avait frappé à la porte de la famille Ferrara et elle avait demandé à me parler.

C'est maman qui lui avait ouvert. Après l'avoir toisée de la tête aux pieds, elle n'avait pas pu s'empêcher de lui dire : « Mon Dieu ! Il t'autorise à sortir dans cette tenue, ton père ? Et ta mère ? Elle non plus, elle ne dit rien ? »

Flor lui avait répondu par un *non* très sec ; puis elle m'avait vu, elle s'était jetée dans mes bras, elle m'avait regardé droit dans les yeux et elle m'avait dit : « Il faut que je te parle. »

Je lui avais offert un jus de fruit et je l'avais emmenée dans ma chambre.

Après s'être allongée sur le lit, elle s'était exclamée : « Tu vas m'aider à m'enfuir de chez moi !

— Qu'est-ce que tu racontes ?

— Je suis très sérieuse.

— Flor… tu as quel âge déjà ?

— Treize ans.

— Et tu as l'intention d'aller où ? Tu es beaucoup trop jeune. »

Elle a poussé un soupir et elle a repris : « J'ai l'impression d'entendre papa.

— Qu'est-ce qui s'est passé ?

— Je suis amoureuse.

— C'est vrai ?

— Oui.

— Et comment il s'appelle ?

— Valdemar.

— Valdemar ? C'est un Viking alors ?

— Presque, il est finlandais.

— Ah.

— Il est tellement beau, Erri, il a des longs cheveux blonds et il ressemble à Axl Rose.

— OK, très bien, mais quel rapport avec ton envie de t'enfuir de chez toi ?

— Je veux partir vivre avec lui.

— En Finlande ?

— Oui, a confirmé Flor en s'asseyant sur le lit.

— Non mais ça va pas la tête ?

— Pourquoi ? Je ne vois vraiment pas où est le mal. Je n'ai aucune raison de rester à Naples : je n'ai pas beaucoup d'amis et à la maison, je suis toujours toute seule.

— Et comment se fait-il que tu n'aies pas beaucoup d'amis ? »

Elle a baissé la tête avant de répondre : « Dans mon école, il n'y a que des minets fils à papa, et les filles sont toutes des cruches.

— Et tu ne pourrais pas changer d'école, au lieu de changer de pays ?

— Mais puisque je suis amoureuse de Valdemar !

— On dirait le nom d'un ferry.

— Espèce d'idiot, va ! » Elle a accompagné son exclamation d'un demi-sourire et d'une tape sur le bras.

Je me suis allongé à côté d'elle et je lui ai demandé : « Pourquoi est-ce que tu ne le fais pas venir ici ?

— Impossible.

— Et au fait, où est-ce que tu l'as rencontré ?

— Cet été, dans un camping. On a eu le coup de foudre.

— Rien que ça ?

— Oui. Alors, tu veux bien m'aider ? »

Si j'avais eu quelques années de plus, je l'aurais prise dans mes bras et je lui aurais expliqué que selon toute probabilité, elle avait moins besoin d'être amoureuse de Valdemar en particulier que de se sentir aimée en général. Un sacré casse-tête, cette envie de tomber amoureux qui vous tapote sur l'épaule jusqu'à ce qu'on l'écoute. Pour s'en débarrasser, on est parfois même prêt à entrer dans son jeu et à s'amouracher de gens qui ne nous aiment pas.

Ou bien, j'aurais pu dire à Flor qu'elle idéalisait Valdemar parce qu'il était loin, que l'amour se nourrit certes de rapprochements permanents, d'attentions réciproques et de présence, mais que l'absence produit souvent des effets inattendus.

Au lieu de ça, j'ai éclaté de rire et Flor s'est mise en colère : « Erri, arrête tes conneries. Je te parle de choses sérieuses et tu te mets à rire !

— Excuse-moi, c'est que... »

À ce moment-là, Valerio a ouvert la porte et ses yeux se sont posés sur le bout de fesse que le short de ma sœur laissait voir.

Quand je lui ai demandé ce qu'il voulait, il m'a répondu : « Hein ? » d'un air débile.

J'ai répété ma question en me mettant devant Flor.

Ils ont échangé un signe de tête, et j'ai insisté : « Alors, qu'est-ce qu'il y a ?

— Maman voudrait savoir si tu peux m'accompagner au judo en scooter, après.

— À quelle heure ?

— À six heures.

— OK. Maintenant, dégage. » Il a reculé de deux pas, il a refermé la porte et je lui ai crié : « Vas-y mollo sur la branlette ! »

Flor a ri. « Ils ont vraiment l'air de *nerds*, tes frères.

— Ce *sont* des *nerds*.

— Dommage qu'il ne soit pas un peu plus dégourdi, il est tellement mignon !

— Qui, Valerio ?

— Et qui d'autre ?

— Il te plaît ?

— De visage, oui, mais il est trop *nerd*.

— Et surtout, c'est mon frère.

— Bon, alors, qu'est-ce que tu as décidé ? Tu me donnes un coup de main ?

— Pour faire quoi ?

— Pour m'acheter un billet d'avion pour Helsinki.

— Flor, je n'ai pas un rond. Même si je voulais, je ne saurais pas comment t'aider. Et de toute façon, je ne voudrais pas que ta mère meure de chagrin à cause de moi.

— J'en étais sûre ! Alors toi aussi tu t'en fiches, de ma vie ! » Après ce cri du cœur, elle a plongé la tête dans un coussin et son thorax s'est mis à tressauter, comme si elle pleurait. Je l'ai tirée par le bras et je lui ai dit : « Allez, Flor, arrête de faire l'imbécile ! »

Sauf qu'elle pleurait pour de bon : des larmes coulaient sur son visage et elle ne me quittait pas des yeux. Je ne l'avais jamais vue dans un état pareil, j'en suis resté tout ahuri : « Hé, tout ça à cause d'un Finlandais au prénom de Viking ?

— Ce n'est pas à cause de lui que je pleure.

— Pourquoi alors ?

— Parce que je n'ai personne.

— N'importe quoi !

— Oui, bien sûr, il y a ma mère, mais je ne peux pas me confier à elle, je ne peux pas lui raconter tout ce qui me passe par la tête. Et encore moins à papa.

— Tu n'as pas de copines ?

— Je viens de te dire que non. »

Je l'ai prise dans mes bras et elle ne m'a opposé aucune résistance. « Je ne peux parler qu'avec toi, Erri. Et tu ne m'écoutes même pas. Il y a des fois où j'ai l'impression que tu oublies que tu as une sœur. Ou que pour toi, ta seule et unique sœur, c'est Arianna.

— Flor, écoute...

— C'est moi, ta sœur, pas elle ! Nous avons le même sang, tous les deux.

— Je sais. » Je lui ai caressé les cheveux et elle m'a répondu :

« Toi, tu as Arianna, tu as ta famille, tu as tes frères. Moi, je n'ai personne, à part toi. »

Je l'ai serrée encore plus fort et je lui ai dit : « Viens là. Tu sais, c'est toi, ma petite sœur. Arianna est grande et, de toute façon, avec elle, je n'ai pas la même relation qu'avec toi. Les deux *nerds*, je les aime bien, évidemment, mais toi, tu es spéciale. Tu comprends ? »

Flor s'est détachée de moi, elle m'a dévisagé et elle s'est passé le dos de la main sur le visage : « Et alors pourquoi est-ce que tu ne viens pas vivre chez nous ? »

Je l'ai regardée d'un air hésitant : « Chez vous ?

— C'est ton père aussi, non ?

— Certes.

— Eh bien alors ?

— Alors... alors j'ai grandi ici, avec ma mère, et il est trop tard maintenant. Dans quelques années, j'aimerais aller vivre tout seul, tu ne voudrais tout de même pas que je revienne en arrière ?

— Tu vas partir habiter tout seul ?

— J'aimerais bien, oui.

— Je pourrai venir te voir ?

— Bien sûr.

— Et ta sorcière de mère ne sera pas là ? »

J'ai souri. « Non, ma mère ne sera pas là. Et pourquoi est-ce que tu la traites de sorcière ?

— Ah parce que ça n'en est pas une, peut-être ? »

Nous sommes tombés dans les bras l'un de l'autre au milieu d'un grand éclat de rire, puis Flor a repris :

« Promets-moi que tu me permettras de dormir chez toi tous les samedis soir.

— Tous les samedis soir ?

— Promets-le-moi.

— Promis. » Et j'ai croisé mes deux index en signe de garantie de la parole donnée.

Flor s'est sentie rassurée et elle s'est endormie. Je l'ai réveillée juste avant d'accompagner Valerio au judo.

Elle m'a demandé, avant de partir : « Qu'est-ce que je vais lui dire, à Valdemar ?

— Que ton frère ne peut pas se passer de toi. »

Elle a écarquillé ses grands yeux verts, elle m'a sauté au cou et elle m'a couvert les joues de baisers.

Sur le scooter, Valerio n'a rien trouvé de mieux à me dire que : « N'empêche qu'elle a un sacré sex-appeal, ta sœur !

— Répète un peu et je te casse les dents !

— J'ai juste dit que je la trouve très belle.

— Non, tu as dit qu'elle avait du sex-appeal. Mais de toute façon, je suis au regret de t'apprendre qu'elle te trouve trop *nerd* à son goût.

— Sans blague ?

— Eh oui. »

Valerio en est resté muet.

Ce jour-là, je ne pouvais pas savoir que ma réflexion allait changer à la fois la personnalité de mon frère et le cours des événements.

Un truc à la Erri

AUSSITÔT ENTRÉ DANS LA CUISINE, Giovanni s'exclame : « Sans vouloir polémiquer, je ne m'explique pas le besoin qu'a eu papa d'organiser toute cette mise en scène. Il n'aurait pas pu faire un testament, comme tout le monde ?

— Peut-être qu'il ne nous fait pas confiance, qu'il a peur qu'on finisse par s'entre-tuer.

— Alors il n'a rien compris à ses enfants.

— Je ne suis pas un de ses enfants.

— C'est tout comme. »

Je finis mon verre d'eau et je le pose dans l'évier avant de me retourner. Pari, jusque-là occupée à remplir le lave-vaisselle d'un air indifférent, s'éclipse en silence.

Juste après, Giovanni me demande : « Dis-moi la vérité, Matilde et toi, vous ne vous êtes pas remis ensemble, n'est-ce pas ?

— Non, nous ne nous sommes pas remis ensemble. »

Mon frère me regarde avec un petit sourire, comme pour me faire comprendre que je ne peux rien lui cacher, et il s'exclame : « Je m'en doutais ! »

Les bras appuyés contre le plan de cuisine, j'ajoute : « En réalité, je ne sais même pas si l'enfant est de moi. »

Giovanni ouvre le réfrigérateur et il en sort une poire qu'il mord sans même l'avoir passée sous l'eau. Puis il ajoute : « Je m'en doutais aussi. Et je ne comprends pas pourquoi tu t'es senti obligé de faire ton annonce tonitruante, si tu n'as même pas la certitude d'être le père du futur bébé.

— Ce n'était pas une idée géniale, en effet, mais j'ai eu envie de partager quelque chose de beau avec vous, moi aussi. »

Le sourire de mon frère ne dure qu'un instant, il mord à nouveau dans sa poire, puis il me demande : « Et Matilde, qu'est-ce qu'elle en dit ?

— Je ne lui en ai pas encore parlé.

— Comment ça ? »

Les voix des autres membres de notre famille assis au salon semblent provenir d'un monde lointain.

« Je sais que je devrais l'appeler, mais je n'en ai pas le courage.

— Ah, un truc à la Erri.

— Oui, un truc à la Erri. »

Le rire de ma mère me rappelle que dans la pièce à côté, une avalanche de questions sur Matilde et son bébé m'attend. Je me frotte les yeux et je soupire.

« Qu'est-ce qu'il y a ? Tu ne sais pas comment expliquer la situation ?

— Oui.

— Eh bien, tu n'as qu'à ne pas l'expliquer. Personne ne t'y oblige.

— Je voudrais pouvoir remonter dans le temps et clore mon bec.

— Tout le monde a ce genre de désirs. Moi le premier, et tu n'imagines pas à quel point. »

Je pose sur lui un regard rempli de curiosité, il jette le trognon de sa poire à la poubelle et me propose de rejoindre les autres.

Je l'attrape par le bras et je lui demande : « C'est vrai, ce qu'a dit Valerio ?

— Quoi donc ?

— Que tu ne voulais pas devenir ingénieur. »

Giovanni baisse les yeux. « Oui, c'est vrai.

— Et pourquoi est-ce que tu n'en as parlé à personne ? Pourquoi est-ce que tu ne t'es pas confié au moins à moi ?

— Toi, tu n'étais jamais là. » Son regard noir me met dans l'embarras ; si je pouvais, je détournerais les yeux.

« Comment ça, je n'étais jamais là ?

— Tu vivais avec Matilde.

— Et alors ? Qu'est-ce qui t'empêchait de venir me voir ? »

Giovanni soupire et garde un instant les yeux fixés dans le vide. « Écoute, Erri, ça ne sert plus à rien d'en discuter maintenant. J'ai fait une erreur et ce n'est d'ailleurs pas la seule, malheureusement, mais on ne peut pas revenir en arrière, tu l'as reconnu toi-même.

— Tu as trente ans et j'ai l'impression d'entendre parler mon grand-père !

— Tu tenais le même genre de propos, à mon âge.

— Peut-être, mais j'ai tout de même réussi à modifier deux ou trois choses. Si ta vie ne te satisfait pas, tu es encore dans les temps pour en changer, toi aussi. »

C'est vrai, nous ne pouvons pas revenir sur le passé comme bon nous semble. Mais nous pouvons au moins tirer les leçons de nos erreurs, de manière à ne pas les reproduire, à ne pas s'en prendre à chaque fois au destin qui, en réalité, marche toujours un pas derrière nous et se nourrit des erreurs que nous semons le long de notre route.

« Tu te souviens du soir où nous avons bavardé jusqu'à trois heures du matin ? »

J'acquiesce de la tête.

« J'avais prétendu que j'étais convaincu d'avoir pris la bonne décision pour moi et mes proches.

— Oui, je me rappelle.

— Eh bien… enfin… comment dire ?… Je t'ai raconté un gros bobard, ce soir-là. Et surtout, je me suis menti à moi-même. » Puis il ajoute : « Maintenant, allons rejoindre les autres, sinon, ils vont venir nous chercher. »

Avant de quitter la cuisine, je lui pose une main sur l'épaule et je m'exclame : « Giovanni, tu ne peux pas te contenter de la vie que maman a imaginée pour toi !

— Pourquoi ? Tu vis la vie dont tu avais rêvé, toi, peut-être ? »

Des désirs sans mode d'emploi

JE ME SOUVIENS TRÈS BIEN du soir que Giovannino vient d'évoquer. D'ailleurs, comment l'oublier, puisque c'est aussi celui où Matilde m'a avoué sa liaison clandestine avec Ghezzi, celui où ma première vie a pris fin ?

Parmi toutes les personnes auprès de qui je pouvais me réfugier à la recherche d'un peu de réconfort, j'avais choisi mon frère cadet. J'avais surtout besoin de humer le doux parfum de sa vie en apparence normale : une belle maison, une épouse paisible qui ne haussait jamais le ton, une petite fille dont la présence se faisait sentir partout. Et j'avais peut-être besoin, aussi, de me convaincre qu'il existait au moins un endroit au monde où tout semblait avoir un sens. Quand je me suis présenté chez Giovanni et Clara, ils m'ont certes accueilli avec un certain étonnement (ce n'était pas mon genre de sonner à l'interphone à dix heures du soir), mais ils étaient heureux de la surprise.

Nous avons passé la soirée à parler de Matilde, de Ghezzi, de la vie qui m'avait filé entre les doigts sans que je m'en aperçoive, de la souffrance qu'avait causée à ma femme l'impossibilité d'avoir un enfant et qui, selon toute probabilité, l'avait rendue folle.

Après avoir mis Renata au lit, Clara avait affirmé, sans la moindre hésitation : « La voilà, la cause de tout le reste. L'écrasante majorité des couples restent ensemble à cause des enfants. Les enfants sont leur lien naturel. Sans eux, au fur et à mesure que les années passent, c'est très difficile de continuer à alimenter une relation avec la même intensité et la même passion. »

Dès ce moment-là, les propos de ma belle-sœur auraient dû me mettre la puce à l'oreille, m'aider à comprendre que le petit nid d'amour où j'étais venu chercher un refuge n'était pas aussi serein qu'il en avait l'air. Pendant que Clara parlait, Giovanni regardait le tapis.

Clara avait ajouté : « Quoi qu'il en soit, tu verras, Matilde ne va pas tarder à regretter sa décision, et alors ce sera à toi de lui pardonner ou pas. Sur ce, je vais me coucher, Renata va se réveiller dans quelques heures. Je t'ai mis de côté une couverture et un coussin sur le fauteuil, là, à ta droite. Après une bonne nuit de sommeil, tu auras les idées plus claires. »

Je l'ai regardée s'éloigner et je me suis dit qu'il ne restait plus rien de la belle Clara d'autrefois. Son sourire avait disparu pour faire place à une expression maussade, et son regard anxieux semblait toujours errer à la recherche de quelque chose.

Giovanni s'est aperçu que j'observais son épouse et il m'a dit : « Tu es en train de te demander ce qu'est devenu son sourire, n'est-ce pas ? »

Puis il s'est approché de moi et il m'a murmuré : « C'est bizarre, tout de même, la nature. On choisit une femme et, au bout d'un certain temps, on se retrouve avec une autre. Et ne viens pas me parler des enfants ! Ils peuvent aider un couple à rester ensemble, c'est vrai, mais une fois qu'ils sont là, tout est fichu, *kaputt* ! Plus d'érotisme torride, plus de rires, plus de sorties, plus d'insouciance, plus de cinéma le soir. Fini. »

Tout en caressant le verre de bière que je tenais à la main, je l'ai regardé à la dérobée et je lui ai répondu : « Vous auriez peut-être dû attendre encore un peu. Vous êtes jeunes.

— Oui, on aurait dû attendre. »

Giovanni a réfléchi longtemps avant de reprendre : « Erri, tu l'aimes encore, toi, Matilde ?

— Oui.

— Je veux dire… tu es follement amoureux d'elle ? Tu la désires tout le temps ? Tu ne peux pas te passer d'elle ?

— Oh, tout le temps, non…

— Il n'y a pas une partie de toi qui, au fond, se sent presque soulagée, abasourdie à l'idée d'être enfin libre ? Tu n'as pas l'impression d'avoir un fourmillement dans le ventre ? »

J'ai pris un peu de temps avant de répondre : « Oui, peut-être. »

Giovanni a bu une gorgée de bière, il s'est de nouveau approché de moi et il m'a chuchoté : « Je suis tombé amoureux d'une autre femme. »

J'en suis resté bouche bée, jamais je ne me serais attendu à une nouvelle pareille. Je croyais que mon frère aimait Clara, qu'il était satisfait de son mariage et de sa vie. J'ai laissé mon regard s'attarder sur son visage régulier, sa peau lisse, ses pupilles noires et profondes, ses cheveux qui lui retombaient presque sur les paupières, et je me suis dit qu'il était vraiment beau.

C'était et c'est toujours la grande différence entre lui et moi, entre moi et les hommes qui trompent leur femme et qui leur sourient, le soir, en rentrant à la maison. Si je ne l'ai jamais fait, si je n'ai jamais trahi Matilde, ce n'est pas parce que je vaudrais mieux que les autres. C'est tout simplement parce que, mon apparence physique étant ce qu'elle est, j'ai moins de possibilités qu'eux. Non, je plaisante. En réalité, c'est parce que je suis très lâche : en conséquence, mes infidélités ne sont jamais allées au-delà d'un regard à peine appuyé ou d'un sourire. Ça m'a toujours suffi pour me sentir tranquillisé, pour différer de jour en jour mon rendez-vous avec ma conscience, qui cherchait sans succès à me rappeler que le temps à disposition s'amenuisait, que je ferais donc mieux de trouver le moyen de ne plus le gaspiller, que je pourrais chercher une autre femme, ou plutôt essayer de mieux aimer Matilde, de comprendre ce qui n'allait plus entre nous. Je n'ai rien fait de tout ça, j'ai préféré me traîner péniblement jusqu'au jour de la capitulation. La vérité, c'est que je n'ai jamais trahi personne, à part moi-même.

J'ai demandé à mon frère : « Qui est-ce, cette femme ?

— C'est vraiment important ?

— Non, en effet.

— J'ai même envisagé de quitter Clara.

— À ce point-là ? »

Il a hoché la tête.

« Et ?

— J'ai changé d'avis. J'ai compris que ce qui compte est ailleurs : la famille, les enfants, le foyer.

— Et ?

— Je l'ai quittée.

— Ta maîtresse ?

— Oui, évidemment ! »

J'ai bu une gorgée de bière et j'ai gardé le silence.

« Tu ne dis rien ?

— Qu'est-ce que tu veux que je te dise ?

— Que j'ai bien fait, par exemple.

— Tu as bien fait.

— Oui, j'en suis convaincu aussi. Profite de cette période pour te demander ce que tu éprouves vraiment envers Matilde. Toi, tu as cette possibilité.

— En effet. »

Giovanni a fini par se lever, il a roté et il a conclu : « Et pendant que tu réfléchis à tout ça, arrange-toi pour tirer quelques coups. »

Je suis resté seul dans le salon de cette maison qui m'était étrangère, alors que ma vie venait de se désintégrer en quelques heures. Je me suis allongé sur le canapé et j'ai fixé le plafond. J'étais incapable de m'enlever de la tête les aveux de Giovanni, tout ce qu'il m'avait dit sur la famille et la liberté, et j'ai essayé de me demander s'il y avait vraiment en moi une petite voix qui riait en disant : *À partir d'aujourd'hui, tu vas devoir tenir compte de tes désirs inavoués, ceux que tu as jusqu'à maintenant avalés tous les soirs avec un peu d'eau, comme des médicaments.*

Ce soir-là, si je n'avais pas eu l'esprit aussi occupé par les vicissitudes de mon existence, je me serais aperçu que Giovanni racontait un gros mensonge, à moi et surtout à lui-même. Si j'avais été quelqu'un qui n'y va pas par quatre chemins, un grand frère au vrai sens du terme, je lui aurais dit ceci : « Giovanni, il y a une chose sans laquelle la famille, les enfants et le foyer ne sont plus qu'une coquille vide. Cette chose, la plus importante de toutes, celle qui mérite ton plus grand respect, c'est ton bonheur. »

Petite réflexion sur le bonheur

À PART FLOR, personne, dans mon entourage le plus proche, ne s'est jamais préoccupé de me rappeler qu'il fallait penser à mon bonheur. Ma mère a sans cesse été obsédée par son mot d'ordre, « aller de l'avant ». Quant à Mario, il m'a dit un jour : « Choisis toujours avec ta tête. » Ce qui, à y regarder de près, est encore le conseil qui ressemble le plus à la notion de recherche du bonheur. Ces derniers temps, quand je l'ai informé de mon intention d'ouvrir une librairie, il m'a encouragé à poursuivre mes rêves. Je viens de parler de Giovanni et en ce qui concerne Valerio, je n'ai jamais parlé avec lui d'autres vies que celles qu'on perd dans tel ou tel jeu vidéo.

Un jour où il était particulièrement loquace, papa m'a pris sur ses genoux et il m'a dit d'un air pontifiant : « Erri, tu vas devoir apprendre à être un peu moins sensible. » Le matin même, nous avions vu un petit chat se faire écraser par une automobile, et je n'avais pas arrêté de pleurer. Mais tout bien réfléchi, je ne crois pas que les parents soient nombreux à pousser leurs enfants à cultiver l'insensibilité.

Quand elle était petite, Arianna me répétait tout le temps : « Erri, il faut t'habituer à haïr, sinon, tu n'auras jamais le courage de te révolter contre qui que ce soit. » J'avais dix ans, à l'époque. Je la regardais bouche bée, et elle me traitait d'imbécile.

Par la suite, j'ai eu la possibilité de comprendre qu'elle prenait sa déception pour de la haine, qui n'est jamais une fin en soi : on ne peut haïr que si on a d'abord aimé.

Un après-midi, en Andalousie, Rosalinda m'a vu dégringoler sur un terrain aride, elle s'est précipitée à mon secours, elle m'a soulevé par les aisselles, elle a tapoté mon t-shirt couvert de poussière et elle m'a mis en garde : « Erri, regarde un peu où tu mets les pieds. Tu as tout le temps la tête dans les nuages ! »

Enfin, Matilde m'a dit un jour : « Erri, je voudrais pouvoir te prêter mes yeux, pour te montrer tout le bonheur que tu es capable de donner aux autres. »

Cela étant, imaginons qu'une seule des personnes importantes dans ma vie soit venue me voir un jour pour me dire : « Erri, tu sais quoi ? Je pense que tu devrais faire quelque chose pour être plus heureux. » Je suis bien obligé d'admettre qu'avant de partir en courant, je lui aurais répondu, d'un ton agacé : « Et qu'est-ce qui te fait croire que je ne suis pas heureux ? »

Ne nous voilons pas la face : s'il est une chose au monde qui fiche une peur bleue, c'est bien le bonheur. On ne sait jamais quand il va arriver.

Ni, surtout, quand il va s'en aller.

Mario est le premier à se lasser

AU SALON, il ne reste plus que Valerio et notre mère ; ils discutent encore, une feuille à la main, du partage des biens de la famille Ferrara. Giovanni s'affale sur le divan et demande où est Clara.

« De l'autre côté avec la petite », lui répond maman avant de reprendre sa conversation avec Valerio. Tomoko et Arianna ne sont pas là non plus.

J'interroge maman pour savoir où est passée Arianna.

« Elle est dans le bureau de ton père. Ils y sont enfermés depuis un certain temps…

— Et qu'est-ce qu'ils font ?

— Aucune idée. Mais je suppose qu'Arianna, comme à son habitude, accuse Mario de s'être montré injuste. On pouvait s'y attendre. »

Je pourrais polémiquer, lui demander pourquoi elle n'a pas dépensé une once d'énergie pour donner un peu d'amour à la fille de son mari. Mais comme je ne crois pas qu'elle me répondrait, et que je suis certain que toute l'explication réside dans son narcissisme (Renata Ferrara ne parvient à aimer que le fruit de ses propres entrailles parce que, en réalité, elle n'aime personne d'autre qu'elle-même), je me dirige vers le bureau de mon père pour récupérer ma sœur avant qu'elle fasse une bêtise qu'elle risquerait de regretter.

Un dimanche, quelques semaines après la naissance de Valerio, une chape de chaleur étouffante s'était abattue sur

Naples. Ma mère s'occupait du nouveau-né et je jouais avec Arianna, qui passait un week-end sur deux chez nous. En nous voyant jouer enfermés dans notre petite chambre par ce dimanche ensoleillé de juin, Mario a cru bon de nous emmener aux Damiani, une piscine des environs d'Arco Felice où j'allais par ailleurs souvent avec Renata. Pour Arianna, en revanche, c'était une première, je crois que sa mère ne l'emmenait jamais nulle part. Quand nous sommes entrés dans l'établissement, elle en est restée bouche bée et les yeux écarquillés, puis, sous le coup de l'émotion, elle s'est précipitée aux toilettes. Mario s'est allongé sur un transat à l'ombre et il a passé la matinée à lire son journal, pendant que nous nous amusions à nous courir après et à voir qui résistait le plus longtemps la tête sous l'eau. Quand l'heure du déjeuner est arrivée, Mario nous a dit de sortir du bassin et de nous essuyer. À l'époque, Arianna portait un appareil dentaire, et son père a insisté pour qu'elle ne le garde pas à table. Elle lui a obéi et elle a enveloppé son appareil dans une serviette en papier. Mais à la fin du repas, ni elle, ni lui, ni moi n'avons pensé à récupérer cette serviette, que le serveur a donc jetée à la poubelle. Tout l'après-midi, nous avons fouillé la totalité des bacs à ordures du restaurant et inspecté toutes les serviettes que nous y trouvions ; pendant ce temps-là, Arianna pleurait à chaudes larmes et n'arrêtait pas de répéter : « Je n'aurais jamais dû t'écouter, maman va être furieuse maintenant. Je te déteste, tu ne t'occupes pas de moi, tu m'as laissée seule avec elle. Je te déteste, je ne te pardonnerai jamais, je te déteste ! » Je serais prêt à parier qu'aujourd'hui encore, le malheureux serveur qui nous a aidés dans nos recherches, et qui a passé son après-midi les mains dans les détritus, raconte l'histoire de cette gamine qui disait de terribles méchancetés à son père et de ce monsieur qui, au lieu de la faire taire, dépliait des serviettes sales. Et si l'épisode est resté dans la mémoire du serveur, comment aurait-il pu s'effacer de celle du père et de la fille qui, des années plus tard, rejouent encore et toujours la même scène : Arianna frappe et Mario encaisse sans broncher. Allez savoir lequel des deux se lassera le premier.

Dans le couloir, je tombe sur Tomoko : elle parle au téléphone, appuyée contre le montant de la fenêtre qui donne sur la cour intérieure. Je poursuis mon chemin avec toute la discrétion possible mais Tomoko se retourne, elle éloigne son portable de son oreille et elle me demande : « Erri, excuse-moi, je peux te parler un instant ? »

Sa voix ressemble à celle d'une sirène tout juste sortie des eaux. Je reviens sur mes pas.

« Désolée, je te rappelle. » Aussitôt après avoir raccroché, elle m'avoue avec un sourire : « Je voulais te demander quelque chose, mais je n'ai pas trouvé le bon moment.

— Eh bien, il semblerait que ce moment soit enfin arrivé ! » Je lui souris à mon tour et je remets en place mon col de chemise, comme si cela pouvait suffire à me rendre plus attirant.

« Mercredi prochain, c'est notre mésiversaire, à Valerio et à moi.

— Votre mésiversaire ?

— Oui, ça fera un mois qu'on est ensemble. Et comme je sais qu'il raffole de la cuisine espagnole et que le restaurant de ton père…

— Valerio raffole de la cuisine espagnole ?

— Tu ne le savais pas ?

— Non, je ne fréquente pas beaucoup le restau de papa.

— C'est vrai, tiens, je ne t'y ai jamais vu. Bref, je me suis dit que tu pourrais lui demander s'il serait disposé à organiser une fête. Je voudrais faire une surprise à Valerio.

— Bien sûr, aucun problème. »

Elle me sourit une fois de plus et mes joues se colorent de rouge. Elle est si belle que j'ai même du mal à baisser les yeux.

« Tu me tiens au courant ? »

Je suis noyé à une telle profondeur dans son regard que je n'ai même pas entendu sa question.

« Erri ?

— Hein ?

— Je disais, tu me tiens au courant ?

— À propos de quoi ?

— De la fête, de la réservation du restaurant.

— Ah, oui, bien sûr, le mésiversaire. » J'essaie de dissimuler mon embarras derrière un petit rire.

« OK, alors je te donne mon numéro. Note. »

Tout en ajoutant un nouveau contact sur mon portable, je me demande s'il est normal qu'un homme de quarante ans éprouve de la gêne en présence d'une jeune femme de vingt-huit. Il faudra que je m'inscrive à un cours d'entretien de l'estime de soi.

Tandis que je m'y reprends à plusieurs fois pour saisir son numéro, Tomoko ajoute : « Ton frère t'aime beaucoup, tu sais ?

— Ah bon ? » Je suis distrait parce que je continue de réfléchir : un cours sur la sympathie serait peut-être mieux adapté à mon cas. Un homme laid disposant d'une forte estime de soi est très capable d'exciter la curiosité d'une femme, mais pour creuser l'écart avec ses rivaux, il faut arriver à la faire rire. En tout cas, c'est ce qu'on raconte.

« Il m'a tellement parlé de toi que j'avais grande envie de te connaître.

— J'espère que tu n'as pas été déçue. » Ouf, ça y est, j'ai enfin réussi à sauvegarder son numéro.

« Pas le moins du monde. » Et elle accompagne sa réponse d'un autre sourire.

Si je n'étais pas rouillé par plusieurs années de vie conjugale et de relations sexuelles routinières, je m'engouffrerais dans la minuscule ouverture que vient de m'offrir la sirène que j'ai en face de moi. Seulement voilà, je n'ai pas le courage de flirter avec une jeune femme aussi séduisante ; et puis, je ne me sens pas trop le droit de jouer les idiots avec la petite amie de mon frère ; enfin et surtout, je viens de réaliser que Ghezzi ne se distingue ni par son estime de soi ni par son sens de l'humour, et je ne comprends donc toujours pas comment il a fait pour me piquer ma femme. Pour toutes ces raisons, je ne profite pas de l'ouverture et je me contente d'adresser à Tomoko un sourire niais.

Je frappe à la porte du bureau de Mario et c'est Arianna qui vient m'ouvrir. Elle a un visage encore plus sombre et creux que d'habitude, un air absent et les larmes aux yeux.

Je lui demande ce qu'il y a.

Comme elle me dévisage sans me répondre, je me tourne vers Mario, assis derrière sa table de travail, et je répète ma question.

D'un ton ferme, Mario m'enjoint de fermer la porte.

Je réitère ma question pour la troisième fois.

« Il y a, me répond Arianna, que j'avais raison de me méfier, de penser qu'il y avait anguille sous roche.

— Je ne comprends pas. »

Mario m'enjoint à nouveau de fermer la porte.

Arianna reprend : « Nos frères pouvaient sans doute gober le petit laïus sur la famille heureuse, mais pas moi. Je n'y crois pas, moi, aux familles heureuses. »

Je regarde Mario, qui reste silencieux.

« Si quelqu'un daignait m'expliquer... »

Une larme descend le long de la joue d'Arianna, qui me répond néanmoins d'une voix impassible : « Une donation pour éviter les litiges ou les droits de succession, hein ? Tu parles ! La vérité est bien différente.

— Et c'est quoi, la vérité ? »

Arianna nous regarde l'un après l'autre, son père et moi, avant de me répondre : « Je lui laisse le soin de te la dire. » Je referme la porte et j'avance de deux pas vers le bureau de Mario, qui donne l'impression de reculer ; ses épaules puissantes effleurent la maquette de l'*Amerigo Vespucci* déployée sur la totalité du mur. Un jour, avec tout le tact qui la caractérise, maman avait suggéré à son mari de se débarrasser de ce « gros machin inutile » et de le remplacer par ses diplômes ; il lui avait répondu qu'exhiber ses diplômes, c'est bon pour les gens qui n'ont rien d'autre à montrer de leur personnalité. Renata avait soufflé comme un taureau et elle était allée se défouler sur la pauvre domestique de service.

« Et c'est quoi, la vérité ? » Je passe mon temps à répéter mes questions, depuis que je suis entré dans la pièce, et je reste là à fixer mon beau-père, avec la sensation que mes jambes se sont soudain transformées en échasses instables. Allez savoir pourquoi notre corps semble prendre conscience avant nous de l'arrivée d'une mauvaise nouvelle.

Mario soupire, il a du mal à parler : « Rien... c'est juste que je ne voulais pas vous inquiéter... Les autres ne sont au courant de rien... mais tu connais Arianna... Elle m'a obligé à cracher le morceau... Si ça n'avait tenu qu'à moi... Et puis ce n'est pas vrai, que nous ne formons pas une famille heureuse, je reste convaincu que malgré tout...

— Mario, qu'est-ce qui s'est passé ? »

Arianna répond à sa place : « Bon, ça suffit maintenant, assez tourné autour du pot. De toute façon, tu as compris, non ?

— Moi ? Non, je n'ai rien compris du tout, merde à la fin ! »

Après mon hurlement, elle regarde son père tout en me disant, avec un filet de voix :

« Papa est en train de mourir. »

Un fardeau très lourd

APRÈS LE FAMEUX DIMANCHE près du lac d'Averne, j'avais revu Mario le vendredi suivant, dans la soirée. Il s'était présenté chez nous après le dîner, alors que je regardais un dessin animé, assis en tailleur sur le tapis du salon. Quand je l'avais vu entrer, avec sa bonne bouille joufflue et souriante, j'avais écarquillé les yeux et lorgné derrière son dos, mais Arianna n'était pas avec lui. J'avais marmonné un vague « salut » d'un air déçu et j'étais retourné devant la télé. Il avait dit bonsoir à maman, il était venu s'asseoir sur le divan derrière moi et il y était resté un bon moment en silence, en attendant qu'elle finisse de se préparer pour sortir.

Je sentais sa lourde respiration sur mes épaules, mais je ne m'étais pas retourné. Non que j'aie eu la moindre antipathie pour lui, mais sans Arianna, il ne m'intéressait plus.

Et puis, ce n'était pas la première fois que ma mère ramenait un homme à la maison, loin de là. Par exemple, il y avait eu Bruno, un architecte qui portait tout le temps des lunettes bleues goutte d'eau et un polo Lacoste, même l'hiver. Ou encore Lucio, un avocat qui avait dîné deux ou trois fois à la maison, qui n'avait pas daigné m'adresser le moindre regard et qui avait tout le temps parlé de trucs auxquels je ne comprenais rien. En réalité, tous les amis de Renata paraissaient s'intéresser si peu à moi que souvent, je me réfugiais dans ma chambre et je m'endormais pendant leurs bavardages interminables.

À l'époque, je ne me posais pas trop de questions sur la signification de leur présence : maman avait l'air joyeuse et sereine en leur compagnie, et du coup, elle me transmettait un peu de sa sérénité.

Mais une nuit, des hurlements provenant du salon m'ont réveillé en sursaut. Je me suis levé et j'ai couru voir, pieds nus, ce qui s'était passé. Dans l'entrée, maman se tenait le dos appuyé contre la porte. Dès qu'elle m'a vu, elle s'est précipitée vers moi et elle m'a pris dans ses bras. « Tu sais quoi, Erri ? Toi et moi, nous n'avons vraiment besoin de personne, pas vrai ? »

Je ne savais pas quoi répondre et je suis resté là à la fixer de près, ce qui ne m'arrivait pas souvent. Elle avait les larmes aux yeux et elle me serrait fort contre elle.

Puis elle m'a embrassé dans le cou, elle m'a emmené dans sa chambre, elle m'a installé dans son lit et elle a repris : « Nous n'avons pas besoin des autres. Ça te dirait de dormir avec maman cette nuit ? »

Je n'en croyais pas mes oreilles. Renata Ferrara et Raffaele Gargiulo ne m'avaient jamais permis de dormir avec eux. Après le départ de papa, un jour, elle m'avait pris sur ses genoux et elle avait dit : « Erri, maintenant que papa n'est plus là, tu dois me promettre une chose. » Je l'avais regardée d'un air étonné et elle avait poursuivi : « Que tu ne me demanderas jamais de dormir avec moi et que tu ne te présenteras jamais dans ma chambre pendant la nuit.

— Pourquoi ?

— Parce que ce serait facile de dormir avec moi, mais je ne veux pas. » J'avais baissé la tête et elle avait continué son explication : « Je ne veux pas t'élever comme une fillette qui dort avec sa maman. Tu es un petit homme, il faut que tu deviennes fort et robuste, tu n'as pas besoin de moi, tu as déjà ta chambre. » Enfin, après une courte pause, elle avait enfoncé le clou : « Alors, tu me le promets ? »

J'avais fait signe que oui de la tête et je m'étais laissé mettre au lit, en me tournant vers le mur pour cacher mes larmes. Un petit homme fort et robuste, ça ne pleure pas. Voilà ce qu'elle m'aurait dit, si elle m'avait vu.

Mais le soir où elle s'était disputée avec Lucio, elle m'avait emmené dans son grand lit et elle m'avait couvert de baisers un peu partout, en riant et en pleurant à la fois. Je n'avais jamais éprouvé l'ivresse de ces embrassades prolongées, de ces baisers qui paraissaient se nourrir de ma peau, de ces caresses que maman me donnait alors que je faisais semblant de dormir. Ç'aurait été la plus belle nuit de mon enfance, si ma mère ne m'avait pas chuchoté plusieurs fois à l'oreille : « Si je continue à me lever le matin, c'est uniquement pour toi. »

J'avais six ans quand elle m'a mis ce fardeau sur les épaules.

Six mois pour prendre le large

L'ARRIVÉE DE MARIO aurait dû me rendre heureux : au fond, sa présence aurait pu m'aider à rendre ma tâche moins lourde, et l'amour de ma mère moins étouffant. Mais à cet âge-là, tout n'était pas aussi clair dans mon esprit, et je m'en délectais, de mon fardeau. À mes yeux, Mario était l'homme qui allait me chiper les délicates attentions de maman, un ennemi grand et gros à combattre avec la seule arme à ma disposition, l'indifférence.

C'est donc avec indifférence que je l'ai accueilli ce fameux soir, que j'ai continué à regarder la télé, que j'ai tourné le dos quand maman m'a reproché de me comporter comme un gamin mal élevé.

Mais lui ne semblait pas du tout se vexer de mon attitude, il conservait son air indulgent. Au bout d'un certain temps, il m'a tendu un paquet et il m'a dit : « Tiens, j'ai pensé que ça pourrait te faire plaisir. »

À l'époque, en dehors d'un sourire de ma mère, il existait une seule chose capable de m'arracher un sourire : la vision du papier kraft dont se servaient les vendeurs de mon magasin de jouets préféré pour envelopper les cadeaux. J'ai donc attrapé celui que me tendait Mario et je n'ai pas manqué de lui faire un beau sourire.

Maman s'est assise à côté de lui, sur le bord du divan, et elle s'est exclamée : « Ça, ça vient de son magasin favori ! »

J'ai dépaqueté mon cadeau avec un enthousiasme qui est retombé dès que je me suis retrouvé en face du modèle réduit de l'*Amerigo Vespucci*, le plus grand voilier de la marine militaire italienne. La boîte était remplie de minuscules morceaux de bois que je me sentais bien incapable de transformer en ce magnifique bateau qu'on voyait sur l'image. Ma déception devait être très perceptible, puisque Mario s'est empressé d'ajouter : « Je me suis dit que si on construisait ensemble un grand navire, ça pourrait être un excellent moyen d'apprendre à nous connaître. »

Sur ces mots, il m'a pris la boîte des mains et il a jeté un coup d'œil sur le mode d'emploi. J'en suis resté bouche bée et je me suis mis à regarder tantôt Mario et tantôt maman qui, elle aussi, nous observait tour à tour.

Au bout d'un moment, il s'est levé d'un mouvement brusque, malgré sa masse corporelle, et il s'est exclamé : « Alors, on s'y met ?

— Ouiiii ! » J'ai fait suivre mon hurlement d'un bond sur le divan.

« Maintenant ? » L'intervention de Renata a annihilé en un instant mon euphorie. « Je croyais qu'on avait prévu de sortir.

— Ah oui, c'est vrai. Erri, j'ai promis à ta maman de l'emmener dans un bon restaurant, et il faut toujours tenir ses promesses. Sinon, tu sais, les femmes se vexent. »

J'ai baissé la tête et j'ai failli éclater en sanglots. En un clin d'œil, la perspective d'une soirée consacrée à la construction du bateau avait été remplacée par l'idée de me retrouver en compagnie de Luisa, ma nounou, qui se présentait toujours avec un roman-photo sous le bras et qui le lisait à voix haute, après le dîner, assise sur le canapé derrière moi.

Heureusement, juste après, Mario a repris : « Oui mais attention ! Les promesses faites aux enfants sont tout aussi importantes. Alors tu sais ce qu'on va faire ? »

J'ai fait signe que non de la tête et je l'ai dévisagé, mon cadeau entre les mains.

Tout en souriant à ma mère, il m'a expliqué ses intentions : « Demain, c'est samedi. Ta maman va m'inviter à déjeuner et dès qu'on sortira de table, on se mettra au boulot. On va prendre tout l'après-midi et on va commencer à construire notre navire. Bien sûr, après, il faudra beaucoup de temps pour le terminer, et beaucoup de patience. Mais ça, on n'en manque pas, hein ? »

J'ai acquiescé.

« Et en attendant, tu sais ce que tu pourrais faire ? Tu pourrais ranger en petits tas, sur la table, toutes les pièces identiques. C'est un travail ingrat, mais qui va nous permettre de gagner beaucoup de temps. Tu serais d'accord ? »

J'ai acquiescé de nouveau.

« Eh ben alors, qu'est-ce que tu fais encore là ? Allez, au boulot ! » Puis il s'est penché pour me pincer le menton.

J'ai regardé maman : elle souriait et elle avait les yeux luisants. Quand ils ont refermé la porte derrière eux, je ne m'en suis même pas rendu compte, j'avais une tâche importante à mener à terme pour le lendemain. J'ai passé tout le reste de la soirée à classer les petits morceaux de bois ; je ne me suis demandé à aucun moment pourquoi maman avait eu les yeux luisants, et si, avec l'arrivée de cet homme dans la famille, je pourrais continuer à dormir avec elle. J'ai juste espéré qu'ils ne se disputeraient pas avant la fin de la construction du bateau.

L'entreprise s'est révélée bien plus difficile que je l'avais cru et bien vite, tous mes samedis après-midi lui ont été consacrés ; à tel point qu'au bout d'un moment, ma mère a pris l'habitude d'aller faire du shopping pendant que j'assemblais des voiles et que je collais des bouts de coque avec mon nouvel ami.

Il nous a fallu huit mois pour mener à bien notre projet pharaonique. En revanche, il n'en a fallu que six à maman et à Mario pour décider de s'installer ensemble. Et deux m'ont suffi pour comprendre que même les pères des autres, quand ils veulent, peuvent devenir le vôtre.

Homo sapiens

À LA NAISSANCE DE VALERIO, j'étais chez mon père. On était en mai, il faisait déjà chaud et Rosalinda, qui devait accoucher de Flor deux mois plus tard, passait ses journées sur son canapé à regarder des feuilletons télévisés et à manger des « cochonneries », pour reprendre les termes de papa. De mon côté, j'étais bien content qu'elle passe son temps vêtue de combinaisons qui mettaient en valeur ses cuisses et ses seins, moi qui partageais mes après-midi chez eux, après l'école, entre un chapitre d'un livre sur l'*homo sapiens* et un nouvel épisode de *Haine et Passion*.

Ces journées m'ont laissé le souvenir de l'éclairage au néon de la cuisine fraîche où je me réfugiais pour réviser, du bourdonnement assoupissant du réfrigérateur et de l'appel de Rosalinda quand notre soap opera allait commencer. Je me précipitais au salon et je m'allongeais à côté d'elle, la tête sur ses jambes ou sur sa poitrine, qui semblait grossir chaque jour au même rythme que son ventre.

Je restais souvent à reluquer ses seins même quand l'épisode avait déjà commencé. Je ne sais pas bien ce que j'éprouvais, je sais seulement que le spectacle de ces deux grosses sphères et de ce mamelon brun, que j'entrevoyais à travers le tissu semi-transparent de sa combinaison, me rendait à la fois nerveux et électrisé.

Un peu plus tard, Rosalinda allait préparer le dîner ; à son arrivée, papa n'avait donc plus qu'à se laver les mains et à mettre les pieds sous la table. Nous mangions en silence, en général avec le journal télévisé en bruit de fond, et pendant que mon père mâchait sa nourriture les yeux rivés sur l'écran, je me demandais quand je pourrais retourner à la maison.

Ces quelques après-midi chez les Gargiulo m'ont donné l'impression de durer des mois ; d'ailleurs, papa venait de rentrer d'Espagne et nos relations étaient presque inexistantes. Les premiers jours avaient été traumatisants, j'avais eu le sentiment de vivre chez des étrangers. Heureusement, Rosalinda a mis peu de temps à gagner ma confiance. Un jour où nous étions assis sur le tapis à regarder la télé, elle m'a pris la main et elle l'a posée sur son ventre.

« Ici, il y a ta sœur. Tu me promets que tu l'aimeras *siempre* et que tu la protégeras contre tout et contre tout le monde ? » Sur ces mots, elle m'a ébouriffé les cheveux, elle m'a donné un gros baiser sonore sur le front et elle a filé à la cuisine pour me préparer une de ses fameuses tortillas.

Le jour tant attendu, papa est venu me voir et il m'a dit : « Ton petit frère est né. Tu veux aller le voir chez toi ? »

J'ai acquiescé sans ouvrir la bouche, j'ai préparé mes affaires en silence et je suis allé dire à Rosalinda un au revoir plein de regrets. Le soir, j'ai fait la connaissance de Valerio. Quand je suis rentré à la maison, maman l'allaitait ; dès qu'elle m'a vu, elle m'a souri et elle m'a invité à m'approcher. À côté d'elle, Mario avait un sourire béat et Arianna observait la scène d'un air hébété. J'ai jeté un regard hésitant sur ce petit être qui paraissait disparaître dans le creux du bras de ma mère et je me suis avancé à petits pas. À ce moment-là, Arianna a dû avoir un accès de jalousie envers moi ; elle a décidé qu'elle serait la première à câliner notre frère et elle s'est mise à lui frotter très fort la tête malgré les avertissements de maman, qui n'arrêtait pas de lui répéter de faire attention.

Je me suis alors souvenu du jour où, quelques mois plus tôt, elle m'avait exposé son plan diabolique et proposé une alliance contre la présence encombrante de Valerio.

L'espace d'un instant, j'ai eu peur qu'elle veuille faire du mal au bébé.

Mais elle a continué à lui caresser la tête pendant qu'il tétait bien tranquille. Lorsque, quelques jours plus tard, je lui ai demandé des explications, elle m'a répondu par une de ses innombrables phrases qui, en dépit du passage des ans, m'ont toujours laissé sans voix : « Erri, haïr un ventre rond est une chose, mais haïr un pauvre petit être sans défense en est une autre. Tu sais bien que toi et moi, nous sommes unis pour la vie, mais si tu détestes ce bébé, je ne peux rien pour toi, ça veut dire que tu as un problème dans ta tête et que tu dois le résoudre par tes propres moyens. » Puis elle m'a planté là et elle n'est plus jamais revenue sur le sujet.

Bien qu'Arianna ait pu croire le contraire, je n'ai jamais haï mon frère, ni quand il était encore dans le ventre de ma mère, ni après ; et ce soir-là, pendant que je caressais à mon tour la petite tête chevelue de Valerio, et que je satisfaisais ainsi le désir d'unité familiale apparente de ma mère, je n'éprouvais pas, contrairement aux craintes de Mario et Renata, une jalousie délirante. Je me posais plutôt une question d'un tout autre ordre : pourquoi maman n'avait-elle pas de gros mamelons bruns comme Rosalinda ?

Quatre-vingt-un ans, c'est un âge tout à fait respectable pour mourir

AU SALON, LE SPECTACLE EST LE MÊME que quelques minutes plus tôt : maman parle à voix basse avec Giovanni et Clara de leur futur deuxième enfant, Tomoko téléphone près de la fenêtre et Valerio est affalé sur le divan à la place habituelle de son père, son portable posé sur ses genoux et le regard perdu sur l'écran.

Si je ne venais pas d'apprendre que Mario souffre d'une grave insuffisance cardiaque et que, dans la meilleure des hypothèses, il lui reste cinq ans à vivre, je m'assiérais comme toujours sur le tapis et je m'efforcerais de supporter toute la petite clique en espérant que le temps passe vite. Mais je reste debout à les observer, tous autant qu'ils sont, et ils ne s'aperçoivent même pas de ma présence. Cette scène est si absurde que j'aurais presque envie de hurler pour lui donner un sens.

Mais Mario nous a implorés : « Je vous en conjure, ne dites rien. Je leur parlerai, je les préparerai petit à petit. »

Arianna a croisé les bras et elle a quitté la pièce. Mario m'a souri et il m'a dit : « Eh oui, Erri, personne n'est éternel, j'ai soixante-seize ans et si j'arrive vraiment à en vivre cinq de plus, je pourrai me considérer heureux. Quatre-vingt-un ans, c'est un âge tout à fait respectable pour mourir. Et puis, je n'ai pas envie de me plaindre : au fond, on ne vit jamais trop peu ; on vit mal, le cas échéant.

— Pourquoi n'avoir rien dit à personne ?

— Je tenais d'abord à mettre mes affaires en ordre, pour qu'il n'y ait aucun motif de dispute entre vous à l'avenir.

— Tu sais bien qu'on ne se serait jamais disputé.

— Peut-être, mais là au moins, je suis plus tranquille.

— Et maman ? Pourquoi ne pas le lui avoir dit, à elle ?

— Elle est au courant.

— Elle est au courant ?

— Oui. »

Alors elle est vraiment très douée pour faire semblant. Il ne m'a pas laissé le temps d'ajouter cette phrase, il m'a posé une main sur l'épaule et il a conclu : « Maintenant, retournons là-bas et terminons cette soirée dans la bonne humeur. »

Je ne suis pas très doué en matière de bonheur

LE MOMENT EST VENU de parler de la maladie de ma mère. Dix ans se sont écoulés depuis, et pourtant je me souviens encore du jour où elle m'a appelé pour me dire qu'elle n'allait pas bien. C'était un soir du mois de juillet ; avec Matilde et un couple d'amis, nous faisions la queue devant un cinéma en plein air, sur les Colli Aminei.

« Erri, où tu es ? J'ai quelque chose à te dire.

— Je suis au cinéma, c'est urgent ? »

Elle a hésité un instant avant de répondre : « Non. Rappelle-moi plus tard, à l'occasion.

— Qu'est-ce qui se passe ? »

En réponse, maman a prononcé une de ses phrases mémorables : « Rien de spécial, c'est juste que mardi dernier, on m'a diagnostiqué un cancer au sein, et je voulais t'informer qu'on m'opère lundi prochain. »

Je suis resté paralysé et muet tandis que les gens me passaient devant et que Matilde, qui se doutait que quelque chose n'allait pas, fixait sur moi un regard interrogateur.

Ma mère a repris : « Erri, tu es toujours là ?

— Oui, oui. C'est que… je ne comprends pas… tu m'annonces ça comme si tu allais partir en croisière.

— Et je devrais te l'annoncer comment ? D'une voix désespérée ? Je n'en ai ni le temps ni l'envie, j'aime mieux faire ce qu'il y a à faire et continuer à vivre.

— Tu avais l'intention de m'en parler quand ? Lundi matin ?

— Écoute, Erri, c'est pour ça que je ne voulais pas t'appeler, je me doutais bien que j'aurais à supporter tes reproches de fils soi-disant mis à l'écart. Seulement, Mario a insisté, il m'a dit que tu es adulte, que tu as le droit de savoir, enfin bref... voilà, c'est fait. Je ne veux pas que tu t'occupes de moi, je suis encore assez jeune pour ne pas m'en remettre à mes enfants du soin de mon existence, je suis en pleine possession de mes facultés physiques et mentales et je saurai prendre soin de moi, comme toujours. Et puis, il y a Mario à mes côtés.

— Attends-moi, j'arrive tout de suite.

— Inutile, je dîne dehors. »

Matilde ne m'avait pas quitté des yeux et nos amis étaient déjà entrés.

« Putain, maman, tu m'annonces ça au téléphone alors que tu te prépares pour sortir ?

— Il fallait que je te le dise tôt ou tard, non ? Alors j'ai pris mon portable et maintenant, je n'aurai plus à y penser.

— Et mes frères ?

— Ils ne sont pas encore au courant.

— Ça m'aurait étonné...

— Ce sont des gamins, laisse-les profiter de leur insouciance.

— Mais tu vas devoir suivre une chimiothérapie, non ?

— En effet.

— Et tu crois qu'ils ne s'apercevront de rien ?

— Erri, zut à la fin ! Tu ne vas pas t'y mettre aussi, à compliquer des choses qui le sont déjà assez en elles-mêmes ! Procédons par ordre : d'abord, occupons-nous de retirer ce sale truc ; je réfléchirai plus tard à la façon dont il faut que je l'annonce à tes frères.

— Ce ne sont plus des enfants maintenant. Moi, tu ne m'as même pas protégé de la vérité quand j'avais cinq ans. Je ne vois pas pourquoi ils devraient grandir dans du coton, eux.

— OK, Erri, je dois vraiment y aller. On se rappelle demain.

— Je passe te voir dans la matinée.

— D'accord, mais ne te hasarde pas à me prendre dans tes bras ou à me lancer des regards compatissants.

— Ne t'inquiète pas, je te connais depuis ma naissance.

— Merci. »

Lorsque j'ai raccroché, Matilde me suppliait des yeux de la mettre au courant. J'ai glissé mon portable dans ma poche et j'ai tout doucement ramené Matilde dans la queue.

« C'était ta mère ?

— Oui.

— Qu'est-ce qu'il y a de si grave, cette fois-ci ? »

J'ai tendu nos billets à l'ouvreur et j'ai répondu à ma future femme : « Rien, elle a un cancer. »

Les gens poussaient pour entrer mais Matilde s'est figée, puis elle a ouvert grand les yeux : « Qu'est-ce que tu racontes ?

— On l'opère lundi. Viens, le film va commencer. »

Matilde m'a suivi en silence, les yeux rivés à mon visage impassible. Peu avant le début de la projection, elle m'a demandé : « Tu ne crois pas qu'on devrait passer la voir ?

— Elle dîne chez des amis.

— Vous êtes tous fous, dans ta famille.

— Peut-être, oui. »

Quatre ans plus tard, le jour de notre mariage, nous étions allongés sur le lit d'une chambre du Grand Hôtel Santa Lucia, sur le front de mer de Naples. Nous venions de faire l'amour, nous avions été épuisés par une cérémonie plus longue que prévu et Matilde a eu cette phrase : « Ces dernières années, je n'ai envisagé qu'une fois de te quitter, mais je n'en ai pas eu le courage. »

Je me suis retourné pour la regarder et je lui ai demandé : « C'est vrai ?

— Quand ta mère est tombée malade, le soir où elle t'a appelé.

— Oui ?

— On était au cinéma.

— Je me souviens, oui.

— Tu me l'as dit comme s'il s'agissait de quelque chose de tout à fait normal et tu as regardé le film, en toute tranquillité.

— Et qu'est-ce que j'étais censé faire ? »

Matilde m'a souri et elle m'a pris dans ses bras. « Pleurer, par exemple. Te laisser aller à ton chagrin. Ou tout simplement me demander de l'aide. Te confier à moi.

— Tu crois ?

— À ce moment-là, j'ai pensé que je ne pouvais pas rester à tes côtés toute ma vie, que tu étais tendre, aimant, attentionné, mais qu'en présence d'une émotion forte, tu l'ingurgitais, comme pour l'anéantir, et tu te refermais sur toi-même.

— Quelle drôle d'idée !

— Et puis j'ai réfléchi, et je me suis rendu compte que tu me plaisais quand même. »

Elle m'a embrassé et nous avons refait l'amour (à l'époque, nous avions cette étrange habitude de nous répéter). Juste avant que nous nous endormions pour la première fois en tant que mari et femme, je lui ai chuchoté, dans la pièce désormais sombre : « Ce n'est pas vrai, que je ne ressens pas d'émotions. L'émotion humaine la plus forte et la plus ancienne, c'est la peur, et il m'arrive souvent de faire dans ma culotte. »

Je m'attendais à un éclat de rire, mais Matilde dormait déjà. J'ai tendu le cou pour bien m'en assurer, puis j'ai ajouté : « Par exemple, je suis terrorisé à l'idée que tu sois devenue ma femme. Je me sens responsable de ton bonheur. Et je ne suis pas très doué en matière de bonheur. »

Extrait du carnet inachevé de Matilde

TU LE SAVAIS QUE TON PÈRE ET MOI, nous nous sommes juré de nous aimer toujours en regardant une étoile ? Nous étions jeunes, un peu stupides peut-être, immatures en tout cas, et c'était une belle soirée de début d'été. Dans une relation amoureuse, il y a toujours une phase où on ne sait encore à peu près rien de la personne qu'on aime. Elle ne dure pas longtemps, elle est vouée à s'éteindre comme les étoiles, et pourtant, c'est un moment magnifique.

L'amour est apparu comme ça entre nous, grâce à une soirée passée à observer une étoile. J'aime l'idée que l'azote, l'oxygène, le carbone et le fer qui circuleront dans ton petit corps proviennent de cet astre éloigné dans l'espace et dans le temps.

Le fameux après-midi

REVENONS MAINTENANT aux révélations de Mario. Au moment où je sortais de son bureau, il m'a attrapé par le bras et il m'a dit : « Erri, je compte sur toi pour t'occuper d'Arianna, tu es le seul capable de la raisonner. S'il y a une personne à qui j'aurais voulu ne rien dire, c'est justement elle, j'ai peur qu'elle fasse un de ces esclandres dont elle a l'habitude, qu'elle raconte la vérité à tout le monde. Oblige-la à se maîtriser, toi tu peux.

— Je vais essayer. »

Le retour de Mario au salon me ramène au présent. Il s'affale sur le divan, un bras derrière les épaules de sa femme et un autre derrière celles de sa belle-fille, et je me rends alors compte qu'Arianna n'est plus parmi nous. À la cuisine, Pari, qui me tourne le dos, mâchonne une banane devant la télé. Je regarde l'horloge : il est dix heures et demie.

Je demande à Pari : « Mais quand est-ce que tu t'arrêtes de travailler, toi ? »

Elle se retourne en sursaut d'un air effrayé et elle s'agrippe au bord de la table. Puis elle porte une main à sa poitrine, elle sourit et elle pousse un soupir de soulagement. Elle a sans doute eu peur de rencontrer le regard de la cheftaine de la milice et elle est heureuse d'avoir échappé au danger. Mais malgré son sourire, elle n'ouvre pas la bouche.

« Tu parles italien ?

— Mal, me répond-elle tout en éteignant la télé.

— Non, non, n'éteins pas, tu es libre de faire ce que tu veux. »

Pari me regarde sans comprendre. J'avance de deux pas, je rallume l'appareil, j'attrape une chaise, je lui fais signe de s'asseoir et j'ajoute : « Je retourne là-bas, finis de manger tranquillement et... excuse-moi. »

Elle sourit à nouveau, je sors de la cuisine et je me dirige vers mon ancienne chambre. L'embarras qu'exprimaient les yeux de cette femme rend ma digestion encore plus difficile ; si je n'avais pas de sujets de préoccupation plus graves, je prendrais peut-être ma mère à part pour l'interroger sur le traitement qu'elle réserve à cette pauvre domestique. Mais quand j'ouvre la porte et que je vois Arianna étendue sur mon ex-lit, j'oublie aussitôt Pari et la question de l'apartheid chez les Ferrara.

Je m'assieds près d'Arianna et je lui pose une main sur l'épaule. Un peu plus loin, ma nièce Renata dort dans sa poussette. Arianna se retourne, fixe sur moi son regard qui vous déshabille et me dit :

« Ce n'est pas juste que personne ne sache rien.

— Ils le sauront tôt ou tard. Alors, que ce soit ce soir ou dans quelques jours... »

Elle plisse les yeux, frotte ses paumes de main sur ses joues et reprend : « Je croyais que ce moment n'arriverait jamais.

— Tu sais, Mario n'est plus tout jeune. En tout cas, espérons qu'il lui reste encore beaucoup de temps devant lui.

— Tu aurais une cigarette ? » Arianna s'assied sur le lit.

« Non, désolé. Et puis, il y a Renata.

— Ma mère a fumé pendant toute sa grossesse et au-delà. Il n'y a qu'à ouvrir la fenêtre. »

Je voudrais répliquer que sa mère n'est certes pas un parent modèle, mais je préfère ne pas insister et je me souviens que maman garde toujours un paquet dans le buffet du couloir. Je sors le prendre et je rapporte aussi un cendrier, que je pose sur le rebord en marbre de la fenêtre. Arianna se regarde dans un miroir qui est là depuis plus de trente ans, derrière une porte de l'armoire. Puis elle me demande :

« Tu te souviens, quand on se cachait là-dedans ? C'était notre château.

— Tu penses si je m'en souviens. Et au bout d'un moment, on finissait par manquer d'oxygène.

— Toi peut-être, mais pas moi. » Elle attrape une cigarette. « Et tu te souviens aussi du fameux après-midi ? »

Nous y voilà. Je savais bien que tôt ou tard, il reviendrait sur le tapis, *ce fameux après-midi*.

Je murmure un vague oui et je détourne les yeux.

« Tu n'as aucune raison d'avoir honte, tu sais ?

— Pourquoi est-ce qu'on ne retournerait pas au salon pour aider ton père à conclure la soirée ?

— Parce que je ne sais pas faire semblant. »

Une réponse toute simple, peut-être même trop.

« Je crois que ça ferait plaisir à Mario de t'avoir près de lui.

— Moi aussi je m'étais sentie embarrassée, même si je ne te l'avais pas montré.

— Arianna… »

Elle s'approche de moi, sa cigarette encore éteinte entre les doigts. « Et puis, j'avais peur que quelqu'un entre, qu'on nous surprenne, qu'on me sépare de toi et de cette maison, de cette famille. »

Puisque je ne sais pas quoi répondre, je la dévisage et je me tais. Elle met ses bras autour de mon cou et elle approche sa bouche à quelques centimètres de la mienne.

Je m'entends lui demander : « Qu'est-ce que tu fais ? »

Mais elle est comme absente, son corps ressemble à celui d'une marionnette délicate au regard éteint, agrippée à ses propres fils. L'instant d'après, ses lèvres se posent sur les miennes. J'essaie de reculer, mais elle m'en empêche. J'ai l'impression d'étouffer et je ne sens aucun amour dans la violence de son geste, plutôt de l'indifférence. Je ne suis plus un petit garçon ensorcelé, pendu aux lèvres de sa sirène sans cœur et sans émotions ; je me dégage d'un mouvement brusque et elle me dévisage de ses yeux écarquillés, comme si elle ne s'était pas attendue à une telle réaction de ma part.

« Arianna, nous ne sommes plus les deux enfants que nous avons été. »

Son regard est glacial quand elle me rétorque : « Non mais pour qui tu te prends, Erri ? Tu as vraiment cru que je voulais t'embrasser ?

— C'est pourtant bien ce que tu étais en train de faire.

— Tu me fais pitié. »

Elle se jette à nouveau sur le lit. Je devrais m'en aller, la laisser décharger sa colère sur quelqu'un d'autre, mais je m'allonge à côté d'elle et je la prends dans mes bras. Comme elle ne se retourne pas, je lui attrape le menton et je l'attire contre moi. Elle ne réagit pas, je lui embrasse doucement la joue, je lui caresse les cheveux et je repense à *ce fameux après-midi* d'il y a trente ans, à l'armoire qui est encore là pour nous montrer qu'il ne suffit pas d'enfermer les souvenirs pour les obliger à disparaître. Quand on rouvre la porte, ils sont toujours là, on est forcé de s'avouer vaincu et de fermer les yeux. La vérité, c'est que la vie est un ensemble de petits épisodes transformés en souvenirs, et que si on n'est pas capable de les considérer à leur juste valeur, alors on ne mérite pas de les garder en mémoire. Et avec une mémoire vide, à quoi bon vivre ?

Au bout de quelques secondes, mes lèvres rencontrent les larmes d'Arianna ; pourtant, pendant un laps de temps qui me paraît infini, je continue d'effleurer sa peau comme si c'était ma fille, ou peut-être ma femme, et tout en lui faisant un câlin, je me dis que ce serait naturel, maintenant, de l'embrasser pour de bon.

Soudain, les mots de Flor me reviennent à l'esprit : « Fais une connerie. Au moins une fois dans ta vie. » Et je repense à toutes les fois où j'ai imaginé ce moment, à tout le spectacle que j'ai construit autour de mon rêve, et je me rends compte que dans la réalité, il n'y a pas de scénarios et d'images d'une beauté à vous couper le souffle. Arianna et moi, nous sommes en train de nous aimer de la seule manière possible, dans le seul lieu qui protège nos sentiments depuis toujours. Nous sommes à nouveau ensemble, enlacés, nos souffles respectifs se brisent sur la peau de l'autre, nos cils se touchent presque. Nous sommes à nouveau ici, non plus pour nous manifester notre amour, mais pour échanger nos douleurs, pour nous soutenir, pour nous jurer encore et encore que nous serons toujours là l'un pour l'autre.

Je ne risquerai plus ma vie

Flor et Rosalinda sont les deux seules personnes au monde à être au courant de mon amour pour Arianna. Maman, Mario et mes frères pensent tous qu'il s'agit d'un amour fraternel.

J'avais vingt ans, et Giulia venait de me quitter pour le rasta à t-shirt vert. Je passais mes journées avec Orlando, à fumer des pétards ou à jouer à des jeux vidéo, et Arianna n'occupait plus aucune place dans ma vie. Je ne la voyais qu'à certaines réunions de famille, à Noël et à Pâques ; nous étions tous les deux trop occupés à nous désembourber de nos situations respectives pour nous soucier d'entretenir des relations qui nous rattachaient à notre enfance, une période de notre vie dont nous ne voulions pas nous souvenir. Je parle au pluriel mais en réalité, c'est elle qui m'a expliqué tout ça, un soir où je l'ai rencontrée devant un café avec un homme barbu accompagné d'un chien tacheté.

Elle m'a embrassé sur la joue et elle m'a pris dans ses bras, mais sans me serrer contre elle, puisque ses mains étaient occupées à tenir un joint et une bière, puis elle s'est exclamée : « Tu es superbe ! »

Personne ne m'avait jamais adressé une phrase de ce genre et même Orlando, qui se tenait à côté de moi, en était resté baba.

« Comment ça va ? » m'a ensuite demandé Arianna.

J'ai répondu par un mensonge : « Plutôt bien. »

Elle avait des cernes sous les yeux, un bandeau dans ses cheveux ébouriffés, des boucles d'oreilles de différentes longueurs, plusieurs bagues bizarres aux doigts et un t-shirt où était dessinée une tête de mort.

J'ai essayé de nous tirer tous les deux d'embarras en lui disant : « J'aime bien ton t-shirt. »

Elle m'a répondu, le menton baissé : « Il représente une *calaca*. Tu sais ce que c'est ? »

J'ai fait signe que oui de la tête (je voulais éviter de passer pour un imbécile), mais j'ai appris seulement plus tard qu'il s'agit d'un squelette très coloré que les Mexicains fabriquent pour le jour des Morts.

« Le mois prochain, je pars en Sicile avec papa. Tu viens avec nous ? On fait un tour de l'île en quatre jours. Je ne lui consacre pas assez de temps, j'ai pensé que ça lui ferait plaisir.

— Très volontiers, avec grand plaisir !

— Parfait, alors on se verra là-bas. » Elle m'a pris à nouveau dans ses bras, un peu plus longtemps, et elle en a profité pour me chuchoter à l'oreille : « Ne va pas croire que je ne t'aime plus, c'est juste que tu appartiens à une période de ma vie que je veux oublier. »

Son haleine chaude m'a donné un frisson, mais je me suis forcé à sourire et je l'ai embrassée sur la joue. Puis je ne l'ai plus quittée des yeux pendant qu'elle s'éloignait avec le type moitié clochard moitié intello et que le chien sautillait autour d'eux comme un kangourou ; je les ai enviés tous les deux, le type et son animal, parce qu'ils pouvaient passer du temps avec Arianna, faire partie de son univers, ne serait-ce qu'une seule nuit, et que moi, je n'y avais pas droit. À les voir de loin, on aurait pu les prendre pour les personnages d'un conte de fées où le barbu aurait joué le rôle du prince charmant.

Sur ces entrefaites, Orlando était revenu près de moi après être entré un moment dans le café. Contrairement au compagnon d'Arianna, nous deux, nous n'avions aucun charme : nous étions deux petits jeunes comme il y en a tant, qui ne savent pas encore quoi faire de leur vie et qui perdent leur journée à se balader en espérant que la suivante apporte du nouveau.

De temps à autre, je sentais des sortes de reflux dans ma gorge, et Orlando avait beau les attribuer à ma consommation excessive de pizzas frites, je savais bien qu'ils étaient dus, entre autres, à un retour de flamme pour Arianna. Je l'aimais depuis toujours, depuis ce lointain dimanche dont j'ai déjà parlé, et elle me manquait. Les pizzas n'y étaient pour rien, c'était ma vie stupide que mon estomac essayait de vomir.

J'ai passé tout le mois suivant dans l'attente de nos retrouvailles. Il m'est d'ailleurs arrivé très souvent, dans mon adolescence, de gaspiller mon temps et de laisser filer mes journées sans rien faire. Tôt ou tard, il faudra que je demande un dédommagement. Et lorsque le jour du départ est enfin arrivé, Arianna n'était pas là. Au cours des semaines précédentes, je n'avais plus demandé de ses nouvelles, en partie parce que j'étais certain qu'elle viendrait, et en partie aussi parce que je craignais que Mario devine mes sentiments. Dès que j'ai réalisé qu'elle ne serait pas des nôtres, j'ai sombré dans une déprime dont je ne me suis pas dépêtré de toutes ces vacances qui, sans Arianna, ne présentaient pas le moindre intérêt pour moi.

Quatre jours à broyer du noir. Maman et Mario, tout excités, n'arrêtaient pas de prendre des photos ; mes deux frères profitaient de chacune de nos haltes pour se courir après, chahuter, se donner des coups de poing et manger des glaces qui, immanquablement, se liquéfiaient et faisaient des taches sur leurs t-shirts à la mode tous identiques, mais dont Renata avait constitué une gamme aux couleurs variées. Quant à moi, je boudais dans mon coin, assis sur un mur ou sur un banc, la plupart du temps avec des écouteurs sur les oreilles ; je ruminais ma détestation du monde et des gens qui m'entouraient, comme dans la chanson de Vasco : « … mais maintenant je n'y crois plus, je ne crois plus à rien, et je ne risquerai plus ma vie, pour rien et pour personne ! »

J'avais décidé de faire pareil, d'arrêter de prendre des risques. Cela étant, ma vie était si peu amusante qu'en réalité, je n'avais rien à perdre. Et voilà pourquoi j'ai continué à être amoureux d'Arianna.

Le regard admiratif d'une mère

PENDANT LE VOYAGE EN SICILE, j'ai trouvé le courage de demander des nouvelles d'Arianna. Mario m'a alors expliqué qu'elle était partie à Barcelone avec son petit ami.

« À Barcelone ? Et qu'est-ce qu'elle est allée faire là-bas ?

— Tu la connais. Elle s'est mis dans la tête de déménager en Espagne.

— Elle veut y vivre ?

— Oui, il paraît que son copain y a beaucoup d'amis et plusieurs clients. »

Maman est intervenue dans la conversation : « Et c'est quoi, son métier ? »

Nous étions à Catane, assis à la terrasse d'un café de la Piazza del Duomo, à quelques pas de la fontaine de l'Éléphant et en face de la célèbre Via Etnea. Maman enfonçait sa petite cuiller en plastique orange dans sa *granita* au citron, Mario croquait ce qui restait d'un *cannolo* à la ricotta, Valerio et Giovanni étaient aux prises avec leur énième cornet de glace au chocolat. De mon côté, je sirotais un Coca-Cola tiède avec une paille trop petite et j'étais si nerveux que j'en avais les mains moites.

« C'est un artiste, il fait des trucs bizarres. Arianna m'a montré quelques-unes de ses œuvres, des installations en produits recyclables.

— Et il en vit ? a aussitôt demandé maman.

— Je crois que oui. »

Alors j'ai demandé : « Et Arianna, elle veut arrêter ses études ?

— Elle dit qu'elle les continuera en Espagne. Mais bon, on peut parier que d'ici à l'année prochaine, ta sœur aura changé d'idée et qu'elle se sera peut-être séparée de son artiste. J'évite de lui poser trop de questions, de toute façon, elle invente une nouvelle trouvaille tous les deux jours, et comme ça au moins, on ne se dispute pas. »

J'ai été très frappé que Mario désigne par les mots *ta sœur* la jeune fille que j'aimais, mais je n'ai pas eu trop le temps de m'attarder sur cette pensée avant que maman lui adresse ce reproche : « Tu es trop laxiste avec elle. »

Mario a mordu dans un deuxième *cannolo* et il a répliqué du tac au tac : « Je voudrais bien t'y voir, à ma place !

— Rassure-toi, je n'ai pas la moindre intention de me substituer à toi, c'est ta fille, pas la mienne ! »

Je me suis empressé d'interrompre la prise de bec : « Quand est-ce qu'elle rentre ?

— Elle sera de retour à Naples mardi. »

Renata est revenue à la charge : « Et tu le connais au moins, son petit ami ?

— Elle m'a montré des photos. Il m'a eu l'air d'un jeune homme comme il faut, il est plus âgé qu'elle, il porte la barbe et il a un beau chien. »

Nouvelle intervention de ma part : « Il porte la barbe ?

— Oui.

— Un chien tacheté ?

— Oui, un chien tach… Mais comment tu le sais, toi ?

— Je l'ai rencontrée avec lui, il y a un mois.

— Et tu l'as trouvé comment ?

— Moche. »

Mario a éclaté de rire, mais maman ne donnait pas du tout l'impression de s'amuser. « Je ne comprends pas comment tu fais pour prendre ça à la rigolade, alors que ta fille est à l'étranger avec un parfait inconnu. Et sa mère, elle ne dit rien ? Elle n'est pas préoccupée ? »

Mario est tout de suite redevenu sérieux et il lui a répondu : « Laisse sa mère tranquille.

— Heureusement que ce n'est pas ma fille, je serais morte d'inquiétude. » Renata semblait en proie à une de ses crises d'angoisse bien connues.

« Arrête un peu d'être tout le temps anxieuse ! Arianna a tous les défauts qu'on voudra, mais c'est une jeune fille solide, elle est parfaitement capable de réfléchir par elle-même et de se débrouiller toute seule. » Sur ces mots, Mario s'est levé et il a ajouté : « Et maintenant, retournons jouer les touristes. » Pendant tout le reste de l'après-midi, une image obsédante ne m'a pas quitté l'esprit : le type barbu qui fourrait ses longs poils entre les cuisses de ma bien-aimée.

À notre retour à Naples, j'étais au trente-sixième dessous. Giulia n'était plus là, Arianna se préparait à partir vivre loin de moi et de l'Italie, et même les largesses d'Orlando ne m'apportaient plus la moindre satisfaction. C'est à ce moment-là que Rosalinda est intervenue. Arianna l'avait rencontrée par hasard, un après-midi, et elle s'était lancée dans un éloge dithyrambique de la beauté de l'Espagne, elle lui avait dit qu'elles avaient bien de la chance, elle d'être espagnole, et Flor d'avoir une mère originaire de ce magnifique pays. Au bout d'un certain temps, la discussion avait porté sur moi.

Arianna avait avoué à Rosalinda : « De tous les gens que je perdrais de vue si je m'en allais, le seul auquel je tienne, c'est Erri. Il n'y a que lui qui pourrait me décider à ne pas suivre mon petit ami.

— Tu l'aimes tant que ça ? »

Arianna lui avait répondu, les larmes aux yeux : « Encore plus. »

Ces deux mots avaient suffi à Rosalinda pour deviner la vérité. Un dimanche midi, alors que nous étions tout seuls à la cuisine, elle m'a dit : « Je crois qu'Arianna t'aime. »

On était en hiver, mais elle portait une jupe courte en jean et un t-shirt fuchsia très décolleté qui laissait voir ses épaules à moitié nues tandis qu'elle mettait la cafetière sur le gaz.

Abasourdi et rouge d'émotion, je lui ai demandé : « Qu'est-ce que tu en sais ? »

Elle m'a raconté leur conversation et m'a demandé : « Au fond, elle n'a pas de lien de parenté avec toi, n'est-ce pas ?

— C'est vrai, elle n'a aucun lien de parenté avec moi. » Cette phrase était destinée à me poursuivre toute ma vie.

Aussi rayonnante que si elle avait joué dans un soap opera, Rosalinda s'est écriée : « Eh bien alors, vous pourriez vous mettre ensemble ! »

— Penses-tu. Ma mère et Mario deviendraient fous. Non, ce n'est pas possible.

— Alors vous pourriez au moins faire l'amour en cachette. »

J'ai souri en posant un œil fasciné sur cette femme qui paraissait avoir le même âge que moi, et qui a repris :

« Comme ça, tu pourrais l'oublier, l'autre fille... comment elle s'appelle ?... Giulia.

— Arianna a déjà un petit ami.

— Elle n'est pas amoureuse de lui.

— Qu'est-ce que tu en sais ?

— Je le sais, fais-moi confiance. Une femme sent ces choses-là.

— Nous sommes trop différents, nous avons eu des vies trop dissemblables. »

Quand mon père est entré dans la cuisine pour voir si le café était prêt, Rosalinda a aussitôt changé de sujet, et c'est seulement après son départ qu'elle s'est approchée de moi, une tasse à la main, et qu'elle m'a murmuré : « Appelle-la et mets-toi avec elle. Et ne t'inquiète pas, ce sera notre secret. » Puis elle m'a embrassé sur la joue et elle a conclu : « En tout cas, si Arianna te dit non, c'est qu'elle est vraiment folle ! »

Allez savoir pourquoi, Rosalinda m'a toujours considéré comme un beau garçon. Je ne sais pas si c'est une question d'affection maternelle, ou à cause de ma ressemblance avec son mari. En fin de compte, je crois qu'il s'agit peut-être d'un mélange des deux. Et de toute façon, au bout d'un certain temps, j'ai cessé de me torturer l'esprit et j'ai préféré profiter tout bonnement de ces yeux qui me voyaient beau et séduisant, un peu comme un fils se délecte du regard admiratif de sa maman. À ce minuscule détail près que moi, j'en avais déjà une. Et de fait, dans la vie d'un homme, il y a toujours trop de mères et pas assez de pères.

Une vision désenchantée

NOUS SOMMES ENCORE allongés sur le lit quand Arianna sourit un instant avant de redevenir sérieuse : « Tu étais où, ces vingt dernières années ? »

Je serais tenté de lui répondre par un mot d'esprit, mais elle reprend : « Tu étais où quand j'avais besoin de toi et que je n'en étais même pas consciente ?

— J'étais là, j'ai toujours été là.

— Je n'ai aucun souvenir de toi, pendant tout ce temps, sauf à deux ou trois fêtes inutiles, au jour de l'an, à un baptême. Tu es la seule personne qui compte vraiment pour moi, et tu étais devenu un visage familier que je revoyais à des cérémonies.

— Nous étions tous les deux occupés à nous construire une vie, une famille.

— Parle pour toi. Moi, je n'ai rien fait de constructif. Je ne suis pas douée pour ça, je ne suis bonne qu'à détruire. » Elle se lève, elle va ouvrir la fenêtre et elle allume enfin sa cigarette.

« Eh bien, à vrai dire, moi aussi, j'ai donné la preuve que je ne suis pas très doué pour la construction.

— En attendant, tu vas quand même devenir papa. Ce n'est pas donné à tout le monde.

— À supposer que l'enfant soit de moi…

— Qu'est-ce que ça peut bien te faire ? C'est tellement important ? Si Matilde a voulu te communiquer la nouvelle, ça signifie qu'elle a décidé de l'avoir avec toi, cet enfant.

— Tu crois ?

— Je crois, oui.

— Ça fait des jours que j'essaie de me décider à l'appeler, mais au dernier moment, je renonce, je ne saurais pas quoi lui dire. J'ai peut-être peur d'entendre la vérité, d'apprendre que le bébé n'est pas de moi. »

Arianna n'aspire que trois bouffées, elle éteint sa cigarette d'un geste nerveux et elle se rassied sur le lit, à côté de moi, les jambes croisées et le dos appuyé contre le mur. Mes yeux s'attardent sur ses pieds joints et sur ses chaussettes blanches, et il me vient à l'esprit que ça fait une éternité que je n'ai plus revu ses jambes magnifiques, qu'elle ne porte plus de jupe, de petite robe, de vêtement susceptible de mettre sa féminité en valeur. Je devrais peut-être lui demander pourquoi.

« Tu devrais pourtant le savoir, que toutes les existences ne sont pas identiques, qu'il n'arrive tout simplement rien de bien à certaines personnes, ou trop rarement. Tu devrais comprendre que les *gens comme nous* doivent se montrer capables de saisir les belles occasions au vol, quelles qu'elles soient. Parce que selon toute probabilité, on ne trouvera pas mieux.

— Tu as une conception de la vie d'un optimisme...

— Je préfère parler de désenchantement. La vie n'est facile pour personne, c'est une évidence, mais dans certains cas, les jours de fête sont une véritable rareté. Et personne ne sait pourquoi. Personne n'y peut rien. Si tu te laisses chiper cet enfant, tu n'en auras pas d'autre, tu passeras ta vieillesse à jouer avec les cinq ou six neveux que tes frères auront mis au monde. Je ne prétends pas qu'il te sera impossible de te construire une nouvelle existence, à toi aussi. Je suis même certaine du contraire. Mais tu devras d'abord lutter contre toi-même, affronter les démons de ton passé. Et le temps que tu mènes ce combat, les autres auront déjà parcouru un bon bout de chemin. Tout le monde peut franchir la ligne d'arrivée. Mais le seul vainqueur, c'est celui qui arrive le premier. »

Après ça, que me reste-t-il d'autre à faire que d'appeler Matilde ?

Arianna reprend : « Et crois-moi, je sais de quoi je parle. Je l'ai eue, moi, mon occasion, et je n'ai pas su en profiter. »

Après un instant de silence, j'essaie d'exprimer mon opinion :

« Arianna, tu n'étais même pas majeure, tu n'as aucune raison de te sentir coupable.

— J'avais seize ans, je n'étais plus si jeune que ça.

— Bien sûr que si.

— Bien sûr que non. À sept ans, je n'étais déjà plus jeune. Tu es bien placé pour le savoir. »

Je me tais à nouveau, sinon je serais obligé de lui donner raison.

Elle continue : « C'était un peu la même chose que pour toi, je ne savais pas trop de qui il était, cet enfant.

— Comment ça ?

— Bien sûr, il était peut-être de Luca, mon petit ami de l'époque. Mais il aurait tout aussi bien pu être du compagnon de ma mère. »

Ma nuque part d'elle-même vers l'arrière, mes paupières battent à toute vitesse de leur propre initiative, je me sens comme assommé et j'ai les pires difficultés du monde à articuler : « Qu… qu'est-ce que tu racontes ? »

Elle baisse la tête et frotte une couture du dessus-de-lit entre deux doigts. « Ah parce que tu n'avais pas compris ?

— Quoi ?

— Que j'étais la maîtresse de mon beau-père.

— Arrête. » Je suis troublé et je me souviens des propos qu'elle m'avait tenus il y a si longtemps, du fameux plan pour se débarrasser de l'Américain en l'accusant de pédophilie.

« Tu ne me crois pas ou tu n'as pas la force d'entendre le reste de l'histoire ? »

Je la dévisage sans dire un mot, j'ai la chair de poule et des palpitations.

« Quand je t'ai parlé de mon plan, il ne s'était encore rien passé. Le jour où j'ai couché avec lui pour la première fois, j'avais treize ans.

— Nom de Dieu, Arianna, et tu me le dis seulement maintenant ? » Après ce cri étranglé, je m'assieds à mon tour sur le lit.

Elle s'empresse de préciser : « Ce n'est pas du tout sa faute, c'est moi qui l'ai allumé. Ça me plaisait bien de sentir son regard concupiscent sur moi, le même que celui des garçons à qui je montrais mes seins. Mais avec lui, c'était différent, il s'agissait d'un adulte, et pourtant, il ne pouvait pas s'empêcher de lorgner mon derrière, de baver de désir. Je m'amusais comme une folle, à me balader sous ses yeux toujours à moitié nue. »

Je la regarde, et je tombe des nues : cette Arianna qui me révèle à cœur ouvert le secret le plus important de son existence, ce n'est pas celle que j'ai connue jusqu'à aujourd'hui.

« Et puis, un après-midi où nous étions seuls à la maison, il ne s'est plus contenté de me regarder et il m'a suivie dans ma chambre. J'aurais pu le repousser, c'est vrai, j'aurais pu le gifler, le menacer de crier, d'appeler mon père, de tout raconter à maman. Au lieu de ça, je lui ai souri et j'ai enlevé mon t-shirt. Il s'est frotté les yeux, il avait des sueurs froides, il n'arrêtait pas d'ouvrir et de refermer les mains. Alors je me suis retournée et je lui ai montré mes fesses, en tirant ma petite culotte très haut. Ensuite j'ai éclaté de rire, tout ça me semblait très rigolo, mais lui ne trouvait pas la scène amusante, il s'est jeté sur moi d'un bond, il m'a plaquée contre l'armoire et il a commencé à me caresser un peu partout. Là encore, j'aurais pu hurler, un voisin serait peut-être venu à mon secours ; mais j'ai gardé le silence et je l'ai laissé faire. Pendant qu'il léchait mon corps, je me regardais dans le miroir et je n'arrivais même pas à pleurer. Pourtant, j'étais bien consciente que plus rien ne serait jamais comme avant.

— Pourquoi est-ce que tu ne m'en as pas parlé ? Pourquoi est-ce que tu n'en as parlé à personne ?

— Ce jour-là, après m'avoir dépucelée, il s'est mis à pleurer, à dire qu'il avait perdu la tête, qu'il venait de faire quelque chose d'horrible. Il m'a suppliée de ne pas le dénoncer, de ne rien raconter à qui que ce soit. Et moi, je lui ai obéi. J'avais l'impression d'être en dehors de mon corps, il me dégoûtait : le soir, dans mon lit, je me pinçais les tétons presque jusqu'au sang ; dans les toilettes de l'école, j'éteignais mes cigarettes sur mon ventre... »

Je me passe une main sur le visage, comme pour chasser mon sentiment de culpabilité de n'avoir rien vu, de ne m'être aperçu de rien.

L'Arianna adolescente qui venait à la maison ne jouait plus avec moi, elle restait toute la journée sur le canapé à regarder la télé. Elle parlait peu, elle avait tout le temps les yeux perdus dans le vide, elle ne regardait personne en face, elle se nourrissait à peine. J'aurais dû, j'aurais pu comprendre. Les adultes auraient dû et pu comprendre. Ils auraient dû se poser et lui poser quelques questions.

Personne n'a rien dit. Ma mère s'est contentée de se plaindre auprès de Mario de la négligence de sa fille, qui, entre autres choses, rendait le salon imprésentable.

La plus belle fantasmagorie de tous les temps

UN JOUR, ARIANNA M'A DIT, sans beaucoup d'enthousiasme : « Ça y est, j'ai un petit ami.

— C'est vrai ? » J'avais eu la sensation de recevoir un coup de poing dans l'estomac.

Elle a hoché la tête sans rien ajouter, elle attendait sans doute une question supplémentaire que je n'ai pas manqué de poser :

« Qui est-ce ?

— Quelqu'un de plus âgé que toi et moi.

— C'est vrai ? » J'avais décidément du mal à renouveler mon vocabulaire, et à me débarrasser de mon air hébété.

Arianna m'a pris par le bras et elle m'a entraîné sur le balcon, l'endroit de la maison qui se prêtait le mieux à la révélation de secrets en tout genre.

« J'ai envie de faire l'amour avec lui. J'ai envie de lui offrir mon corps.

— De faire l'amour avec lui ? » Des années de désirs inavoués partaient en fumée sous mes yeux ahuris. Si elle faisait l'amour avec un autre, elle ne serait plus à moi. Si elle se donnait à un garçon plus âgé qu'elle, elle ne daignerait plus jamais poser les yeux sur moi.

« Eh ben oui, faire l'amour ! Qu'est-ce qu'il y a de bizarre ?

— Tu ne crois pas que tu es encore un peu jeune ?

— Erri, je ne l'ai jamais été. » (Elle l'avait donc déjà dit ce jour-là.) « Les garçons sont encore jeunes à treize ans, pas les filles. Ça fait longtemps que j'ai mes règles.

— C'est vrai ? » Toujours ce maudit problème de vocabulaire, accompagné de l'inévitable air hébété.

Arianna me l'a d'ailleurs fait remarquer : « Tu n'as pas d'autres mots à ton répertoire ? »

Et de fait, la conversation n'a pas été des plus brillantes. Mais j'avais treize ans, un duvet noir sur la lèvre supérieure et des boutons sur le front ; j'étais trop maigre (comme mon père), je portais un appareil dentaire et des lunettes, j'avais les pieds plats et des oreilles en feuilles de chou. Pas de quoi briller, donc. Et puis, les aveux d'Arianna venaient de me ramener à la réalité : désormais, je savais que la conquête de son cœur m'était interdite, qu'elle ne serait jamais à moi, que les fantasmes qui animaient mes masturbations étaient voués à demeurer éternellement à l'état de fantasmes.

Arianna m'a ensuite demandé : « J'ai besoin de savoir quelque chose, mais je ne sais pas à qui poser la question.

— Quoi donc ?

— Quand on fait l'amour, le garçon s'en aperçoit, si c'est la première fois pour la fille ? »

J'ai écarquillé les yeux. Je n'étais pas du tout préparé à répondre à une question de ce genre, j'ai balbutié quelques mots incompréhensibles et Arianna a compris que je n'en savais rien.

« OK, mettons que je n'aie rien dit. Alors on va faire comme ça : demain à l'école, tu demanderas à un copain plus dégourdi que toi, et après tu m'expliqueras.

— Qu'est-ce que je dois demander, déjà ?

— Erri, putain, tu dois demander si un garçon de quinze ans peut s'apercevoir qu'une fille n'est pas vierge ! »

La question m'est venue d'elle-même aux lèvres : « Pourquoi, tu n'es pas vierge ?

Arianna a récapitulé : « Demain matin, tu vas à l'école, tu te renseignes et tu me fais savoir. Pigé ? »

J'ai fait signe que oui de la tête.

« Il faut que je répète ? »

J'ai fait signe que non.

Elle m'a jeté un regard presque compatissant et elle a ajouté : « Erri, tu sais quoi ? Il faudrait essayer d'être un peu moins empoté. À ce rythme-là, tu ne coucheras jamais ! »

Comme je ne répondais rien, elle a repris : « Tu as déjà touché une fille au moins ?

— Une fois, à une fête. Mais je n'ai pas bien compris ce qui se passait.

— Et tu t'es déjà fait caresser par une fille ?

— Non. »

Arianna a tendu la main vers mes organes génitaux. J'ai baissé la tête pour suivre la trajectoire de son bras et quand j'ai relevé les yeux, elle souriait.

« Si tu obtiens le renseignement que je t'ai demandé, je te ferai un cadeau.

— Quel cadeau ?

— C'est moi qui te caresserai. »

Le soir, dans mon lit, sa promesse a servi de point de départ à la plus belle fantasmagorie de tous les temps.

Je me méfiais de Pasquale et de mes autres copains, je savais qu'ils étaient capables, pour crâner, de raconter n'importe quoi. Mon choix s'est donc porté sur Ciro, le fils du surveillant général. Il avait la réputation d'être le garçon le plus malin du collège, peut-être parce qu'il passait ses après-midi dans les rues, ou peut-être aussi parce que, à en croire les ragots, son père s'occupait beaucoup moins de lui que de la prof d'italien, dont il satisfaisait à la seconde les moindres caprices.

Quoi qu'il en soit, il m'a rendu un fier service en m'expliquant que si une fille est vierge, elle saigne, et que dans le cas contraire, « alors c'est une pute ».

Le lendemain, j'ai informé Arianna, en termes moins crus, du résultat de mes investigations. Son sourire a aussitôt disparu de son visage.

« Tu es sûr ?

— En tout cas, c'est ce que m'a dit Ciro. » Devant son silence persistant, j'ai ajouté : « Pourquoi, c'est grave si on ne saigne pas ? »

Elle m'a répondu par la moue inexpressive qui trahissait toujours sa déception et elle m'a dit : « Tu veux que je tienne ma promesse ? »

J'ai rougi et j'ai balbutié un vague oui. Nous étions dans ma chambre, Luisa, notre nounou, jouait avec mes frères à la cuisine, et maman téléphonait dans le salon. Arianna a regardé autour d'elle, elle m'a pris par le bras et elle m'a conduit à l'intérieur de l'armoire. Je n'y voyais rien, je manquais d'air et j'avais peur que Renata nous surprenne. J'allais donc rouvrir la porte de l'armoire, au moment où j'ai senti la main d'Arianna. Elle a déboutonné mon pantalon, elle a baissé mon slip et elle s'est mise à me caresser. Seulement, elle ne connaissait pas cette partie de mon corps aussi bien que moi, elle allait trop vite et elle me demandait tout le temps si ça me plaisait. Au bout d'un moment, je lui ai saisi le bras et je lui ai dit d'arrêter.

Elle n'a pas bronché, elle a gardé la main sur moi et elle a eu ce commentaire : « Je m'en doutais bien, que tu n'étais qu'un pauvre empoté. »

Puis elle a retiré sa main, elle a ouvert la porte de l'armoire et elle s'est esquivée. J'ai vite reboutonné mon pantalon, je l'ai suivie et je lui ai dit : « Ça m'a bien plu. »

Elle s'est regardée dans un miroir, pendant qu'elle me répondait : « Les vrais hommes, les adultes, ils savent montrer à une femme qu'ils ont du plaisir.

— Qu'est-ce que tu en sais, toi, d'abord ?

— Moi, je couche avec un homme adulte.

— N'importe quoi !

— N'importe quoi ! » Après cette imitation moqueuse de ma dernière phrase, elle s'est passé du rouge à lèvres sur la bouche et elle est retournée devant la télé. Moi, je suis resté là sur mon lit, bouche ouverte, avec une de mes nombreuses questions sans réponse sur le bout de la langue.

Qui est-ce, cet adulte ? Voilà ce que j'aurais dû lui demander, si j'en avais été capable.

Le mot juste, c'est *anéantissement*

« NE FAIS PAS CETTE TÊTE ! s'exclame Arianna avec un ricanement. Après tout, je suis toujours là. »

Certes, mais à quel prix ?

« Je n'arrive pas à y croire...

— Pourtant, tout est vrai. D'ailleurs, je ne sais pas pourquoi je te raconte tout ça. Ah oui, parce qu'on parlait de ton enfant. Et tu veux savoir la fin de l'histoire ? »

J'acquiesce de la tête.

« Au lieu de le dénoncer, je suis devenue sa maîtresse, et j'en ai fait le possesseur de ce corps dont je ne savais pas quoi faire. On faisait l'amour dès que ma mère s'absentait, et parfois il suffisait qu'elle passe dans une autre pièce pour que je me mette à le caresser.

— Mon Dieu, Arianna, mais pourquoi ?

— Oui, pourquoi ? Je me suis posé la question pendant des années, trop d'années, y compris chez le docteur Iazeolla.

— Il était au courant ?

— Bien sûr.

— Et il n'a rien dit ?

— Quand j'ai commencé ma thérapie, Barry était déjà retourné aux États-Unis depuis un bon moment. » Arianna éteint une autre cigarette dans le cendrier.

« Tu étais amoureuse de lui ?

— Non. Je l'ai cru pendant un certain temps, j'avais besoin de le croire. En réalité, c'est lui qui était dingue de moi, il me parlait de s'enfuir ensemble au Texas, de commencer une nouvelle vie là-bas en attendant que je sois majeure. Il était fou, mais ses projets insensés m'amusaient. Quand j'ai eu un petit ami, il a perdu la tête. Il s'est mis à me menacer, à dire qu'il allait tout révéler à ma mère. Je l'ai défié, « vas-y, essaie », de toute façon je m'en fichais complètement et il se serait retrouvé en prison. Alors il a fondu en larmes et il m'a suppliée de quitter Luca, sauf que plus il pleurait, plus j'étais en colère. Je lui ai donné un coup de pied dans l'entrejambe, je l'ai griffé, je lui ai craché au visage… et lui n'a pas réagi, il a continué à m'implorer de me remettre avec lui, à me dire qu'il m'aimait, et plus il me le répétait, plus je le frappais, je le griffais, je lui tirais les cheveux, je hurlais. À un moment donné, des voisins ont sonné à la porte et je leur ai fait croire que je me disputais au téléphone avec mon petit ami. Après ça, j'ai commencé à détester Barry pour de bon, il me dégoûtait, je ne le voyais plus que comme un gamin et un lâche. »

Je me lève pour aller vers la fenêtre ; à côté de moi, Renata dort encore, heureuse et inconsciente des blessures que la vie peut vous infliger. Je me masse les tempes. J'ai l'impression d'écouter la lecture d'un scénario de film, je n'arrive pas à croire que ce récit sort de la bouche d'Arianna. Je croyais qu'elle avait eu, comme moi, une enfance difficile, qu'elle souffrait de troubles psychologiques parce qu'elle était malheureuse, mais là, on est à des kilomètres de ce manque de bonheur dont j'ai un peu trop tendance à me gargariser. Là, il s'agit d'un anéantissement. Celui qu'Arianna porte sur son visage depuis toujours.

« Et puis, un jour, je me suis aperçue que j'étais enceinte. Je l'ai avoué à Barry en pleurant. Il m'a répondu que cet enfant pouvait tout aussi bien être de mon petit ami, et que de toute façon je devais avorter.

— Quel salopard…

— Deux jours plus tard, il avait filé pour de bon. Reparti en Amérique. Le plus drôle, c'est que ma mère s'en veut encore de ne pas avoir remarqué son changement, de ne pas avoir compris qu'il ne l'aimait plus. Si elle savait... »

Arianna s'interrompt un instant pour me dévisager, puis elle ajoute : « Tout à l'heure, tu m'as demandé pourquoi. Et bien maintenant je sais, je l'ai sous les yeux, le pourquoi. J'ai fait tout ça pour démolir la vie de ma mère, pour la punir d'avoir quitté papa et de m'avoir emmenée habiter avec un inconnu. Je lui ai volé son amoureux, je voulais lui prouver que je valais mieux qu'elle, que j'étais plus belle et plus irrésistible. Et pour atteindre cet objectif, j'ai gâché ma propre vie. »

Nous nous taisons pendant quelques secondes et des voix en provenance du salon nous atteignent à travers la porte. Au bout d'un moment, je me tourne vers Arianna et je ne peux pas m'empêcher de lui dire : « Il aurait peut-être été plus facile de lui pardonner. »

Petite réflexion sur le pardon

DANS LA VIE, on nous bassine tellement avec cette histoire de pardon – et que je te pardonne par-ci, et que je te pardonne par-là – que j'ai fini par en prendre aussi l'habitude. D'ailleurs nous avons tous, à des degrés divers, quelque chose à pardonner et quelque chose à nous faire pardonner.

Giulia, par exemple. Je lui ai pardonné tout de suite, le temps d'un orgasme. Et je pardonnerai sûrement à Matilde, le jour où elle me fera moins mal. Un après-midi, je m'étais retrouvé à aborder le sujet avec Mario, parce qu'un camarade de classe ne m'avait pas invité à son anniversaire. Mario m'avait dit : « Le pardon fait partie de notre vie à tous ; sans lui, il n'y aurait pas de possibilité de se tromper. Tout le monde commet des erreurs, tout le monde pardonne. Et le cycle commence très tôt, dès l'enfance. Un de ces jours, tu seras dans l'obligation de pardonner à tes parents, y compris ta mère. »

Je lui avais répondu, d'un petit air orgueilleux : « Elle ne m'a jamais blessé, elle.

— Bien sûr que si, Erri. C'est juste que tu ne t'en es pas encore rendu compte. »

Mon père, je lui ai déjà pardonné. Ça n'a pas été aussi difficile que prévu, j'ai décidé une bonne fois pour toutes de classer l'affaire parce que ç'aurait été trop assommant de lui en vouloir encore et de bouder à chaque fois que je le verrais.

En revanche, ma mère me pose encore quelques problèmes. D'après le docteur Iazeolla, si je ne lui pardonne pas, je ne serai jamais vraiment réconcilié avec moi-même et avec mon entourage, et il faudra continuer la thérapie. Il y a en effet un fond de vérité dans sa théorie : difficile de se sentir en paix avec le monde quand votre analyste vous coûte quatre-vingts euros par semaine.

En tout cas, rien à faire, je n'arrive pas à pardonner à ma mère. Elle m'a beaucoup moins blessé que mon père et pourtant, avec elle, les comptes ne sont pas réglés. Et ils ne le seront pas tant que la vie ne m'obligera pas à revoir mes priorités, à mettre plus d'énergie à me faire pardonner qu'à pardonner aux autres.

Mais pour ça, il faudrait que je devienne père.

Le Ki

ARIANNA EST LA PREMIÈRE à rompre le silence : « Quoi qu'il en soit, personne au monde n'est obligé d'avoir des enfants !

— En effet. » J'ai répondu à sa question sans réfléchir, je suis encore obnubilé par le récit que je viens d'entendre. Arianna retire une énième cigarette du paquet et elle reprend :

« Pourtant, quand on regarde autour de soi, on a l'impression que l'humanité n'a pas d'autre objectif que de se reproduire. Enfin quand même ! On en a fait, du chemin, ces derniers millénaires. Et malgré ça, les gens ne pensent qu'à procréer.

— C'est sans doute attribuable à l'instinct de conservation de l'espèce... De ce point de vue-là, nous ne sommes pas différents des singes.

— Si. Les singes, eux, ne sont pas victimes de tous ces préjugés qui rendent les hommes esclaves. Ce sont nos inhibitions sexuelles qui font de nous l'espèce la plus agressive de la planète.

— Elle me plaît bien, ta théorie.

— Ce n'est pas une théorie, c'est la vérité. Toi par exemple, il me semble que tu en as beaucoup.

— Beaucoup de quoi ?

— D'inhibitions sexuelles.

— On croirait entendre ma sœur Flor.

— Pourquoi, elle aussi, elle te trouve inhibé ?

— Oui, en substance, oui, mais elle ne s'embarrasse pas d'autant de préambules. Disons qu'elle est habituée à aller droit au but.

— Elle a bien raison. En tout cas, pour revenir à la question des enfants, je pense que la vie est une chose trop vaste pour être réduite à la procréation.

— Pour beaucoup de gens, c'est un moyen de lui donner un sens. À notre âge, c'est normal de ressentir le besoin d'un changement, d'un nouvel objectif à atteindre. Mais ça ne doit pas forcément être un enfant. Ou en tout cas, ça ne peut pas s'y limiter. Tiens, regarde Clara : avant, c'était une jeune fille épanouie qui s'intéressait à tout un tas de trucs ; maintenant, c'est *juste* une mère.

— Tu as raison. Prends cet enfant, il te revient de plein droit et tu ne peux pas refuser un si beau cadeau, mais n'en fais pas ta seule raison de vivre. J'en ai tellement, des copines qui paradent en exhibant leur gros ventre, toutes fières d'avoir enfin donné un sens à leur existence ! »

Les propos d'Arianna m'arrachent un sourire et me font oublier, l'espace d'un instant, l'horrible histoire qu'elle m'a racontée tout à l'heure. Elle reprend :

« Et puis, arrêtez de trimbaler vos enfants partout avec vous ! C'est vrai, quoi. Nous, quand nous étions petits, nos parents ne nous prenaient pas avec eux, quand ils sortaient. Tu te souviens du nombre de soirées que nous avons passées en compagnie de nos nounous ou de nos grands-parents ? Maintenant, c'est devenu impossible, si je veux voir une amie, je suis obligée de me farcir aussi le morveux de service. »

Plus moyen de l'arrêter. On a l'impression que parler l'aide à refouler toutes les saletés qui sont remontées à la surface.

« Tu dois penser que je suis une sorcière envieuse parce que je n'ai pas d'enfants. » Ses pupilles partent à la recherche de mon regard.

« Pas du tout.

— D'ailleurs, à mon avis, l'obsession de la grossesse à tout prix révèle d'autres problèmes. Un désir très fort, des tentatives répétées, OK. Mais s'entêter contre la nature, non, je ne suis plus d'accord. On ne met pas des enfants au monde pour donner un sens à sa propre existence, on n'a pas le droit d'exiger que leurs vies rachètent les nôtres.

— Matilde et moi, nous nous sommes entêtés longtemps.

— Et vous avez eu tort. Tu le vois toi-même, nous n'avons aucun pouvoir sur la vie. C'est elle qui décide. Et là, elle vient de décider que c'est le bon moment.

— Ou peut-être tout simplement, comme dirait Flor, que le liquide séminal de l'amant de Matilde est plus fécond que le mien.

— Non, je ne crois pas. Je pense plutôt que c'est une question d'énergie vitale. De Ki. Tu sais ce que c'est ?

— Non, aucune idée.

— C'est la force vitale, justement, l'énergie ancestrale présente chez tous les êtres vivants. La vie qui se régénère depuis des millénaires. »

Mon regard lui indique que je ne comprends pas.

« Le Ki circule dans ton corps et il y engendre la respiration, la digestion, la circulation sanguine, la sécrétion de substances. Chaque cellule de ton corps est traversée par cette force, par cette énergie primordiale qui conserve la mémoire d'un passé très ancien. Le Ki, c'est l'essence de la signification de la vie, sa recherche équivaut à celle du but ultime, de l'équilibre avec soi-même et avec le monde qui nous entoure.

— Qu'est-ce que tu y connais, toi, à toutes ces choses ?

— Tu sais, je n'ai pas passé ma vie à me plaindre. Je fais du yoga et je suis des cours d'arts martiaux.

— C'est vrai ?

— Oui, du karaté.

— Génial, comme ça, tu apprends à te défendre.

— Oui, et surtout à me défendre contre moi-même. Je fais ce que je peux pour lutter contre ma propre force négative. Parfois, quand elle remonte le long de mon œsophage, je me sens capable des pires méchancetés. En réalité, nous en sommes tous capables. Tout dépend du degré de douleur avec lequel nous cohabitons. »

Je reçois un nouveau SMS sur mon portable. Encore Flor.

Si tu ne me rappelles pas dans le quart d'heure, oublie que tu as une sœur !

« Qui est-ce ?

— Quand on parle du loup... C'est Flor.

— Elle sait que Matilde attend un enfant ?

— Je n'ai pas encore eu l'occasion de l'en informer. J'aimerais le lui apprendre de vive voix.

— Comment va-t-elle ?

— Bien. Elle va toujours bien, elle.

— Et elle fait comment ?

— Je crois que c'est génétique. Sa mère est une femme solaire, en paix avec autrui et avec elle-même.

— Elle a trouvé son Ki.

— Oui, je crois que oui.

— Et toi, tu as trouvé le tien ? »

Je grimace. « À ton avis ? Bien sûr que non, je ne l'ai pas trouvé, je ne l'ai même pas cherché. En réalité, je n'ai pas l'impression de suivre un courant, une direction, j'ai plutôt la sensation de tituber et de me cogner la tête de temps à autre, à la façon d'un ivrogne. Mais en fin de compte, je reste toujours debout.

— Ce n'est déjà pas si mal. Tu avances à tâtons, mais au moins tu avances, tu ne tombes pas. Tu verras, cet enfant va t'aider à ne plus tituber. Ou à ne tituber que par moments. Aucune aide extérieure, même un enfant, même le plus fort des amours, ne peut te guérir de toi-même. Tu es le seul à pouvoir le faire, avec ton Moi profond.

— Je n'ai pas de relations très nourries avec mon Moi profond. Dans ma famille, on a tendance à le considérer comme un être imaginaire... comment t'expliquer ?... une sorte d'ovni, de personnage de dessin animé. »

Arianna rit et moi aussi, je me sens bien. Je me décide enfin à lui demander :

« Et toi, tu n'as vraiment pas l'intention d'en avoir un ? Je veux dire, un enfant.

— Non mais ça va pas la tête ? Je viens de t'expliquer que je les déteste, toutes ces bonnes femmes, avec leur gros ventre et leurs grands airs prétentieux.

— Tu n'aurais aucun air prétentieux, toi. Et tu n'aurais pas un trop gros ventre non plus. »

Elle sourit encore un instant avant de reprendre une expression sérieuse. « La vérité, c'est que je suis incapable de prendre soin de quelqu'un d'autre, je suis trop occupée à survivre pour penser à vivre. Et puis, tous les jours, je serais obligée de protéger cette pauvre créature contre moi-même. Non, je préfère éviter. Et de toute façon, un enfant, ça se fait à deux…

— Moi, je suis convaincu que tu serais une excellente mère. »

Arianna tourne la tête pour rencontrer mon regard. « Tu le penses vraiment ?

— Bien sûr. Je ne crois pas du tout que la douleur rende plus fort, contrairement à ce qu'on raconte, mais au moins elle vous ouvre les yeux, elle permet de voir des choses que la plupart des gens ne voient pas. Toi, tu saurais protéger ta fille contre la souffrance beaucoup mieux que tes parents ne l'ont fait avec toi. »

Arianna semble sur le point de s'attendrir. Elle s'allonge à nouveau sur le lit, la tête dans le creux d'une main, et elle répond : « Qui t'a dit que ce serait une fille ?

— Je ne sais pas. C'est juste que j'aimerais bien.

— Tu aimerais bien ? »

Je hoche la tête. Elle soupire et elle reprend : « On devrait peut-être le faire tous les deux, cet enfant. Ce serait encore la meilleure solution. Mais dans un autre monde. »

Je m'approche d'elle et je prends sa main dans la mienne. Elle s'y cramponne avant de continuer : « Tu sais quoi ? J'aimerais avoir une fille, mais déjà âgée de cinq ou six ans.

J'achèterais une maison de campagne et je louerais quelques chambres à des touristes de passage. Je leur préparerais de la confiture avec les fruits de mes arbres, j'apprendrais la guitare à ma fille, sur la terrasse, le soir après dîner, et puis on resterait là à parler du monde avec des gens qui viennent de loin. On aurait plein de chiens, et aussi un cheval, si possible. Et puis, j'aimerais apprendre à pêcher, à avoir la patience de rester là à scruter l'eau sans me tourmenter l'esprit, ou encore à cuisiner des plats à la fois exquis et bizarres. Je voudrais surtout m'oublier moi-même, oublier mon nom, si besoin. J'aimerais m'offrir un peu de bon temps, Erri, juste un peu de bon temps. »

Je vais pour la prendre dans mes bras avec le peu de force qui me reste, mais Clara frappe à la porte et entre dans la pièce. « Excusez-moi, je voulais simplement vérifier que Renata dort bien.

— Elle dort comme un loir », lui répond Arianna.

Clara sourit, puis elle remarque le cendrier rempli de mégots et elle a un geste horrifié. Aussitôt après, elle regarde la fenêtre ouverte et elle inspire doucement. Arianna interrompt ses simagrées, au prix d'un léger mensonge : « Ne t'inquiète pas, c'est moi qui ai fumé, mais près de la fenêtre. »

Clara ne dit rien, mais on voit bien qu'elle réfléchit à un moyen de s'enfuir de cette maison de fous, de se réfugier dans un endroit aseptisé pour protéger sa fille contre le monde et contre la vie.

Pendant qu'elle referme la porte avec une lenteur exaspérante, je lui dis : « On vous rejoint tout de suite. »

Mais Arianna s'exclame aussitôt : « Non, pas tout de suite !

— Pourquoi ?

— J'ai encore un aveu à te faire, le plus important de tous.

— Plus important que ce que tu m'as raconté jusqu'à maintenant ?

— Oui. » Elle l'a murmuré sans me regarder.

Je pousse un soupir de résignation. « Allez, je t'écoute, qu'est-ce que tu as caché d'autre à la seule personne qui compte pour toi ? »

Sa voix devient rauque quand elle commence cette phrase qui me donne la chair de poule : « L'accident, il y a plusieurs années… »

Je la dévisage en silence, dans l'attente que ses paroles confirment ce que j'ai d'ores et déjà deviné.

« Ce n'était pas un accident. J'ai essayé de me suicider. »

Prépare-toi au pire

« PRÉPARE-TOI AU PIRE... »

Ces mots sont restés gravés dans ma mémoire jusqu'à aujourd'hui. Ma mère les a prononcés aussitôt après m'avoir informé qu'Arianna venait d'avoir un accident. Nous étions au mois d'août 1996 et je me trouvais en Grèce avec des amis quand elle m'a appelé. C'était tôt dans la matinée, ou en tout cas, tôt pour une matinée de vacances au bord de la mer, et les cris de la vieille dame qui nous avait loué un appartement résonnaient encore dans mon cerveau, pendant que je me dirigeais d'un pas titubant vers sa maison (juste en face de la nôtre) pour répondre au téléphone d'une voix pâteuse :

« Qu'est-ce qu'il y a ?

— Mon chéri, il faut que je te dise quelque chose...

— Quoi donc ?

— Arianna... » Ma mère avait à peine fini de prononcer son prénom que j'étais déjà tout à fait réveillé, j'avais retrouvé ma lucidité.

« Qu'est-ce qui lui est arrivé ?

— Elle a eu un accident. »

Après un court silence, j'ai demandé :

« Et ?

— Elle est dans un état très grave. »

Je sentais les battements de mon cœur s'accélérer et j'avais la sensation d'étouffer.

« Elle va mourir ?

— Ce n'est pas impossible. »

Une heure plus tard, j'étais sur le môle du port ; trois heures plus tard, j'étais à bord du bateau qui me reconduisait chez moi. Arianna avait été projetée au fond d'un ravin, le long de la route qui va d'Acciaroli à Palinuro. Elle était seule dans sa voiture et elle avait sans doute bu.

Je me souviens encore du pont du ferry qui me ramenait en Italie, des cigarettes allumées et aussitôt éteintes, des coups de poing dans mon sac à dos, de mon désespoir de ne pas pouvoir téléphoner pour prendre des nouvelles supplémentaires.

Ma mère m'avait dit que l'opération était en cours et, juste avant de raccrocher, elle avait ajouté ces mots fatidiques : « Erri, je ne sais pas quand tu pourras nous rejoindre. Seulement… voilà… prépare-toi au pire. »

Et c'est bien ce que j'ai fait, pendant tout ce voyage de retour, je me suis préparé au pire.

Comme j'ai déjà eu l'occasion de vous l'indiquer, personne ne m'a jamais préparé contre la vérité. Même pas ma mère.

Il a fallu maintenir Arianna pendant trois jours dans un coma pharmacologique, mais elle s'en est sortie vivante. On a su plus tard qu'elle avait absorbé beaucoup d'alcool et d'antidépresseurs, et qu'elle n'avait pas même essayé de freiner avant d'aborder un virage en épingle à cheveux.

Pendant des années, nous avons tous rejeté la responsabilité de son accident sur les substances qu'elle avait ingurgitées. Pendant des années, nous avons tous été terrorisés à l'idée qu'elle se remette à boire et à s'abrutir d'antidépresseurs. Pendant des années, nous avons tous essayé de la protéger contre l'extérieur, et aucun de nous ne s'est rendu compte que le mal dont elle souffrait était en elle.

Moi, l'obscurité et les Pearl Jam

LE SILENCE QUI S'INSTAURE est si profond que j'entends la respiration de Renata, pourtant très légère. Et c'est sur elle que je pose instinctivement les yeux, peut-être pour m'assurer qu'elle dort, qu'elle ne risque pas d'entendre la énième histoire douloureuse de cette soirée.

« Oui, j'avais bu, j'avais fumé, j'étais gavée de psychotropes. Mais si j'avais voulu, je ne l'aurais pas aussi mal pris, ce virage. J'ai cherché la mort, de manière délibérée, elle ne me faisait pas peur. Tu comprends ? Tu peux me comprendre ?

— Je dois t'avouer que ce n'est pas facile.

— Pas facile, en effet. C'est que ce soir-là, je n'ai pas réussi à canaliser l'énergie négative dont je t'ai parlé tout à l'heure. J'avais envie de vomir et ce n'était pas à cause de l'alcool, je le savais. Quelque chose ne tournait plus rond dans ma tête, comme si un mécanisme s'était enrayé et que je n'y pouvais plus rien. Je suis montée en voiture et, à la sortie de Palinuro, j'ai pris tous les virages à cent à l'heure, sur la pente de la montagne, avec ma radio à fond la caisse. Il n'y avait plus que moi, l'obscurité et les Pearl Jam. Je me souviens de la chanson, *Black*, et aussi du bruit des pneus sur l'asphalte, de la lumière des phares sur les parois de la montagne, du son métallique de la glissière de sécurité, quand elle s'est brisée comme une biscotte. Ensuite, plus rien. »

Je ferme les yeux et j'essaie de retrouver une respiration régulière. Je voudrais demander à Arianna d'en rester là, lui expliquer que j'ai besoin de temps pour digérer les atrocités qu'elle a déversées en moi ce soir. Je voudrais lui dire que oui, toutes ces horreurs vous marquent à vie, mais qu'aussitôt après qu'elles vous sont tombées dessus, on s'aperçoit qu'on voit des choses qu'on ne voyait pas avant. Alors maintenant, Arianna, garde les yeux bien ouverts, le bonheur, c'est comme la poussière qui flotte en l'air, on ne le voit pas tant qu'il manque un rayon de soleil pour l'éclairer.

Mais je dis ceci : « Ces trois jours-là ont été les pires de mon existence. »

Arianna semble frappée par ma phrase et elle se fige.

« C'est vrai ?

— Oui.

— Je ne devrais pas, mais je suis bien contente.

— Contente de quoi ?

— De t'avoir fait passer les pires journées de ton existence. Ça prouve que tu m'aimes.

— Tu le sais très bien, que je t'aime. »

Arianna me caresse le visage, puis elle reprend : « Ce maudit soir-là, j'étais avec un garçon de Palinuro qui me plaisait assez. On a passé la nuit à boire et à fumer dans ma voiture, et puis il s'est mis à me tripoter, et je n'avais pas envie. Je lui ai dit de se tenir tranquille, mais il était trop excité et il a insisté. Il m'a plaquée contre la portière et il a commencé à m'embrasser un peu partout. Ça m'a mise hors de moi ; je lui ai donné des coups de pied, des coups de poing, des coups de griffe, et je lui ai tiré les cheveux, exactement comme avec Barry. Ensuite, je l'ai éjecté de force de la voiture et je l'ai abandonné à son triste sort. La suite, tu la connais. »

Au bout d'un moment, je lui demande de me promettre que ça ne se reproduira plus jamais.

Elle me dévisage longtemps, pendant que les larmes s'accumulent au bord de ses yeux, et elle finit par me répondre : « Ça ne se reproduira plus. »

J'enfonce un peu plus le clou : « Les trois pires journées de mon existence.

— Oui, j'ai compris.

— Parfait.

— J'essaie de reprendre ma vie en main, je fais tout mon possible, même si ce n'est pas toujours facile. Il y a quelque chose, en chacun de nous, qui nous pousse à ne pas guérir, à ne pas remuer l'eau qui dort, à ne pas retrouver notre Ki. C'est un mélange de peur, de frustration et de colère, il nous tire vers le bas dès qu'il s'aperçoit que nous remuons les jambes pour remonter à la surface.

— Si tu le veux bien, c'est moi qui t'aiderai à remonter à la surface.

— Non, toi, tu n'y peux rien, Erri. Chacun doit vaincre ses démons par ses propres moyens. Tu as les tiens et j'ai les miens. Il suffira d'être un peu patient et pour finir, je pourrai peut-être dire que je suis vraiment tirée d'affaire. Quand on souffre, on comprend très vite qu'on ne peut pas tout avoir tout de suite, qu'il faut apprendre à être endurant, à vivre avec la douleur, en espérant que le temps soignera toutes les blessures, même s'il doit s'en écouler beaucoup, trop, et que la vie n'attend pas.

— Ne brûle pas les étapes. Ce n'est déjà pas rien, que tu ailles mieux.

— Je ne veux pas aller mieux. Je veux aller bien. »

Nous tombons dans les bras l'un de l'autre et ses cheveux frôlent ma bouche. Ils ont le même goût qu'autrefois, un parfum dont j'ai gardé le souvenir et qui, aujourd'hui encore, me ramène à l'époque où nous disparaissions dans l'armoire, joue contre joue, dans cette cachette que personne n'a jamais réussi à découvrir.

Un grand-père modèle

« AH, TU T'ES ENFIN DÉCIDÉ à m'appeler. Tu as failli perdre l'affection de ta sœur. Parce que je te rappelle que ta *seule et unique* sœur, c'est moi.

— Flor, excuse-moi, mais je viens de passer une drôle de soirée.

— Des problèmes ?

— Une vraie profusion. Je te raconterai plus tard.

— J'aimerais qu'au moins une fois dans ta vie, tu reviennes de chez les Ferrara avec un beau sourire aux lèvres.

— Tu le sais, pourtant, que notre famille n'a rien à voir avec les familles parfaites des pubs à la télé. »

Je suis assis sur la cuvette des WC. Le reste de la famille est encore dans ce salon dont je me suis absenté il y a trois quarts d'heure. Arianna a eu besoin de tout ce temps pour vider son sac.

« Quoi qu'il en soit... venons-en à nous : j'ai parlé avec papa.

— Je m'en doutais. Et qu'est-ce qu'il a dit ?

— Tu m'autorises à être très synthétique ?

— Je t'autorise.

— Il a dit que tu es toujours aussi tête de mule. »

Silence au bout du fil.

« OK, rien de nouveau. Et sinon ?

— Que c'est ta vie et que si tu as décidé de la gâcher, il n'y peut plus rien. »

Nouveau silence.

« Donc, en résumé, ça s'est plutôt bien passé ?

— Tu as trente-trois ans, Flor, tu t'attendais à quoi ? Il ne peut tout de même pas t'obliger à avorter.

— Et il ne t'a même pas fait un tout petit sermon ?

— Bien sûr que si. Et je n'ai pas échappé non plus à ses reproches amers.

— Désolée.

— Il dit qu'il ne comprend pas d'où nous vient notre talent inné pour nous pourrir la vie.

— Comme si la sienne avait été linéaire...

— C'est à peu près ce que je lui ai répondu.

— Bravo, grand frère !

— Merci. Et maintenant, tu comptes faire quoi ?

— À ton avis ? À mon retour, je lui demanderai de venir me chercher à l'aéroport et je le convaincrai de devenir un grand-père modèle.

— À l'aéroport ? Mais je croyais que tu étais à Florence !

— Ah oui, j'ai oublié de t'informer que j'ai prolongé mon voyage jusqu'à Berlin.

— Berlin ?

— Oui.

— Et qu'est-ce que tu fiches là-bas ?

— Je suis venue retrouver des amis. »

Je pousse un soupir et je croise les jambes. À ce moment-là, Valerio ouvre la porte, que j'avais oublié de verrouiller.

Ma présence ne le dissuade pas d'entrer et il me fait même signe de me pousser, il doit faire pipi. Puis il me dit : « Ohé, grand frère, où est-ce que tu étais passé ? »

Je tente de reprendre le fil de mon dialogue avec Flor : « Juste une minute, mon frère vient d'arriver et il ne tient pas le moindre compte de ma présence.

— Quel frère ? Valerio ? »

Lequel Valerio me demande à son tour : « Tu parles avec qui ? » Le bruit produit par son urine au contact de l'eau sert alors d'arrière-fond sonore à notre surréaliste discussion à trois.

« Oui, Valerio.

— Passe-le-moi !

— Pourquoi, qu'est-ce que tu as à lui dire ? »

Valerio me redemande : « Mais qui est-ce ?

— Je veux lui dire bonsoir, passe-le-moi ! » s'écrie Flor.

J'approche mon portable de l'oreille de Valerio.

« Eh, salut, Flor. Comment va ? »

La voix de ma sœur est si retentissante que Valerio éloigne un peu la tête. Dès que ses deux mains sont libres, il m'arrache mon téléphone et il continue à papoter avec Flor pendant que j'essaie d'oublier qu'ils ont eu une histoire, ces deux-là, que Valerio ne s'est pas encore lavé les mains et qu'il ne le fera peut-être pas. Quand leur conversation est terminée, il me chuchote, tout en me rendant mon téléphone : « Elle est complètement folle, ta sœur. Mais si ce n'était pas ta sœur, je serais tombé amoureux d'elle. »

Puis il rouvre la porte et il s'éclipse. Flor s'exclame :

« Une vraie légende vivante, ton frangin !

— Oh que oui.

— Si ce n'était pas ton frère, j'aurais eu une histoire avec lui, tu sais ?

— Flor, je te rappelle qu'elle s'est déjà produite, cette histoire...

— Mais non, ce n'était rien du tout, ça. Quoi qu'il en soit, nous disions donc... à mon retour, je convaincrai papa qu'il est parfaitement capable de devenir un excellent grand-père.

— Permets-moi d'être dubitatif. Je ne l'imagine pas trop dans le rôle du grand-père modèle.

— L'important, c'est de lui faire croire. Je le sais aussi bien que toi, que ce n'est pas un rôle pour lui !

— Et tu as réfléchi aux aspects financiers de l'affaire ?

— Erri, arrête de me stresser. J'ai encore neuf mois pour m'organiser. Tu as bien dû vendre quelques exemplaires de mon roman ?

— Non.

— Dommage… Bon, eh bien sur ce, il faut que j'y aille. Merci pour tout, mon trésor. Et surtout, ne passe pas tout ton temps chez les Ferrara. À part Valerio, ils ont des effets nocifs sur la santé.

— Ciao, Flor, prends bien soin de toi.

— Ciao, grand frère.

— Au fait, Flor ?

— Oui ?

— Juste par curiosité : ta maman, elle était déjà au courant, pour ta grossesse ?

— Bien sûr. Pourquoi ?

— Parce que juste après mon arrivée, elle a filé en douce et on ne l'a plus revue. Comme si elle avait su à l'avance le motif de ma visite.

— Oui, oui, elle savait.

— Et elle n'aurait pas pu en parler à son mari ?

— Non, impossible. Ils se seraient disputés, et je n'ai pas envie qu'ils se chamaillent par ma faute.

— Alors que moi, si je me dispute avec papa, aucune importance, hein ?

— Quel rapport ? Tu es habitué, toi. Et puis, ça t'aide à développer ton estime de toi-même. Allez, ciao. »

Et elle raccroche sans me laisser le temps de répliquer quoi que ce soit.

Si mes disputes avec mon père avaient jamais servi à renforcer mon estime de moi-même, à l'heure qu'il est, je marcherais deux mètres au-dessus du sol. Voilà ce que j'étais sur le point de répliquer à Flor.

Le pouvoir de l'hibernation

C'ÉTAIT IL Y A QUELQUES ANNÉES, à Noël. Matilde et moi, nous étions invités à déjeuner chez les Gargiulo. Comme toujours, il n'avait pas été facile de trouver le juste équilibre entre sa famille, celle de mon père et celle de ma mère, de nous débrouiller pour ne susciter aucune rancœur et ne vexer personne.

Cette fois-là, il avait donc été décidé que nous déjeunerions le 25 avec la famille de mon père, et Matilde semblait heureuse de ce choix. Même si elle ne me l'a jamais avoué, je crois qu'au fond d'elle-même, elle préférait Rosalinda à la cheftaine de la milice. Nous sommes arrivés bien à l'heure et nous pensions être les premiers, mais tout le monde était déjà là, y compris la famille de Rosalinda, venue d'Andalousie au grand complet. Je ne m'attendais pas du tout à une telle surprise.

Pendant des années, j'avais rêvé du moment où je reverrais Clarinda. Pendant des années, j'avais passé mes nuits à penser à elle et à fantasmer sur sa vie, sur la façon dont son corps de femme prenait forme loin de mes regards. Et chaque fois que je pensais à elle, je l'imaginais de plus en plus belle. Dans mon esprit, elle était l'icône d'une beauté féminine inatteignable.

Quand elle est venue à ma rencontre, toute souriante, je n'ai pas pu m'empêcher d'écarquiller les yeux et d'essayer d'avaler ma salive, immobilisée dans ma gorge comme un morceau de goudron. Aucune aura magique n'entourait cette femme qui me prenait dans ses bras d'un geste affectueux. Bien au contraire : sur le moment, je me suis même demandé s'il ne s'agissait pas plutôt d'une vieille tante de Flor dont j'avais oublié le nom.

Pourtant, c'était bien Clarinda, à ce détail près qu'il ne restait plus rien de la petite fille que j'avais connue en un très lointain été. La femme que j'avais devant moi ressemblait à une armoire à glace ; elle me dépassait autant en hauteur qu'en largeur ; elle avait des cheveux ébouriffés, un nez démesurément épaté et des lèvres minuscules ; sa peau, restée lisse et mate dans ma mémoire, était devenue similaire à une couenne incapable de lutter contre la pesanteur.

Mais elle a manifesté un tel enthousiasme, en me revoyant après tout ce temps, que je me suis senti obligé de faire semblant de le partager. Et pour satisfaire la curiosité de Matilde, j'ai dû lui présenter mon ancienne idole en faisant toutefois bien attention à ne pas lui donner trop d'informations, sans quoi elle n'aurait eu aucun mal à opérer le rapprochement entre la catcheuse qui venait de lui serrer la main et la petite fille dont je lui avais si souvent parlé, dont j'avais fait le symbole de mes amours enfantines.

Bien entendu, Clarinda était par ailleurs accompagnée de trois petites pestes et d'un mari à tête d'imbécile, qui n'alignait pas trois mots d'italien. Enfin, en me voyant, les parents de Rosalinda, devenus entre-temps deux petits vieux fort sympathiques, n'ont pas réussi à dissimuler une certaine déception. Ils avaient sans doute gardé le souvenir d'un petit garçon au nez en trompette, coiffé à la Jeanne d'Arc. Or, chez l'individu qui se tenait devant eux, la calvitie n'était qu'un des aspects d'un physique d'ensemble autrement plus préoccupant.

Le déjeuner a été agréable. On a parlé, entre autres, de ces fameuses vacances et de l'Espagne, mais j'ai tout le temps eu envie de hurler : « Clarinda, qu'est-ce que tu es venue faire ici, après tout ce temps ? Tu n'aurais pas pu rester chez toi ? »

Dans mon souvenir, jusqu'à ce fichu Noël, tout était resté intact : la propriété agricole, les visages juvéniles des parents de Rosalinda, mes cheveux et ma fée aux cheveux bruns que je devais aimer pour l'éternité, en dépit ou peut-être, au contraire, à cause de son refus.

Tout était là, bien à l'abri, en état d'hibernation, et il a fallu que Clarinda ait l'idée saugrenue de décongeler mon rêve.

Enfin non, ce n'est pas tout à fait vrai, j'aurais aussi voulu lui demander, mais je n'ai pas osé, pourquoi elle était partie en courant, ce fameux dernier jour. Mais une telle question aurait été pour le moins anachronique. D'ailleurs, est-ce que Clarinda se souvenait seulement de m'avoir repoussé ? Et si oui, est-ce qu'elle avait des regrets ?

Ce jour-là, j'aurais pu la suivre dans la cour de la ferme et le lui demander tout de suite, au lieu de rester comme un imbécile, les yeux fixés sur un mur. De même que j'aurais dû enlever Arianna, le moment venu. De même que j'aurais dû assumer mon rôle de frère aîné et passer mes nuits à dessiner, au lieu de regarder le plafond de ma chambre. Et j'aurais pu mieux construire ma vie, sans ressasser à longueur de temps cette histoire de trou à combler dans mon estomac.

Inutile de le nier : tout ce qu'on ne fait pas au bon moment se transforme ensuite en boulet qu'on traîne pour le restant de ses jours.

D'homme à homme

POURTANT, mes retrouvailles avec Clarinda n'ont pas été l'événement le plus important de ce déjeuner de Noël. Après le repas, tandis que je caressais ce bon vieux Ernesto et que je papotais avec Flor, papa s'est approché de moi. Il avait un cigare entre les lèvres et son pantalon sans ceinture retombait en plis mous.

Après m'avoir demandé si je pouvais lui accorder un petit moment, il m'a pris par le bras et entraîné vers le balcon.

« Tu veux qu'on aille sur le balcon avec le froid qu'il fait ?

— Arrête de jouer les petits garçons fragiles. »

Appuyés à la rambarde en fer forgé, nous sommes d'abord restés là à regarder la rue déserte, en dessous de nous, où brillait la croix verte d'une pharmacie. On entendait, en provenance des maisons voisines, le son de plusieurs télévisions mêlé à des bruits de vaisselle. Il faisait très froid, mais la plupart des fenêtres étaient ouvertes : à Naples, le lien avec la rue est si viscéral qu'on ne se calfeutre jamais chez soi, même au plus fort de l'hiver. Papa a aspiré deux bouffées de son cigare et il m'a demandé, sans tourner autour du pot : « Elle était plus jolie dans ta mémoire, Clarinda, hein ?

— En effet.

— On ne devrait jamais toucher aux souvenirs d'enfance. »

Nous avons échangé un demi-sourire et j'ai continué à scruter la rue : un chat mangeait des restes de nourriture dans un sac-poubelle à moitié éventré.

« Erri, j'ai un problème. » Je me suis retourné d'un geste brusque, papa a poussé un soupir mais il a soutenu mon regard et il a repris : « Je crois que je suis tombé amoureux. »

Je l'ai dévisagé longtemps avant d'éclater de rire. Il a écarquillé les yeux et il a repris : « Qu'est-ce que tu as à te marrer ? Tu as compris ce que je viens de te dire ?

— Excuse-moi, c'est juste que je trouve la scène quelque peu ridicule.

— Ah bon ? Et on peut savoir en quoi ?

— En tout : ton visage, par exemple, et ta phrase... »

Je me rendais bien compte que je devais avoir un petit côté méprisant, mais les mots sortaient de ma bouche sans que je puisse les arrêter. D'un seul coup, quelque chose en moi venait de se rebeller contre des années d'appréhensions et de peurs, quelque chose prenait sa revanche sur l'homme qui se tenait devant moi, pendu à mes lèvres, et qui m'a répondu :

« Je ne te croyais pas aussi stupide.

— Désolé, mais je ne m'attendais pas du tout à ta confidence. Pendant des années, on ne s'est même pas souhaité bonne nuit, et là, tu me confies un secret. Et pas n'importe lequel !

— Quel rapport ? Avant, tu étais un gamin, et maintenant, tu es un adulte. Je peux te parler d'homme à homme.

— Oui, en effet, nous pouvons nous parler d'homme à homme. Seulement moi, j'aurais bien aimé aussi pouvoir te parler comme à un père.

— Qu'est-ce qu'il y a ? Tu as l'intention de profiter de mon moment de faiblesse pour me jeter tes reproches à la figure ?

— Oui, c'est tout à fait ça. Je tiens à te dire que moi aussi, souvent, j'aurais voulu te demander conseil. Et tu sais pourquoi je ne l'ai jamais fait ?

— Non. » Mais il a soupiré comme s'il avait deviné ma réponse.

« Parce qu'il n'y avait pas moyen de t'approcher, tu as toujours maintenu une distance de sécurité entre nous, comme avec tous les enfants. On croirait que tu as peur de perdre des moments précieux, avec eux.

— Eh bien, disons que je ne suis pas très enclin à leur consacrer du temps.

— S'il ne s'agissait que de ceux des autres, je pourrais comprendre. Mais avec les tiens, tu ne penses pas que tu aurais dû faire un minimum d'efforts ? »

Il a semblé réfléchir, puis il a pris une autre bouffée de cigare et il m'a répondu : « Oui, j'aurais pu mieux faire, je n'ai pas été un père exemplaire. Mais toi, quelles sont tes intentions ? Passer le reste de ton existence à te complaire dans le rôle du fils délaissé par son méchant papa ? Ou bien prendre ce que je peux te donner maintenant, c'est-à-dire beaucoup plus ? »

Une fois encore, il avait su me réduire au silence, sans besoin de recourir à un regard sévère ou à des reproches. La vérité avait suffi. J'avais le choix entre continuer à me plaindre de ses insuffisances ou me contenter de ce qu'il était prêt à m'offrir, à savoir un rapport d'homme à homme. Je lui ai donc demandé :

« Qui est-ce ?

— Qui ?

— La femme dont tu es tombé amoureux. »

Après une sorte de grimace, il m'a répondu : « Une femme beaucoup plus jeune que moi, j'ai fait sa connaissance au restaurant.

— Tu es toujours aussi incorrigible, à ce que je vois ! »

Les yeux baissés, il m'a répliqué d'un air ironique : « C'est que je me fais vieux. Regarde, j'ai même des poils qui me sortent du nez et des oreilles... et je ne peux pas le supporter. Alors, j'essaie de stopper ce... ce processus de vieillissement. » Il m'a posé une main sur l'épaule et il m'a souri. Il s'attendait sans doute à un geste affectueux de ma part, mais je ne l'ai pas fait, je ne comprenais pas ce que la vieillesse avait à voir avec tout ça. Même quand on fuit, on vieillit, on finit par avoir des poils au bout du nez et des oreilles. Voilà ce que j'aurais voulu lui dire, mais j'ai préféré lui demander : « Et qu'est-ce que tu comptes faire ?

— Rien, je voulais juste savoir ce que tu en pensais...

— Tu n'aimes plus Rosalinda ?

— Rosalinda, c'est la femme de ma vie. Mais d'un autre côté, je sens une telle énergie refoulée bouillir en moi... Tu vois de quoi je parle ?

— Je crois que oui...

— Nous sommes faits pour aimer, voilà la vérité. Notre cœur ne peut pas rester trop longtemps au régime, sinon il devient aride. Beaucoup de gens extériorisent tout l'amour qu'ils ont en eux d'un seul coup, et après ils se dessèchent, comme une éponge essorée abandonnée dans un coin. »

Je n'avais jamais entendu mon père tenir ce genre de propos et je lui ai demandé, d'un ton sérieux :

« Quel genre de conseil est-ce que tu attends de moi ?

— Je ne sais pas, j'avais peut-être juste besoin de vider mon sac...

— Ou peut-être de me faire ton petit laïus sur l'amour ?

— Qui sait ? » Nous sommes restés un moment en silence avant qu'il me demande : « Et toi, quand est-ce que tu te maries ?

— Il commence à en être question.

— Je m'en doutais. Tu es sûr de ton choix ? C'est vraiment ce que tu veux ?

— Bien sûr. » Et je me suis aussitôt mis sur la défensive.

Papa a levé les bras et il a rétorqué : « OK, OK, mettons que je n'ai rien dit. Je voulais simplement te prévenir que ce n'est pas une obligation. On peut être heureux même sans se marier.

— Venant de toi, c'est quand même gonflé ! Tu t'es marié deux fois, et ça ne t'a même pas servi de leçon.

— Tu as raison. Les hommes rêvent du grand amour et d'une vie remplie d'aventures, et ils finissent par se marier.

— Écoute. Je suis bien conscient que ça n'a pas dû être facile de remplacer maman. Mais trouver quelqu'un d'aussi bien que Rosalinda, ce serait un véritable exploit. Pourquoi est-ce que tu ne te contentes pas de ce que tu as, pour une fois ? »

Papa a eu un sourire amer. « Erri, j'ai passé ma vie à me contenter de ce que j'avais. Qu'est-ce que tu crois ? Que quand j'étais ado, je rêvais d'ouvrir un restaurant spécialisé dans les omelettes et de parler tout le temps du passé ?

— Je connais mal ta vie, mais tu as fait des choses bien, à commencer par tes deux enfants. Et tu as épousé une femme qui t'aime, qui t'apporte de la sérénité. Ce n'est pas rien. »

Il m'a à nouveau posé une main sur l'épaule avant de répondre : « C'est sûr que quand je te vois, je peux être fier de l'éducation que je t'ai donnée.

— Désolé de te décevoir, mais tu n'y es pas pour beaucoup, dans mon éducation. »

L'espace d'un instant, son visage a trahi son désappointement et j'ai failli revenir sur mes propos, mais Raffaele a vite repris son expression impénétrable et il a marmonné :

« Bien, bien, mettons que je n'ai rien dit. Allez, retournons avec les autres, on va finir par attraper une bronchite.

— Et qu'est-ce que tu vas faire, avec la nana ? »

Il a jeté son cigare et il m'a répondu : « Je vais suivre ton conseil, je vais me contenter de ce que j'ai. Ça, je sais faire. »

Puis il m'a chuchoté, quand nous avons été de nouveau à l'intérieur de l'appartement : « En tout cas, je suis content que tu aies choisi la deuxième possibilité.

— Quelle deuxième possibilité ?

— Le rapport d'homme à homme. »

Un peu jeté

MON ONCLE VITTORIO est le frère aîné de papa. Je vous ai annoncé que je vous raconterais son histoire, et le moment est arrivé.

Aujourd'hui, il devrait avoir plus ou moins l'âge de Mario. J'emploie le conditionnel parce que je n'ai plus eu de ses nouvelles depuis plus de trente ans, depuis qu'il s'est fâché avec mon père et le reste de la famille. Mais je l'ai quand même croisé par hasard, il y a trois ans, dans une agence de voyages.

J'étais avec Matilde et nous étions occupés à essayer de planifier notre mois d'août, avec l'aide d'une vieille amie à elle, chargée depuis des années de l'organisation de nos vacances.

Pendant que nous attendions de savoir s'il restait des places sur un vol pour la Crète, au bureau à côté de nous, un vieux monsieur aux cheveux blancs longs jusqu'aux épaules, chaussé de sandales, vêtu d'une chemise de lin blanc et coiffé d'un chapeau de paille, a donné son nom à l'employé qui prenait sa réservation : Vittorio Gargiulo.

Je me suis immédiatement retourné et j'ai posé les yeux sur le dos de cet homme qui, selon toute probabilité, était cet oncle que je n'avais plus revu depuis mon enfance. Matilde ne s'est pas rendu compte de ce qui se passait ; elle était trop concentrée sur les mouvements de tête de son amie, hélas annonciateurs d'un été torride dans les environs de Naples et de la vaine attente de la libération de places quelconques sur un avion quelconque à destination d'un pays exotique quelconque.

J'ai continué à fixer le vieux monsieur dans l'espoir qu'il finirait bien par se retourner. À un moment donné, mon oncle putatif a sorti son portable de sa poche et il s'est lancé dans une conversation en espagnol. Pendant qu'il parlait tout en regardant autour de lui, j'ai eu confirmation de mon intuition : c'était bien le frère de mon père !

Il avait une longue barbe blanche, des lunettes de soleil et un cigare éteint entre les dents. Sur le coup, il m'a fait penser à Fabrizio Bentivoglio, en beaucoup plus vieux ; mais à y regarder de plus près, il avait bien les lèvres fines et les pommettes saillantes des Gargiulo, et aussi l'élocution de mon père, cette voix ferme et un peu rauque des gens qui n'ont peur de personne. La seule différence entre Raffaele et Vittorio, c'était la chevelure, et à ce propos, je me suis une fois de plus surpris à regretter de ne pas être le fils de mon oncle. Lui au moins, il n'était pas chauve.

Cela étant, avec Vittorio pour père, mon destin aurait été encore moins enviable. Je me souviens que sa famille, désormais résignée à son comportement extravagant, s'était mise à le justifier en prétendant qu'il avait quelques cases de vides, le malheureux.

Moi au contraire, je l'aimais beaucoup, et je ne voyais pas du tout où était le problème. Chaque fois que je passais du temps avec lui, il me demandait de lui parler de ma vie, de mes études, de mes amis, de mes passions. Il restait là à fumer les mêmes cigares que papa et à écouter des histoires de gamin comme s'il avait été en présence d'un grand narrateur. Parfois, il me faisait de drôles de cadeaux, des livres d'auteurs soviétiques ou des plaquettes de poésie, et malgré mes bâillements, il insistait pour qu'on les lise ensemble. Et si quelqu'un m'offrait des cadeaux plus adaptés à mon âge, par exemple une belle boîte de Lego ou de Playmobil, il faisait la grimace et il marmonnait entre ses dents : « Vous allez en faire un médiocre, de cet enfant, un homme ordinaire. »

Mon oncle Vittorio était sans conteste un type bizarre. Par exemple, je ne l'ai jamais vu en compagnie d'une femme, et je me demandais parfois pourquoi il n'avait ni compagne ni épouse. Mais j'avais souvent entendu papa parler de lui comme d'un « esprit libre ». Et les esprits libres, ça je l'avais bien compris, ne se marient pas.

Quoi qu'il en soit, justement parce qu'il n'avait pas de famille, il s'est beaucoup lié à la nôtre, et à moi en particulier ; après la séparation de mes parents, il a pris l'habitude de venir à la maison presque tous les soirs, et toujours avec un nouveau cadeau : des livres, du chocolat, des timbres bizarres, des pièces de monnaie venues de pays lointains, de vieilles images, des boutons d'un type particulier qu'on utilisait autrefois ; en tout cas, jamais un jouet normal, parce qu'il disait que les enfants doivent apprendre à développer leur imagination.

Je me suis bien vite habitué à ses visites et le soir, je luttais contre le sommeil pour l'attendre. Je ne me demandais pas pourquoi il venait si souvent, et d'ailleurs je ne savais même pas que l'appartement où je vivais lui appartenait. Quand mes parents s'étaient mariés, il avait insisté pour qu'ils l'habitent. Plus tard, maman m'a expliqué qu'elle avait mis des semaines à convaincre papa, qui de toute façon n'était presque jamais là et presque toujours en voyage. Raffaele avait néanmoins fini par céder, et son frère était allé s'installer chez un ami.

Comme papa, mon oncle Vittorio avait fait des études de droit et, toujours comme papa, il s'intéressait davantage à la politique. Une fois devenu adulte, j'ai compris qu'en réalité, mon père avait tenté de rivaliser avec son frère aîné : c'étaient tous les deux des jeunes gens cultivés, engagés, passionnés de littérature, et de proverbiales têtes de mule. Mais c'est Vittorio qui avait lancé la rébellion contre le conservatisme oppressif de leurs parents.

Le fameux soir où je n'avais pas fait le premier choix important de ma vie, j'étais donc dans son appartement, qu'il n'a même pas voulu récupérer après le divorce de mes parents. Bien au contraire, il a proclamé haut et fort que pour rien au monde il ne me mettrait à la porte. Et pendant que papa se construisait une nouvelle vie à l'étranger, son frère revenait régulièrement chez lui pour s'occuper de moi.

Ou du moins, c'est ce que je croyais au début.

Mais au bout d'un certain temps, il est devenu clair que Vittorio ne s'intéressait pas seulement à moi ; il s'intéressait aussi à maman. À vrai dire, j'étais en partie préparé à cette découverte : plus d'une fois, il m'était en effet arrivé de me lever en pleine nuit pour faire pipi, et de rencontrer mon oncle en caleçon et un cigare aux lèvres.

Raffaele Gargiulo n'a pas très bien pris la chose. Pas bien du tout, même.

Lorsque, à la fin de l'année 1982, il est rentré en Italie, les deux frères ont failli en venir aux mains. Plus de trente ans se sont écoulés depuis qu'ils se sont adressé la parole pour la dernière fois, et pendant toute cette période, ni Renata ni Raffaele ne m'ont plus jamais parlé de Vittorio.

Plusieurs années après, quand maman a eu son cancer, il l'a appelée. Un après-midi, en la voyant pleurer, je n'ai pas eu le courage de m'approcher d'elle, je pensais que ses larmes étaient dues à sa maladie. J'ai demandé des explications à Mario dans la soirée, et il m'a dit que maman était bouleversée parce qu'elle avait eu Vittorio au téléphone. Ils s'étaient parlé pendant une heure, alors qu'il appelait du Maroc.

« Du Maroc ? Et qu'est-ce qu'il fait là-bas ?

— Ah ça, ce n'est pas à moi qu'il faut poser la question. Je n'ai jamais rencontré ton oncle, mais d'après ce qu'on m'a raconté, il n'a pas toute sa tête, il est même un peu jeté ! »

J'ai esquissé un sourire et je me suis dit que j'aurais beaucoup aimé être un peu jeté comme lui. Que les personnes de ce genre sont souvent celles qui ont le courage de vivre en dehors des sentiers battus, de ne pas perdre leur temps à poursuivre de faux objectifs et à obéir aux désirs des autres.

Son portable coincé entre son épaule et son oreille, Vittorio s'est levé et il est sorti de l'agence. Notre conseillère étant encore occupée à examiner les disponibilités des compagnies aériennes, j'en ai profité pour me lever à mon tour sous prétexte d'aller fumer une cigarette dehors.

Mon oncle était engagé dans une discussion animée et il arpentait le trottoir de long en large, une main sur la hanche et le regard baissé. J'ai allumé ma cigarette et je n'ai plus quitté Vittorio des yeux ; mon cœur battait à tout rompre à l'idée de le prendre dans mes bras. Pendant qu'il poursuivait sa conversation, je réfléchissais à ce que je pourrais dire ou faire. Puis il s'est retourné, et nos regards se sont croisés. L'espace d'un instant, nous avons retrouvé notre complicité d'autrefois, quand il me lisait des poésies, le soir sur le divan, et qu'il m'observait pour voir si j'avais compris ou pas. L'espace d'un instant, j'ai éprouvé la même sensation qu'à l'époque, le même désarroi dont seul son sourire pouvait me libérer.

Mais cette fois-ci, il ne m'a pas souri. Il se tenait là devant moi, un cigare entre les dents et les yeux perdus dans le vide, il me regardait sans me voir. Au bout de quelques secondes, il s'est remis à arpenter le trottoir et à parler en espagnol. Mon timide sourire a disparu de mon visage et je suis resté là à fixer ce membre de ma famille qui n'avait plus rien de familier pour moi. Tout de suite après, Matilde est sortie de l'agence en agitant deux billets, elle m'a enlacé et elle s'est écriée : « On part en Crète ! »

Je ne l'ai pas serrée très fort, et j'ai continué à suivre des yeux ce vieux monsieur « un peu jeté » qui était sorti de ma vie depuis si longtemps. Quand nous sommes passés à côté de lui, main dans la main, l'odeur de son cigare est remontée jusqu'à mes narines et elle m'a rappelé mon enfance, l'époque où les deux frères pouvaient passer des heures autour d'une table, à fumer et à parler de Berlinguer sous les yeux ébahis d'un petit garçon enivré à l'idée de devenir, un beau jour, comme ces deux lions qui se respectaient et se protégeaient.

« Il fume les mêmes cigares que ton père, ce vieux monsieur, m'a dit Matilde.

— Oui, je l'avais remarqué aussi. »

Extrait du carnet inachevé de Matilde

CE SOIR, NOUS NOUS SOMMES DISPUTÉS. *Nous avons haussé le ton et nous nous sommes dit de vilaines choses. C'est que ton attente nous épuise. Mais ne t'inquiète pas, nous allons faire la paix et tout s'arrangera : nous sommes incapables de nous passer l'un de l'autre. J'ai fait le calcul, nous sommes ensemble depuis presque cinq mille jours. Chacun d'eux a contribué à enrichir notre relation d'une pincée d'intimité, de respect, de compréhension, de confiance, d'admiration, d'amour. Cinq mille jours avec lui, c'est déjà trop pour supporter de passer ne serait-ce qu'une nuit sans l'avoir à mes côtés.*

Pourtant, j'ai l'impression qu'ils n'ont pas suffi pour lui dire tout ce que j'avais à lui dire, pour faire tout ce qu'il y avait à faire. Mais je reprends courage à la pensée qu'il y aura encore d'autres milliers de jours, que bien entendu, certains d'entre eux seront moches, douloureux, gâchés par des disputes et des hurlements, mais que la plupart seront beaux, j'en suis convaincue, et qu'ils contribueront, à leur échelle, à ajouter un peu d'amour à notre amour.

Je ne peux pas me le permettre

DÈS MON RETOUR AU SALON, ma mère me fait des reproches : « Erri, on ne t'a presque pas vu de la soirée. Pourquoi est-ce que tu ne viens pas t'asseoir un peu avec nous ? »

Valerio se lève aussitôt pour me céder sa place et il ajoute : « Nous, on va y aller. Tomoko doit se lever tôt demain et moi, cette nuit, j'ai un tournoi que je ne voudrais pas rater.

— Vous partez déjà ? demande maman tout en se levant.

— On ne peut tout de même pas dormir ici.

— Pourquoi pas ? Ton frère reste bien, lui. »

Valerio glisse son t-shirt dans son pantalon et il lui répond : « Je n'avais pas le moindre doute là-dessus... »

Giovanni le prend tout de suite à partie : « On en reparlera quand tu auras des enfants, toi aussi.

— Alors on n'en reparlera jamais. »

Maman est horrifiée : « Valerio, ne dis pas des choses pareilles ! »

Mario, quant à lui, tient à être rassuré : « Alors, vous avez bien examiné le partage ? Personne n'a de doutes ou d'objections ? J'espère que vous n'allez pas m'appeler demain pour rouvrir la discussion...

— Ne t'inquiète pas, il n'y aura aucune dispute, on te fait confiance. » Sur ces mots, Valerio lui donne une légère tape dans le dos.

Mario lui fait un clin d'œil et d'instinct, je cherche Arianna des yeux. Elle est assise dans un coin et elle fixe son père, sans rien dire.

Je dis au revoir à Valerio, puis Tomoko approche ses lèvres de mon oreille pour me rappeler ma promesse. La minute d'après, le silence s'abat sur la pièce.

Ma mère n'ayant jamais pu supporter le silence, elle est la première à le rompre et elle nous demande, à Arianna et à moi : « Pourquoi est-ce que vous ne resteriez pas dormir aussi ?

— Je ne peux pas », lui répond aussitôt Arianna.

Je m'empresse de lui emboîter le pas : « Moi non plus. »

Ma mère insiste, avec une nuance d'espoir dans la voix : « Tu dois retrouver Matilde ?

— Non, je dois juste rentrer chez moi.

— Dans ton trou à rats ? Alors que la soirée est si belle et que tu nous as annoncé une si bonne nouvelle ?

— Maman, ce n'est pas un trou à rats.

— Oui, oui, je sais. »

Mario nous interrompt : « Eh bien moi, je vais me coucher. J'ai sommeil et moi aussi, je dois me lever tôt demain. »

Clara saute sur l'occasion, elle se lève, s'étire et nous dit : « Alors j'en profite pour m'éclipser aussi, Renata m'oblige à me lever aux aurores. »

Giovanni nous souhaite bonne nuit et il suit son épouse. Au salon, il ne reste donc plus que moi, Arianna et ma mère, qui me regarde et ajoute : « Je suis contente de ta réconciliation avec Matilde. Au fond, j'ai toujours pensé que c'est une brave fille. Elle a eu un moment de faiblesse parce que vous n'arriviez pas à avoir un enfant, mais elle t'aime. »

Elle ferait mieux d'aller l'expliquer à Ghezzi, que c'était juste un moment de faiblesse !

Je mets donc les points sur les i : « Rien ne dit que nous allons nous remettre ensemble.

— Moi, j'espère que si. Tu n'imagines pas à quel point j'aimerais te voir bien installé et heureux avec ta famille. »

Arianna me regarde sans prononcer un mot.

Je réponds à ma mère : « Ne t'inquiète pas pour moi, pense plutôt à Mario. »

Elle recule la tête d'un air embarrassé et balbutie quelque chose.

Arianna intervient : « Renata, nous sommes au courant, papa nous a expliqué la situation.

— Vous êtes au courant ? »

C'est moi qui lui réponds : « Oui. Alors inutile de faire semblant avec nous.

— Mais pourquoi est-ce qu'il vous en a parlé ce soir ? Il devait le faire dans les prochains jours.

— Parce que je n'ai pas cru une seconde à cette histoire d'avantages fiscaux. »

À ces mots d'Arianna, Renata Ferrara donne tout à coup l'impression de se dégonfler comme un ballon de baudruche : ses épaules retombent à la hauteur de son abdomen et son visage prend enfin une expression sincère, un mélange de douleur et de soulagement. Elle tend ensuite la main à Arianna et elle lui dit : « C'est vrai, tu devines toujours tout avant tout le monde, toi, n'est-ce pas ? Tu es une jeune femme sensible. »

C'est la première fois que maman a un geste affectueux envers Arianna, qui l'en remercie. La scène excite ma curiosité. Arianna aussi a l'air quelque peu surprise de la réaction de ma mère, et elle garde une certaine réserve.

Mais de toute évidence, ce soir, Renata a décidé de racheter son passé et elle reprend : « Nous n'avons jamais eu de véritable relation, toi et moi, et c'est peut-être davantage ma faute que la tienne. Mais je tiens à ce que tu saches que je t'ai toujours appréciée à ta juste valeur, que j'ai toujours été consciente que tu es différente de tous les autres. Je sais à quel point tu as souffert. Et je voulais te dire... j'ai été... j'ai été bouleversée par ce qui arrive à ton père... et... bref... je suis désolée de ne pas avoir été une bonne mère pour toi. Mais j'espérais que mon attitude t'aiderait à devenir plus forte, j'espérais te rendre plus robuste, plus équilibrée.

— En somme, tu voulais que je te ressemble », rétorque Arianna de son air détaché.

Un observateur qui ne la connaîtrait pas pourrait penser qu'il s'agit pour elle d'une conversation banale, sans la moindre implication émotionnelle. Mais moi qui ai grandi avec elle, je parviens à lire sur son visage un amalgame de colère et d'émotion. Arianna est au bord des larmes, et pleurer à nouveau lui ferait peut-être du bien. À condition que maman nous épargne sa sempiternelle exhortation à « aller de l'avant ».

Les événements récents ont dû infliger de rudes secousses à son culte de la performance, puisqu'elle répond : « Oui, peut-être. Je pensais que ça te serait utile, d'avoir près de toi une figure féminine forte. Je me suis trompée : tu as suivi ton chemin et j'ai suivi le mien…

— C'est du passé, tout ça…

— Oui, c'est du passé. »

Je reçois un SMS et je m'imagine que c'est encore Flor.

C'est Matilde.

« L'important, dans l'immédiat, c'est de soutenir papa, déclare Arianna.

— Vous verrez, assure maman en se tournant aussi vers moi, Mario va s'en sortir. Il est résistant, c'est un vrai colosse, il tiendra le coup. »

La conversation entre Arianna et ma mère arrive soudain à mes oreilles comme d'un lieu très éloigné, mon cerveau est obnubilé par le message de mon ex-femme :

Je pensais que tu m'aurais rappelée. Ça ne t'intéresse même pas de savoir si cet enfant est de toi ?

Je m'excuse auprès de ma mère et d'Arianna et je quitte la pièce.

« Erri, tu ne pourrais pas lâcher ton portable une seconde ? » Je suis déjà dans le couloir quand j'entends la question de ma mère.

J'ai besoin de m'isoler pour réfléchir à la nécessité et à l'éventuel contenu de ma réponse. Au moment où je me glisse dans mon ancienne chambre, je reçois un nouveau SMS :

J'aurais vraiment besoin de toi, en ce moment. J'ai quitté Manuel. Je ne l'aimais pas, je ne l'ai jamais aimé.

Quand je lève les yeux, Clara est devant moi ; elle tient Renata dans ses bras et elle me sourit. Je m'empresse de lui demander pardon :

« Excuse-moi, je ne savais pas que tu étais là.

— Non, non, c'est moi qui m'excuse, nous sommes dans ta chambre. J'étais venue chercher Renata pour l'emmener dans mon lit. »

Je la dévisage un instant. Elle continue de me sourire, sa fille endormie sur son épaule, et c'est à elle que je m'adresse au lieu de demander conseil à Arianna, encore aux prises avec une séance de psychothérapie où son bourreau fait tout son possible pour jouer le rôle de la victime. Je désigne mon téléphone en disant à Clara :

« C'est Matilde.

— Il y a de la réconciliation en vue ?

— Je ne sais pas. »

Elle semble réfléchir un instant, puis elle s'exclame : « À mon avis, cet enfant change la donne ! Vous êtes presque obligés de réessayer. »

Matilde me manque de plus en plus, certes, mais même si cet enfant était de moi, je ne suis pas certain que ça suffirait à effacer des mois et des mois de rancœur accumulée. Je ne sais pas si nous réussirons jamais à surmonter ce qui s'est passé, pour son bien comme pour le mien.

Mais tout ça, je ne peux pas et je ne veux pas le formuler à voix haute, d'autant plus que ce ne serait qu'une partie de la vérité. Depuis environ une minute, depuis que j'ai reçu le premier message de Matilde, je suis en effet passé par tous les états d'esprit imaginables, de la surprise à l'euphorie, de la confusion à une espèce de langueur nourrie par mes propres hésitations : ce que je m'apprête à faire (lui répondre ou, pire encore, l'appeler), c'est vraiment une bonne idée ? et surtout, c'est vraiment ce dont j'ai envie ? Le soir où je me suis réfugié chez lui, mon frère Giovanni m'avait fait des remarques très justes. Ces derniers mois, outre une souffrance inévitable, j'ai aussi eu la sensation d'une sorte de fourmillement dans le ventre, l'espoir que quelque chose allait enfin changer pour de bon, que ma vie allait prendre une autre direction. Et je suis allé de l'avant, même si je suis resté tout le temps tiraillé entre la douleur causée par l'absence de Matilde et la satisfaction apportée par une vie d'un certain point de vue plus apaisante, plus pauvre en certitudes mais plus riche en expectatives.

Et maintenant, j'ai peur que l'envie d'élever cet enfant arrivé là Dieu sait comment et le désir d'avoir à nouveau ma femme rien que pour moi, quelqu'un qui m'attend le soir à la maison, et aussi une vie plus régulière, me privent de la sensation de liberté qui m'accompagne au réveil et de cette pensée : je suis seul et j'ai accumulé les échecs, c'est vrai, mais aussi longtemps que je conserverai cette énergie qui coule dans mes veines et qui me permet de me relever après chaque chute, alors tout restera possible. Perdre cette énergie équivaudrait à me perdre moi-même. Et ça, je ne peux pas me le permettre. Même pour un enfant.

Le Moi de Clara

CLARA INTERROMPT le cours de mes pensées : « Tu ne crois pas ?

— Je ne sais pas, j'ai peur de me tromper. »

Elle plisse un instant les yeux et elle penche la tête ; dans ce petit geste, je revois ce que j'aimais en elle il y a si longtemps, dans la douce jeune fille qui se présentait tous les matins au bureau. Mais aussitôt après, elle redevient la femme qui ne dispose plus de la moindre place pour ses propres rêves. Elle s'approche de moi et elle me dit :

« Erri, nous avons tous peur de faire des choix, mais quand le moment vient, il faut prendre une décision et ne plus regarder en arrière.

— Il faut aller de l'avant ! » Ma tentative d'imitation de ma mère a pour seul but d'essayer d'arracher un sourire à Clara.

Mais au lieu de sourire, elle se sent encouragée à poursuivre sur sa lancée : « Oui, exactement, il faut aller de l'avant. Il faut penser à ton fils. »

Mon Dieu, Giovanni a pour épouse une future Renata Ferrara !

« Pardonne à Matilde et remets-toi avec elle. Il y a un enfant en jeu.

— Je ne sais pas si je réussirai à lui pardonner.

— Mais si. Et par amour pour ton enfant, tu oublieras. »

Je pourrais lui répondre par un sourire narquois et me libérer ainsi de sa présence pour téléphoner à Matilde, mais je préfère profiter de l'occasion pour explorer un peu le Moi de Clara :

« Et toi, tu l'aimes, Giovanni ? »

Elle ouvre grand les yeux. « Pourquoi tu me demandes ça ?

— Parce que tu m'as l'air disposée à tout lui passer au motif qu'il est le père de ta fille.

— Oui, c'est vrai. » Elle fixe le plancher et elle appuie sa joue contre celle de Renata.

Je souris pour tenter de la tirer d'embarras, mais elle a accusé le coup. Elle dirige à nouveau ses yeux sur moi et elle me dit : « Qu'est-ce que tu crois ? Que je ne suis pas au courant de ce que fait Giovanni ? »

Une grimace m'échappe, mais elle me prend de vitesse : « Tout le monde est au courant, y compris moi. Mais dis-moi, toi, ce que je devrais faire. Le quitter ? Priver Renata de son père ? En faire quelqu'un de peureux, sans la moindre confiance en soi, et tout ça pour un caprice de ma part ? » Elle marque une pause puis elle ajoute : « Excuse-moi, je ne voulais pas dire que tous les enfants de parents séparés manquent de confiance en eux...

— Laisse tomber... »

Une larme descend le long de sa joue, elle l'essuie de sa main libre et baisse à nouveau les yeux. C'est bizarre, on dirait que ce soir, mon ancienne chambre contient des effluves particuliers qui poussent aux aveux.

J'essaie de rectifier le tir : « Désolé, j'ai parlé sans savoir... » Clara m'interrompt : « Ah parce que tu ne savais vraiment rien ? Tu serais bien le premier. Je crois que même ta mère est au courant. Valerio, c'est sûr. Et tu ne devineras jamais ce qu'il m'a dit. »

Je confirme d'un hochement de tête.

« Il m'a dit que les hommes sont comme ça, qu'un instinct ancestral les pousse à engrosser le plus grand nombre possible de femmes, pour augmenter les chances de survie de l'espèce. »

Un rire me vient spontanément aux lèvres, même si je suis bien conscient que je ne devrais pas. J'essaie donc une fois encore de rectifier le tir : « Tu connais Valerio, non ? Il a des idées très personnelles sur certains sujets, et je ne crois pas que ce soit la personne la plus indiquée pour ce type de conseils.

— En effet.

— Et de toute façon, je crois aussi que dans ce genre d'affaires, les conseils ne sont pas très utiles, il vaut mieux se laisser guider par ce qu'on ressent.

— Tout à fait. Et moi, ce que je ressens, c'est l'envie de rester avec Giovanni.

— Alors tu as raison de rester avec lui. »

Clara penche la tête une seconde ; quand elle la relève, elle a les larmes aux yeux. Elle me caresse la joue et elle me dit, d'un ton ironique : « Qu'est-ce que tu veux y faire, je n'ai pas choisi le bon frangin… »

Puis elle s'en va et elle me laisse là, les yeux rivés sur la porte, à ruminer une question : pourquoi est-ce qu'on choisit si souvent la mauvaise personne ? Peut-être parce que, en général, on choisit l'autre moins pour ce qu'il est que pour ce qu'il a à nous offrir. C'est comme dans une vente aux enchères : notre vie va au plus offrant.

Petite réflexion sur les regrets

LA THÉORIE DE RENATA FERRARA est très en vogue. J'entends souvent dire, en effet, qu'il ne faut pas avoir de regrets, que les gens qui vivent dans le passé n'ont aucun espoir pour l'avenir. En réalité, je crois que les gens qui n'ont pas de regrets n'ont tout simplement jamais eu de rêves. Et que c'est l'absence de rêves qui exclut la possibilité d'un bel avenir.

Moi, je traîne comme un boulet mes regrets et mes innombrables espoirs toujours déçus, par exemple devenir dessinateur de BD, embrasser Arianna ou encore, en dernier lieu, avoir un enfant.

La vérité, c'est qu'entre l'espoir et le regret, l'espace est très étroit.

Mais c'est là que nous passons l'essentiel de notre vie.

Un pot en verre rempli de squelettes d'oursins

PENDANT UNE TRÈS COURTE PÉRIODE, les familles Ferrara et Gargiulo ont été réunies. C'était à l'été 1984, celui des jeux Olympiques de Los Angeles (je revois encore papa et Mario, assis dans le jardin devant la télé, buvant des bières et faisant des commentaires sur les exploits des athlètes).

Valerio et Flor avaient un an. Mario avait loué, pour tout le mois d'août, une très belle villa sur une plage de Sardaigne, près de Palau. Ce vaste bâtiment comprenait trois chambres à coucher, une cuisine habitable équipée d'une longue table centrale, un patio et un immense jardin qui aboutissait en bord de mer. La beauté de l'ensemble nous avait coupé le souffle, d'autant plus que la villa était par ailleurs entourée d'une large pinède donnant elle aussi sur la mer et tapissée d'aiguilles de pin.

Malgré les protestations de maman, qui avait reproché son altruisme à son compagnon et l'avait prié de ne pas faire de sottises qu'il aurait pu regretter, puisque au fond il ne connaissait pas bien Raffaele Gargiulo, Mario avait donc décidé d'inviter papa et sa nouvelle famille. Car l'auteur de ces lignes l'avait informé que sans cela, les Gargiulo passeraient l'été à Naples.

Cela faisait presque deux ans que papa était rentré d'Espagne, et deux mois qu'il avait obtenu son fameux poste de guichetier ; rien d'étonnant, donc, à ce qu'il n'ait pas eu les moyens de s'offrir des vacances. Un soir, Rosalinda m'a pris à part et m'a dit ce qu'il aurait voulu et dû me dire : « Erri, ton papa aimerait bien passer l'été avec toi, mais comme nous ne partirons nulle part, il vaut mieux que tu ailles avec l'autre famille. Et peut-être que l'an prochain, on partira tous ensemble en Espagne. Qu'est-ce que tu en penses ? »

J'ai hoché la tête et j'ai souri, mais au fond de moi-même, je me demandais pourquoi j'aurais dû passer cet été-là en sa compagnie, puisqu'il avait été aux abonnés absents toutes les années précédentes.

Le soir à dîner, maman m'avait demandé des nouvelles de papa : « Qu'est-ce qu'il fait, cet été ? Maintenant qu'il a enfin décidé d'assumer ses responsabilités de père, j'espère qu'il t'a au moins proposé de rester avec lui ?

— Il ne part pas, cet été. Il a juste dit que l'année prochaine, on ira peut-être tous en Espagne. »

Maman et Mario avaient échangé un regard sans rien dire. Quelques jours plus tard, j'ai appris que papa viendrait avec nous en vacances.

J'avais demandé, d'un air pantois : « Alors on sera tous ensemble ?

— Tous ensemble », m'avait répondu ma mère avant de me tourner aussitôt le dos.

La générosité de Mario aurait pu avoir des effets catastrophiques : il existait un risque réel que mes parents passent leur temps à s'adresser des reproches plus ou moins enrobés, voire à se disputer ouvertement ou à se servir chacun de moi pour agacer l'autre. Dieu merci, rien de tout cela ne s'est produit, et ces vacances ont été formidables.

Mes inquiétudes n'ont pas duré au-delà des deux premiers jours. Pendant tout ce temps, j'ai erré dans la maison à pas de loup et j'ai surtout bien pris soin de garder une position de stricte neutralité vis-à-vis de mes deux parents. À dîner, je ne prononçais pas un mot et je ne quittais pas mon assiette des yeux, en espérant par-dessus tout que personne ne m'impliquerait dans la conversation.

Ensuite, peu à peu, j'ai commencé à me détendre, y compris parce que Arianna et moi, nous passions nos journées à jouer à cache-cache, à nous courir après dans la pinède ou encore à nous raconter, assis sur le tapis d'aiguilles et le dos appuyé contre un arbre, les histoires féeriques des lutins et des gnomes qui habitaient cette vénérable forêt. Parfois, je dessinais même des images qui suscitaient l'enthousiasme de ma petite camarade. Et puis, à la plage, nous étions presque tout le temps avec Mario ; il nous avait offert un masque de plongée et des palmes, et appris à nager sous l'eau pour attraper des coquillages et des squelettes d'oursins. Il y en avait de très beaux, leurs couleurs allaient du vert au marron, du blanc au violet. Chaque fois qu'on en pêchait un, on le montrait à Mario et on courait le mettre à sécher au soleil, sur le sable.

J'étais à tel point absorbé par mon nouveau rôle de découvreur de trésors marins que je m'apercevais à peine du miracle qui s'accomplissait sous mes yeux. Maman ne se montrait pas beaucoup à la plage, et jamais aux heures les plus chaudes : elle répétait sans se lasser que le soleil était mauvais pour la santé, qu'elle devait s'occuper de Valerio (alors qu'en réalité, c'était cette pauvre Luisa qui l'avait sur les bras à longueur de journée), et que de toute façon, elle préférait rester dans la pinède. Mais moi, j'avais bien compris qu'elle évitait surtout de passer trop de temps avec mon père et sa nouvelle famille. Rosalinda aussi ne descendait à la plage que quand elle pouvait, quelques instants entre deux tétées. Le seul à rester des heures au soleil, c'était donc papa. Il aurait même pu en profiter pour m'aider à pêcher tous ces squelettes colorés, mais il préférait lire, allongé sur le sable et les pieds dans l'eau.

Il était très maigre, il avait une barbe hirsute et des cheveux déjà clairsemés, mais quand je m'immobilisais pour regarder sa peau couverte de gouttelettes et son corps étendu sur la partie de la plage exposée au va-et-vient des vagues, je voyais en lui une sorte de divinité marine.

De temps à autre, il plongeait et il nous rejoignait en un clin d'œil, Arianna et moi, toujours occupés à faire la navette entre la rive et les abysses (deux mètres tout au plus). Alors, il restait là à nous observer ; parfois, il nous souriait ou il échangeait quelques mots avec Mario ; plus rarement, il faisait semblant de s'intéresser à ce que je faisais. Puis il retournait sur la plage, il s'essuyait et il allait relayer Rosalinda ; elle entrait dans l'eau en courant et elle se mettait à nous éclabousser et à rire avec nous, ou bien elle partait elle aussi à la pêche aux coquillages, qu'elle coloriait le soir avec des feutres à la lumière de la petite lampe de jardin.

Souvent, je restais à l'observer et je la trouvais magnifique, avec sa carnation sombre, ses yeux clairs et sa bonne humeur inaltérable. Je me demandais aussi comment elle faisait pour rester avec papa, qui donnait tout le temps l'impression de faire la tête, et quels rapports pouvaient bien exister entre, d'un côté, elle et Mario, et, de l'autre, mes parents. J'avais le sentiment que les couples étaient mal assortis, que Rosalinda aurait dû être avec Mario et que maman et papa auraient dû se remettre ensemble.

Un jour, Arianna m'a d'ailleurs posé la question : « Il ne parle jamais, ton père ?

— Assez peu.

— Il est vraiment antipathique. » Une fois encore, Arianna était fidèle à sa proverbiale franchise.

Je lui ai aussitôt répondu : « Ce n'est pas vrai.

— Si. C'est peut-être ton père, mais il est antipathique quand même.

— Il n'est pas antipathique, il est fait à sa manière.

— Eh bien alors il est mal fait, voilà », a conclu Arianna avant de plonger à la recherche d'un nouvel oursin.

Pourtant, plus le temps passait, plus ces vacances prenaient une aura magique. L'embarras général des premiers jours avait disparu : le soir, les adultes se lançaient dans de longues discussions, après avoir mis Valerio et Flor au lit ; ou bien nous les entendions jouer aux cartes dans le jardin, alors que nous étions déjà couchés.

Parfois, je me réveillais la nuit pour aller faire pipi et je passais devant les chambres de mes deux familles. Les premiers jours, maman avait essayé de fermer la porte de la sienne, mais il faisait trop chaud et elle avait fini par capituler. Je restais donc là, sur le seuil, à observer tous ces corps endormis, et surtout ceux de papa et de Rosalinda, en qui je ne voyais pas encore une famille, ou en tout cas pas la mienne. Papa ronflait autant que Mario ; il dormait torse nu, en caleçon et le plus souvent sur le côté, ses lunettes et un livre ouvert posés près de lui sur sa table de chevet. Rosalinda, en revanche, dormait à plat ventre, les bras autour de son oreiller, à côté du berceau de Flor. Elle ne donnait pas le sentiment de se préoccuper beaucoup de son corps, alors que maman n'arrêtait pas, par exemple, de descendre l'extrémité de sa jupe ou de remonter la bretelle de son débardeur. Rosalinda retroussait les bords de son slip de bain pour bronzer le plus possible sur les fesses ; maman ne quittait pas son maillot une pièce. Rosalinda dormait par-dessus ses draps ; maman s'emmitouflait dans les siens.

Pourtant, elles étaient belles chacune à sa façon. Malgré leurs différences de physique et de caractère, elles exhalaient la même lueur à mes yeux. Rosalinda, c'était la vitalité, la bonne humeur, la jeunesse ; ma maman, c'était l'élégance et la sobriété ; chacune avait ce qui manquait à l'autre ; et je n'ai pas tardé à me demander comment elles avaient pu tomber amoureuses toutes les deux de ce monsieur en qui je voyais une divinité marine, et Arianna un homme « mal fait ».

Cet été à la fois étrange et miraculeux est bien vite passé. La veille du départ, papa m'a fait venir dans sa chambre et il m'a montré une vingtaine de squelettes d'oursins multicolores, enveloppés dans du papier journal.

Je lui ai demandé, les yeux écarquillés : « Où est-ce que tu les as trouvés ?

— À ton avis ? Dans la mer, bien sûr. »

Tout en les retournant entre mes mains, je me suis exclamé : « Ils sont magnifiques !

— Ils sont à toi, maintenant. »

Après avoir murmuré un mot de remerciement, j'aurais voulu me jeter au cou de mon père, lui montrer à quel point j'étais ému par son cadeau et par son geste, mais je n'ai pas osé.

Heureusement, c'est lui qui a fait le premier pas : « Allez, viens là, donne-moi un baiser. »

Et c'est ainsi que j'ai posé pour la première fois mes lèvres sur sa barbe rêche. De nombreuses années se sont écoulées depuis, mais je me sens encore dans l'obligation de les remercier, lui, Rosalinda, maman et Mario, d'avoir donné la priorité à mon bien-être et mis de côté leurs rancœurs, au moins le temps des vacances.

À mon retour à la maison, j'étais plus déconcerté que jamais et il ne me restait plus beaucoup de certitudes ; j'avais surtout gardé un souvenir qui ne devait plus jamais m'abandonner et un pot en verre rempli de carcasses d'oursins qui n'a plus jamais quitté mon ancienne chambre. Au fil des ans, ces carcasses se sont émiettées et elles ont perdu leurs couleurs ; pourtant, leur odeur me suffit pour retrouver l'arôme de cet été miraculeux.

Un arôme de pin, de sel marin, de fumigène anti-moustiques, de grillades, de bière et d'enfants.

Un arôme de famille.

La danse des petites choses

SI MANUEL GHEZZI avait été un de ces hommes arrogants toujours vêtus de costumes rayés, chaussés de chaussures vernies, affublés de nœuds de cravate aussi gros qu'une balle de tennis et possesseurs de SUV chargés d'attester leur virilité par automobile interposée, il me serait facile de le haïr.

Seulement voilà, c'est un homme modeste, pondéré, toujours aimable, souriant, soigneux de sa santé, toujours prêt à donner un conseil, doué d'une excellente capacité d'écoute et très intelligent. Ni beau ni laid et peut-être typé, comme on dit dans ces cas-là. Il fait partie de ces gens qui vous racontent le matin le film qu'ils ont vu la veille au soir, qui vous parlent de leur livre de chevet, qui ne s'intéressent ni aux bagnoles, ni aux vêtements hors de prix, ni au foot, et qui ne passent pas leur temps à parler des femmes en termes vulgaires. On serait presque tenté de croire que la vie ne lui a offert que des satisfactions et des raisons de se réjouir ; et d'ailleurs, comment imaginer qu'il aurait la force de garder ce sourire permanent, si son existence partait à vau-l'eau ?

Or il se trouve qu'il y a dix ans, il a perdu sa femme dans un accident de la route. Ce jour-là, ils étaient censés partir en vacances, ils avaient loué un appartement en Calabre avec un couple d'amis. Mais Manuel a dû retarder son départ au dernier moment à cause d'une réunion de travail et sa femme a donc fait le voyage dans la voiture des amis en question ; lui devait les rejoindre en train le lendemain. Par chance, leurs deux enfants étaient ailleurs, dans un camp de scouts.

Dans des circonstances mal élucidées, la voiture du couple d'amis s'est encastrée à l'arrière d'un semi-remorque, et ses trois occupants sont morts sur le coup. Cet accident a été un choc pour tous les collaborateurs de l'entreprise, personne ne trouvait les mots de réconfort adaptés à une tragédie aussi atroce.

Manuel Ghezzi n'a pris que deux jours de congé, pour les obsèques ; au cours des années suivantes, il n'a jamais transformé sa douleur en carapace protectrice et il ne s'est jamais complu dans le rôle de la victime.

On peut donc affirmer, en somme, que c'est le collègue idéal.

Mais sûrement pas le compagnon idéal. Il avait réussi une fois à se dégoter une femme que sa déconcertante normalité attirait, et le miracle avait très peu de chances de se reproduire. Ou du moins, c'est ce que je pensais.

Car Matilde avait justement besoin d'un homme normal, gentil, attentionné, toujours présent et pas trop exigeant. De ce point de vue, à bien y réfléchir, Ghezzi était le prototype parfait. Je ne sais pas et je ne veux pas savoir comment leur histoire a commencé, mais j'imagine que Matilde a substitué à son désir de devenir mère le besoin de redevenir une fille.

Ou quelque chose dans ce genre-là.

Un soir, je suis rentré à la maison encore plus mélancolique que d'habitude ; en l'absence de Flor (partie, si je ne m'abuse, chez un ami à Londres), les murs colorés de son studio m'ont semblé plus gris que ceux de mon ancien bureau. J'ai pris une bière dans le frigo, je me suis allongé sur le divan et j'ai allumé la télé. Si j'avais été capable de pleurer, je l'aurais fait ; mais je suis resté là, bouche bée, à fixer l'écran et à réfléchir à mon passé. L'éloignement de Matilde m'amenait à découvrir des petites choses de sa quotidienneté que j'avais oubliées, ou que je tenais un peu trop pour acquises. Le soir, j'avais l'impression de sentir l'odeur de la crème qu'elle se passait sur les mains, ou encore d'entendre le léger frottement de pieds qu'elle faisait durer, une fois couchée, jusqu'au moment où elle s'endormait. Ou bien je humais les effluves de l'acétone qui lui servait à retirer son vernis à ongles, et je me tournais aussitôt vers la commode en cherchant des yeux les cotons-tiges roses que j'allais devoir, comme d'habitude, mettre à la poubelle. C'est comme les dosettes de café, il n'y a jamais eu moyen de la convaincre de les jeter elle-même. J'avais aussi la sensation d'entendre, en provenance de la cuisine, le bruit qu'elle faisait en lavant les assiettes sous l'eau du robinet, toujours suivi du même geste des mains, une sorte de gifle destinée à égoutter la vaisselle. Et puis, sa façon de replier son torchon : elle le prenait par les deux bouts et elle effectuait une sorte de demi-cercle, jusqu'au moment où ses deux index se rejoignaient. Des mouvements rapides, l'affaire d'un instant. Pourtant, ils étaient encore là, bien présents à mon esprit. Même chose pour le bruit des pages qu'elle feuilletait, accompagné du choc de son verre contre l'évier : elle avait l'habitude de lire debout, le matin avant de partir au travail, tout en buvant un jus d'orange. J'arrivais en trombe à la cuisine (je me réveillais toujours en retard), et je la trouvais là, sans défense, splendide, concentrée et silencieuse ; ses longs cheveux noirs lui retombaient devant les yeux, ses pieds s'entortillaient l'un autour de l'autre et ses doigts fuselés tenaient son livre. Parfois, j'entendais le tintement rapide produit par le contact de sa brosse à dents avec son verre, dans la salle de bains, annonciateur de son arrivée prochaine à mes côtés, dans notre lit. En voiture, je me tournais souvent vers le siège passager avant ; je la voyais se passer du rouge à lèvres, les yeux fixés sur le miroir du pare-soleil, ou encore s'attacher les cheveux des deux mains, une épingle à la bouche, et le décolleté de son chemisier laissait entrevoir la rondeur de sa poitrine souple. Mais ce soir-là, j'ai entendu le clic métallique que faisait son étui à lunettes juste avant qu'elle s'abandonne à l'étreinte du divan.

Je n'avais pas besoin de photos pour retrouver Matilde, il suffisait de fermer les yeux, de me mettre à l'écoute et d'attendre que tous ces petits bruits résonnent dans ma tête pour former la petite danse de ses gestes quotidiens. Et j'ai compris que ce sont eux, les petits gestes de tous les jours, les habitudes, voire les obsessions, qui révèlent la personnalité de quelqu'un. Ils sont minuscules et précieux, visibles uniquement pour les observateurs attentifs. Ils sont l'immense privilège accordé à ceux qui nous aiment.

La voix de Malaika m'a tiré de mes rêveries. Je suis sorti sur le palier, mais elle avait disparu chez elle. J'ai frappé à sa porte, elle m'a ouvert en robe de chambre et elle m'a souri.

« Qu'est-ce que tu fais ? » Ma question était d'autant plus incongrue que la réponse était évidente : Malaika portait un maquillage outrancier et on apercevait, sous sa robe de chambre, un petit haut en satin noir.

« Je travaille.

— Ah. Excuse-moi, alors. »

Au vu de mon expression navrée, elle a ajouté : « Je passe te voir dès que j'ai fini. »

Une heure après, je noyais ma tristesse dans un long bavardage avec Malaika et un peu d'alcool. Et c'est à ce moment-là que Matilde m'a appelé. J'ai répondu sans la moindre hésitation, j'avais trop peur qu'elle raccroche. Elle a commencé par me demander :

« Comment ça va ? »

J'ai répondu par un haussement d'épaules qui n'a pas dû se voir beaucoup à l'autre bout du fil. Elle a donc repris :

« Je pensais à toi. »

À ces mots, la présence de Malaika, jusque-là indispensable, est devenue tout à fait inopportune. Je me suis levé du divan, j'ai fait signe à ma voisine d'attendre un instant, je me suis précipité dans la salle de bains et j'ai rétorqué à Matilde, d'une voix assez dure :

« Qu'est-ce qu'il y a ?

— Rien, c'est juste que tu me manques.

— Tu ne peux pas m'appeler pour me dire des trucs pareils. Essaie plutôt avec Machin Chose, et s'il dort, réveille-le. »

Sa voix s'est raidie : « Je t'ai déjà demandé de ne pas l'appeler comme ça, s'il te plaît : il n'est coupable de rien et c'est quelqu'un de bien.

— Peut-être, mais il est vieux.

— Eh bien, puisque tu tiens tant que ça à aborder le sujet, permets-moi de t'informer que du point de vue auquel tu penses, il a beaucoup plus d'imagination que tu ne crois... »

Mon estomac a commencé à gargouiller et moi à protester : « Tu n'as tout de même pas l'intention de me décrire par le menu les performances de ton amant au lit ? »

Matilde a soupiré. « Non, mais je n'aime pas que tu te moques de lui. Il ne le mérite pas.

— Il n'en reste pas moins que c'est ton amant. »

Après une courte pause, elle m'a répliqué : « Je constate avec regret que ce n'était pas une bonne idée de t'appeler.

— En effet.

— Alors... ciao.

— Ciao. »

De retour au salon, j'ai retrouvé Malaika endormie sur le canapé. Je suis allé à la cuisine prendre une bonne dose de Gaviscon, pour tenter d'éteindre l'incendie qui menaçait mes entrailles, puis je me suis mis à observer ma voisine et à me demander s'il était opportun de la réveiller. Pour finir, je suis allé me coucher et j'ai essayé de ne surtout pas ruminer des pensées sur une période de toute façon révolue. J'ai donc fermé les yeux et je me suis efforcé de me convaincre que parfois, le passé vient vous murmurer des choses à l'oreille dans le seul but de vous aider à changer le présent.

Sirius

MA PREMIÈRE NUIT AVEC MATILDE a été une expérience inoubliable. Je lui tournais autour depuis plusieurs mois, mais avec légèreté et sans trop en faire, en partie parce que c'était la fille du patron, et en partie aussi parce que je ne savais rien de sa vie, et même pas si elle avait quelqu'un. Pendant des semaines, ma cour s'est donc limitée à quelques timides sourires auxquels elle a toujours répondu, à quelques regards à la dérobée, à de vagues plaisanteries dans l'ascenseur et à des cafés devant le distributeur du premier étage.

Et puis, un jour, son père s'est présenté avec elle dans mon bureau et il m'a dit : « Erri, je veux que Matilde apprenne à se servir de ce programme informatique pour psychopathes que tu utilises. Moi, je n'y comprends rien, alors je compte sur toi pour lui donner une formation accélérée et lui expliquer comment ça marche. »

Voilà, j'avais enfin une bonne raison de passer du temps avec elle. Je me suis levé d'un mouvement brusque, j'ai pris une chaise, j'ai prié Matilde de s'installer et je lui ai demandé, sans me rasseoir, si elle désirait quelque chose.

« Quelque chose qui puisse se trouver dans un rayon de cinq kilomètres », ai-je précisé.

Elle m'a demandé en riant si j'étais toujours aussi serviable avec les femmes.

« Seulement avec les filles du patron.

— Eh bien, il se trouve qu'il n'en a pas d'autre que moi ! »

Outre l'accueil plutôt favorable réservé à mes flatteries, j'ai été sensible à son sens de la repartie et je lui ai répondu du tac au tac :

« Alors je te réserve l'exclusivité de mes délicates attentions. »

Elle a ri de nouveau et j'ai compris que je l'avais conquise en deux minutes, grâce à trois mots d'esprit. Un record pour moi, habitué depuis une éternité à une exploitation forcenée de mon bagout et de mon intelligence destinée à compenser l'insuffisance esthétique qui, d'emblée, me met toujours dans une situation d'infériorité par rapport à mes concurrents.

Dans mon adolescence, je me définissais moi-même comme un coureur de marathon ou tout au plus de demi-fond, quelqu'un qui se distingue sur la longue distance, en tout cas. Contrairement à plusieurs de mes camarades, dont leurs indéniables qualités physiques faisaient des spécialistes du cent mètres, j'avançais à un rythme lent, kilomètre après kilomètre, en attendant que certains de mes rivaux trébuchent ou manquent de souffle. Et là, hop, je leur passais devant. Il m'est arrivé plus d'une fois de rencontrer des filles qui avaient pris d'autres garçons pour cibles avant de s'apercevoir, avec le passage du temps, qu'elles s'intéressaient bien plus à moi.

Cela étant, malgré ce départ tonitruant de mes relations avec Matilde, il m'a fallu une dizaine de jours avant de l'inviter quelque part. Après tout ce temps passé à travailler en contact étroit, elle a accepté avec enthousiasme. Nous avons donc dîné à Baïes et ensuite, je l'ai emmenée sur la plage du cap Misène. On était en juin, il n'y avait pas encore trop de monde et la soirée semblait se dérouler à la perfection. Les yeux tournés vers les étoiles, Matilde m'a demandé : « Tu as un rêve, toi ? » Je me suis senti pris au dépourvu et j'ai balbutié quelque chose d'incompréhensible ; sinon, j'aurais été obligé de lui avouer la triste vérité, à savoir que je ne cultivais plus le moindre rêve et que je ne savais même pas par où commencer pour en trouver un nouveau. Heureusement pour moi, elle est passée outre. Si elle avait approfondi la question, elle aurait tout de suite pris conscience du danger et elle se serait éloignée pour toujours. Les gens sans projets tendent en effet à étouffer aussi ceux de leur entourage, comme un trou noir qui engloutit la lumière trop proche de lui. Mais très vite, nous nous sommes embrassés et je me suis mis à déboutonner le chemisier de Matilde, puis je me suis attaqué à son soutien-gorge. À ce moment-là, elle m'a bloqué les mains et elle m'a dit que non, que ce n'était pas le bon endroit, qu'on nous verrait et qu'elle ne se sentait pas tranquille.

« Où, alors ?

— Chez toi ? »

J'ai regardé ma montre. Il était onze heures, ce n'était pas un jour férié et selon toute probabilité, ma mère et Mario dormaient déjà. Nous nous sommes introduits chez moi comme des voleurs, sur la pointe des pieds et en avançant à tâtons dans l'obscurité, comme autrefois avec Giulia. Quand nous sommes enfin arrivés dans ma chambre, Matilde s'est exclamée : « J'ai vu la lumière d'un téléviseur au fond du couloir, je crois que tes parents sont encore debout. »

Je l'ai attirée vers le lit et je lui ai répondu : « Ce ne sont pas mes parents. Lui parce que ce n'est pas mon père, et elle parce qu'elle est incapable d'être la mère de qui que ce soit. »

Matilde a ri, puis elle m'a demandé : « Et tes frères, ils dorment aussi ?

— Ne t'inquiète pas, ils ne sont pas là. »

Elle s'est rassurée, elle s'est détendue et nous nous sommes alors plongés dans une exploration passionnée de nos corps. Sans jamais cesser de nous embrasser, nous nous sommes déshabillés en jetant aux quatre coins de la pièce les vêtements qui faisaient obstacle à notre besoin l'un de l'autre. Ensuite, nous nous sommes allongés sur le lit et nous avons échangé nos corps, nos souffles, nos sueurs, nos sourires. Bref, mon rêve érotique des dernières semaines se contorsionnait au-dessus de moi quand mon portable a sonné.

Matilde m'a dit, d'une voix haletante : « Réponds. »

J'ai regardé l'écran avec un soupir d'agacement : c'était Valerio. Je me suis demandé ce qu'il me voulait, à une heure pareille.

« Erri ?

— Quoi ?

— Tu es où ?

— À la maison, pourquoi ?

— J'ai besoin que tu me rendes un service. »

Je me suis passé une main sur le visage. De son côté, Matilde avait l'air gênée par la situation, par la nudité de nos corps encore peu habitués à une telle intimité.

« Quel service ?

— Il faudrait que tu viennes me chercher.

— Pas question.

— Mais tu ne sais même pas où je suis !

— Aucune importance. Je ne peux pas venir, point final.

— Erri, j'ai des ennuis.

— Quel genre d'ennuis ?

— Je t'expliquerai. Maintenant tu peux passer me prendre, s'il te plaît ? Je suis avec Filippo, sous le pont de Gianturco.

— Sous le pont de Gianturco ? Et qu'est-ce que tu fais à Gianturco en plein milieu de la nuit ?

— Je t'expliquerai. Alors, qu'est-ce que tu fais ? Tu viens ? »

J'ai poussé un soupir, j'ai croisé le regard de Matilde, j'ai terminé la conversation, je me suis rhabillé et je lui ai dit : « Désolé. Tu préfères m'accompagner ou m'attendre ?

— Ici ?

— Je ne vois pas trop où, sinon. »

Elle a pris un petit temps pour réfléchir, puis elle m'a répondu : « Je t'accompagne, comme ça, tu me présenteras ton frère. Je parie que c'est celui qui est un peu bizarre, non ?

— Au point où nous en sommes, je tiens à te prévenir : ta vie ne sera plus jamais tranquille si tu commences à te mêler des affaires de la famille Ferrara.

— À ce point-là ? Et qu'est-ce qu'il peut bien avoir de si particulier, ce Valerio ? Tu sais, toutes les familles ont leur brebis galeuse.

— À vrai dire, je ne pensais pas à Valerio...

— Ah bon ? Et de qui est-ce que je devrais avoir peur, alors ?

— De ma mère. »

La réponse m'était venue aux lèvres sans la moindre hésitation.

Valerio venait d'obtenir son permis de conduire. Ce soir-là, il était parti de la maison vers onze heures, une vingtaine de minutes avant mon arrivée, pour passer chercher Filippo, son ami de toujours. Mais comme il n'y avait plus personne sur la piazza Vanvitelli, que les rues étaient désertes, que nos deux amis avaient fini leurs joints et qu'il fallait bien trouver un moyen de s'amuser quand même, ils n'ont rien trouvé de mieux à faire que d'aller se balader dans les quartiers périphériques les plus fréquentés par les trans, pour se moquer d'eux gentiment.

Ils s'étaient donc approchés d'un travesti dans une rue transversale de la via Fioria, et Filippo s'était lancé dans sa sempiternelle litanie de remarques stupides et vulgaires. Le type en question avait eu beau les menacer d'appeler à l'aide, ils étaient restés là à rigoler et à compromettre des affaires déjà assez peu florissantes, et le type avait fini par mettre sa menace à exécution.

Elle avait eu pour effet immédiat l'arrivée, au volant d'une grosse Mercedes, d'un homme au visage grêlé et à l'expression peu avenante, qui s'était approché sans dire un mot et qui avait tendu un bras armé d'un revolver en face du visage de Filippo. Valerio était aussitôt devenu blanc comme un linge, et le peu d'adrénaline qui lui restait avait pris le dessus sur le cannabis qui continuait de couler en toute tranquillité dans ses veines : il avait enclenché la première et démarré à fond la caisse. Hélas pour lui, le barbare en colère s'était lancé à sa poursuite tout le long de la via Marina ; Valerio et Filippo hurlaient comme des fous ; Filippo se cachait la tête entre les cuisses, un peu à la manière d'une autruche ; et le pistolero, à bord de sa robuste voiture allemande, éperonnait le petit bijou automobile de Renata Ferrara, une Twingo rose fuchsia dont elle se servait très peu et qui n'avait pas plus de douze mille kilomètres au compteur.

Pour finir, le poursuivant implacable avait réussi, près de Gianturco, à mettre son véhicule à la hauteur de celui de ses victimes et à l'envoyer valdinguer sur le bas-côté de la route. C'est seulement alors qu'il avait rangé son revolver et qu'il était retourné, satisfait, retrouver ses travestis.

Ce récit circonstancié des événements m'a été fourni par mon frère et son copain pendant que nous rentrions à la maison, après avoir constaté que nous étions forcés d'abandonner là où il était l'ex-petit bijou de notre mère.

À un moment donné, poussé en partie par le désir de passer pour quelqu'un de très sérieux aux yeux de ma nouvelle conquête, je leur ai demandé : « On peut savoir ce qui vous est passé par la tête ? »

Mais Matilde a tout de suite pris leur défense : « Inutile de revenir là-dessus, c'est fait, c'est fait. Réfléchissons plutôt à ce que vous allez raconter à votre maman.

— Elle a raison ! s'est exclamé Valerio avec enthousiasme. Qu'est-ce qu'on va lui dire, à maman ? »

Je me suis empressé de rectifier : « Qu'est-ce que *tu* vas lui dire…

— Erri, allez, quoi, tu ne vas tout de même pas me laisser tomber. Je suis ton petit frère, ça fait partie de tes obligations, de t'occuper de moi. »

Matilde a éclaté de rire et je me suis retenu de crier un gros mot, tout en me demandant quel mensonge fantaisiste pourrait bien être susceptible de tromper le flair presque infaillible du fin limier nommé Renata Ferrara.

« On pourrait dire que quelqu'un nous est rentré dedans et qu'il s'est enfui », a suggéré Filippo.

J'ai aussitôt repoussé sa proposition : « Non mais tu l'as vue, la Twingo ? On dirait qu'elle a sauté sur une mine ! Qui va y croire, qu'elle a été mise dans un tel état après un simple choc avec une voiture normale ? »

Un profond silence s'est abattu sur l'habitacle.

Dans un accès de découragement, Valerio a murmuré : « Alors je vais être obligé de lui dire toute la vérité... »

Mon commentaire agacé ne s'est pas fait attendre : « C'est ça ! Alors tu vas aussi lui parler de votre échange de gracieusetés avec le travesti et de la poursuite façon Starsky & Hutch ? Non mais... »

Matilde m'a interrompu : « J'ai une idée ! »

Nous nous sommes tournés tous les trois vers elle, pendus à ses lèvres. Elle a pris une respiration et elle nous a expliqué d'un air très satisfait : « On n'a qu'à dire que la voiture nous a été volée. Qu'on l'avait garée quelque part et qu'on ne l'a plus retrouvée. Il ne nous reste plus qu'à porter plainte, et tout le monde croira que ce sont les voleurs qui l'ont mise dans cet état. »

Valerio m'a jeté un regard ahuri : « Où est-ce que tu es allé la dénicher, cette jeune femme ? C'est un génie ! »

Ce soir-là, Matilde Del Gaudio a fait son entrée officieuse dans la famille Ferrara ; de son côté, le petit bijou automobile de maman l'a quittée avec tous les honneurs, après des années et des années de bons et loyaux services.

La plage du cap Misène, nous nous y sommes retrouvés un an plus tard, Matilde et moi, pour fêter le premier anniversaire de notre rencontre, main dans la main, les yeux fixés sur les étoiles.

À un moment donné, elle m'a demandé : « Tu la vois, celle-là ? »

— Laquelle ?

— La plus lumineuse !

— Non, je ne la trouve pas.

— Enfin, Erri, tu n'as qu'à suivre la direction de mon doigt.

— Celle-là ?

— Oui, c'est Sirius, le plus grand astre du ciel. Il est là depuis toujours, et il sera encore là après nous. Tu te rends compte du nombre de regards amoureux qui se sont posés sur lui, pendant tout ce temps ? Du nombre de rêves qui lui ont été confiés ? C'est peut-être pour ça qu'il brille autant.

— Et… ? » Je n'ai pas pu m'empêcher de donner une nuance quelque peu ironique à ma question.

« Jure-moi devant cette si grande étoile, tellement plus grande que toi, que moi, que la mer et que le monde qui nous entoure, que nous ne nous quitterons jamais ! »

J'ai tout de suite répondu : « Je te le jure.

— Pas comme ça. Mets-y plus de conviction.

— Je te le jure, je te le jure.

— Ça ne vaut rien, un serment, si on n'y croit pas vraiment !

— Matilde, je viens de jurer.

— Donne-moi la main et répète après moi : Je jure devant Sirius… »

J'ai tenté d'objecter que je me sentais ridicule, mais elle m'avait déjà pris par la main et j'ai donc repris après elle :

« Je jure devant Sirius…

— Que toi et moi, nous ne nous quitterons jamais, que nous vieillirons ensemble…

— … que nous vieillirons ensemble…

— Non ! Que nous ne nous quitterons jamais et que nous vieillirons ensemble…

— … que nous ne nous quitterons jamais… » (J'avais du mal à m'empêcher de rire.)

« Je jure que je ne me lasserai jamais de toi et de tes baisers.

— Je ne me lasserai jamais de toi et de tes baisers.

— Je jure que, dorénavant, il n'y aura aucune nuit où je regarderai cette étoile sans savoir où tu es !

— Encore ? Mais il dure combien de temps, ce serment ? »

Elle m'a regardé d'un air si déçu que j'ai pris une respiration et récité la formule : « Je jure que, dorénavant, il n'y aura aucune nuit où je regarderai cette étoile sans savoir où tu es !

— Tu as prêté serment !

— Je sais.

— Plus moyen de revenir en arrière, maintenant. » Elle a accompagné sa phrase d'un sourire et elle m'a enfoncé la tête dans le sable pour m'embrasser.

Quand j'ai réussi à me libérer de son étreinte, j'ai précisé : « À moins que Sirius s'éteigne entre-temps.

— Imbécile ! »

Quel imbécile, en effet. Ces dernières années, je n'ai pas respecté mon serment ; j'ai oublié qu'il faut, de temps à autre, accorder aussi un regard à la plus lumineuse des étoiles et lui confier un rêve, pour qu'elle continue à briller.

Ce n'était pas de la volonté, c'était de la peur

JE DIS À MARIO que je m'en vais.

Il est en train de se brosser les dents mais il me fait signe d'attendre un instant et je m'appuie contre le montant de la porte de la salle de bains. Il s'essuie la bouche avec une extrême lenteur et il me demande : « Tu te souviens de la fois où on est allé voir un match à Florence ?

— Bien sûr que oui !

— Et du gigantesque bifteck à la florentine qu'on avait mangé ?

— Grand comme ça ! » Je joins le geste à la parole en écartant les mains.

« Ça avait été un beau match.

— Oui.

— Maradona avait marqué ?

— Oui, mais on avait quand même perdu trois buts à un.

— Je me souviens en effet. C'était l'année où on a gagné le championnat, non ?

— Exactement.

— Et tu avais quel âge ?

— Eh bien... douze ans.

— Douze ans. Incroyable. Et moi alors, j'avais quel âge ?

Je baisse la tête pour prendre le temps de réfléchir, mais il me devance : « Quarante-six.

— Un peu plus que mon âge actuel.

— Oui. » Il a prononcé sa réponse d'une voix impassible.

« Qu'est-ce qui t'a fait penser à tout ça ?

— Je ne sais pas. J'étais là à me laver les dents et j'ai revu la scène : tu ne savais pas par quel bout le prendre, ce gigantesque bifteck, et tu me faisais rire.

— En ce temps-là, je te voyais beaucoup plus âgé.

— Vieux, quoi ?

— Non, vieux, non. Je savais que tu étais un adulte, et ça me rassurait. Si je compare ce que tu étais à l'époque et ce que je suis maintenant, je n'arrive pas à croire qu'il y ait si peu d'années d'écart. »

Il sourit, se gratte le ventre, éteint la lumière et se dirige vers sa chambre. Je le suis.

« C'est tout à fait normal. Moi non plus, je ne me sentais pas très adulte. Je me percevais plutôt comme un grand enfant qui avait un peu mûri et qui aimait bien aller voir des matchs avec toi.

— Non, tu étais bien plus qu'un grand enfant qui avait un peu mûri. Tu étais un père. »

Mario m'adresse un regard plein de tendresse, il avance de deux pas et me pose une main sur l'épaule. Alors je le serre dans mes bras de toutes mes forces, comme si je n'avais attendu que son geste d'encouragement pour le faire, comme si je prenais conscience seulement maintenant du besoin que j'en avais. Il esquisse d'abord un mouvement de recul embarrassé, puis il répond à mon étreinte. Allez savoir pourquoi, plus on avance dans la vie, plus on tend à supprimer de choses : dans un premier temps les baisers, ensuite les caresses, ensuite les embrassades, ensuite les mots. Alors qu'il faudrait en ajouter. Toujours.

Mario me dit : « Toi aussi, tu vas être père.

— Il semblerait…

— Et tu seras un excellent père.

— Comment est-ce que tu peux en être sûr ?

— Je le sais, un point c'est tout. »

Il m'attrape par la nuque et il ajoute : « Tu n'imagines pas à quel point cette nouvelle m'a rendu heureux. Je ne voudrais pas me mêler de ta vie ou de tes relations avec

Matilde, mais je suis content de l'arrivée de cet enfant. Je suis comblé de devenir à nouveau grand-père. » Il sourit et me donne une pichenette sur la joue : « Tu verras, tout va bien se passer. »

Je voudrais lui demander si sa phrase se réfère à l'accouchement, à mon éventuelle réconciliation avec Matilde ou à sa propre santé. Mais je n'en ai pas le courage et je reste là, à sentir sa main calleuse sur ma nuque et à profiter de cet instant rare. Puis je m'exclame, les yeux droit dans les siens : « Le jour où tu m'as offert la maquette de l'*Amerigo Vespucci*...

— Oui ?

— Rien, c'est juste que... je t'aurais accepté même sans un tel cadeau. Une voix intérieure me disait que tu étais la bonne personne. »

Il se gratte à nouveau la barbe, comme toujours quand il ne veut pas laisser ses émotions prendre le dessus, mais j'insiste : « Tu te souviens que tu m'avais demandé de classer toutes les pièces ?

— Hum... non... c'était il y a si longtemps...

— Tu m'avais expliqué que si je les répartissais bien par groupes, le lendemain, on pourrait se lancer dans la construction du bateau. Et moi, je l'ai fait. Mais à la fin de la soirée, j'étais si fatigué que, en me levant de ma chaise, j'ai tout renversé par terre. Alors j'ai emporté la totalité des pièces dans ma chambre et j'ai veillé jusqu'à l'aube, pour reprendre le classement depuis le début et le terminer à temps.

— Bravo. J'ai toujours su que quand tu t'en donnes la peine, tu as une volonté de fer. »

Je le dévisage un instant avant d'avouer : « Ce n'était pas de la volonté, c'était de la peur.

— De la peur ? »

Je hoche la tête.

« Peur de quoi ?

— De te perdre. »

Il me regarde sans rien dire.

« J'étais convaincu que si je ne terminais pas le travail, le lendemain, tu reviendrais sur ta promesse.

— Je ne suis jamais revenu sur une promesse faite à un enfant.

— Oui, je le sais bien maintenant. Mais à l'époque, je ne le savais pas encore. »

Mario a l'air de plus en plus embarrassé et j'ai l'impression qu'il préférerait changer de sujet. Je décide donc d'aller droit au but : « Ce que j'essaie de te dire, c'est que la vie nous apporte parfois des récompenses précieuses. Et toi, tu as été la meilleure récompense possible pour moi.

— Tu as décidé de me faire pleurer ce soir, hein ?

— Non, pas du tout.

— Je n'ai pourtant rien fait d'autre qu'être moi-même.

— Je sais, et c'est toute la différence. »

Nous gardons le silence quelques secondes avant qu'il reprenne : « Erri, ce ne sont peut-être pas mes affaires, mais tu sais, dans certaines circonstances, le mieux, c'est de fermer un œil et d'aller de l'avant. Rien n'est parfait dans la réalité, et surtout pas les relations amoureuses.

— Je m'en suis aperçu, en effet.

— Alors, si tu peux et si tu le veux vraiment, essaie de te réconcilier avec Matilde. Elle t'aime.

— Elle a quand même une drôle de manière de me le montrer.

— Pour échapper à la souffrance, certaines personnes en blessent d'autres ou commettent des actions qui n'ont pas de sens aux yeux d'autrui, ce sont des choses qui arrivent.

— Oui, et tu es bien placé pour le savoir. »

Mon observation semble le désarçonner. « On est tous obligés d'en passer par là, tôt ou tard, de blesser ou d'être blessés. Erri, l'amour est fait de moments de joie, de bonheur, mais aussi de douleur et de déception. C'est comme la vie, c'est un immense mélange de pulsions, et elles ne sont pas toujours agréables. Ne fais pas comme tous ces gens qui tournent le dos à l'amour pour éviter d'avoir mal. Tombe amoureux, souffre, pleure, désespère, hurle, mets-toi en rogne, donne des coups de pied, mais affronte tes émotions, vis-les. Vis. À tout prix, mon garçon, à tout prix. »

Un temps infini s'écoule avant que je trouve le courage de parler à nouveau : « Je te rappelle demain.

— Hé là, j'espère que tu n'as pas l'intention de ne plus me lâcher la grappe pendant cinq ans !

— Peut-être bien que si. »

Il existe des hommes justes, en ce bas monde. La plus grande chance dont on puisse bénéficier, c'est d'en avoir un pour père.

Tout le monde blesse et tout le monde est blessé

MA PHRASE QUI AVAIT TROUBLÉ MARIO faisait allusion à la manière dont Renata Ferrara avait réagi, quand on lui avait diagnostiqué un cancer au sein : elle s'était en effet réfugiée dans les bras d'un de ses collègues de la télévision, un journaliste chauve à barbiche qui écrivait par ailleurs des articles de sport pour le quotidien *Il Mattino*. À l'époque, elle m'appelait très souvent pour me demander si j'étais intéressé par des places à des matchs de basket, de volley-ball, de rugby ou de football féminin. Lorsque je lui ai demandé comment il se faisait qu'elle avait des billets pour à peu près toutes les compétitions sportives organisées à Naples et dans sa région, elle avait bredouillé d'un air embarrassé qu'un ancien collègue les lui refilait. Sur le moment, je n'y avais rien vu d'étonnant et je n'avais pas insisté. Mais quand elle s'est mise à me téléphoner tous les quinze jours pour me proposer des places de première catégorie au stade San Paolo, j'ai commencé à avoir des doutes.

Le soir de Naples-Juventus, Giovanni m'a appelé : « Salut, grand frère, alors on se retrouve au match ?

— Toi aussi, tu as obtenu un billet ?

— Bien sûr, maman en a des tonnes. »

J'aurais bien aimé lui demander des éclaircissements, mais il a raccroché trop vite. Une fois sur place, avant le coup d'envoi et pendant que je buvais un Pepsi chaud avec une paille, je suis revenu à la charge : « Mais comment elle se débrouille, maman, pour avoir toutes ces places ? »

Giovanni m'a répondu sans même interrompre la dégustation de son cornet de glace, d'un air presque amusé : « Pourquoi, tu n'es pas au courant ?

— De quoi ?

— Qu'elle a un amant. Un journaliste sportif. »

J'ai failli avaler ma boisson de travers : « Qu'est-ce que tu racontes ?

— Valerio l'a découvert par hasard et, à vrai dire, j'avais déjà quelques soupçons : les billets, les coups de fil, les messages, tous ces trucs, quoi... Et puis, Valerio m'a dit qu'il l'avait vue avec un type, dans un café du centre.

— Et qu'est-ce qu'ils faisaient ? » Juste après avoir posé ma question, j'ai jeté ma paille minuscule qui servait à tout sauf à boire, et j'ai terminé mon Pepsi en une seule gorgée.

« Je crois qu'ils bavardaient. Mais Valerio a ajouté que leurs gestes étaient sans équivoque.

— Et lui, qu'est-ce qu'il a fait ?

— Rien, il est reparti.

— Et toi ?

— Quoi, moi ?

— Tu as parlé à maman ? Tu lui as demandé des explications ?

— À quel sujet ?

— Comment ça, à quel sujet ? Tu n'as pas voulu savoir si c'est vrai qu'elle a un amant, et pourquoi ? »

Les équipes sont entrées sur le terrain, Giovanni s'est uni aux chœurs partis des gradins et il a ajouté seulement après : « Erri, on pourrait presque croire que tu n'as pas grandi dans notre famille. »

J'ai essayé de capter son regard mais il avait déjà les yeux rivés sur le terrain, où les joueurs échangeaient des poignées de main. « Ce n'est pas la première fois que ça arrive, ces dernières années. De son côté, papa a eu une liaison avec une de ses secrétaires. Une fille d'une beauté !...

— Mario ?

— Eh oui, Mario. » Sur ces mots, il s'est tourné vers moi et il m'a regardé un court instant avant de reprendre : « Qu'est-ce que tu croyais ? Qu'ils formaient le plus beau couple du monde ? Chez les Ferrara aussi, les gens se trahissent, comme tout le monde. »

Je me suis mis à observer de nouveau le rectangle vert, mais j'étais trop bouleversé pour suivre le match et j'ai demandé à Giovanni : « Tu as quel âge, toi, pour tenir ce genre de propos ?

— Presque...

— Oui, je sais, merci. C'est juste que tu ressembles tellement à ces vieux blasés revenus de tout.

— Et toi, tu as quel âge ?

— Douze ans de plus que toi, en tout cas.

— Justement. Et tu y crois encore, au grand amour ? »

À partir du moment où le match a commencé, mon frère ne m'a plus accordé une once d'attention. Je suis donc resté là à regarder ces vingt-deux types qui couraient après un ballon, tout en ressassant les propos de mon frère et en me posant une flopée de questions. Comment se faisait-il que nous puissions être si différents, lui et moi, alors que nous avions grandi dans la même maison ? D'où lui venait cette vision désenchantée de la vie ? Et qu'est-ce qu'ils avaient bien pu fabriquer, ma mère et Mario, pour inculquer à leurs enfants une telle conception du monde ?

« On est tous obligés d'en passer par là, tôt ou tard, de blesser ou d'être blessés. » Quand Mario m'a dit cette phrase, bien des années après, j'ai acquiescé par mon silence. Mais ce soir-là, au stade, je pensais encore que le véritable amour résiste aux chocs de la vie et qu'il est invincible. Ce soir-là, au fond de moi-même, je me suis estimé chanceux : en dépit ou à cause des disputes et de la séparation de mes parents, je croyais à l'idéal de la famille parfaite, et j'étais prêt à tout donner pour réussir à construire ce qui m'avait manqué dans mon enfance.

Aujourd'hui, je suis en mesure d'affirmer que Giovanni, malgré son plus jeune âge, avait raison : le couple formé par maman et Mario était destiné à durer pour toujours, nonobstant des crises à répétition et quelques trahisons sporadiques ; le véritable amour ne doit pas résister au temps, mais aux blessures.

Extrait du carnet inachevé de Matilde

DEPUIS QUELQUE TEMPS, *les gens me trouvent changée. C'est peut-être vrai. D'ailleurs, tout le monde change en permanence. Et toi aussi, tu changeras souvent. Seulement, le changement fait peur, ceux qui vous entourent ont du mal à l'accepter. Par conséquent, tôt ou tard, tu te heurteras à des gens qui feront obstacle à ton envie de changement, qui prétendront ne plus te comprendre, qui t'accuseront d'égoïsme. Selon toute probabilité, ton père et moi, nous serons ceux qui te casseront le plus les pieds, qui te comprendront le moins, qui te reprocheront de ne plus être le même. N'en tiens aucun compte et suis ton chemin, quitte à nous blesser, oui, quitte à nous blesser.*

Et souviens-toi que tu es et que tu seras toujours responsable uniquement de ton bonheur.

Gambino me salue de loin

DÈS QUE CRISPINO DEL GAUDIO a été informé de la liaison entre sa fille et Manuel Ghezzi, il a décroché son téléphone, il m'a appelé et il a commencé par me dire, de sa voix toujours aussi ferme :

« Erri. »

Je n'ai eu aucun mal à l'imaginer, derrière sa table de travail en verre, vautré dans son fauteuil en cuir qui produit un bruit analogue à un pet à chaque fois qu'il bouge, dans son immense bureau avec vue imprenable sur la campagne napolitaine et la route Salerne-Reggio Calabria, son sempiternel cigare à la bouche, sa mine renfrognée, ses doigts entortillés autour du fil du téléphone, ses yeux fixés sur la photo de sa famille, à sa droite. Et allez savoir si j'y étais encore, sur cette photo, ou si Ghezzi m'avait remplacé, là aussi.

« Il faut que je te parle.

— De quoi ?

— De ton couple. »

J'ai marqué un temps avant de répondre : « Je suis tout ouïe.

— Pas au téléphone. Tu serais d'accord pour passer au bureau ?

— Au bureau ?

— Oui. »

Et me revoilà donc sur mon ancien lieu de travail. Pendant tout le trajet, je m'étais demandé quel accueil me réserveraient mes anciens collègues et quelles expressions je lirais sur leurs visages : de la pitié ? de la moquerie ? de l'indifférence ? de la satisfaction ? J'aurais été prêt à parier que Gambino fêtait encore le départ de son rival ; pendant des années, j'avais été le fils adoptif du patron, le seul qui avait su conquérir l'attention de la princesse qui errait dans les couloirs vêtue d'élégants tailleurs.

Mais je n'ai rencontré que la secrétaire du chef (un vieux laideron choisi par ma belle-mère au terme d'un processus attentif de sélection) et quelques collègues inoffensifs qui m'ont à peine salué. Heureusement pour moi, ni Gambino, ni Matilde, ni Ghezzi n'étaient présents. Je ne m'attendais certes pas à croiser les deux derniers, mon chef ne pouvait pas être stupide à ce point ; en ce qui concerne Gambino, eh bien, pendant ma conversation avec le père de mon ex-femme, j'ai espéré de tout mon cœur qu'il avait été licencié le lendemain de mon départ.

Mon ex-beau-père s'est levé de son siège pour venir à ma rencontre bras grands ouverts : « Erri. »

Crispino Del Gaudio ne m'ayant jamais accordé par le passé une telle démonstration d'affection, je suis resté sur mes gardes, bien convaincu qu'il n'allait pas tarder à redevenir le salopard qu'il avait toujours été.

Une fois rassis, et visiblement agacé par ma réaction peu chaleureuse, il a repris : « Je suis navré pour tout ce qui s'est passé. Et tu me croiras si je te dis que je n'étais au courant de rien ? Mais alors rien de rien.

— Je te crois.

— Si j'avais eu le moindre soupçon, c'est lui que j'aurais éloigné, pas toi. » Sur ces mots, il m'a regardé avec un petit sourire idiot en attendant que je le lui rende. Comme je m'en suis abstenu, il a repris :

« Mais bon, ce qui est fait est fait, je n'y peux plus rien. Enfin, jusqu'à un certain point. » Il continuait à me dévisager, tandis que j'étais pendu à ses lèvres surmontées de moustaches peu soignées jaunies par le tabac.

« Bref, Matilde a pété les plombs, je ne sais pas ce qui lui est passé par la tête, figure-toi qu'elle ne vient même plus au boulot. Lui, je ne peux pas le licencier, mais j'ai demandé à mes avocats de trouver un prétexte pour le virer. Avec tout l'argent que je leur donne, il faudra bien qu'ils trouvent un moyen de foutre à la porte ce sale type qui a fichu en l'air le mariage de ma fille. »

Je lui ai répondu, sans bouger le moindre muscle du visage : « Ce n'est pas la faute de Ghezzi.

— Peut-être. Mais en attendant, commençons par nous débarrasser de lui, après, on verra. Et qui sait si, entre-temps, Matilde ne reviendra pas sur ses pas.

— Je crois qu'elle l'aime. »

Il a poussé un soupir et il s'est appuyé contre le dossier de son fauteuil.

Malgré tout le soin qu'il prend de son apparence, avec ses tenues vestimentaires impeccables et son usage immodéré d'eau de toilette, certains détails le trahissent : ses moustaches jaunies, justement, ou encore ses ongles rongés, ses poils dans les oreilles, ses dents pourries par le tabac. Rien de tout cela n'échappe aux yeux attentifs d'une femme. Et pourtant… Crispino a du succès ! Sa situation financière et le prestige lié à son statut de chef d'entreprise sont sans doute l'explication qui vient aussitôt à l'esprit, mais je pense qu'elle est trop superficielle ; je crois au contraire qu'en réalité, s'il plaît autant aux représentantes du beau sexe, c'est parce qu'il sait leur faire la cour. Il n'a jamais su m'arracher un sourire, mais cela ne prouve rien : avec les hommes, il est toujours bourru. Mais la présence d'une femme dans les environs suffit à faire de Crispino Del Gaudio un homme amusant, un virtuose de la flatterie, un affabulateur romantique.

Peu de temps après mon arrivée dans son entreprise, j'ai compris que s'il fallait l'informer d'une mauvaise nouvelle ou, pire encore, d'une erreur dans les procédures, il valait mieux être accompagné d'une stagiaire ou d'une de ses collaboratrices. Condition nécessaire et suffisante : qu'elle n'ait pas plus de trente-cinq ans. En dessous de cette limite d'âge, on pouvait être certain que l'affaire se terminerait par un grand éclat de rire et une drague plus ou moins dissimulée. Si la dame en question avait entre trente-cinq et quarante ans, tout dépendait de l'humeur de la journée : si Crispino était bien luné, on pouvait espérer s'en sortir à bon compte ; dans le cas contraire, rien à faire pour échapper à la mercuriale. Et si aucune femme de moins de quarante ans n'était disponible, mieux valait aller le voir tout seul et s'en remettre à la grâce de Dieu.

« Erri, mais qu'est-ce que tu me chantes ? *Elle l'aime*... Il a presque mon âge ! Matilde ne sait plus trop où elle en est, en ce moment, ce sont des choses qui peuvent arriver à tout le monde et ce n'est pas une raison pour bousiller un mariage. Ça ne t'est jamais arrivé, à toi, de te sentir un peu paumé ?

— Je ne sais pas...

— Ne viens pas me raconter que tu ne trouves aucune autre femme attirante, Erri, pas à moi, s'il te plaît. Et je n'ai pas envie de savoir si tu as couché avec telle ou telle stagiaire, ce ne sont pas mes oignons. L'important, c'est que le soir, tu rentres retrouver Matilde, comme un vrai homme.

— Je n'ai couché avec aucune stagiaire.

— Bon. » Il m'a semblé peu convaincu mais il a préféré changer de sujet. Il a avancé le buste au-dessus de la plaque en verre de cent kilos appuyée sur deux têtes de lion en marbre et il m'a dit : « J'ai un plan.

— Pour quoi faire ?

— Pour sauver votre mariage.

— À savoir ?

— Je vais t'expliquer ! » Après cette exclamation satisfaite, il s'est de nouveau appuyé contre le dossier de son fauteuil, il m'a adressé un énième sourire auquel je n'ai pas plus répondu qu'aux précédents, il a avalé une bouffée de cigare et il a repris : « En résumé, je te réengage et je licencie Ghezzi ; comme ça, Matilde sera obligée de te croiser tous les jours et vous aurez l'occasion de parler, de vous rapprocher l'un de l'autre. Qu'est-ce que tu en penses ? Une idée de génie, non ?

— Eh bien, à vrai dire…

— Oui, je comprends, mais ne t'inquiète pas pour ça. Je raconterai à Matilde que j'ai été forcé de te reprendre parce que je ne pouvais pas me passer de ta longue expérience. »

J'aurais voulu lui répondre que ma longue expérience ne l'avait pas empêché de me virer quand il ne savait pas encore que Ghezzi était l'amant de sa fille, mais j'ai préféré refroidir son enthousiasme puéril en lui répondant : « Crispino, je te remercie de tous tes efforts, mais je ne pourrais pas commettre d'erreur plus grave que de revenir travailler avec toi. »

Il a fixé sur moi des yeux écarquillés de stupeur.

J'ai repris, sans le regarder : « J'ai un autre boulot, maintenant.

— Un autre boulot ?

— Oui.

— Et on peut savoir de quoi il s'agit ? »

J'aurais pu et dû lui répondre : Et qu'est-ce que ça peut bien te faire, hein ? Mais c'était mon beau-père, qu'on le veuille ou non, et j'ai donc répondu : « Je travaille dans l'édition. »

Je ne pouvais tout de même pas aller jusqu'à lui avouer que je passais mes journées à dessiner avec Flor sur les murs de ma future librairie…

Il a caché son visage derrière ses mains, il s'est lissé les moustaches et il m'a demandé : « Et tu gagnes bien ta vie ?

— Pas trop mal. » J'ai accompagné ma réponse d'une sorte de grimace de la bouche.

— Et Matilde ?

— J'essaie de me faire une raison et de l'oublier.

— Ah non ! » Sur ce cri, il a une fois de plus avancé le thorax vers son beau bureau en verre. « Je ne te permets pas de dire ça. Tu ne peux pas capituler sans te battre, un vrai homme ne se laisse pas dépasser par les événements, il essaie de les diriger ! »

Je lui aurais éclaté de rire à la figure, s'il n'avait pas ajouté d'un ton pitoyable : « Erri, je t'en supplie, il faut éviter à tout prix que votre mariage se termine comme ça, n'abandonne pas ma fille entre les mains d'un vieux, s'il te plaît, convaincs-la de réfléchir. »

Je lui ai répondu en me levant : « Il semble bien qu'elle n'en soit plus capable.

— Tu veux que je lui parle ? Oui, faisons comme ça, je vais lui expliquer la situation… » Puis il s'est levé à son tour pour me courir après.

« Crispino, je t'en prie… » Il ne m'a pas laissé le temps de finir ma phrase, on aurait dit un fleuve en crue : « Erri, on t'aime tous ici, tu ne peux pas nous faire ça !

— Vous faire quoi ? Je te rappelle que c'est ta fille qui m'a quitté. »

J'ai eu du mal à atteindre la porte, Crispino ne me lâchait pas, il bavait devant moi comme devant un oracle. Pourtant, à chaque pas, je me sentais de plus en plus libre et de plus en plus sûr de ma nouvelle voie. Arrivé sur le seuil, je me suis exclamé :

« Désolé, mais je ne reviendrai pas sur ma décision ! »

Il est resté là à me regarder, les bras le long du corps, avec une expression où la stupeur se mêlait à l'amertume de la défaite.

Je lui ai dit, juste avant de m'esquiver : « Prends bien soin de toi, Crispino. »

Après avoir dit au revoir au laideron, je me suis dirigé vers la porte, un sourire hautain aux lèvres et un picotement à l'estomac. J'allais donc laisser pour toujours derrière moi la société Natura, quand j'ai jeté un coup d'œil à la porte entrouverte de mon ancien bureau. J'ai alors entrevu deux jambes croisées, des mocassins noirs et des chaussettes amarante. J'ai tendu un peu le cou pour découvrir à quoi ressemblait le visage de mon successeur, et je me suis tout à coup figé : Gambino m'adressait un petit sourire sournois, tandis que sa main visqueuse esquissait un vague geste de salut.

Les gentils ne gagnent que dans les romans

À LA SORTIE DE CHEZ LES FERRARA, il n'y a personne dans la rue et l'air est vif. Arianna glisse les mains dans les poches de son blouson et me dit : « Pas mal comme soirée, hein ?

— J'en ai vécu de plus légères, en effet.

— Qu'est-ce que tu fais ? Tu rentres chez toi ?

— Pourquoi, tu as autre chose à me proposer ?

— Eh bien, je pourrais te demander de passer le reste de la nuit en ma compagnie, par exemple à nous promener et à papoter, comme au bon vieux temps. Mais je crois qu'il vaut mieux que tu rentres et que tu appelles Matilde.

— Qu'est-ce qui te laisse croire que j'ai l'intention d'appeler Matilde ?

— Tu vas le faire, un point c'est tout. Parce que ce serait une excellente chose et parce que tu en meurs d'envie.

— Je pourrais aussi lui téléphoner dans quelques jours.

— Non, je ne crois pas. Ce n'est pas ton genre.

— Tu me connais bien, toi, hein ?

— N'oublie jamais que tu es la personne que je connais le mieux au monde.

— Oui, tu as raison. »

Pendant un petit moment, nous longeons en silence les vitrines éteintes, le regard perdu sur les flaques qui reflètent les lumières jaunes des réverbères et sur les murs des palais aristocratiques. De l'autre côté de la rue, un couple est immobile devant un magasin de décoration et parle à voix basse en désignant des meubles à l'intérieur.

Arianna me dit : « J'aimerais bien être à la place de ces deux-là, un couple normal comme il y en a tant, qui se promène à la sortie du cinéma et qui discute pour choisir une table basse à mettre en face du canapé.

— Tu aurais tort de croire que la normalité est si amusante que ça.

— Moi qui l'ai si peu expérimentée, je la vois comme un objectif inatteignable.

— Il y a des gens qui se battent tous les jours pour échapper à la routine, qui tombent amoureux d'une autre femme ou d'un autre homme et qui détruisent tout ce qu'ils ont construit précisément parce qu'ils ne supportent plus le poids de la normalité. Et toi, tu voudrais faire tout le contraire.

— Quand on a construit quelque chose qui ne nous plaît pas, qui nous étouffe, on peut toujours donner un grand coup de pied dedans et tout envoyer valser. Mais quand on n'a rien construit, on donne des coups de pied dans le vide...

— Présenté comme ça, j'ai l'impression que c'est toi qui as raison.

— Tu étais satisfait de ta vie avec Matilde ?

— Juste après notre séparation, j'ai eu la sensation d'avoir tout perdu, y compris moi-même. Mais ensuite, petit à petit, je me suis aperçu que beaucoup de choses me manquaient, dans ma vie de couple. »

Au coin de la rue, dans une boulangerie ouverte, un employé nettoie par terre. Arianna s'immobilise devant la porte et demande si elle peut avoir quelque chose à manger. Le type se retourne d'un mouvement brusque, pose son balai sur un mur, va derrière le comptoir et découpe un morceau de la seule pizza qui reste.

Pendant qu'il l'introduit dans un four à micro-ondes, je murmure à Arianna : « Elle n'a vraiment pas l'air terrible.

— Si tu voyais ce que je mange chez moi...

— Pourtant, ce soir, tu n'as presque pas touché à ton assiette.

— J'étais trop nerveuse. Quand je suis avec eux, je ne me sens pas à l'aise, j'ai la sensation de me retrouver en présence d'étrangers. Je ne sais pas si tu peux me comprendre.

— Oh que si. Et là, maintenant, tu te sens plus à l'aise ?

— Oui, avec toi, oui. Toi, tu es différent, on dirait que tu es né dans cette famille par erreur...

— Je pense exactement pareil. Je suis le résultat d'une erreur. Renata et mon père ensemble, ça ne pouvait aboutir qu'à une catastrophe ! »

Arianna me réplique, d'un air sérieux : « Ce n'est pas du tout ce que je voulais dire, et je ne te considère certainement pas comme le résultat d'une erreur. »

Je tends la main vers sa joue et je lui demande, d'un air ironique : « Tu aurais beaucoup de mal à te débrouiller, si je n'étais pas là, n'est-ce pas ? »

Elle ouvre grand les yeux et elle me dévisage comme quand elle était petite, et que je lui confiais mes secrets les plus inavouables. Elle finit son morceau de pizza et elle me répond : « Erri, c'est fou ce que tu peux être vaniteux. Il suffit de te dire un petit mot gentil, et tu tombes dans le piège à pieds joints. Tu sais quoi ? Il faudrait te durcir un peu. Les femmes les exploitent, les hommes comme toi. »

Après un dernier coup de dents à sa pizza, elle se dirige vers la caisse et j'en profite pour envoyer un SMS à Matilde :

Tu serais d'accord pour qu'on se voie, là tout de suite ?

Arianna revient avec deux bières glacées, puis elle jette sa serviette et le dernier reste de pizza à la poubelle.

Elle me propose de nous en aller et elle me tend une canette déjà ouverte.

Après quelques instants de silence, je lui demande : « Tu sais comment je me sens ?

— Non, tu te sens comment ?

— Comme un vieux tronc d'arbre étouffé par des branches sèches qui m'auraient enlevé toute mon énergie. »

Arianna s'immobilise pour me regarder. Sa canette encore appuyée contre la bouche, elle éclate de rire et elle a ce commentaire : « Tu as un sens aigu de la métaphore, toi ! C'est vrai, tu ressembles à un vieil arbre plein de sagesse et doué de parole, comme dans les contes de fées.

— C'est ça, moque-toi de moi. En attendant, je suis très sérieux. Je suis incapable de me débarrasser de quoi que soit dans la vie, je ne jette jamais rien, même un vieux t-shirt déchiré et sale.

— Quel rapport avec Matilde ? Elle aussi, tu voudrais la mettre à la poubelle ? Tu la vois comme une branche morte qu'il faudrait élaguer ?

— Je ne sais pas trop. Mais je suis certain d'une chose : dès que je la reverrai, je ne pourrai pas m'empêcher de l'embrasser, de passer la nuit avec elle, et je ne pourrai plus me passer de sa présence. »

Arianna me répond par un murmure dubitatif, mais je n'ai pas terminé.

« J'ai peur de la perdre, comme tout ce que j'ai dans la vie, d'ailleurs. Les arbres abandonnent leurs fruits mûrs à leur destin, alors que moi, je garde tout sur mes branches : les relations manquées, la colère, les non-dits, les émotions refoulées… et je reste là à me regarder moisir petit à petit. »

Arianna s'immobilise à nouveau et me dit : « Tu sais ce que je pense ?

— Non.

— Que tu es trop gentil et que les gentils sont plus fragiles que les autres. »

Je réfléchis à ce qu'elle vient de me dire et je m'attaque à mon tour à ma canette de bière.

« Erri, d'une manière ou d'une autre, les gentils finissent toujours par perdre.

— Et alors, je serais censé faire quoi, selon toi ? Devenir méchant ?

— Ce serait une bonne idée, mais elle est irréalisable, même avec l'aide du docteur Iazeolla.

— Merci.

— Je t'en prie, me répond Arianna avant d'avaler sa dernière gorgée.

— À propos de Iazeolla, je devrais peut-être réessayer pour de bon, retourner le voir et lui expliquer cette histoire de bons et de méchants, lui parler de ma difficulté à couper les branches. Peut-être...

— Peut-être que tu devrais arrêter de ruminer tout le temps sur tout ! »

Je me fige et je plante mes yeux dans les siens ; elle reprend aussitôt :

« Et tu sais ce que je pense d'autre ? Que tu es quelqu'un de bordélique et compliqué, que tu parles, tu parles, tu parles... et tu n'agis pas.

— C'est ça que tu penses de moi ?

— Oui, tu es un vrai boulet ! » Mais elle l'a dit sur un ton ironique et elle allonge le pas.

Je repose ma question :

« C'est ça que tu penses de moi ?

— Oui. » Et elle accompagne sa réponse de son petit air moqueur que je connais si bien. Je rétorque, avec un sourire :

« Imbécile.

— Non, c'est plutôt toi, l'imbécile. C'est toi qui ne fais jamais rien pour changer ta vie. Et surtout, ne fais pas comme moi : dès que le bonheur s'approche un peu trop, je trouve le moyen de le chasser à coups de pied dans le derrière. »

L'empathie, c'est la compréhension totale de l'état d'esprit d'autrui, qu'il s'agisse de joie ou de douleur. Ce mot signifie *sentir à l'intérieur*. J'ai vite compris que la magie n'existe pas, mais grâce à Arianna, j'ai aussi compris que l'empathie y ressemble beaucoup.

Je l'attire contre moi, nos corps se touchent une nouvelle fois. Elle appuie une joue contre mon épaule et me dit : « Tu te rappelles la première fois que je t'ai vu ? Tu avais un album avec des vignettes sur les genoux ; et quand tu m'as offert celles que tu avais en double, j'ai pensé que quand on serait grands, je t'épouserais, que tu serais l'homme de ma vie. »

Je n'en crois pas mes oreilles, je n'aurais jamais imaginé qu'elle se souvenait encore de ce jour-là et je lui demande : « C'est vrai ?

— Oui. Comme tu vois, l'instinct est infaillible. J'aurais dû me fier au mien et te faire une cour assidue, même si tu étais le beau-fils de mon père. »

Je souris et je m'apprête à répliquer quelque chose, mais elle me regarde droit dans les yeux et elle ajoute : « J'aurais fait beaucoup moins de conneries, si je t'avais eu à côté de moi.

— Arianna, écoute...

— C'est que la douceur appelle la douceur. Tu peux toujours mépriser le monde entier, te sentir créditeur envers la vie, penser que personne ne mérite ton amour. Si tu rencontres quelqu'un qui tressaille à la moindre de tes caresses, tu ne peux pas faire comme si de rien n'était, tu es bien obligé de renoncer à ta haine, au moins pour un certain temps. »

Je ne trouve pas les mots justes pour lui répondre, elle s'éloigne de moi en soupirant et elle reprend : « Mais j'en ai assez de tout ça, j'en ai marre de toute cette tristesse. Tu m'emmènes voir la mer ?

— Maintenant ?

— Maintenant. »

L'instant d'après, je reçois un SMS. Arianna me fixe, elle semble me supplier de ne pas regarder l'écran. Je sors mon portable de ma poche. C'est Matilde.

Je suis en bas de chez toi. Je t'attendrai pendant deux jours, si nécessaire.

« Matilde ?

— Oui.

— Tu dois aller la rejoindre ?

— En théorie, je ne suis pas obligé, mais...

— Mais tu es un gentil, n'est-ce pas ? Et les gentils retournent toujours auprès de leur femme.

— C'est que j'ai peur d'y croire. »

Arianna prend un air sérieux et elle me regarde une nouvelle fois droit dans les yeux : « Erri, une déception sentimentale, ce n'est pas assez pour ne plus croire à l'amour ! »

En réponse à ma grimace, elle me fait un clin d'œil et elle reprend : « Allez, vas-y, on trouvera toujours le temps de revenir voir la mer. Va découvrir si cet enfant est de toi. »

Je l'attrape par la main, je la serre à nouveau contre moi, j'appuie mon front un instant contre le sien, je m'éloigne de quelques pas et je me retourne : « Arianna ? »

Elle se retourne aussi.

« Mais les gentils, ils gagnent quelquefois ? »

Arianna sourit avant de me répondre : « Dans les romans et dans les films, toujours. »

J'ai un rictus amer et je me remets en chemin. C'est elle qui me rappelle : « Erri !

— Qu'est-ce qu'il y a ?

— Tu sais, tu n'es pas obligé de lui demander.

— De lui demander quoi ?

— Si l'enfant est de toi. »

Le roi des fils aînés

QUAND VOS AMIS SE METTENT À PROCRÉER, vous ne vous en apercevez d'abord presque pas ; vous êtes pris par votre propre vie, et vous passez d'une maternité à une autre toujours avec le même cadeau acheté à la boutique Prénatal du coin. Vous souriez, vous embrassez les uns et les autres, vous présentez des vœux, vous serrez des mains et vous observez les membres de la famille prêts à se battre, ou presque, pour être les premiers à prendre le nouveau-né dans leurs bras.

Ensuite, la petite famille rentre au bercail et vous lui rendez visite, vous dînez avec les parents pendant que le petit ou la petite dort, parce que les nouveau-nés dorment tout le temps, et vous vous dites qu'au bout du compte, rien n'a beaucoup changé par rapport à avant, vous arrivez à maintenir un rapport presque humain avec vos amis. Pourtant, vous avez tort. En un rien de temps, le nouveau-né devient un enfant qui marche, qui balbutie ses premiers mots, qui pleure, qui fait caca toutes les cinq minutes et qui s'obstine à vouloir jouer tant qu'il ne s'écroule pas de fatigue.

À ce moment-là, vous commencez à prendre conscience que votre vie et celle de vos amis de toujours ne suivent plus tout à fait la même direction : ils ne dorment plus de la nuit, ils n'ont plus de vie sexuelle, ils ne regardent plus de films, ils ne lisent plus de livres. Ils ne pensent qu'à leur enfant. Et après les éternelles rengaines sur leurs petites coliques, sur leurs malheureux grands-parents qui aimeraient les voir plus souvent, sur la nécessité de faire appel à une nounou nuit et jour, ou en tout cas dans la journée, sur les promesses non tenues de la belle-mère qui était censée s'occuper du bébé et qui pense à tout sauf à lui, sur l'inscription à la crèche qui laisse au moins quelques heures de liberté par jour, sur les dures exigences du budget familial qui interdisent à la jeune maman de donner sa démission, arrive le moment où un ange passe pour vous rappeler que l'amitié d'autrefois n'est plus qu'un lointain souvenir.

Mais tout cela ne dure pas. Quelque temps plus tard, le joyeux gamin fait déjà des allées et venues incessantes, à toute vitesse, entre la cuisine et le salon, et il faut bien que quelqu'un lui coure après, à tour de rôle. Alors, on espère que le gosse va bien finir par tomber de sommeil, qu'il va enfin redevenir possible d'aborder d'autres sujets que la meilleure marque de couches-culottes disponibles dans le commerce. Mais à ce stade, les pauvres parents sont lessivés, et ils profitent de ce moment de répit pour aller se reposer, eux aussi.

De retour à la maison, vous avez la tête remplie de phrases comme « il veut tout le temps rester dans mes bras », « il commence à se faire comprendre », « il nous fait de ces sourires », « il a de ces caprices, si on ne passe pas la soirée à jouer avec lui », « c'est crevant, tu n'imagines pas à quel point c'est crevant ». Le soir au lit, vous seriez presque tenté de penser que finalement, c'est peut-être une chance que votre femme ne soit pas tombée enceinte, parce que sinon, vous risqueriez de devenir à votre tour un automate incapable de parler d'autre chose que de pipi et de caca, et plus du tout au courant de ce qui se passe dans le monde.

Or le pire reste à venir. Au terme d'une période employée à faire et refaire encore et toujours les mêmes analyses biologiques, pour essayer de déterminer la fichue raison de la stérilité persistante de votre couple, vous finissez par vous sentir forcé de vous comparer à ces mêmes amis qui viennent de donner naissance à un deuxième enfant. Et c'est reparti : tournée générale des maternités de Naples, achats chez Prénatal (sans Matilde, j'y serais resté une éternité, à explorer ce nouveau monde inconnu), visites de courtoisie, risettes obligées devant le nouveau-né, bisous à l'ex-nouveau-né, retour en trombe à la maison, partie de jambes en l'air accompagnée de l'espoir que cette fois-ci sera la bonne, votre équipe va enfin envoyer le ballon au fond des filets. Mais pendant que vos joueurs se perdent dans un système de passes trop compliqué, une action rapide et efficace a suffi à vos amis pour marquer encore un but. Sans savoir comment, vous vous retrouvez avec un nouveau gros ventre dans votre entourage, mais ce n'est jamais le bon, c'est toujours celui d'une femme qui vous est à peu près indifférente.

Viennent alors le sentiment de culpabilité, l'introspection, la recherche effrénée d'une cause alors qu'il n'y en a pas. Jusqu'au jour où vous vous faites une raison : vous décidez de ne plus voir vos anciens amis ; de toute façon, vous n'avez plus rien à vous dire, et puis les caprices, les larmes et les petits cacas ont été multipliés par deux ou trois. Enfin, vous vous mettez à la recherche d'une autre âme en peine qui, pour telle ou telle raison, est encore trop occupée par sa propre vie pour penser à celle de son éventuelle progéniture.

À l'occasion d'une de mes dernières visites néonatales, j'ai assisté à une scène qui m'a beaucoup frappé, et qui m'a fait penser à mes frères.

Le couple que nous venions voir à la clinique venait de mettre au monde son deuxième enfant, à la grande déconvenue du fils aîné qui ne faisait d'ailleurs rien pour la dissimuler. La venue de l'intrus l'avait détrôné, et il alternait à son endroit sourires et morsures, caresses et petites gifles. Mais quand l'heure de l'allaitement est arrivée, oh mon Dieu, quel cirque ! Le grand n'a pas supporté que le petit s'approprie les mamelles de *sa* mère, et il s'est mis à pleurnicher parce qu'il voulait les téter lui aussi.

Bien entendu, Valerio ne s'était jamais privé de martyriser Giovanni en cachette et de lui faire, toujours en cachette, le même genre de scènes de jalousie qui se terminaient immanquablement par les sanglots désespérés du plus jeune des deux.

Je pourrais m'attarder longtemps sur la façon dont maman et Mario, pourtant parfaitement au courant, faisaient semblant de ne rien voir. Je pourrais m'interroger sur les raisons qui amènent les parents à penser que l'aîné a, d'une certaine manière, un tout petit peu le droit de se défouler sur le cadet, au fond, il a subi un traumatisme, il faut bien qu'il l'extériorise. Je pourrais me scandaliser que personne ne s'inquiète que ce même cadet, aussitôt après son entrée sur la scène de ce bas monde, reçoive des coups de poing et des baffes sans savoir d'où ils arrivent. Mais je préfère concentrer mon attention sur la chance dont bénéficient les fils aînés : ils peuvent se servir de leurs frangins comme d'un antistress. Ça marche comme ça depuis la nuit des temps, et ça marche d'ailleurs très bien, en tout cas pour les aînés. Quant aux problèmes dont souffrent ceux qui leur tiennent lieu d'antistress, je ne saurais trop quoi en dire, puisque j'ai eu le bol de toujours naître en premier. On peut même aller jusqu'à affirmer que je suis le roi des fils aînés : j'occupe cette position privilégiée dans pas moins de deux familles, par rapport à deux frères et à une sœur.

Pourtant, en dépit de ce leadership incontesté, je n'ai jamais su profiter de cette sorte de droit acquis pour passer mes colères sur eux. À leur naissance, j'étais déjà presque un adolescent, et il aurait été à tout le moins inopportun que je me mette à pincer Valerio ou Flor, ou encore à exiger que ma mère ou Rosalinda me donne le sein.

Bref, ce droit sacro-saint des fils aînés m'a été refusé, et une fois de plus, j'ai bien été obligé de ravaler ma colère, de la refouler. Dommage, d'ailleurs. La colère n'est pas toujours si bête qu'on pourrait le penser. Elle est comme la peur, elle sert à agir en cas de besoin, ou plutôt à réagir, et ces réactions entraînent des nouveautés, brisent des équilibres. La colère qui sait quelle route prendre vous rapporte toujours quelque chose de bon, à son retour.

Tu n'es pas obligé de lui demander

JE TOURNE AU COIN DE LA RUE et elle est là à m'attendre, appuyée contre le tuf de l'immeuble. Je ne l'ai pas revue depuis plus d'un mois, et la retrouver à quelques pas de moi me remplit d'émotion.

Matilde ne s'est pas encore aperçue de mon arrivée, elle a la tête baissée sur son portable et un pied posé sur la paroi. Je reste là à la regarder de loin, et je me rends compte que je suis décidément troublé. Je ne sais pas si nous allons nous remettre ensemble, je ne sais pas si elle est venue se réconcilier avec moi ou m'annoncer que le bébé est de Ghezzi ; je sais en revanche que sa présence suffit à me bouleverser. Je viens de prendre conscience qu'elle est encore en moi, dans mon cœur qui l'a reconnue et qui piaffe d'impatience de se libérer de sa cage d'os, dans mon estomac qui, inconsciemment, s'est nourri de ses gestes d'amour.

Elle lève les yeux et elle me voit. Nous nous dévisageons l'espace d'un instant, puis elle sourit et j'en fais autant. Elle se détache du mur et elle vient à ma rencontre.

Tout en continuant à lui sourire, je constate qu'elle a déjà pris quelques kilos.

Mais quand nous nous retrouvons l'un en face de l'autre, je m'exclame : « Tiens, tu t'es coupé les cheveux ?

— Oui. Comment tu me trouves ?

— Ça te va bien. »

Au fil des ans, elle a souvent changé de coiffure, et je n'ai jamais eu quoi que ce soit à critiquer. Matilde est belle avec les cheveux courts et avec les cheveux longs, avec quelques kilos en plus ou en moins. Quand on a un joli petit nez légèrement retroussé, de grands yeux, de longs cils, des pommettes hautes et des lèvres charnues, on peut se permettre de grossir un peu. Surveiller sa consommation de glucides, c'est surtout nécessaire pour les gens comme moi, ceux qui n'ont pas de jolis traits.

« Pourquoi est-ce que tu ne m'as pas répondu ? »

Pourquoi, en effet.

« J'ai eu une soirée difficile. »

Elle me scrute d'un regard intense.

« Mario a une maladie du cœur, il vient de nous l'annoncer. »

Matilde change d'expression : « Une maladie grave ?

— Assez, oui. Les médecins lui donnent à peu près cinq ans. »

Elle baisse un instant la tête. « Je suis désolée, je ne savais pas.

— Tu ne pouvais pas. »

Après un long silence embarrassé, elle me demande : « Et tes frères, comment vont-ils ?

— Bien, merci. » Je remarque en passant que la seule personne dont elle n'a pas demandé de nouvelles, c'est ma mère. « Clara est de nouveau enceinte. Et Flor aussi attend un bébé.

— Flor ?

— Eh oui.

— Et qui est le père ?

— Elle n'en a pas la moindre idée. »

Matilde n'ajoute rien ; en d'autres circonstances, je suis sûr qu'elle aurait commenté la nouvelle. Il me vient alors l'envie de lui parler d'Arianna, de tout ce qu'elle m'a raconté, des traumatismes qu'elle a subis, de sa vie absurde dont j'ignorais une si grande partie. Mais je me retiens, nous avons d'autres sujets à aborder.

« Tu veux monter ? »

Elle acquiesce et je la précède dans l'escalier, où elle s'exclame : « Je ne t'imaginais pas du tout habitant dans le centre ! »

Je suis tenté de lui répondre que je ne l'imaginais pas du tout dans le rôle de maîtresse de Ghezzi, mais je me réfrène et j'attrape mon trousseau de clefs. Une fois entrée, Matilde regarde autour d'elle et elle a ce commentaire : « C'est mignon ici. »

Après avoir jeté mes clefs sur la table, je me remplis un verre de bicarbonate.

« Je constate que tu n'as pas beaucoup changé. » Sur ces mots, elle s'assied sur le divan d'un geste prudent et déplace un coussin en le tenant du bout des doigts. Un petit rire m'échappe.

« Qu'est-ce qui te fait rire ?

— Rien, c'est juste que toi non plus, tu n'as pas beaucoup changé. J'aurais parié que tu ferais ce geste-là.

— Quel geste ?

— Déplacer le coussin comme si c'était un sac-poubelle.

— Eh oui. Nous avons vécu si longtemps ensemble que ce serait étonnant de ne pas nous connaître par cœur.

— Alors tu n'as pas oublié mes défauts ?

— Il y en a tellement...

— Moi au contraire, j'ai oublié les tiens en route. Les premiers temps, je les avais en permanence sous les yeux, et ça m'aidait à ne pas trop te regretter. Et puis, à un moment donné, je ne les ai plus vus. Ils ont disparu comme des bulles de savon. Et là, tout est devenu plus difficile. »

Les grands yeux de Matilde se remplissent de larmes. « Tu vois, tu dis de très belles choses sans même t'en rendre compte. »

Voilà, nous y sommes. J'avale mon bicarbonate et je m'assieds à côté d'elle.

Matilde est la première à parler : « Écoute, j'ai besoin de t'expliquer la situation et j'aimerais que tu ne m'interrompes pas...

— Ça n'a jamais été dans mes habitudes.

— Oh que si. » Elle pousse un soupir et elle reprend : « Je ne suis pas venue ici pour qu'on se dispute, je suis venue pour parler, pour tirer les choses au clair.

— Eh bien vas-y, je t'écoute.

— Tu vois que tu m'interromps ! »

À mon tour de sourire.

« J'ai quitté Manuel. J'ai compris que je ne l'aimais pas, que j'avais fait une bêtise. On dirait que ma grossesse m'a tirée de ma torpeur des derniers mois. J'avais enfoncé la tête dans le sable, à la façon des autruches, je ne voulais rien entendre, j'avais surtout besoin de ne pas penser. Et de ce point de vue-là, Manuel m'a aidée.

— Et maintenant qu'il ne te sert plus à rien, tu le largues. » Je fixe sur elle un regard plein de colère.

« Non, ce n'est pas du tout ça. Nous avons discuté, je lui ai avoué la vérité, j'ai essayé de lui faire comprendre la situation, que je t'aime encore. Et... il a compris. Il y a des gens qui vous croient quand on leur raconte la vérité.

— Qu'est-ce que tu attends de moi, Matilde ?

— Je n'ai pas fini.

— Alors dépêche-toi. »

Elle semble blessée par ma dureté. Elle hésite. Après un nouveau moment de silence, elle prononce enfin la question tant redoutée : « Tu ne me demandes pas si l'enfant est de toi ? »

Je porte mes mains à mon visage et les derniers mots d'Arianna me reviennent à l'esprit. C'est vrai, rien ne m'oblige à la poser, cette question, elle ne ferait que s'ajouter à la longue liste de celles auxquelles, par manque de courage, je n'ai jamais répondu. Le problème, c'est que mon estomac n'est plus du tout disposé à avaler le moindre morceau de couleuvre. Alors je regarde Matilde droit dans les yeux et j'entends mes lèvres prononcer ces mots : « Il est de moi ? »

Marta ne couchait pas

LES QUESTIONS, POUR MOI, c'est comme les choix, je n'ai jamais été très à l'aise avec. Notamment parce qu'elles aboutissent souvent à des réponses qui obligent à prendre des décisions. On en revient toujours au même point. Sauf nécessité absolue, j'ai toujours évité de poser trop de questions. Par exemple quand Valerio venait me trouver dans ma chambre en plein milieu de la nuit. Ou encore un après-midi avec Giulia, au début de ces années 1990 destinées à être si turbulentes pour moi.

Nous étions enfermés dans ma chambre, j'avais mis ma chaîne hi-fi à fond la caisse et la domestique faisait le ménage de l'autre côté de la porte. Et moi, je n'avais d'yeux que pour Giulia, la sirène qui avait tué mon sommeil. Elle m'avait déjà quitté et repris, et j'étais donc déjà en partie son amant, en partie son confident et en partie un objet sexuel livré à sa merci.

En réalité, comme je l'ai compris au bout d'un certain temps, son retour de flamme était surtout dû à une crise de jalousie, ou mieux encore à son instinct de possession, à son égoïsme. Rien à voir, en tout cas, avec de l'amour.

Depuis quelques semaines, je fréquentais en effet une autre jeune fille de son lycée prénommée Marta, qui avait les cheveux courts, des yeux noirs de biche, une taille fine et un derrière en forme de mandoline. À vrai dire, je la voyais d'abord et avant tout pour obtenir des informations sur

Giulia, je n'aurais jamais imaginé qu'elle puisse s'intéresser à moi. Pourtant, à ma grande surprise, j'ai constaté qu'elle m'adressait des signes révélateurs : elle rougissait quand je m'approchais d'elle, elle gloussait parfois sans raison d'un petit rire gêné, elle me lançait des coups d'œil furtifs.

Nous n'avons pas tardé à échanger nos numéros et à avoir, le soir, de longues conversations téléphoniques dont Giulia constituait le sujet principal. Une fois, Marta m'a demandé de passer la prendre le lendemain matin et de l'accompagner au bahut en Vespa. Notre arrivée n'est pas passée inaperçue aux yeux de mon ex, qui a commencé à nous surveiller en cachette et à me procurer du même coup un plaisir assez trouble.

Un jour, Giulia s'est approchée de moi alors que j'étais assis sur mon scooter et elle m'a demandé : « Elle n'est pas là ?

— Non, elle est malade, elle a de la fièvre.

— Ah, je comprends. » Sur ces mots, Giulia s'est mise à tripoter le manchon de l'accélérateur, elle a pris une respiration profonde et elle a formulé la question à laquelle je m'attendais : « Vous sortez ensemble ? »

J'aurais volontiers répondu oui, mais ç'aurait été un mensonge et Marta l'aurait vite su.

J'ai donc répondu que non.

Giulia a aussitôt insisté : « Et vous vous êtes déjà embrassés ? »

Un autre non étant susceptible de provoquer une diminution vertigineuse de l'intérêt de ma bien-aimée à mon égard, je me suis senti obligé d'acquiescer de la tête. Dans les faits, nous n'étions pas allés au-delà d'un simple smack. Quand nos langues s'étaient effleurées et que ma main s'était glissée comme un serpent sous le soutien-gorge de Marta, elle avait écarquillé ses grands yeux, elle avait reculé d'un pas, elle m'avait toisé comme si elle avait affaire à un tueur en série et elle avait exigé que je la raccompagne chez elle séance tenante.

Son attitude m'avait enfin apporté la réponse à la question qui me trottait dans la tête depuis des jours : comment se faisait-il qu'une aussi jolie fille n'ait pas de petit ami et, surtout, sorte avec moi ?

Marta ne couchait pas.

Il y avait d'ailleurs entre nous une disparité esthétique manifeste, qui n'échappait à personne. Chaque fois que nous entrions dans un café ou que nous discutions assis sur ma Vespa, tout le monde lançait de longs coups d'œil à Marta, me remarquait et exprimait, au choix, l'étonnement ou l'incrédulité.

J'allais très bien avec Giulia, pas avec Marta. Elle était d'une perfection presque excessive, alors que Giulia, certes splendide à mes yeux, avait d'incontestables défauts : quelques kilos en trop, de petits yeux et un front étroit, un derrière trop gros et une taille pas assez fine. Seulement, elle me regardait comme personne. À part Arianna, bien entendu, mais c'est une autre histoire.

Giulia a donc eu ce commentaire cruel et satisfait : « Marta ne couchera jamais avec toi. »

Je lui ai répondu, avec un sourire moqueur : « À ta place, je n'en serais pas si certaine. » J'étais prêt à tout pour reconquérir mon ex, y compris à ce coup de bluff colossal. Marta ne coucherait jamais avec moi, c'était une évidence. Pourtant, Giulia a marqué un temps d'hésitation et j'en ai profité pour lui donner le coup de grâce : « D'ailleurs, ça pourrait bien arriver plus tôt que tu ne crois... »

Elle est devenue blanche comme un linge, puis elle s'est écriée : « Si tu te mets avec elle, toi et moi, c'est fini pour toujours.

— Eh bien, tu n'as qu'à revenir avec moi. »

Elle a réfléchi un instant, elle a approché la bouche de mon oreille et elle m'a chuchoté d'un ton malicieux : « On va chez toi ?

— Tout de suite ?

— Tout de suite.

— Tout de suite là maintenant ?

— Tout de suite là maintenant.

— C'est que... je ne sais pas si ma mère est là... Elle est peut-être sortie... et dans ce cas... il se pourrait qu'il n'y ait que la domestique...

— Alors, tu te décides ? »

Giulia avait les sourcils froncés, elle était à la fois suffoquée et vexée par mes atermoiements. Elle m'offrait son corps et je me permettais de ne pas lui en rendre grâces comme à une divinité.

J'ai donc fini par lui dire : « Monte. »

Un seul mot m'avait suffi pour clore la discussion et mettre un terme à mon amitié avec Marta.

Au moment culminant de notre *coïtus*, pendant que la musique des Depeche Mode faisait trembler les vitres et que le balai de la domestique philippine cognait contre la porte, Giulia a hurlé : « Jouis en moi ! »

Je me suis immobilisé, je l'ai regardée et je lui ai dit : « Quoi ?

— Jouis en moi ! » Elle était en proie à une telle extase que j'ai été obligé de lui mettre ma main devant la bouche.

« Mais...

— Qu'est-ce qu'il y a ? Tu ne m'aimes pas assez ? » Elle se contorsionnait dans tous les sens et son souffle était haletant.

« Non, c'est que... »

Giulia s'est immobilisée à son tour et elle m'a regardé d'un air sévère : « Si tu refuses, je saurai que tu ne m'aimes pas. »

J'aurais dû, j'aurais pu refuser. Oui mais voilà, refuser impliquait un choix de ma part, c'est-à-dire une opération mentale presque inenvisageable pour moi en temps normal, alors vous imaginez, à quelques secondes d'un orgasme... Notre *coïtus* n'a donc pas été *interruptus*, et nous avons continué à nous embrasser longtemps, pendant que j'étais encore en elle.

Lorsque nous nous sommes rhabillés, elle avait un drôle de petit sourire. J'ai cru que c'était à cause de la preuve d'amour que je venais de lui offrir, et je n'ai rien dit. De même que je n'ai pas posé de questions sur la tournure que la situation était susceptible de prendre. Pendant trois nuits, je me suis torturé l'esprit à la seule pensée de devenir peut-être père, de l'immense erreur que j'avais commise, des raisons qui m'avaient empêché de dire non. Jusqu'au jour où Giulia a fini par m'avouer la vérité :

« Je prends la pilule.

— Tu prends la pilule ?

— Oui. Qu'est-ce que tu croyais, Erri ? Que je voulais un enfant de toi ? À nos âges ? »

J'ai souri. « Mais oui, bien sûr, quel imbécile. »

Giulia et moi, nous ne nous sommes pas remis ensemble ; Marta ne m'a plus jamais adressé la parole (exactement ce que voulait Giulia) ; et bien entendu, aucun bébé n'est venu au monde.

Pourtant, pendant ces trois nuits, alors que j'étais là à me tourner et à me retourner dans mon lit en essayant de calmer mes angoisses, je sentais déjà ce picotement à l'estomac que je devais éprouver à nouveau des années plus tard. Une partie de moi était peut-être consciente qu'un enfant aurait été le seul lien indissoluble avec Giulia. Une partie de moi m'avertissait, à travers ce picotement, que j'étais prêt à devenir père, et que si je ne saisissais pas l'occasion au vol, je risquais de devoir attendre une éternité avant qu'elle se présente encore.

Mais j'ai préféré penser que ce picotement partirait comme il était venu, et c'est d'ailleurs ce qui s'est produit. Au bout de quelques jours, il avait disparu, et avec lui mon étrange envie de devenir papa.

Giulia est sortie définitivement de ma vie quelques mois plus tard, presque sans que je m'en aperçoive. Plusieurs années après, un après-midi, je l'ai croisée chez un glacier : elle était avec son petit ami et moi avec Matilde. Nous nous sommes salués de loin, un sourire timide et un geste de la main, et puis ouste, chacun est reparti de son côté. Quand Matilde m'a demandé qui elle était, je lui ai répondu : « Une jeune fille que je dois remercier d'avoir choisi de partager une petite partie de sa vie avec moi. »

Je n'en suis pas tout à fait sûr, mais je crois que les choses se passent en général comme ceci : les gens se rencontrent, ils se plaisent, ils s'aiment, ils font un bout de chemin ensemble et ils finissent par se perdre, sans vraie raison.

Ou peut-être que si, qu'il y a une raison, et qu'elle consiste à permettre de nouvelles rencontres, de nouvelles amours, de nouveaux départs.

Extrait du carnet inachevé de Matilde

L'ESPOIR EST UNE BIEN BELLE CHOSE, la plus belle de toutes. Cette page sera donc la dernière, j'ai décidé d'interrompre la rédaction de ce carnet avant que mes mots soient contaminés par l'absence d'espoir. Je ne veux pas m'avouer vaincue devant ceux qui prétendent que tout ce qu'on gagne à espérer, c'est d'être déçu. Il y a deux jours, Erri m'a dit non pour la première fois. La plus importante. Et la semaine dernière, en me voyant écrire sur ce carnet, il m'a demandé si je ne pensais pas qu'il serait opportun de mettre un terme à sa rédaction. Cette nuit-là, j'ai pleuré. Je me sentais seule, trahie. Et puis, j'ai compris qu'il avait tout simplement épuisé ses réserves d'espoir, et je me suis endormie. Je l'aime, mais je ne le laisserai jamais m'enlever l'espoir, autant renoncer à ma vie elle-même. Et à la tienne. Ça, je ne peux pas me le permettre. Je dois préserver cette flamme, parce qu'elle me servira à te voir venir au monde.

Ce jour-là, mon amour, je te le jure, je recommencerai à noircir les pages de ce carnet.

Ce ne sera pas un demi-enfant

MATILDE ME FIXE LONGUEMENT, elle soupire et elle finit par me dire : « Quelle que soit ta décision, cet enfant sera à nous. »

Je m'aperçois que je tremble et que j'aurais quelque chose à répondre, mais elle ne m'en laisse pas le temps : « Ne me demande pas comment c'est possible, nous avons essayé pendant des années et maintenant nous y voilà. Ce bébé est le tien parce que je t'aime, parce que je n'ai jamais aimé personne d'autre, parce que c'est avec toi que j'ai toujours voulu un enfant. Alors quelle différence, s'il n'est pas né de ton sperme ?

— Ah parce que tu trouves que ça ne fait aucune différence ? » Je hurle comme si ma colère avait enfin réussi à exploser dans ma gorge. « Mais ça change tout, au contraire ! D'abord et avant tout parce que je risque de passer ma vie à observer cet enfant pour voir s'il me ressemble ou s'il a l'expression ahurie de Machin Chose. Et en second lieu parce que, si c'est vraiment le fils de Ghezzi, tu ne crois pas que le vrai père a le droit de savoir ? »

Une larme coule sur la joue de Matilde et elle me répond, en me regardant droit dans les yeux : « Erri, ça fait des années que j'attends ce moment, et je ne permettrai à personne de me le gâcher. Je n'aime pas Manuel, j'ai commis une erreur parce que j'avais la sensation de devenir folle, j'étais hors de moi, mais maintenant, je sais exactement ce que je veux.

— Et ce que je veux moi, ça n'a aucune importance pour toi ? »

Elle se frotte le bout du nez avec sa paume de main avant de me demander : « Pourquoi est-ce que tu exclus a priori que cet enfant puisse être de toi ?

— Parce que nous avons essayé pendant des années et que nous avons toujours échoué. Parce que si ce maudit gamin n'est jamais arrivé jusqu'ici, je ne vois pas pourquoi il devrait arriver maintenant que nous ne sommes plus mari et femme, que nous ne formons plus un couple, que nous ne sommes plus rien. »

Matilde se met à pleurer plus fort et elle baisse la tête pour dissimuler les sanglots qui la secouent. Je me lève, je remplis un verre d'eau au robinet de l'évier, je me rassieds à côté d'elle et je le lui tends. Elle le boit par petites gorgées, tout en essayant de récupérer une respiration régulière.

« Je te demande de m'aimer encore, de croire en moi. Je ne te demande pas de me choisir à nouveau, et ma grossesse n'entre même pas en ligne de compte, c'est juste que nous sommes incapables de nous passer l'un de l'autre. Commence par nous choisir nous, lui viendra plus tard.

— Voilà une requête typiquement à la Matilde ! »

La voir dans cet état m'a donné une immense envie de la prendre dans mes bras, et si je ne l'ai pas encore fait, c'est parce que j'essaie de toutes mes forces de comprendre ce qui m'arrive, de prendre une décision, pour une fois dans ma vie. Et de m'y tenir. Les choix qui vous changent la vie sont souvent imperceptibles, ils apparaissent et ils disparaissent en une fraction de seconde et vous vous retrouvez là, abasourdi, avec une drôle de sensation, comme quand vous avez un mot sur le bout de la langue et qu'il retombe dans votre œsophage avant que votre cerveau ait eu le temps de le saisir.

« Explique-moi pourquoi.

— Pourquoi quoi ?

— Pourquoi Ghezzi. »

Elle s'appuie contre le dossier du canapé et elle me répond : « Tu le sais très bien, on en a déjà parlé.

— Non, à vrai dire, je ne sais pas pourquoi, et on n'en a jamais parlé. Je sais juste qu'un soir, tu t'es approchée de moi, tu m'as mordu la main et tu m'as annoncé que tu couchais avec Ghezzi. »

Elle se met à triturer son alliance. Je ne m'étais même pas aperçu qu'elle la portait à nouveau. Puis elle prend une profonde respiration avant de revenir à la charge : « J'ai essayé de me convaincre que nous formions une famille, je te le jure. Mais je me disais aussi que nous étions ensemble depuis trop longtemps et que, sans enfant, une séparation était inévitable, que tôt ou tard, tu serais attiré par une femme plus jeune, peut-être une nouvelle Clara, une nouvelle collaboratrice de la boîte, et que je me retrouverais toute seule.

— Moi ? Attiré par une femme plus jeune ?

— Oui, toi.

— En général, je ne leur fais pas beaucoup d'effet, aux gamines. Aux femmes âgées non plus, d'ailleurs.

— Et puis, Manuel a commencé à me tourner autour, il était très attentionné, tu le connais, il est toujours souriant, toujours prêt à écouter les confidences des autres, toujours prêt à leur dire un mot gentil. Enfin, bref, toujours est-il que, sans savoir comment ni pourquoi, je me suis retrouvée dans son lit. »

Je plisse les yeux pour chasser l'image qu'elle vient d'évoquer et je me lève d'un mouvement brusque pour aller ouvrir la fenêtre et sortir sur le balcon. J'ai besoin d'air frais, j'ai besoin de respirer et de réfléchir. Au milieu de la rue, une lampe oscille, balancée par le vent. Quelques mètres plus loin, un scooter passe à toute allure en pétaradant et le gaz sorti du pot d'échappement monte jusqu'à mes narines ; ma tête bascule instinctivement vers l'arrière. La lueur d'une télévision encore allumée apparaît à la fenêtre des voisins d'en face. Un jour, Matilde m'avait reproché de ne pas être assez *affirmatif*. Je lui avais demandé ce qu'elle entendait par là et elle m'avait répondu : « Que tu es incapable d'exprimer clairement tes émotions ou tes pensées. Soit tu acceptes tout de manière passive, soit tu piques des colères folles. »

Cette fois-là, j'avais en effet piqué une colère folle et je les avais envoyés balader, elle et ses grands mots. Pourtant, elle avait raison. C'est qu'on s'habitue autant aux propos de nos proches qu'aux traits de leur visage, et on finit par ne même plus remarquer leurs observations pleines de bon sens. Je n'ai jamais été un type affirmatif. Je ne sais pas exprimer de façon visible ce que je ressens, je ne suis pas capable de lutter très longtemps pour soutenir mes opinions, je ne sais pas défendre mon point de vue sans choc frontal avec mon contradicteur. Tantôt je n'arrive pas à me faire respecter, tantôt je manque de respect pour autrui.

Je crois que mon manque d'assertivité est dû à un manque d'estime de moi-même. Quand j'étais gamin, mes parents ne m'ont jamais laissé beaucoup d'espace, ils ne me permettaient pas d'exposer ma façon de voir. Alors j'ai vite appris à me taire. Si on vous répète à longueur de temps, pendant votre enfance, que votre avis n'a aucune importance, vous finissez par vous en convaincre vous-même.

Matilde s'approche de moi et m'entoure de ses bras, parderrière. Je voudrais me dégager mais je n'y arrive pas, je me sens comme paralysé.

« Ce que j'essaie de t'expliquer, c'est que j'ai commis une erreur, la plus grosse de toute mon existence, et que je l'ai compris presque tout de suite, dès cette fameuse soirée. J'essaie de te dire que tout ça n'est peut-être pas le résultat du hasard : pendant des années, nous n'avons pas réussi à avoir un enfant ; et aussitôt après notre séparation, quand je recommence à sentir une véritable attirance pour toi, que ton corps me manque, la nuit, alors je tombe enceinte. Peut-être que nous nous trompions, que je me trompais. Tu étais devenu un moyen de réaliser mon plus grand désir, tu étais le seul à pouvoir donner un sens à ma vie en me faisant un enfant, mais ce n'est peut-être pas comme ça que les choses se passent. Peut-être qu'il faut une autre forme d'énergie, une autre forme de passion. Peut-être que la force qui donne naissance à la vie ne se déchaîne que si on fait l'amour comme nous deux ce soir-là dans les toilettes, comme si on ne pouvait pas s'en passer, comme si le contact de nos corps nous coupait le souffle. »

Je reçois un message sur mon portable. Je pourrais me retourner, prendre Matilde dans mes bras, lui avouer que ce qu'elle vient de me dire m'a touché et ému, qu'elle a peut-être raison, que nous avions pris un acte d'amour pour ce qu'il n'était pas. Je pourrais lui annoncer qu'un jour ou l'autre, je ferai peut-être un test ADN, mais que d'ici là, j'accepterai la situation telle qu'elle est. Je pourrais même l'embrasser et lui dire que oui, je veux cet enfant, et advienne que pourra, parce que de toute façon, les choses ne peuvent pas toujours se passer comme on les avait imaginées, l'important, c'est qu'elles arrivent. Mais je ne dis et je ne fais rien de tout ça, je me dégage de l'étreinte de Matilde et je rentre dans le studio.

Le message, c'est un MMS de Flor : sur la photo, elle sourit à côté d'un garçon au cou tatoué ; ils regardent tous les deux l'objectif et tendent une chope de bière, comme s'ils voulaient trinquer avec moi. Le texte qui accompagne l'image est assez long :

Je viens de voir *Persepolis*.
Quel beau film !
Cette ville est magnifique.
Je suis là avec mon copain Jakob, qui te fait ses amitiés.
Dès mon retour, on regardera le film ensemble, allongés sur le divan, et tu diras peut-être quelques mots gentils à la petite Soledad que je porte dans mon ventre.
Qu'est-ce que tu en penses ? Un beau programme, non ?
Je t'embrasse fort.
Mon Dieu, que la vie est belle !

Je tape ma réponse pendant que Matilde s'approche et me regarde d'un air intrigué. Tout en continuant à écrire, je lui indique que c'est Flor.

Non mais tu es folle ? Boire de l'alcool, dans ton état !!!

Ensuite, Matilde me tend un bout de papier, c'est l'échographie du bébé. Elle ajoute, en désignant un endroit précis d'un doigt tremblant : « Le petit haricot là, c'est lui. »

Je tends le cou et je prends le temps d'observer le cliché, jusqu'au moment où il m'arrive quelque chose de bizarre : j'oublie la bière de Flor, Ghezzi, la forte probabilité que son sperme ait été plus performant que le mien et que l'enfant lui ressemble ; je me dis seulement que non, il ne faut pas que cet enfant soit un demi-enfant balloté de tous les côtés, qu'il ait deux mères, deux pères, deux maisons et une kyrielle de frères et sœurs éparpillés un peu partout. Et pendant que je suis là à réfléchir, Matilde me reprend dans ses bras, elle m'embrasse dans le cou et ce contact inattendu me donne des frissons. Elle prend mon visage entre ses mains, elle m'embrasse sur la bouche, sa langue est chaude et je sens que je ne peux plus me retenir, je l'embrasse et je la caresse et je me laisse aller.

Matilde se débarrasse de son petit pull et de son chemisier en un clin d'œil, elle déboutonne mon pantalon et glisse une main dans mon slip. Ma paupière commence son manège habituel mais ce soir, nous sommes trop pris par nos retrouvailles pour nous occuper d'elle. J'arrache le soutien-gorge de Matilde et je m'apprête à mordre son mamelon avec voracité, mais je m'aperçois qu'il est plus enflé et que l'aréole est plus large que dans mon souvenir. En réalité, c'est l'ensemble de la poitrine qui a grossi, et la chose ne me déplaît pas le moins du monde. Matilde me tire de mes réflexions en m'attrapant par un bout de ma chemise, elle m'attire contre elle et retombe sur le lit.

Et alors nous faisons l'amour avec force et passion, comme si nous ne pouvions pas nous en passer.

Entre deux gémissements, Matilde me chuchote : « Dis-moi que tu m'aimes. »

Je sais que je t'ai toujours aimée, je sais qu'avec toi, je n'ai jamais eu l'impression d'être un « demi » quoi que ce soit ; mais je sais aussi que je n'arrive pas encore à te pardonner, que je suis incapable de faire comme s'il ne s'était rien passé. Je sais qu'au fond, il suffirait d'oublier, puisque ce qui compte, c'est ce qu'on garde en mémoire. Tout le reste n'a en quelque sorte jamais eu lieu. Je sais que je suis content d'être là, mais en même temps, j'ai peur de perdre ce fourmillement au ventre qui me rend visite depuis un certain temps et qui me donne une telle sensation de bien-être.

Je sais que je veux un enfant et que je voudrais savoir choisir ce qu'il y a de mieux en toutes circonstances. Je sais que les indécisions ne servent qu'à masquer nos peurs et que la vie n'a pas de temps à perdre avec ceux qui n'ont pas le courage de suivre son rythme. Je sais aussi qu'un autre enfant, ce n'est peut-être pas pour demain, et alors ce soir je choisis de ne pas avoir peur, je choisis la vie.

Je reprends mon souffle et je m'exclame : « Je t'aime ! Je t'aime ! » Et pendant que je répète ces mots, mon regard tombe sur l'échographie et je me dis que cette petite tache qui, un jour, sera mon enfant, aura ce qu'Arianna et moi nous n'avons jamais eu ; ce sera quelqu'un de normal, un être parmi tant d'autres, peut-être pas trop sensible et profond, mais heureux, de bonne humeur, souriant, positif, comme Flor, comme Valerio ; il affrontera ses journées sans avoir trop peur, il aura des épaules larges et l'estomac solide. Il ne prendra pas de Gaviscon après les repas, il ne sera pas entravé par des branches pourries ou sèches, il saura choisir tout seul la voie qui lui convient et il pourra, il devra exprimer ses opinions.

La réponse de Flor s'affiche sur l'écran de mon portable :

Ce que tu peux être casse-pieds !

Je ne bois pas, je ne suis tout de même pas débile à

ce point-là !

Grand frère, il va falloir que tu apprennes à te détendre et à profiter de la vie.

Soûle-toi, baise le plus possible, fume des joints et marre-toi ! Dessine plus et adopte un chien.

Fais une connerie. Au moins une fois dans ta vie.

« Qu'est-ce que tu fabriques ? me demande Matilde.

— Non, rien, excuse-moi. » Et je jette mon portable sur le canapé.

Flor, je suis en train de la faire, la connerie, même si ça n'en est certainement pas une d'accueillir une nouvelle vie, et même si, la dernière fois que j'ai suivi tes conseils, j'ai failli mourir empalé.

Je ne sais pas si tout ça va m'aider à me sentir mieux, mais en tout cas je le souhaite. Et tu sais ce que j'ai compris ? Que parfois, la vérité se présente devant toi pendant que tu souris ou que tu te sens à ta place ; elle profite de ton ivresse pour te rappeler qu'elle est là depuis un bon bout de temps et que tu ne t'en es pas rendu compte ; tu étais trop occupé à tourner à vide pour ne surtout pas t'apercevoir de sa simplicité désarmante, de la présence, à quelques pas de toi, de tout ce que tu désires depuis toujours. Nous passons nos vies à courir après des manques, et nous nous apercevons à peine que tout le reste est à nos pieds.

D'ici quelques mois, ce ne sera plus la tristesse qui me réveillera.

Ce sera mon enfant.

Remerciements

Quelqu'un a dit que si rien ne changeait jamais, il n'y aurait pas de papillons. Il s'est écoulé à peine plus d'un an depuis la publication de mon premier roman aux éditions Longanesi, et j'ai pourtant l'impression qu'elle remonte à plus d'un siècle : quand on remplit la vie de vie, le temps semble s'effacer. Il y a quinze mois, je n'avais pas la moindre idée de ce qui allait m'arriver. Depuis, j'ai parcouru plus de cinq mille kilomètres en voiture, j'ai pris un nombre incalculable de trains et deux avions, j'ai voyagé dans quinze régions italiennes et en Allemagne, j'ai participé à environ quatre-vingts présentations, j'ai parlé dans des théâtres et des librairies, à la radio et à la télévision, dans des salles de conférences et des amphithéâtres universitaires, en plein air et à l'intérieur, dans des cafés ou des restaurants et à de nombreux festivals, devant un public allant de dizaines de personnes à deux spectateurs, en costume, en pull ou en polo, à la mer et à la montagne. J'ai remporté deux prix littéraires. J'ai fait plus de nouvelles connaissances qu'au cours des dix années précédentes. J'ai noué plusieurs amitiés. On m'a plus souvent pris en photo que pendant tout le reste de ma vie. J'ai dîné dans mille endroits différents et jamais avec les mêmes convives. J'ai dormi dans des hôtels cinq étoiles, des « bed and breakfast », des gîtes ruraux et des chambres meublées. J'ai reçu et échangé beaucoup de sourires. J'ai écrit ce roman. Je suis devenu père.

Mon premier remerciement va à mon épouse, Flavia, qui m'a accompagné à la plage, un jour d'août où il faisait une chaleur étouffante, tout en écoutant la longue histoire d'Erri. Ce livre est aussi pour toi, toi avec qui je ne me suis jamais senti un « demi » quoi que ce soit.

Merci à Stefano Mauri, pour ses belles paroles et pour m'avoir réservé un accueil affectueux et amical dans sa grande famille.

Un remerciement particulier à Cristina Foschini, qui est entrée dans ma vie en douceur et sur la pointe des pieds pour m'aider à retrouver le sourire.

Merci à « ma » Silvia Meucci. La vie est faite d'attentes continuelles de quelque chose d'important, et tu as été une de mes plus belles attentes.

Merci à Alberto Suarez, qui veille sur moi de loin.

Merci à Giuseppe Strazzeri de tout ce qu'il a fait pour moi et pour ce livre. Et parce que tu sais remplir les espaces de ton âme délicate.

Merci à Guglielmo Cutolo, mon éditeur, pour son regard qui sait voir en profondeur, ses précieux conseils et l'ironie subtile derrière laquelle il dissimule sa sensibilité. Et aussi pour la gigantesque masse de travail que lui impose mon imagination irréfrénable. Ne t'inquiète pas, je vais me tenir tranquille maintenant. Mais pas trop longtemps.

Merci à Alessia Ugolotti et Patrizia Spinato d'avoir accordé un soin affectueux et attentif à mon roman.

Merci à Raffaella Roncato, qui a cru d'emblée en moi et en Erri. Merci à Tommaso Gobbi et Valeria Veronesi du temps qu'ils m'ont consacré. Et à toute la famille Longanesi pour leur immense travail quotidien.

Merci à Gianluca des propos affectueux qu'il me tient quand il est ivre.

Merci à mes grands-parents, qui m'ont donné la sensation d'être quelqu'un d'important. Et à mes oncles, pour la même raison.

Merci à Greta, qui me rappelle chaque jour l'importance des petites choses.

Merci à Francesco, qui a toujours été là quand il le fallait. J'ai lu quelque part qu'il n'est pas nécessaire d'avoir des enfants pour être un père. Toi, tu en as, mais tu aurais été un père même sans eux.

Merci aux nombreux libraires qui m'ont accueilli avec enthousiasme, supporté et invité, qui ont adopté Cesare, le personnage principal de *La Tentation d'être heureux*, et conseillé ce livre à leurs clients. Sans vous, rien de tout ce qui m'est arrivé n'aurait été possible.

Merci aussi aux nombreux bloggers qui ont dit du bien de mon roman. Vos mots ont été pour moi une sève vitale.

Merci du fond du cœur à mes lecteurs, à vous tous qui, aux quatre coins de l'Italie, m'avez comblé d'affection, de messages, d'e-mails, de lettres, de bouts de papier froissés, de poésies, de pensées, d'embrassades, de récits personnels, de photos. Sans votre passion intense pour la lecture, mon immense joie aurait fini par s'éteindre. J'espère ne pas avoir trahi votre confiance, avec l'histoire d'Erri et de ses familles extravagantes.

Un dernier merci à tous ceux qui ont choisi de faire à mes côtés ne serait-ce qu'un tout petit bout de chemin.

Il paraît que pour changer de vie, il faut soit un long parcours d'introspection, soit l'arrivée d'un événement extérieur d'une force considérable. Moi, il m'est arrivé l'écriture. Quelque chose d'intérieur, donc. Parce que c'est toujours à l'intérieur que naît l'énergie qui brise la coquille ou le cocon, et qui libère le papillon. Rendez-vous à la prochaine histoire…

Au fait, j'oubliais : ma famille à moi n'apparaît ici ni dans la construction d'ensemble ni dans les personnages, mais tout au plus dans les détails.

Imprimé en France par CPI
en avril 2019

Composition : Facompo, Rouen

MIXTE
Papier issu de
sources responsables
FSC® C003309
FSC
www.fsc.org

N° d'impression : 3033502